五芳斋三部曲

凝香

杨颖立 著

上海书店出版社
SHANGHAI BOOKSTORE PUBLISHING HOUSE

第一章

一

在浙江西部，人们有聚居的习惯，故而多大型村落。根据社会学和人类学的观点，这与人类的居住地地理环境、生活习性有很大的关系。

浙江西部多丘陵山区，少平地。而适宜人类居住的地方相对平原地区少得多，这是造成浙江西部人们群居和一的最大原因。这里最典型的大型村落当属兰溪的诸葛村，去过那的人无不为村中的村民之多、功能设施之全、民风之淳朴而赞叹。

宣统元年正月间，这个居住着诸葛亮后裔的村落，隐约传来锣鼓声。几个报信的小孩从河埠处飞也似地跑向村中心八卦池边的杂货铺："来了，来了。新郎官来了！"

早已守候在杂货铺前的几个年轻村民，忙吹了吹拿在手中燃了一段时间的煤头纸，将重燃起的火星伸向鞭炮的引信。一时间鞭炮齐鸣，震耳欲聋，在弥漫着硫磺味的烟尘中，纸屑飞舞。

这是杂货铺诸葛老爹嫁女。

诸葛老爹的女儿诸葛宝凤凤冠霞帔，头顶红盖头，静静地坐在自己的房间里。她内心忐忑，即将成为自己夫君的新郎并未谋面，只知与己同庚，是附近潭塘坞村人。这潭塘坞村是兰溪大儒姚秉德的故里，听说满村皆是姚姓，想必与大儒沾亲带故。

待字闺中的姑娘，都想嫁一户家境富裕一点的人家，诸葛宝凤也不例外。可前几年由于父亲一病不起，她一直侍奉左右，耽误了终身大事。现诸葛老爹的病是好了，可宝凤已经年过二十，没有多大挑选余地，只能听父母之命、媒妁之言。不过听认识新郎的人讲，新郎家境虽比不上自家，但是个读过书的本分人，宝凤心也就落下了许多。

新郎大名姚福廷，中等身材，模样还算端正。正如诸葛宝凤所知，他也算出身耕读人家。可现今家道中落，父母早亡，除继承了一座百年老屋及几箱书画外，田无半亩，山无一分。在兰溪乡间，二十岁尚未婚配也算是大龄青年。此次经媒人说合，新娘有了着落，自是喜出望外。

按习俗，姚福廷托媒人去诸葛家求取了写有诸葛宝凤生辰八字的庚帖，将自己的生辰八字与之各用干支配合，合写成"龙凤帖"。因父母早亡，他便请族中长老拿了去给阴阳先生推算有无冲克。

这可是兰溪婚嫁习俗中最重要的一环，是不能有半点马虎的。因为，按占卜星相者的说法，相抵触的叫冲，相制伏的叫克。八字冲克否，关系夫妇命运休咎。

经阴阳先生推算，姚福廷与诸葛宝凤命中并无冲克。

族中长老兴冲冲地宣布："约媒纳采，只等吉时。"

按习俗，此时男家是要给女家一笔聘金的。虽然根据男女双方的家庭情况，聘金的多寡是有上落的，但总不能少于一百银元吧。这关系女方的颜面。

可媒人一提起聘金，姚福廷马上沮丧起来："这聘金哪里去弄哟……"

于是媒人又被请了来。

姚福廷对媒人道："这婚我不结了。"

媒人惊讶道："你这是身在福中不知福哩。像你这种条件，人家姑娘不悔婚已是烧高香了。哪有你这样不知好歹的。"

姚福廷嗫嚅道："我拿不出聘金。"

这倒使媒人犯难了。先聘金后娶人，历来如此。拿不出聘金，媒人即使是巧妇也难为无米之炊啊。人家诸葛老爹家在诸葛村不算大富大贵，总也算有点脸面。难！

此事惊动了潭塘坞村的老少乡亲，大家议论纷纷。可就是拿不出个妥当的办法。

还是见多识广的族中长老想出了一个主意，他自言自语道："看来只有此法，只是对不住诸葛家了。"

众人见族中长老口中念念有词，似有了主意，便围过来打探。这个道："看来老爹心里有底哩。"

那个说："别藏头藏尾，说给大家听听。促成美事一桩，添寿哩。"

有人附和："是啊，是啊。福廷也算是你的小辈，事成让福廷多敬你老人家几杯喜酒吧。"

族中长老捋了捋白胡子，伸出两指道："两个字。抢亲。"

"抢亲?"众人张大了嘴巴。

族中长老摇头晃脑道："这是旧例，旧时有三种情况是可以抢亲的。已订婚约，但女方有悔婚之意，男方不得已而聚众抢之，这是一；已订婚约，男方无钱置办婚礼，经女方默许，抢来草草成婚，这是二；女方父母已许婚而女儿不愿，或叔伯族众图谋家产逼迫寡妇再嫁，串通男方实施抢亲，这是三。福廷么，符合第二种情况。"

几个年轻小伙一听来了劲，摩拳擦掌要去抢亲。

族中长老忙制止道："抢亲也要按规矩办，不可乱来。"他对媒人道："麻烦你去一次诸葛老爹家，将这里准备抢亲一事如实告知，望成全。"

那媒人不情愿道："湿手捏干面粉，顶着石臼唱戏文哩。"不过还是拎着姚福廷已备好的一点薄礼去了诸葛家。

诸葛老爹是个明事理的人，听了媒人的述说，虽未明确表示什么，却收下了薄礼。媒人趁热打铁，定下了迎亲吉日。

迎亲日，新郎官姚福廷在七八个壮小伙的簇拥下去了新娘家。

从迎亲船停靠的河埠到诸葛家并不远。可因有鼓乐手的缘故，迎亲队走得很慢，而姚福廷的心却怦怦跳得飞快。

到了诸葛家门口,已有四个诸葛村的青年拦在门前,不让姚福廷等人进门接新娘,说是见聘金放人。陪姚福廷去的壮小伙一齐拥上,将四个诸葛村的青年一下挤到了门边。姚福廷见状冲进内室,口中嚷着:"我会待你好的。"将静静坐在床沿的诸葛宝凤一下扛到肩上,跨出大门向河埠的迎亲船迈步而去。那七八个壮小伙、鼓乐手也紧跟着上了船。

那几个诸葛村的青年虽口中高喊着:"抢亲啰!抢亲啰!"动作异常迟缓,当追到河埠边,迎亲船已开出去好远。

二

潭塘坞村在兰溪诸葛村的东面约二十里的地方,是一个有两百只灶头的村落。

对于村落的大小,在浙江西部有一种非常独特、古老的类比方法,那就是计算村里拥有灶头的多少。灶头越多村落越大,反之就越小。

听老人讲,旧时当地的人很少分家。一只灶头有十几口人吃饭是很正常的事,故而这潭塘坞村的居住人口应在两千人以上。

潭塘坞村坐落在一片山丘的平缓之处,它的格局与诸葛村十分相似。村的中间是一个叫潭塘的大水塘,村民的住房依塘而建,村子就是因此得名。在村子的外边,潭塘河绕村而过,四周多为丘陵,层峦叠翠,远山如黛。由于多丘陵少平地,人们只能向丘陵讨食吃,因此造就了形态各异的梯田,这也注定了潭塘坞村大多数村民的贫穷。在农业上,梯田是农业生产中最不稳定的一种田地。它旱时,无水灌溉;涝时,水土流失。尤其在农业生产手段落后的年代,收成之难更是可想而知的。

在这些山坳村落里,人们习惯了日出而作日落而息的单调生活,安于现状,不思求变,人口的流动性是很差的。因此潭塘坞村与浙江西部的许多村落一样,大都是一个姓氏的后代。

潭塘坞村人大都姓姚，追根溯源，当然是姚氏家族的后人。由此，潭塘坞村留下了一条不成文的祖训：老婆要从外地娶进来，姑娘要从村里嫁出去，村里是不允许相互通婚的。这倒是顺应了人类优生的法则。这也是潭塘坞村通过世代生活积淀，总结出来的繁衍生息的规矩吧。

在潭塘的南边，有一条一丈多宽的村中小路。这条路虽窄，却是潭塘坞村的主干道。

路的东首，折向北就连接着村外的官道，这是村子与外界的唯一通道。官道沿潭塘河而建，虽在丘陵中蜿蜒穿行，却一头通诸葛村，一头通兰溪县城。当年姚福廷就是通过这条潭塘河将诸葛宝凤"抢"来的。

小路中段的北侧是一个不大的广场，广场的中央竖立着一座高高的石牌坊，上书"故儒姚秉德关氏建坊"几个大字，石牌坊有些斑驳，看来有点年头。广场的东边是姚氏宗祠，宗祠平时大门紧闭，门可罗雀。只有清明祭祖时才香烛齐燃，人声鼎沸。西边是几株参天银杏树，正北边就是二亩多大的潭塘。

小路的西首直通一座五十多米高的石头山，站在山上潭塘坞村尽收眼底。

姚福廷的家就在小路的西段北侧。这是座百年老宅，坐北朝南，进大门就是堂屋。堂屋正中一个条几，条几的上方挂着幅富贵牡丹图，两边挂着一副狂草对联。条几的前方靠着一张八仙桌，两把太师椅。堂屋尚留着一些耕读世家的遗韵。

在堂屋的后面有一间扶梯间，可上二楼。二楼隔成了三间房间，是孩子们的天地。

堂屋的西面是灶间，东面是姚福廷夫妇的房间。

姚福廷夫妇婚后生了九男三女，共十二个孩子。1928 年，当最后一个孩子出生时，夫妇俩已是三十九岁的中年，而第一个孩子也已十八岁。

没有一分田地，依靠打工谋生，供养这么一大家子，姚福廷夫妇显得那么的力不从心。而跟前这十二个子女眼瞅着一个个长大成人，儿子们的迎娶、女儿们的婚嫁，一下子成了姚福廷夫妇的心头之忧、一道过不去的坎。

要照料家里这么一大帮孩子，诸葛宝凤自是分身无术，养家的重担理所当然压在姚福廷的身上。因没有一分田地，姚福廷只能靠采山货与打零工养家糊口。

民国初期的潭塘坞村周边尚未开发的荒山还是挺多的。春天，竹林中疯长的竹笋；夏天，漫山遍野的野菜、蘑菇；秋天，树上的山栗、松果；冬天，山兔、山鸡等，这些姚福廷是决不会放过的。长期为人做农活，姚福廷还练就了一身作田的好把式，犁田、育苗、插秧、割稻样样在行。农忙时节是姚福廷最受欢迎的时候，往往忙完这家忙那家，早出晚归是常有的事。

诸葛宝凤心痛姚福廷："福廷少做两家吧。这样身体要吃不消的。"

姚福廷看着眼前满屋满场飞跑的孩子，笑着拍拍胸脯道："没事，总要让伢儿吃饱穿暖吧。"

诸葛宝凤自是没话可说。因家里孩子多，都是长身体的时候，一到吃饭时间总喊肚子饿，叫得为娘的心里一阵阵发酸。有几次实在揭不开锅，宝凤只得回诸葛村娘家，厚着脸皮向爹妈求助。

娘家开着家杂货铺，也算日子过得去，因可怜女儿一家，总是尽可能接济。

但这种接济，一两次尚可，次数多了诸葛宝凤自己也觉得不好意思。

这些姚福廷是知道的，也觉得很没面子。拼命干活，是他减轻压力的最好办法。

四十来岁的姚福廷已显老态，两鬓斑白不说，脸上也满是皱纹，背也开始弯了下来。看着逐年长大的十二个子女，望着年久失修的老屋，守着入不敷出的年景，姚福廷心头的结是越打越紧。

三

在民间有"多子多福"一说，可在现实生活中却没有那么应验，往往是

"穷家多子、子多家穷"。

　　说实在的，自姚福廷夫妇结婚起，几乎隔年生一个孩子。到生第十一个孩子时，夫妇俩已是三十五岁，这么多的孩子几乎耗尽了他们的财力和精力，于是决定不再生了。可在这"山高皇帝远"的穷乡僻壤，真想避孕倒也是件难事。虽说是佛法无边，可夫妇俩访遍附近的庙宇寺院，涉及子息的几乎只有送子观音。原来上天是只管生育不管节育的。

　　一天，村里来了个江湖郎中。这江湖郎中已在这一带行医十几年，口碑颇好。姚福廷夫妇赶紧请来家中，奉上香茶一杯。这江湖郎中阅人无数，知病家有难言之疾，便道："人有人品，医有医德。病家有疾尽管道来，医者治病救人决不做敷衍之事。"

　　姚福廷道："先生言重，相求之事倒也称不上'疾'，只是唯先生能解。"

　　那郎中放下端起的茶杯，诧然道："本人医者，是郎中可不是术士。望谅。"

　　姚福廷知郎中误解，忙指着屋外玩耍的孩子道："都是我的孩子……"

　　那郎中何等聪明，没等姚福廷说完就笑道："行医多年，求子的倒是遇见不少，要求节育的还是头一遭哩。其实不行房事，不就没了孕事。"

　　"这是什么方子。"姚福廷夫妇闹了个大红脸。

　　见状，那郎中收起笑脸正色道："学医时，师傅倒是讲过用麝香打胎的方子。不过此药性猛，师傅关照慎用，我也很少涉及。这节育的药方医书上有载，我也看到过，听说伤身，我从未用过。"

　　姚福廷听说有方子，便恭敬道："请先生赐教。"

　　那郎中道："此药遍地都是哩。"

　　姚福廷追问道："可否告知？"

　　那郎中道："雷公藤。"

　　姚福廷道："雷公藤？这是治老寒腿的药，家里就有哩。"

　　那郎中道："雷公藤有毒，妇女用了会没了月经。没了月经，自然不能怀上孩子。"

姚福廷忙让诸葛宝凤取出晒干的雷公藤。这是姚福廷从山上采来，准备卖给到村里来收中药材的药贩子的。

那郎中用剪刀剪了一段，用刀剁碎道："此为一剂，煎汤服之。连服三天，月经即停。如月经又有，再服三天。此药毒性甚大，如有不适，即停之。切记。"

郎中走后，诸葛宝凤如法炮制，果然月经没了。而且一直没有月经来潮的迹象，因此也就没再服用。

三十九岁那年，诸葛宝凤月经又来。因时隔四年，当年服雷公藤节育一事已淡忘。可就是这一不经意的淡忘，诸葛宝凤竟然又怀上了孩子。

为此姚福廷埋怨道："你也太不小心了，坚持四年的事，今朝前功尽弃。"

诸葛宝凤白了姚福廷一眼道："怎怨起我来了呢。都快四十岁的人了，还这么贪。"

姚福廷嬉笑道："食色，性也。"

诸葛宝凤道："去去去。又卖弄你那'之乎者也'，看来圣贤书也有不着调的哩。"

玩笑归玩笑，事情发生了就必须面对。

第一个办法当然是堕胎。民间堕胎的办法很多，但大多有很大的危险。孕妇因堕胎而命赴黄泉的事例，时而有之。

姚福廷是在意诸葛宝凤的。想当年自己拿不出聘金，要不是诸葛宝凤同意抢婚，哪会有现在这个家。况且自诸葛宝凤嫁过来后，每天为三顿饭发愁，基本没过上一天舒心的日子。如果因堕胎发生不测，自己怎么面对。这是万万使不得的。兰溪城里倒是有堕胎的西洋医院，据说很是安全。可那令人咋舌的费用，也不是一个乡下山民能承受的。

权衡再三，姚福廷与诸葛宝凤商量："宝凤，我在想，现在老大老二老三都已经自食其力了。下面几个也能帮衬家里做点事，家里经济有好转哩。"

诸葛宝凤听得懂姚福廷的弦外之音，其实自己何尝不想生下这个孩子呢。

她用手抚摸着已经微隆的肚子，感觉着孩子的心跳，道："我也想生的。相传龙生九子，希望我们这一个也是儿子，给家里带来好运。"

肚里的胎儿就这样保了下来。

1928 年 11 月 14 日，一声嘹亮的啼哭声划破夜空。

"弄璋之喜！"

潭塘坞村不愧为大儒姚秉德的故里，大有诗书遗风，至今把生男孩称为"弄璋之喜"，把生女孩称"弄瓦之喜"。典出《诗经·小雅·斯干》，体现父母对子女不同的期望。

当接生婆有节奏的声音响起，姚福廷口若含饴，心花怒放。"龙生九子"，看来家门有幸。

姚福廷不顾冬日的寒冷，一头扎进黑夜。在大儒姚秉德的石牌坊前，他昂天高声道："先贤在上，赐我九子。苍天有眼，福佑福廷。"

喊声惊动了整个村子，惹得大家纷纷出来观看。

本来，姚福廷夫妇在十几年的时间连生十一个孩子，而且个个健康已是奇迹。今日又凑齐九子，简直就有点神奇了。经姚福廷"龙生九子，龙生九子"这么一嚷，村民觉得真是那么回事了。方圆几十里，孩子生得多的不少，可或多或少都有夭折的。因此，大家认为像姚福廷家这样人丁兴旺，没有上天保佑怎么可能。

第二天一早，族人一商量，破例开祠堂为孩子入籍。

可族长刚提笔，发现不知大名，忙问道："孩子大名？"

正在上香的姚福廷闻言一下愣住了。是啊，光顾高兴，怎把起名给忘了呢。可还在兴头上，静不下心，这名是取不好的。他灵机一动对族长道："族长饱读诗书，才高八斗，请赐名。"

族长本是读书人，听了这样的美誉舒服极了，捋了捋山羊胡子闭目默想了一下，道："就叫九华吧。九字对应'龙生九子'，华者精华、英华是也。字三吉，取天时地利人和之意。如何？"

族长本是读书人，听了这样的美誉舒服极了，于是捋了捋山羊胡子，闭目默想了一下道，就叫九华吧

族中长者亲自取名，是件有面子的事。姚福廷谢还来不及，当然赶紧点头称好。

四

姚福廷出身耕读世家，早年上过私塾，喜读书。二楼两个三尺长二尺宽的樟木箱里全是上辈传下来的画和书，年轻时他倒经常拿出来把玩研读，结婚后为生计所迫，就再未开箱。两只箱子也成了孩子们睡觉搁床板的床脚。

自几个大孩子成家立业，分灶分户，家里绷得紧紧的经济状况渐渐宽松了下来。姚福廷又有了读书的念头。他上楼搬开床板，打开樟木箱，将心爱的《资治通鉴》《古文观之》重新放到了床头。

看着孩子们好奇的目光，姚福廷突然意识到这些孩子大字不识一个，自己这个做父亲的似乎有点对不住他们，就想以自己的所能给补上。他空余时将尚未自立门户的孩子叫拢来，教他们识字。可孩子们野惯了，收不了心，往往没识几个字就没了耐心，还嚷嚷："认这乱茅草一样的横横竖竖做什么呀，又换不来饭吃。"

姚福廷甚是心酸，可又无计可施，只得作罢。

"儿孙自有儿孙福，随他们去吧。"诸葛宝凤对姚福廷安慰道，"可九华正当读书年纪，可不能荒废了。"

姚九华是姚福廷夫妇最宠的一个儿子。

有道是老来儿子最得宠，这话也在姚九华的身上应验。

姚福廷夫妇还真有点捧在手里怕摔了，含在口里怕化了的做派。尤其诸葛宝凤，更是捧星星捧月亮似地带在身边。为了照顾好这个小儿子，诸葛宝凤一狠心将只有四、六、八岁的三姐妹赶到楼上睡觉。而就是这么一赶，姚九华在母亲的房中一直住了十八年。

诸葛宝凤的话，姚福廷当然听了进去。姚福庭夫妇决定将姚九华送进村里的私塾读书。

自潭塘坞村出了大儒姚秉德，村里就刮起了崇文风气。一时间"家家皆传读书声，户户堂前对成章"。耕读成风，世代相传至今。往往扛起锄头是农夫，捧起书本是文士。就是每家每户的房屋布局、堂屋摆设都透露出浓浓的书香门第的韵味。正因为崇文，姚氏家族在姚氏祠堂特辟了一间大屋作为私塾，供村里的孩子读书。

1934年，姚九华正值七岁，在父亲的陪同下进入了村私塾的大门。

其实，自民国后，学校已经如雨后春笋般蓬勃发展。教的内容也不再是《四书五经》、八股文章，而是《语文》《数学》等现代科目。因此在潭塘坞村，私塾只是村民们沿袭旧时的称谓。但有一件事，仍按旧例，那就是每月家长不但要给先生交份子钱，而且学生要轮流请先生到家里吃饭。这在当地叫给先生"种饭"。

这"种饭"也是有要求的。轮到的学生家，早晨是一碗白米粥、一只鸡蛋，中午是二荤一素，晚上也是二荤一素。

正因为上私塾是很费钱的，所以并不是每个孩子都有幸进私塾。为了九华的前途，姚福廷当然是二话没有。因为他是明事理的人，只有有了文化，人才会有出息，才能走出这闭塞的大山。

教书的先生不再是每日"之乎者也"，满口"子曰"的遗老夫子，而是一个在城里上过学的青年人。

这个青年人因受过新式教育，见过些世面，喜在课余时间向学生讲一些城里的新鲜事，介绍一些城里的新玩意。

一次在教"电"字时，见没有学生理解，他解释道："电是一种能量，它可以点亮电灯。有了电灯，能将屋子照得雪亮，就不用再点昏暗的油灯了。"看着学生茫然的目光，他又问："看见过打雷时那道闪电吗？"

学生们一下活跃起来，这个说："见过，见过。闪电将村子照亮哩。"

那个说："去年打雷，山上的树都着火哩。"

先生道："这就是电的作用。"

又一次在教"车"字时，先生问这些学生："知道什么是'车'吗?"

这次学生们都喊："知道。"

先生指着喊得最响的那位学生道："你来说说。"

那位学生道："用来拉东西的，我家就有。"

先生问："那么谁来拉呢?"

"我爹爹啊。"那位学生回答。

"我家用牛拉。"有一位抢着答道。于是引起一阵笑声。

先生道："都对。可人拉累，牛拉慢。现在城里出现一种叫汽车的，用机器带动，东西既拉得多，又跑得快。还有一种叫火车的，一次可拉几百人，从兰溪到杭州只要几个时辰。"

这么新奇的东西，姚九华似乎还不大理解。但他决定，一定要坐趟火车去杭州。

潭塘坞村的孩子书包沉重，学生们写字是用毛笔的，学生在书包里都会装着一方石砚。因此石砚成了书包里最重的物品，习以为常，不足为怪。但这并不能算学生们的累赘，毕竟村子不大，三步两步即可到家。有一样却最为学生深感无奈与委屈：写字前要在石砚内加水，用墨磨成墨汁，一不小心，这墨汁就会溅到手上身上，弄脏衣服，回家当然要遭父母责骂。

先生写字却不用毛笔，少了背砚磨墨之累，引起了学生们的好奇。先生将自己的笔展示给学生："这支笔，笔头是钢做的，所以叫钢笔。又因墨水装在笔杆里，写字时墨水会自动流向笔尖，又称自来水笔。因携带和使用方便，全世界的人都在用它，以后你们也会用的。"

先生还时常讲一些他所接触到的新东西给学生们听。

知识就在这不经意间传播。

这是姚九华童年时最美好的时光：白天跟着先生学习，放学了和同伴们下河抓泥鳅，上山采野果，真是无忧无虑。

五

兰溪习俗，隆冬季节，不管家庭还是店铺往往几个人围着一个炭盆以烤火御寒，尤以城里为盛。

所谓炭盆就是用来烧木炭的火盆。炭盆是中国旧时最实用的取暖用具。炭盆多为铜质，分无盖和有盖两种。无盖多为大型，可供多人取暖；有盖则多为小型，仅供单人取暖之用。有盖的又有分类，暖脚的称脚炉，暖手的称手炉或怀炉。

炭盆是用燃烧的木炭为热源，因此炭盆的大量使用，木炭的需求大，导致木炭的价格也居高不下。

为什么不直接烧木柴取暖，而要用木炭呢？这是因为木柴燃烧时火苗蹿得很高，还会产生大量的烟尘，在房子里，人是受不了这样的烟熏火燎的。而木炭是二次燃烧，烟尘已排尽，火苗很短，而且热量大增。

潭塘坞村因周边没有崇山峻岭，山货相对较少，又不是火腿的产地，形不成产业。人们只能把目光投向了烧制木炭。

烧制木炭工艺简单。树的枝杈比成材的大树好采集。所以人们将树的枝杈用砍刀劈成长短划一的柴禾，堆在一起让其充分燃烧。然后将燃烧的柴禾放入一只肚大口小的甏中，盖紧盖子，杜绝空气入甏，柴禾停止燃烧。冷却后，木炭就制成。

因此每当冬季来临，潭塘坞村就有了烧制木炭的传统。

早几年，天气奇寒，用炭量大增，炭不但好卖而且价格上扬。

姚福廷自然不肯放过这赚钱的机会，忙着制炭。

砍柴烧炭是很辛苦的。首先，由于村里制炭人多，附近山丘上的树木大都砍尽，要到很远的深山野坳才能采集到合适的木柴。其次，炭在燃烧时虽无烟尘，可在制炭时烟尘却很大。往往一天下来，制炭人除了双眼浑身上下没一处不是黑的，就是吐出来的口水也如同墨汁。再就是，运到城里卖了钱，才算劳有所获，如果碰上官兵盘剥、地痞欺诈，那一季辛苦就如同掉入潭塘河——付之东流。

1935 年，元旦刚过，寒气袭人。那天一早，已经四十六岁的姚福廷与儿子姚汝林将烧制好的满满四大筐木炭，挑到了一条停在潭塘河上的小划子上。

姚汝林是姚福廷的第八个儿子。如今上面的七个哥哥都已分户自立，下面的三个妹妹分别是十二、十四、十六岁，最小的弟弟九华只有八岁。因此十八岁的姚汝林，自然成了父亲的好帮手。

潭塘河的河埠距家尚有半里多路，父子俩将炭全部挑到划子上已是汗流浃背、气喘吁吁。诸葛宝凤把几只用布巾裹着还冒着热气的山芋递给姚福廷，嘱咐道："去的路上垫垫饥。卖了炭不要心疼钱，在饭铺吃顿饱饭。"见两人满头是汗，关切地说，"衬衫都湿了，西北风一吹要着凉的，要不回去换一身吧。"

姚福廷不耐烦道，"哪有这么娇贵。哪次砍柴不是这样，再说划船还是要出汗的。"回头对汝林道："上船，坐稳，走啰。"

划子是一种小型船。它两头尖尖，船身狭长，一般由一人坐船尾用桨划水前行。今天因划子上装了四筐木炭，吃水都快齐了船舷，船身很重，由姚福廷父子一前一后划水。

潭塘坞村坐落在兰溪城与诸葛村的中间，走水路，约距诸葛村二十里，虽是逆流而上，但水势相对平缓；约距兰溪城二十六里，虽是顺流而下，因要穿过富春江，则要凶险了许多。姚福廷父子选择将木炭送进兰溪城，因为那里木炭需求量大，能卖个好价。

因顺水，划水较轻松，划子也走得飞快。父子俩一路上有说有笑。

姚福廷道："汝林，划子顺水走得快，不要划了。歇歇，省点力。"

姚汝林道："爹，少用点力当然求之不得，可歇下来身上的汗水就成冰水了。"

姚福廷道:"到城里卖了木炭,找家小饭铺,要个什锦暖锅,喝点酒暖暖身。"

姚汝林道:"爹也大方起来了。"

姚福廷道:"临走你姆妈关照过的。"

姚汝林道:"姆妈可是关照吃顿饱饭。怕是爹酒虫爬出来了吧。"

"你……"姚福廷一时语塞。

河面上传来父子俩的笑声。

走了约七八里路,突然刮起西北风,而且猛烈异常,河面上浪也大了起来。划子随着风浪晃动起来。因划子已经吃水很深,经风浪一晃,马上有水涌了进划子里。

姚福廷经验老到,一看苗头不对,赶紧调转橹的划行方向。一边将划子向岸边靠去,一边喊道:"汝林,快上岸。跳!跳!"

姚汝林年轻,身手敏捷。就在划子倾覆的刹那间,奋力一跃,上了岸。可姚福廷就没那么幸运了,与四筐木炭一起翻入水中。

还好,因潭塘河不宽,而且划子也不重,姚汝林在路人的帮助下将父亲和划子拖上了岸。只可惜那几个月辛苦制成的木炭随流而去了。

姚福廷从水中被人救起,已成了落汤鸡,浑身湿透。经寒风一吹,衣服上马上结起了一层薄冰,人也打起了颤。见姚汝林对漂浮在水面顺流而下的木炭发呆,姚福廷道:"看也没用,回家吧。"

回到家中,诸葛宝凤一边烧热水给姚福廷擦身,一边淡淡地说:"木炭是身外之物,人在比什么都好。"

六

姚福廷用热水擦了身,又喝了碗红糖姜茶,自觉人舒服了许多,便让诸葛宝凤找了身干衣服换上,拿起两把船桨又要与儿子出门。

　　诸葛宝凤追出来问道："身子还没暖过来，又要去哪？不要命了。"

　　姚福廷应道："不就落了回水，权当洗了个冷水澡，什么命不命的。"挥了挥手中的船桨，"划子还在河滩边。时间长了会不见的，得赶快取回来。"

　　诸葛宝凤道："你这划子长期停在村口河埠，也没有不见啊。歇几天，等身体好点去也来得及哩。"

　　姚福廷道："这可是在荒郊野外，划子轻，谁也拿得走。"

　　这划子是姚福廷五年前购置的，是他最称心的、也是唯一一件有点价值的运输工具。有了它，运点山货上城里去卖，买点山里没有的物品回来，别提多便当了；有了它，邻居们也慷慨多了，只要姚福廷开口，借什么东西都有求必应。当然，邻居来借划子，姚福廷也从未吝啬过。

　　划子是姚福廷的心肝宝贝。每年农历新年一过，他总要将划子拉上岸，高高架起，仔细将附在划子上的苔藓清除，将划子的缝重新上一遍腻子，然后刷一遍桐油。用了五年的划子竟然跟新的似的。

　　诸葛宝凤知道划子对姚福廷的重要性，也就不再多说。

　　不出姚福廷所料，当他与儿子赶到事发地，远远望见河滩边有一伙人正将岸上的划子放进河中。只听其中一个带头的对其他几个人讲："船桨呢？大家找找看。"

　　姚福廷飞步上前道："不用找，划子是我们的。"

　　那个带头的闻言，回头上下打量着姚福廷父子俩，道："奇怪了，这划子明明是我搁在这，怎么是你的了呢？想吃白食，也不看看我是谁。"

　　姚福廷忙解释："这划子是今天早晨我们去城里时遇大风浪翻了，搁在这里的。因衣服湿透，回家换了衣服，现在来取划子了。"

　　正在放划子的几个人见状，停下来问那个带头的："五哥还放不放？"

　　那个叫五哥的道："放！我倒要看看谁敢从我五哥口里夺食。"

　　姚福廷一听，知道坏了。因为五哥是这一带令人头痛的地痞，整天带着几个小混混偷鸡摸狗，不务正业。可光天化日之下强抢豪夺倒还闻所未闻，欺人太甚。就这么眼睁睁让人将划子抢走，岂不被人笑掉大牙。

想到这里，姚福廷心一横、牙一咬，一屁股坐到了尚未下到水里的划子上，挥舞着手中的船桨道："谁敢动一动这划子，我跟他拼了！"

五哥本就是个掀掉帽子没有脑子的无赖，泼兴大发，一弯腰随手从河滩上捡起一块石头向姚福廷砸去："我叫你拼命。"

还好站在五哥身旁的姚汝林眼疾手快一挥桨，将五哥手里的石头拍下。

五哥见偷袭不成，恼羞成怒，转过身来逼向姚汝林："呵呵！好身手，有种玩两下。"

正在剑拔弩张、千钧一发之际，沿河滩的官道上走来一群人，竟然都是潭塘坞村人，结伴从兰溪城回家。他们见姚福廷父子在河滩上与人对僵，呼地一下围了过来。

姚福廷将来龙去脉说了一遍。可五哥就是死咬，划子是他的。

人群中有人认识五哥，知道此人是个无赖，没道理可讲，又不好得罪。这人平时处事圆滑，有手段。这时，突然想起兵书上"借力打力"一词，建议道："你们俩各说各理，我们平头百姓也做不了决断。乡公所就在不远，让乡公所作个判决吧。"

五哥这时被这么多人围着，一时骑虎难下，只得同意。

大家簇拥着向乡公所走去。

乡公所负责治安的是个五十多岁的老警察，打1912年就在此任职，任上还算风平浪静，只等六十岁告老还乡。可最近地面上出了叫五哥的混混，扰乱治安，民众怨声载道。可每当警察出警，人就逃得无影无踪，气得老警察咬牙切齿，发誓一定将其绳之以法，一直苦于没找到机会。

今见五哥被众人簇拥着来到乡公所，老警察感觉机会来了，精神为之一振。

在乡公所议事厅，老警察听双方讲了事情的经过，评判道："姚福廷讲得有点道理。"

那五哥反驳道："我讲得怎么就没道理呢？"

老警察问："你家距这河滩还有几里路，为什么将划子搁在这儿？"

五哥振振有词道："早上划子划到此处，突然起风，怕划子经不起风浪，只能就近上岸。"这话倒也滴水不漏。

老警察又问："既然划子是你的，那你说说划子有甚便于识别的特点？"

五哥一时语塞，强词夺理道："不就一个划子吗，有什么特别的。"

老警察转身问姚福廷："你说说。"

姚福廷朗声道："有！那划子底部写有'姚福廷置'四个大字。"

老警察一拍大腿道："行了，去看一下不就什么都清楚了。你既然运的是木炭，岸边总有洒落。"

那五哥一见不妙，就想开溜。老警察对手下年轻警察道："给我看着五哥。我办案喜欢水落石出，一起去看看。"

在划子边，姚福廷用一树枝刮去划子底部的苔藓，"姚福廷置"四个大字赫然在目。再看河滩，黑色的木炭星星点点。

老警察问五哥："还有什么说的？"

五哥嚅嚅道："见财起意，鬼迷心窍。不敢了。"

老警察对年轻警察一挥手道："带回去，新账老账一起算，明日游乡。"

七

月亮在瑟瑟寒风中就像一个圆圆的冰盘。经过一天奔波，划子是找回来了，又冷又饿的姚福廷总算回到了家。

见丈夫推门进屋，诸葛宝凤悬着的心总算落了地。

姚福廷接过诸葛宝凤递过来的热汗巾，在冻得有点僵硬的脸上着实敷了好一会儿，才再到注满热水的木盆前擦洗了一番。

乖巧的姚九华马上奉上刚沏好的热茶："爹，喝口热茶解解乏。"

八哥姚汝林打趣道:"还有我的呢。"

兄弟之间,姚汝林与姚九华年龄差距最小,两人接触时间最多,经常是姚汝林带着弟弟玩耍,因此最亲密。

姚九华经姚汝林一问,不好意思地愣在了那里,暗想:八哥待我这么好,我怎么忘了沏茶了呢。

还好,小姐姐端上一杯热茶解了围:"八哥,喝茶暖暖身子。"

姚九华灵机一动,拉起姚汝林冻得像红萝卜一样的手:"我给你暖暖手。"

诸葛宝凤一边将热在锅里的饭菜端上饭桌,一边喊道:"汝林,洗一下,与你爹一块儿吃饭。饿坏了吧,上午那几只山芋是不耐饥的。"

姚汝林委屈道:"那几只山芋早掉到河里喂鱼了。"见热气腾腾的饭菜端上来,他草草洗了一下,就坐到饭桌旁低头往嘴里扒饭,"哇,有腊肠炒鸡蛋啊。真香。"

诸葛宝凤忙道:"饿过头了,慢慢吃。别吃坏了肚子。"

已经坐在饭桌旁的姚福廷见姚九华睁着大眼睛看着桌上的饭菜,拿起筷子夹了片腊肠放进他的嘴里。

诸葛宝凤见状道:"九华吃过了。你饿了一天了,快吃吧。当心饭菜凉了。"

姚福廷道:"浑身发酸,不想吃哩。"

诸葛宝凤道:"怕是累了吧,吃了早点睡。"见姚福廷还是没有动筷的意思,又劝道,"人是铁饭是钢,你总要吃几口吧。"

姚福廷便简单扒了几口,就上床睡了。

半夜里,诸葛宝凤被热醒,一碰睡在身边的姚福廷,发现他全身竟像一块烧着的木炭,赶紧伸手一摸姚福廷的额头,也是滚烫滚烫的。

诸葛宝凤惊得腾地从床上坐了起来。

此时姚福廷也醒过来:"今夜真冷。"

诸葛宝凤道:"怕是发寒热头哩。"

姚福廷呻吟道："冷得吃不消。"

诸葛宝凤赶紧起床，点亮油灯，从箱子中抱出一条棉被给姚福廷加盖上。这时姚福廷又喊口干。诸葛宝凤赶紧穿好衣裤，生火烧水。

就这样一折腾，天也大亮了。

姚九华一觉醒来，见父亲满脸绯红，母亲正在喂他喝水，就问："爹怎么了？"

诸葛宝凤道："你爹身体不舒服，怕是昨日受风寒了。有我呢，没事。锅里有热山芋，吃了去上学。快放寒假了，别落下功课。"

姚九华自己从锅里拿了两个山芋上课去了。

诸葛宝凤见姚福廷高烧不退，就说："要么请个郎中来看看吧。"

姚福廷不以为意："谁没个头疼脑热的。山野村夫，哪那么娇气。吃点草药，盖个被子，睡它两天也就好了。去，拿些板蓝根煎汤喝。"

一剂板蓝根下去高烧似退了不少。但姚福廷还是感觉身子软绵绵的，没有一点力气。诸葛宝凤放心不下，姚福廷一边喝着粥，一边安慰道："再躺两天就好了。我还想把制火腿的技术学来，我们也腌制火腿。我就不信，邻村能做，我们就不行。"

两天一过，原想大展宏图的姚福廷非但没有站起来，反而连床也下不了了。他高烧又起，先是呕吐不止，而后竟然昏迷不醒。

从诸葛村中医馆请来的郎中先是想看舌苔，用竹片一撬嘴巴，竟然撬不开。一把脉，细若游丝。听罢诸葛宝凤述说，摇了摇头道："急火攻心，已入膏肓。为时晚矣。"

诸葛宝凤问道："就一点办法没有了？"

那郎中道："要么送兰溪城医院试试，不过恐怕凶多吉少。"

听闻父亲病危，几个自立的儿子纷纷赶来，决定送兰溪医院。

自家的划子肯定不行。求爷爷告奶奶，在族长的出面下，总算向富户姚琴联将潭塘坞村唯一一艘船借了出来。

诸葛宝凤从箱底翻出藏了十几年的银元，用汗巾包了，跟着上了船。

姚九华是眼看着船驶离的，可当夕阳西下回来时，船上已是哭声一片。

原来船还在去的路上，姚福廷就只有出气没有进气。人一抬进医院，就断了气。

医生略做抢救就宣告"回天乏力"，并告诉死者家属："得的是肺炎，早一天来，有一种叫盘尼西林的进口药可治好。"

只有八岁的姚九华想不通，前几日还老当益壮，雄心勃勃发誓要让全家过上好日子的父亲，今日怎么就阴阳两隔了呢。

按兰溪习俗，家里死了人应由家里年长者主持丧事。而姚家死的是男主人，诸葛宝凤六神无主，自觉难以胜任，怕将丧事办砸，引起邻居议论，愧对九泉之下的死者。可姚福廷一支几代单传，无长者可托。诸葛宝凤就请来族长主持。

办丧事是要花钱的。诸葛宝凤毫不犹豫地将夫妻俩辛苦攒起来的钱拿出来交到族长手上："人生最后一次，办风光点吧。"

姚福廷平时做人讲义气，人缘好，来吊唁、送葬的人多，诸葛宝凤甚感欣慰。

按习俗，人死要守灵三日。这三日，姚九华没离开灵堂半步，直至父亲的灵柩在西首石头山安葬。

八

家没有了男主人，等于少了主心骨。而更严重的是，经济来源成了家里的大问题。常言道："一钿逼死英雄汉。"更何况诸葛宝凤这样的村妇呢。

十八岁的姚汝林去了邻村一大户人家的作坊当学徒，一天只管三顿饭。说是学徒，干得却是长工活。

诸葛宝凤又是心痛又是气愤："这不是欺负人吗。汝林要不别去了。"

　　反倒是姚汝林安慰母亲："我这也是去渡难关，家里总归少了一张吃饭的嘴，也算帮娘减轻点负担。家里还有三个妹妹一个弟弟，娘的担子还重着哩。"

　　想想还有这么多张嘴等着解决，诸葛宝凤马上没了脾气。

　　私塾姚九华自然是不能上了，这份子钱与供先生的"种饭"实在是拿不出。

　　春节过后，小伙伴们背着书包来叫姚九华："九华，开学了。一起走。"

　　姚九华坐在大门口用条石搭成的石凳上，只顾低头用树枝在地上胡乱画着。

　　"拿书包去啊。不早哩，恐怕先生都到哩。"小伙伴催促道。

　　"不读了。"姚九华闷声闷气道。

　　"为什么啊？你可是学得最好的，先生夸奖最多的可就是你呢。"小伙伴继续追问。

　　还是一个年龄稍大的小伙伴扎出了苗头，赶紧道："恐怕要来不及了。我们先走了，九华准备好快过来。"

　　姚九华望着远去的小伙伴，眼里噙满了泪水。

　　从此，姚九华又开始整日跟在三个姐姐后面了。

　　此时诸葛宝凤的三个女儿，按理还是在父母怀里撒娇的年龄。但自父亲一死，似乎一夜间都长大，她们开始知道为母亲分忧了。毕竟还小，干不了什么大事。于是，上山拾柴禾、采野菜，下河摸螺蛳、抓小虾成了她们每日的功课。

　　这当然是填不饱肚子的。

　　家门前的柿子树成了姚家赖以生存的最大保障。

　　这柿子树是诸葛宝凤嫁过来那年种下的。其实那年还种了一棵枣树，期盼"早生贵子"。不想这一期盼，孕育陪伴了她前半生。

　　这两棵树生命力也的确旺盛。每当秋季来临，树上挂满了累累果实，路过的人无不啧啧称奇。

这两棵树从此成了诸葛宝凤贴补家用的钱袋子。

当第十二个孩子降世，姚福廷有点百思不解。别家一般都只有三四个孩子，最多也就生个六七个孩子，自家怎就没完没了呢。

那天正好村里来了风水先生。姚福廷请风水师来释疑解惑。

那风水师拿了个罗盘，屋前屋后，天支地干地一阵忙碌，一拍脑袋道："有了。"

姚福廷忙道："请仙师指点迷津。"

那风水师指着大门口那两棵果实累累的树道："此树成精，将果结到肚子里去了。"

姚福廷二话不说，拿了把砍刀对着枣树就是一阵猛砍。诸葛宝凤听见动静，冲出来死死抱住姚福廷道："这话你也信，按他的意思我们的孩子岂不都成了妖精。这两棵树可是我们生计的依靠呢。"

那风水师见状，溜得比兔子还快。

姚福廷这才意识到自己太猛浪了。

第二年，那枣树再也没有吐出新芽。从此诸葛宝凤对尚存的柿子树更是用心呵护。

如今姚福廷不在了，诸葛宝凤就更加倚重这棵柿子树了。

秋天来临，诸葛宝凤就将尚青涩的柿子从树上采下来，一层柿子一层松针，码在大大小小的瓦鬶里。用这种方法储存起来的柿子可放很长的时间，精明的诸葛宝凤要等到市场上几乎没有柿子时，才拿出来卖。这样可以卖个好价钱，诸葛宝凤必须精打细算锱铢必较。这些柿子卖得的钱至少可维持姚家三个月的生计。

见母亲困难，几个已成家的儿子也会时不时地给予一些接济日子，也能将就一段时日。再不，就只能向乡邻们、亲戚们借支。

有一次，姚九华实在太饿了，竟一个人跑了二十里，到了诸葛村的外婆家。

以往每年大年初一，父母亲总要带着小的几个孩子去外婆家拜年。年幼的姚九华印象最深的是，外婆家开了家杂货店，店里许多好吃的糖果、糕饼。坐在店里的外公总是笑眯眯地让姚九华随意吃，母亲见了总要出来阻止。而外婆总是说："小孩子家能吃多少，放开肚子吃。"回家时外婆还会让父母带回许多好吃的。

正在纳鞋底的外婆见站在眼前的外孙惊呆了："这不是九华吗，怎么瘦成这样了呢。"

姚九华道："外婆，我饿。"

外婆家刚吃过午饭，没有剩余的。外婆见外孙大老远跑来喊饿，知道女儿日子难过，心里一阵酸楚，扔掉手上的鞋底，向杂货店喊过去："老头子，快拿点状元糕过来。"见姚九华狼吞虎咽的样子，外婆倒了一杯水："喝点水，慢点吃。外婆给你烧饭去。"

姚家经济来源少，为了节约诸葛宝凤只开上午九点与下午三点两顿饭。男孩子顽皮，活动量大，这是姚九华肚子饿得快的原因。

那天，到了下午吃饭的时候，诸葛宝凤突然发现，平时第一个冲向饭桌的小儿子，竟然没出现。诸葛宝凤村前村后跑了个遍也没见姚九华的踪影。

有个在村外放牛的邻居见了道："九华向诸葛村那条路走哩。"

当诸葛宝凤赶到娘家，只见姚九华正依偎在外婆身边，不由分说，一把拎过来就往屁股上拍："谁叫你招呼都不打就跑出来。"

外婆忙劝阻道："外孙想外婆了，怎么不可以。"

诸葛宝凤道："一个小孩子跑这么长路，不放心哩。"

外婆道："这倒也是。九华，下次想外婆尽管来，对娘总要讲一声，以免家里着急。"

诸葛宝凤要姚九华一起回去，外婆发话道："既然来了，就让九华住几天吧。到时叫他舅舅送回去。这里我备了点吃的，你带回去给那三个丫头吃吧。"

诸葛宝凤知道这是母亲雪中送炭，泪水哗地一下流了下来。

九

1937 年，抗日战争全面爆发，在日寇铁蹄下的中国到处腥风血雨。兰溪虽尚未波及，日本兵烧杀奸淫的消息还是时有传来。潭塘坞村也同样笼罩在惶惶不可终日的氛围中。姚家就像风雨飘摇中的一叶扁舟，在狂风巨浪中挣扎。

其间，三个女儿陆续嫁了出去。家里只剩下母亲和姚九华两个人。但就是两个人的生计，还是让诸葛宝凤伤透了脑筋。

1939 年，在姚九华十二岁时，生活实在难以为继，诸葛宝凤将他送到村中富户姚琴联家放牛。

条件是苛刻的，姚九华替姚琴联家放两头牛，工钱是每月一斗米，一斗米就是 12.5 斤。用这些米难以维持一家人生计，是不可想象的，但在诸葛宝凤的操持下，12.5 斤米拌上野菜，一家人可吃一个月呢。

放牛是个非常苦的工作，并不是牧童躺在青草碧绿的山坡上，对着蓝天白云吹竹笛的惬意之事。

在放牧时，姚九华要时刻看着牛，可不能让牛去吃田里的庄稼。如吃了田里的庄稼可要引起邻里纠纷，损失大的话，那是要赔偿的。牛的主人当然不会出一分钱，赔偿都是从姚九华的工钱中扣除。有时两头牛走散了，姚九华就要将它们往一起赶，个子矮小的姚九华对付两头五百多斤的壮牛，自是有些力不从心。

最辛苦的时候是冬季。在这个季节养牛要求是很高的。只有冬季将牛养得肉壮膘肥，在春季农忙时牛才有力气耕田犁地。可是那时，田间地头山坡上草儿已经枯黄，牛主要是靠圈养。

而恰恰这个季节的牛最难侍候。牛吃了大半年鲜嫩多汁的青草，突然改吃枯黄的稻草，它们是不情愿的。必须靠人工强制喂食的办法来解决，而且要大幅增加喂食的次数，因此，在圈养的季节，姚九华的工作时间被拉得非常长，基本上是早上五点一直到晚上十点。

　　姚九华在早上五点起床，第一件事就是给牛圈的食槽加水，然后给牛喂第一次草料。这可不是将铡碎的稻草倒在食槽中就完事那么简单。为让牛能吃，姚九华要把稻草打成粽子大小一个个草结，再在每个草结中包上五六颗豆子。牛是一种非常有灵性的动物，它们往往鼻子闻到干稻草的气味，嘴一碰到稻草结，马上就拒绝进食。这时，就要靠姚九华将草结塞到牛的嘴里，而且一直要塞到牛的喉咙口。就光放到牛嘴里，牛是要吐出来的。只有在喉咙口的草结，牛才能感觉到豆子的味道，才肯将草结吃下去。这样的工作，姚九华一天重复几十次。而稚嫩的手臂被牛咬住这是常有的事。每当母亲看见姚九华又红又肿，布满牛牙印的手臂，也只有心痛和流泪的份。有时反而是姚九华安慰母亲："姆妈，没事。不痛，过几天就好了。"

　　姚九华就是这样干活，东家姚琴联还不放心，时时要来检查。稍有不满或是觉得牛没有吃饱，那么这一天就成了姚九华的苦难日，工作时间延长，不能睡觉，直至姚琴联满意为止。

　　姚九华拼死拼活一干就是三年。由于东家贪婪的性格，最后他还是离开了姚琴联家。

　　事情发生在姚九华十五岁那年。

　　10月份，正是农村的收获时节。梯田里的稻子黄了，树枝上也挂满了熟透了的果子，水荡里的鱼儿也经过一夏的滋润，肥美壮硕。那漫山遍野的稻子、水果当然是不能动的，姚九华知道那是乡亲父老们一年辛勤劳作的结晶，也是庄稼人一年的企盼。可这野水荡里的鱼是自生自长的活物，是谁都可以捉的。当然，捉鱼不是件容易的事。

　　那天，姚九华放牛回村，路过村外的野水荡，忽然见水荡边上水花四溅，走近一看一条很大的鲤鱼刚好卡在水荡边的石缝里。虽然摇头甩尾，就是挣不脱。姚九华见状大喜，连忙跳下水荡，将鲤鱼提了上来。他找来了几根稻草，将鲤鱼穿了，提在了手上。

这是一条很大的鲤鱼，有一尺多长，三斤多重，提在手里沉甸甸的。在回家的路上，他想，家里已经很长时间没有吃荤腥东西，今天可以让母亲尝尝鲜美的鱼汤了。

这么大的鲤鱼，在野生的水荡里是很罕见的，况且姚九华是徒手捉住，更是少见。一传十，十传百，全村的人都知道姚九华捉到了一条大鲤鱼。

消息很快传到了姚琴联的耳朵里，他马上赶到村口，对迎面走来的姚九华说："把鱼给我。"

见姚琴联用命令的口气与自己说话，姚九华本能地将鱼藏向了背后，问姚琴联："为什么给你？"

姚琴联不容置喙地说："这鱼是我的。"

姚九华一脸惊愕，反问道："这鱼是我在野水荡里捉的，怎么成你的了呢？"

姚琴联蛮横地回答："你在为我干活，你捉的鱼当然是我的。"

本来村里的人都在为姚九华捉到了一条难得一见的大鲤鱼而高兴，姚琴联横插杠子一搅，都觉得索然无味。有几个转身离去，有几个摇着头。

姚九华理直气壮地说："我是在放牛回来的路上捉的，并没有影响干活。"

姚琴联见平时低眉顺眼的姚九华今日如此不给面子，断然地向姚九华道："要么把鱼给我，要么你别再在我这里干了。"

"不干就不干！"姚九华少年气盛，自不相让。

"好，那就这么定了。马上回去结账，明天不用来干活了。"

就这样，在十五岁那年，姚九华丢了已经干了三年的第一份工作。

在场的一些乡亲看在眼里赞在心里，都觉得姚九华对财主敢于对抗，长了大家的志气。事后，有人在议论这件事的时候，评价姚九华："这伢儿有骨气，将来能成大事。"

十

骨气是有了，可饭碗也丢了。回到家里，免不了受母亲的埋怨。姚九华不怪母亲，母亲要考虑的当然要比骨气更实际的东西——生计。工作丢了，就意味着母子俩的生活无了着落。看着姚九华一脸的愤懑，做母亲的也只有暗自落泪。

看姚九华年纪小小就这样有骨气，村里同情的人自然不少，愿意帮忙的人也大有人在。很快，有人传来消息，潭塘坞村首富姚顺美家要找一个放牛的，问姚九华可愿去。

在这种时候，这样的境遇下，姚九华自是没有挑三拣四的资格，马上答应了下来。

潭塘坞村地处山区，土地贫瘠。因此，真正的富裕大户并不多。

已经十五岁的姚九华，虽还是孩子，但由于岁月的磨炼，已经能干一些力气活了。

双方讲定，姚九华在姚顺美那里算是半长工。也就是说，除了放牛外，还要与长工一起干诸如砍柴、犁田、耕地那样的农活，每月的工钱是二斗米。工钱是涨了一倍，可活却多了一倍不止。

姚顺美家有个长工叫姚寿标，因对田里的农活样样精通，被人称作"田头"。

在兰溪，田头有两种含义，一是种田的好把式；二是长工的带头人。姚寿标这个田头自是两种含义兼而有之。在农活上姚顺美很是听他的。

姚寿标知道姚九华从姚琴联那里出来的原因，对他很是赞赏。因此，除了放牛，干农活时姚寿标也总把姚九华带在身边，不但手把手教他如何干农活，还讲一些为人处世的道理、典故给他听。和姚寿标一起的几年，是姚九华一生中最受益的几年。他懂得了许多做人的道理，确立了处世的原则，有了自己的是非观,更是养成了坚韧不拔的性格。所有这些,对姚九华来说是积累下的一笔不小的人生财富。

有一次,姚九华上山放牛,那牛在山上撒欢地奔跑起来,姚九华跟在后面。不巧的是那天姚九华穿在脚上的草鞋时日已久,经激烈的跑动,整个鞋散了架,他顿时光脚丫了。可那天也怪,那两头牛一直在撒欢,不管姚九华怎么挥鞭吆喝,牛就是不停下来。为了不让牛糟蹋庄稼,确保牛不走散,姚九华只能光着脚在后面拼命地追赶。一路下来,腿上被山里的荆棘划出一道道的血迹,脚底板被山上的石头磨得满是血泡。那血泡一破,脚底板血糊一片。疲惫的姚九华一瘸一拐地回到家中。母亲一边忙着给姚九华洗脚,清理嵌在伤口里的沙粒,一边默默地流下了伤心的眼泪。

在地主家干活是没有请假一说的,即使受伤了,第二天该干的活还是得干。"还去不去?"母亲泪眼婆娑地征询姚九华。"去,当然得去。"已经知道担当的姚九华没有退却。要去干活,当务之急是要有一双合脚的草鞋,村里杂货店倒是有草鞋卖,可姚九华的母亲口袋里并无一分一厘。

于是母亲只得就着昏暗的油灯连夜打了一双草鞋。

早晨起来,穿着母亲亲手做的草鞋,姚九华心里暖洋洋的。说来也怪,穿了这双草鞋,姚九华脚上的伤不是很痛了,伤口也在第三天结了痂。

在跟着姚寿标的这几年里,他们也曾出过一件糗事。

那一年的 11 月份,西风乍起,正是鱼肥果硕时。姚顺美在村外有一口大大的鱼塘,也已经是肥鱼满塘,一条条尺把长的大鱼时时跃出水面,主人姚顺美只等年关到来,卖个好价。

这满塘的鱼儿引来路人羡慕的眼光,同时也引来了众多的偷鱼贼。

和往年一样,姚顺美在鱼塘边搭了个窝棚,派人看守鱼塘。

这天正好轮到姚寿标晚上看鱼塘,姚寿标就带了姚九华一起去。

月上树梢,四周一片静谧。两人聊了一会天,看看也没有什么情况,就进了窝棚,在里面的铺板上睡下。由于白天劳作了一天,已经很累,所以两人很快进入梦乡。

　　年长的姚寿标睡得轻一点，睡了大约一个时辰，感觉到了鱼塘边有响动，一下爬了起来，随即下铺，可不想一下铺就掉进了鱼塘里。姚寿标一边扑水一边喊姚九华快起床，有偷鱼贼。姚九华听喊，也一骨碌翻身下铺，不想一伸脚也掉进了鱼塘。那偷鱼贼们自然是跑得没了踪影。

　　怎么会两人从铺上下来就掉到鱼塘里呢？原来，说是窝棚，只不过是在四根竹竿上搭了一个顶棚罢了。那睡觉的铺也只不过是两只长凳上架一块木板而已。由于鱼塘的塘堤狭窄，窝棚是沿鱼塘而搭，那铺板就只能一边临水，一边靠岸。那几个偷鱼贼见他们两个睡得正酣，一起将铺板轻轻抬起来，调了个个，这样上铺时的一边成了临水的一边，而他们下铺时还是从上铺时的那边下，不掉水里才怪呢。

　　11 月的夜晚，从水里爬上岸，西北风一吹自是冻得瑟瑟发抖。两人只得赶紧跑回家中换衣服。

　　谁知姚九华家中并没有换的衣服，母亲只得起床，挑灯点燃了灶中的稻草为姚九华烘衣服。

　　第二天，全村的人都知道了这些事，一时传为笑谈。

十一

　　1942 年，日本兵在以徐补诚为军长的皇协军的配合下，突破钱塘江的防线大举侵犯浙南。但浙南毕竟是浙江抗战的大本营，积蓄着大量的抗日力量，而且交通不便，因此对山区日本兵是鞭长莫及的。

　　日本兵只能沿浙赣铁路入侵。其实，在浙南，日本兵也就是在浙赣铁路沿线活动。

　　5 月间日本兵占领兰溪城，马上开始了对兰溪周边乡村的杀戮。

　　潭塘坞村因离兰溪城较远，况且没有公路直达村中，没有直接受到日本兵的侵害。可日本兵的残暴行径还是不断传来。

姚九华最愤怒的事，是三叔公家的女儿惨死日本兵刺刀下。

记得六年前三叔公家女儿出嫁，虽已不兴凤冠霞帔，却也十里红妆，凤眉朱唇，漂亮得像天上的仙女，第二年还抱了个胖娃娃回娘家。三叔公家女儿的夫家在紧邻兰溪城的一个村子，较潭塘坞村富得多。大家都说三叔公家女儿福气好，总算走出穷山。

噩耗在三叔公家女儿死后的第二天才传来。那天日本兵进村就烧杀奸淫，整个村子除了外出的没留下一个活口。

三叔公当天趁夜将女儿一家三口的尸体偷偷运了回来，葬在了村西石头山上。

日本兵占领兰溪城，城里的人纷纷往乡下逃难，越是偏远越安全。地处穷乡僻壤的潭塘坞村，人突然多了起来。他们大都是投亲靠友而来。

姚九华家也住进了一大家子。

其实这一大家子诸葛宝凤并不认识，是隔壁邻居领来的："福廷嫂，今有一事相求哩。"

诸葛宝凤一看阵仗，心中马上明白，忙道："乡里乡亲，还客气啥。只要我能办的。"

隔壁邻居忙将领头那个穿着长衫拎着个大皮箱的中年男人，引到诸葛宝凤的面前道："徐先生，城里开布庄的，我儿子的东家，逃难来了。原是打算住我家的，可我那里已住进一户亲戚了，实在安顿不下了。你这儿尚有空房，让徐先生一家借住一段日子可好？"

诸葛宝凤道："家境贫寒，怕是委屈他们哩。"

徐先生边上那位穿旗袍的中年妇人忙上前道："已是沦落天涯之人，能有个遮风躲雨的地方就不错了。你这里这么宽敞，不委屈，不委屈。"

隔壁邻居将诸葛宝凤拉到一边悄悄道："徐先生会给房租的。"

诸葛宝凤道："这不趁人之危吗，不收房租。"转身对那位穿旗袍的中年妇人道，"楼上有三间空房哩，随你们住。"

徐先生道："那太好了。"又对那中年妇女道，"太太，我们是遇到好人了。"

隔壁邻居道："我去把你们的行李搬过来。"

徐先生道："这怎么好意思呢。我去拿吧。"

隔壁邻居道："你还是打扫一下吧。"

床是现成的，当徐先生把房间打扫好，行李也搬了过来。

客人是安顿好了，也快到吃晚饭的时间，这倒使诸葛宝凤犯难了。客人刚到，肯定无处吃饭，那么无论如何都应帮助解决一下。可现在正值青黄不接之际，家中的口粮也就是姚九华每月从姚顺美家取来的二斗米，以及秋收后自己从田里拾来的稻穗、刨来的小山芋，要么就是从山地掘来的野菜。城里人又是有钱的老板，这样的饭食肯定是拿不出手的。

诸葛宝凤从来不是小气的人，她决定先把当晚的饭食解决好。她上了趟村西石头山，掘了几只山笋、采了把香椿头，又把屋檐下挂了有半年的腊肠取下来洗净。一碗咸菜山笋、一盆香椿鸡蛋、一盘菜干腊肠就上了桌，她又烧了一大锅米饭。

徐先生一家正在楼上一边整理床铺，一边商量解决晚饭的事，听诸葛宝凤在楼下请吃饭赶紧下了楼。只闻得满屋饭菜飘香，甚是激动，徐先生道："福廷嫂，避难贵舍，已感激不尽。再如此招待，无以为报。"

诸葛宝凤道："先生可别这么说。乡间饭食，取自田间地头，随手而为。粗茶淡饭不一定适口。"

徐先生道："哪里，哪里。这可是城里吃不到的，有口福了。"

还是女人心细。在诸葛宝凤与徐先生对话间，徐太太去了灶间，掀开米缸一看，已露缸底。女人指着米缸对诸葛宝凤道："过了今日，明日如何？"

诸葛宝凤笑道："我不是说过了吗，田间地头，可取的吃食多着呢。最饿不死的就是山野之人。"她掀开一个箩筐盖，指着里面的山芋、毛芋道："这也是吃食哩。"

正说话间，隔壁邻居的儿子来请东家吃饭，见诸葛宝凤家已做好饭菜，道："又是住宿，又是饭菜的，这怎么好意思啊。刚才太匆忙，没交代清楚，我是布庄的伙计，这饭菜么怎么说也是我尽地主之谊啊。"

诸葛宝凤道："住在我家，当然是我尽地主之谊。"

说话间，徐先生将伙计拉到了边上，拿出二十块钱交给他，嘱他买些米及肉等。

再说姚九华放好牛，回到家里，见家里来了这么多人，甚是好奇。诸葛宝凤忙拉着他见徐先生："九华，这位是城里来的徐先生。要在我家住一段时间哩。"

徐先生问道："好精神的孩子，几岁了？"见姚九华手里拿了根放牛鞭，又问道："放牛啊？"

徐先生有一张弥勒佛似的圆脸，笑起来眼睛眯成了缝，一副和蔼可亲的样子。姚九华全无乡下孩子怯生的毛病，大声答道："十五岁哩。我家没牛，是替东家放牛。"

徐先生道："小朋友，我们要在你家借住一段时间，欢迎不？"

姚九华道："我知道，日本兵侵占了兰溪城。徐先生是避难的，当然欢迎。"

就这样，徐先生一家在姚九华家前后住了两个多月。

徐先生有钱，伙计时不时给他采买一些鸡鸭鱼肉来。因徐先生喜饮酒，伙计还特意从集市上买来了一坛绍兴酒。见状，诸葛宝凤执意分灶吃饭。而徐太太烧菜时总会给诸葛宝凤母子盛上一碗。

这两个多月是姚九华最欢乐的时光。徐先生饮酒喜摆酒摊头，讲一些生意场上的典故、趣闻。姚九华放牛回来总爱端个小竹椅，坐在徐先生边上，做一个忠实的小听众。那些生意经，他虽然一知半解，却也记在了心底。

十二

在浙西，没有煤炭资源，烧水做饭等基本以柴薪为主。而潭塘坞村因还有烧制木炭这一传统行当，因此上山砍柴成了村里的一条活路。贫苦人家或将砍来的柴拉到集市叫卖，或制炭出售，以此贴补家用，甚至成了有些家庭维持生计的一大来源。在潭塘坞村，村民们在忙完农事后，都有上山砍柴的习惯。

作为老财主的姚顺美当然也不会放弃这项收益。于是长工在农闲时常被他支使上山砍柴，作为半长工的姚九华当然也成了砍柴大军的一员。

然而砍柴可不是件容易的事情。原因是潭塘坞村周边的丘陵已被世世代代的村民们改造成梯田，近处并无树林供大家砍伐，通常的去处是潭塘坞村二十多里外的黑山。

黑山，山如其名，由于山上林木茂密，植被丰富，远远望去，黑森森一片。黑山海拔八百多米，在以丘陵为主的兰溪来说，也算是鹤立鸡群的崇山峻岭了。由于远离尘世、人迹罕至，山中除了砍樵人和猎人踩出来的几条羊肠小道之外，就是山洪冲击出来的泄洪道。

上山砍柴可是件辛苦的事。因路途遥远，一去就要一整天。小小年纪的姚九华跟着年长的村民们，在月亮尚在西边树梢时起床，带上柴刀和绳束，背上用米、黄豆拌和炒成的干粮，踏着月光，踩着露水向山中进发。大概由于砍柴人逐渐地增多，黑山山脚下已无柴可砍，要砍象样的柴禾，必须沿着蜿蜒的山道，到黑山的深处。在高高的山上砍柴，最头痛的事情是如何将柴禾搬运下山。崎岖的山道成了运柴的最大障碍，用肩挑背扛是不可能的。人们想出了一个"笨"办法，在山上砍出三倍的柴量，捆成一捆，然后沿着山道往下滚。由于在滚的过程中，会有很多柴禾散落，在路途中的损失是很大的，到了山脚下，集集拢，也就只剩一个人挑的量。

在上山砍柴的这段时间里，姚九华朝出晚归，餐风饮露，日晒雨淋。渴时掬一把山泉，饥时掏一块干粮。而手臂被刀划到，腿被荆棘挂破更是习以为常的事。

深山老林蛇虫野兽出没。有一次姚九华在砍柴时，猛然抬头，眼前竟然站着一只比狗大了许多的野兽，瞪着大眼睛看着他，吓得他大声喊了起来。在附近砍柴的同伴们听见喊声，一起跑了过来，才把它驱走。而遇着毒蛇，对姚九华来说，则是稀松平常的事，由此他也练就了一手制服毒蛇的本事。

那年砍柴将结束时，姚九华捉到了一只像猫一样的动物，毛茸茸、黄澄澄的，令人爱怜。姚九华捉住它，它就顺势惬意地躺在他的怀里，时而咂嘴，时而闭眼，煞是可爱。爱不释手的姚九华就将他带回了家，找了只大竹筐，底下铺些稻草，晚上放在了堂屋的炉灶边，便与母亲回屋睡下。

到了半夜，忽然听见有敲门的声音。可仔细听又不像是敲门，而是个什么东西撞门的声音。

母亲首先被惊醒，问了几声谁，可没有得到回应，要姚九华起床去看看。因声音有异样，已经起床的姚九华并没有贸然去开门，而是来到窗前向外张望。这一望，可把他吓得不轻。门外竟然蹲着一只老虎，正是这只老虎用头撞击着姚九华家的大门。

姚九华紧张得大气也不敢出，蹑手蹑脚来到母亲的床前，轻声告诉母亲："像是老虎在门外撞门哩。"

经验老到的母亲马上想到了姚九华带回家的"猫"，对姚九华说："儿啊，你闯大祸了。今天带回家的可不是猫，而是一只虎崽。这是老虎来找自己的孩子来了。"

"这可怎么办？"姚九华带着哭腔问。

"别出声了，等等看吧。"

就这样，母子俩相依着挤在床的一角。

老虎撞门的声音一直持续到凌晨四点多钟。在天空露出一线晨曦时，老虎才姗姗离去。

当天，老虎光顾姚九华家的事就在潭塘坞村传开了。

这是非同小可的事。在当地，老虎被人们认为是山神的替身，老虎半夜来撞门那可不是什么好事，这引起了姚氏族长的重视。姚九华被叫去问话，当然不敢有半点隐瞒。

族长和几个德高望重的长者一听自然全明白了，这是老虎来找自己的虎崽。这必须认真对待，而且马上要解决的事。否则老虎发威，再来寻事，轻则村里的牲畜被吃，重则就会伤人，到那时后果就难以想象了。

经过大家紧急协商，一致决定，虎崽必须放归山林。解铃还许系铃人，这件事当然只能由姚九华去做，只有他知道虎崽的出处。

姚九华一听，吓得魂魄出窍。他喊着："我不去，不去！如果老虎就在那树林里，我不就给它吃了吗。"

大家一听，觉得也是，总不能把一个孩子送入虎口吧。

几个头发花白的长者又到一起碰头。

最后决定，选派几个年轻力壮的青年人，带着防身的器械陪姚九华去放虎。

很快三个青年被选了出来。可是随之而来又有的新的问题，这么危险的事没有报酬是没有人去的。姚九华家吃了上顿没有下顿，哪里付得出报酬呢。最后定下来，三个青年的报酬为二十四斤大米，由姚九华的东家姚顺美代付，再由姚顺美从姚九华的工钿里慢慢扣除。姚顺美见这个决定对自己并无损失，爽快地答应了下来。

事不宜迟。姚九华从家中抱出虎崽，三个青年人手持鳌叉——一种有三个尖头的钢叉，兰溪农村人们用来叉鳌的工具，结队向黑山走去。

送虎的行动还是顺利的，整个过程并没有老虎出现。

事后，姚九华的母亲为感谢族长的鼎力相助，专门去族长家跪地谢拜。

十三

姚九华的童年，有件驱之不散挥之不去的事。那就是姚子勇之死，一直萦绕在姚九华心头，有一种说不出的痛楚。

姚子勇大姚九华五岁，老成持重，是姚九华儿时最好的伙伴。他总像大哥哥一样呵护着姚九华。有人欺负姚九华时，姚子勇会奋不顾身地出面维护他，有一次甚至为了姚九华和别的孩子打架，衣服、裤子都扯破了，回家挨了一顿父亲的老拳、母亲的臭骂。姚九华见了真是过意不去，可姚子勇却没事一样。最让姚九华难以释怀的是，姚九华在姚琴联家放牛时，有一头牛跑到稻田里吃刚抽穗的稻子，由于年纪尚小，姚九华根本无法把牛赶出稻田，急得他泪水都流了下来。见状，姚子勇跳到田里，冒着被牛顶翻的危险，用双手掰着牛角，硬是将牛拽引出了稻田。

事情的发生并没有征兆。活生生地摆在姚九华的眼前，撕噬着姚九华的心。

那天，天蒙蒙亮，姚九华、姚子勇及乡亲们像以往一样，相约去黑山砍柴。

那是丰收后的一天，有了收成的庄户人家，家家的屋里都有了囤粮。手中有粮心中不忧，不管手中粮食的多寡，至少紧张了一夏的心总算有了一时半刻的放松。一路上，姚子勇还吊着嗓子唱起了兰溪山区特有的山歌调，引来大伙阵阵的叫好声。

砍柴的过程也是那么的顺利。下午两点不到，大家都砍足了所需的柴。

正当大家张罗着往山下滚柴的时候，姚子勇向大伙打了个招呼，说是口有点渴，去山间那黑龙潭喝口水。

黑龙潭是黑山上有名的水潭。面积不大，最多不过半亩，由黑山顶流下来的山溪积聚而成，水潭很深，没人认真地测量过。因水非常清澈，仅目测就有三丈多深。黑龙潭的水非常凉，就是炎炎夏日，也从没有人敢下潭去。

黑龙潭的四周古木参天，杂草丛生，怪石嶙峋，给人一种阴森森的感觉。

为了等姚子勇喝水，大家都停了手中的活，坐在山坡的石头上一边扯些闲话，一边享受着片刻的闲暇时间。可这一等就是半个时辰。

"怎么还不来，"有几个调皮的，打趣地说，"姚子勇是不是给黑龙潭的龙王招了驸马，忘了回家的路。"打趣归打趣，几个年长一点的赶紧站起来，边喊着姚子勇边向黑龙潭跑去。

走近一看，只见姚子勇浑身发黑，卧在潭边的草丛中，已无生息。他不幸给人言中，忘了回家的路。

从姚子勇浑身发黑的迹象来看，他是中毒身亡。

正在这时，只听水潭里扑通一声巨响。有东西跃出水面，大家寻声望去，只见一条三尺长的黑鱼潜入水底。

大家断定，姚子勇是给黑鱼精咬了，这成了精的黑鱼是有毒的。

事已至此，大家纷纷丢弃了砍好的木柴，砍了几棵小树，用树干扎了一个简易的担架，把姚子勇放在担架上运下山，向村里抬去。

由于山路崎岖，连走人都很困难，那些山荆树枝时常会制造一些麻烦。用担架抬着一个人下山的难度，就更加可想而知了。可是那天，大伙儿出奇的团结。不用人组织，不用人指挥，有的人在前面用柴刀开路，有的人抬担架，更有人一路护着担架。大家都装着一个心愿，不能让已去世的姚子勇再受到一丁点的侵扰。

抬抬停停，大家就这样默默无语；歇歇走走，大家就这样齐心协力。午夜时分，潭塘坞村就在前头。

当转过一个山丘，来到村头的小桥时，大家被眼前的景象惊呆了。只见村头广场上黑压压的，站满了乡亲们，他们有的手里举着油松做的火把，有的站在自带的板凳上，目光焦急地默默地注视着来人。

原来，村里有人去黑山砍柴是众所周知的事，一般来说下午五点多一点，是肯定会回来的。可是这次到了晚上十点多，竟然没见一个人影，村里人马上有所察觉，预感去砍柴的人出了大事。村子毕竟是小村子，有一点风吹草动，肯定全村人都知道。不管有无家人去砍柴，大家都自觉地聚集到了村头广场，等着砍柴人的归来。

看见担架上躺着人，族长走上前来问打头的："谁？怎么了？"

打头的回答："姚子勇，给黑鱼精咬死了。"

这时只听见人群中传来一声撕心裂肺的哭喊声："子勇啊！"这是姚子勇妻子的声音。人们不由自主地让出一条道，让她来到担架前，一个中年村妇马上接过姚子勇妻子抱在怀里尚在吃奶的孩子。

姚九华的眼里噙满了泪水。这么一个活蹦乱跳的人，这么一个亲如大哥哥一样的人，就这么无声无息地走了。他心里满是痛楚。

事后，姚子勇的东家出钱，给他办了三天的丧事。这算是姚子勇一生中最风光的一次，可这对于一条生命、一个逝去的人又有什么用呢。

姚子勇的死，对姚九华的触动实在是太大了。"难道，我的一生也就这么度过吗？"他对自己说。

在干活之余休息时，姚九华时常看着山涧里上下游动的小鱼，望着蓝天里自由飞翔的山鹰，心里默念：老天爷啊，我何时才能脱离苦海。

十四

1945 年 8 月 16 日的早晨，当兰溪城里的居民们一早起来，有了一个惊奇的发现：日本军营里的晨号竟然破天荒没有吹响。走到城门口，大门洞开，平日里耀武扬威，满嘴"八格牙路"的日本哨兵也不见了踪影。

消息灵通人士很快打出了"庆祝抗战胜利"的横幅，这时人们才知道——8 月 15 日日本天皇向全世界宣告：日本无条件投降。于是全城欢腾，人们冲上街头，封存了八年的锣鼓又奏起了振奋人心的乐章，花炮又发出了

十八岁的姚九华他还是首次进城，当远远见到城门上高大雄伟飞檐峭壁的谯楼恍如到了仙境

久违的欢呼。

政府举行受降仪式那天，姚九华跟着村里的一帮年轻人去城里看热闹。

以往，诸葛宝凤是不准姚九华去城里的。因此，他最多也就是去过诸葛村。

不准去城里，诸葛宝凤当然有她的道理。兰溪城虽然被日本兵占领，但在它的周边，存在着大量的抗日武装力量，故日本兵一般很少到较远的乡间扫荡。尤其侵略兰溪城的日军师团长酒井直次被抗日军队炸死，更使兰溪城的日本兵风声鹤唳，对进城的百姓盘查特别严，一副草木皆兵的样子。民众被日本兵枪杀是常有的事，所以城里还是不去为妙。

此次抗战胜利，而且有村里人结伴而行，诸葛宝凤才点头同意姚九华去见见世面。

十八岁的姚九华还是首次进城，当远远见到城门上高大雄伟、飞檐峭壁的谯楼，恍如到了仙境。尤其那条街道，并不像潭塘坞村及诸葛村那样沿着池塘而建，而是长长的，一眼望不到底。街的两边竟然有这么多店铺，也不像潭塘坞村及诸葛村那样只有一两家。而更令姚九华长见识的是，像潭塘坞村及诸葛村那样的杂货店极少，大都是行业专营店，比如：瓷器店只卖锅碗瓢勺、绸布店只卖绸布料、米店只卖米面，还有那一家家飘着酒香和菜香的饭馆，这倒是以前常听大人们提起的；还有就是花色繁多的糕饼铺，除了少数几样在外公的杂货铺尝到过，其余的尽是姚九华见所未见。

姚九华他们是起了个早赶到城里的。一打听，受降仪式要十点钟开始，他们就在大街上漫无目的地游玩。街上人非常多，大多是来看受降仪式的。当走到一家布庄门口时，姚九华看见了一个熟悉的身影，那不是徐先生吗。姚九华穿过拥挤的行人喊着向徐先生跑去："徐先生，徐先生。你在这儿啊。"

听见有人喊自己，徐先生的眼睛在熙熙攘攘的人群中搜索起来，不想姚九华已站在了他的眼前："哟，是九华啊。来看受降仪式的吧，三年不见长这么高了。"

姚九华道："徐先生，好想你啊。想听你讲故事哩。"

徐先生笑道："想听故事就到城里来啊。我可随时欢迎你啊。"

姚九华道："管着两头牛哩，怕是没时间。"

两人说着，一起来的人也都挤了过来。徐先生一看都是逃难时在潭塘坞认识的熟人，就让进店堂的里屋喝茶。那潭塘坞村的伙计见是同村人，也跟了进来相帮提水泡茶。

徐先生一副弥勒佛的脸，脾气也好，平日里脸上也总是挂着笑意，姚九华没有一点陌生感。没喝几口茶，他就好奇地问徐先生："都叫日本人为日本鬼子，真长得像画上阎罗殿上的小鬼？"

徐先生哈哈大笑道："比阎罗殿的小鬼还可怕哩。不过现在像一只只瘟鸡，没什么可怕的了。"

潭塘坞村的人大都没见过日本人，一听可以见到日本人，一下子来了兴致，都嚷嚷着要见识见识。来自潭塘坞村的那个店伙计，自告奋勇地在前面带路。

日本人的兵营就在不远处。原先是兰溪的一所学校，自日本军队入侵兰溪后，他们就强占了这里。

兵营的大门口有几个国军荷枪站岗，显然兵营里的日本兵已被控制。大门外已有几十个老百姓在看热闹，他们兴高采烈、手舞足蹈，有几人还故意高声叫骂："日本鬼子，日本鬼子！"

兵营里大概有六七十个日本兵，衣衫不整、垂头丧气，身上也没有了平日携带的武器。他们三三两两散落在偌大的院子里，只顾相互间低声交流，对大门外的叫骂声充耳不闻。

远远望去，营房的床铺上堆放着已经捆绑好的背包。听有人讲，一到受降仪式结束，他们就将离开这里，到杭州集合回国。

大门口看热闹的人越聚越多，有的人甚至要冲进去"揍他娘的"，令站岗的国军士兵大为紧张。正在此时，有人说受降仪式马上就要开始，人们开始向受降仪式会场汇聚，这才解了站岗国军士兵的围。

受降仪式很短，也就十几分钟的时间。姚九华他们远远望过去，只见一个穿国军服装的与一个穿日本军服装的人在一张纸上签了字，穿日本军服装的又向穿国军服装的躬身呈上几本账册一样的东西，仪式就结束了。

尽管时间短暂，可观看的人都觉得过得很是漫长。因为这一天中国人足足等了十四年，期间还有几千万的同胞为之付出生命。大家都觉得扬眉吐气，受降现场是锣鼓喧天，爆竹齐鸣。

仪式结束后，姚九华他们准备回村。徐先生哪里肯放，说是都日到正午，无论如何得吃了中饭再走。

大家推辞道："这么一大帮人，就不麻烦徐先生了。"

徐先生道："三年前，我们一家在潭塘坞村避难，得到乡亲们的照顾。今天大家来了，我不管不顾，那我成了什么。尽一下地主之谊也是我的心意。"

那个来自潭塘坞村的伙计也在边上道："我们徐先生可是个重情义的人，回来后一直在念叨潭塘坞村的时光，常想回去看看哩。今天诸位来了，饭也不吃，这不是不给面子了吗。"

听言，大家也就不再推辞。

徐先生与那个来自潭塘坞村的伙计耳语了几句，伙计就匆匆而去。不一会有个跑堂模样的人在伙计的带领下，提着两个食盒进来。片刻，一满桌菜就呈现在了大家的眼前。

回村的时候，徐先生还包了一大包点心让姚九华带给他姆妈。

十五

兰溪丘陵山区，盛产棉花、杂粮、箬叶。因此，弹棉花、包粽子成了兰溪人的拿手好戏，一门谋生的手艺，而且经世代相传，形成了浙江上八府下三府公认的兰溪人的独特的技艺。

　　与祖辈一样，姚九华也从前人手中学会了弹棉花、包粽子的手艺。然而要使其成为自己生存的手段，姚九华似乎还没有看见这样的希望和曙光。

　　这是因为，20 世纪 40 年代的兰溪人口不足二十六万，人们过着自给自足的生活，不需要那么多专业的弹棉花工。还有就是当时的兰溪尚无卖粽子的行当，要吃粽子自家都会包。

　　铁路的开通给兰溪人带来了生机，兰溪人开始向外流动。兰溪以南是同样贫穷的浙南、江西。因此，向北流动是他们唯一的出路。潭塘坞村一些渴望走出大山，渴望过好日子的年轻人同样也开始躁动起来，谋划起他们的谋生之路。

　　他们听一些先出去的人回来说，弹棉花在浙北是一个很受欢迎的行当。在那里，新棉上市，制新被需要弹棉花，就是旧被翻新也是需要弹棉花的。

　　浙北是杭嘉湖平原所在地，全国著名的丝绸之府、鱼米之乡，人烟稠密，民间富庶。作为杭嘉湖平原腹地的嘉兴更是富裕之邦。潭塘坞村北上的年轻人以精湛的弹棉花手艺，吃苦耐劳的作风，很快被嘉兴人认可接纳，并在嘉兴站稳了脚跟，其中就有姚九华的八哥。

　　信息很快传回了潭塘坞村。人们似乎有了一种朦朦胧胧的憧憬和期盼。

　　这时，姚九华家发生了一件大事。住了几代的堂屋由于年久失修，在一个狂风暴雨的夜晚屋顶塌了下来，虽经过家人的全力抢修，总算恢复了原样，但买砖瓦、木料等却耗完了家里仅有的一点积蓄。家中的生活更为艰难。

　　望着斑驳、风雨飘摇的姚家老屋，作为一家之主的诸葛宝凤深深地感到，靠给人打零工是养不活一家人口了。她心里暗自盘算，既然八儿在嘉兴站稳了脚跟，是否可以动员另几个儿子也去闯闯呢。她把另八个儿子叫到跟前，对他们说："目前家中的境况，大家都是知道的，我也老了，已无力支撑这个家。听说嘉兴那边很富，希望你们能出去闯荡闯荡，说不定也能像老八一样混出条活路来。"当时山里人世面见得少，也不知外面世道的深浅，七个哥哥因都成了家，表示不愿出去。只有姚九华年少气盛，心想：与其穷死不如出

46

去闯一下，说不定这就是山神爷在给我活路呢。如不行再回来也无妨，他向母亲表示，愿去嘉兴投靠八哥。

姚九华的出路就这么定了下来。

临走时，母亲打开一个包了几层的布包，从中拿出几张叠得整整齐齐的毛票，对姚九华说："姆妈拿不出再多的钱了，这点钱正好够你买张去嘉兴的火车票，你好自为之吧。"

怀揣着八哥的地址，用带着尚存母亲体温的钱买了张去嘉兴的火车票，姚九华就这样义无反顾地上路了。他除了身上穿的衣服、一点干粮，就没有任何的行李了。

1948 年的火车开起来还很慢，从兰溪到嘉兴需要十几个小时。对于第一次出远门，第一次坐火车的姚九华来说，一切都是那么的新奇。他看着窗外闪过的树木、房屋、田野，怎么也想不通，到底是什么力量能拉着这么长的大家伙在原野上奔驰。不知不觉中几个小时过去，已到中午时分，姚九华肚子饿得像青蛙在鸣叫。沿途站上卖茶叶蛋、豆腐干等小吃的叫卖声此起彼伏，对姚九华有极大的诱惑。虽然买了火车票，尚有几毛钱在手，可他不敢冒险花出去，因为到了嘉兴是否马上找到哥哥尚是未知数。这可是保命的钱，他得把钱花在刀刃上。姚九华拿出临行时母亲交给他的小布包，打开后，从里面取出一个包得十分严实的油纸包，这里面有母亲为他准备的，在路上吃的干粮——两张面饼。这是姚九华最爱吃的饭食，以前上山砍柴母亲都不舍得给他准备。看着烙得黄灿灿，透着香气的面饼，一种离开母亲的惆怅油然而生。他的耳边又响起了母亲临别时的叮嘱："九华，出门在外，从今后一切都要靠自己，做事不要太计较。做事要动脑子，要勤快。要记住一句老古话：平安是福。姆妈等着你混出个模样来。"

姚九华正要把面饼往嘴里送，几声稚嫩的童音从对面的座位上传了过来："姆妈，我饿。"说话的是一对从江西逃难过来的夫妇所带的两个孩子。从他们褴褛的衣衫、菜色的脸，就可得知他们生活的艰难。从上午的言谈中，姚九华知道他们的家乡遭了灾，听先逃出来的乡亲说嘉兴一带非常富庶，投亲去的。由于与自己的境遇有相似之处，姚九华对他们是深深的同情。看着两个孩子企盼的眼神，姚九华毫不犹豫地将手中的两张面饼送到了孩子们的手中。这对夫妇见状，对姚九华千恩万谢。从这对夫妇的口中，姚九华才知道他们已经两天没吃东西了。

一路还算顺利。当姚九华在嘉兴火车站下了车，走出大门时，就看见八哥在朝他挥手。原来，哥哥早就接到母亲托人带来的口信，知道弟弟来嘉兴的日期，早早地来接站了。

离开了生养自己的家乡，离开了朝夕相处的母亲，在人地生疏的嘉兴见到了久违的哥哥，姚九华高兴得跳了起来，一颗悬着的心随之落地。

知道弟弟一天没吃东西，八哥在站边的一个小摊买了个粽子给他吃。姚九华觉得这粽子实在是太好吃了，一边抹着嘴一边对八哥说："哥，嘉兴的粽子怎么这么好吃？"八哥抚着他的肩膀对他说："傻兄弟，嘉兴最好吃的粽子是张家弄里的五芳斋，那里的粽子可都是我们兰溪人做的呢。"姚九华暗想，我也是兰溪人，有朝一日我也要做出嘉兴最好吃的粽子。

从此，一条崭新的人生之路在姚九华的眼前铺开。

第二章

一

嘉兴，杭嘉湖平原上的一颗明珠。自开埠后，就是一个人稠物穰的繁华之地。尽管 1948 年的中国，在蒋家王朝的统治下，经济衰退，民不聊生，仗着丰富的物产，嘉兴还是富于全国的大多数城市。

初到嘉兴，姚九华看到的是到处林立的酒肆茶楼、钱庄当铺。他去过的兰溪城与之相比那简直就是小巫见大巫了。仅仅一条建国路，鳞次栉比地坐落着几百家店铺。在他的眼里，这里恍若天堂。他暗下决心，一定要好好干活，混出个模样来。

很快，八哥给他找好了工作，这是一家开在坛弄口的棉花店，老板也是一个兰溪人。老板见姚九华初到嘉兴寻生活心思急切，姚九华虽然会弹棉花，但也愿从学徒做起，竟将原来的伙计辞了。老板言明：做学徒，开始没有工钿，管吃饭，晚上睡在店里弹棉花的作台板上；只要工作好，以后一切好说。

就这样，姚九华迈出了在嘉兴寻工作的第一步。

吃饭和睡觉的地方有了着落，姚九华别提多高兴了。而弹棉花又是他自幼学过的技艺，手到擒来。

这一年，由于法币贬值达高潮，民众上街购物都是一捆一捆拎着钱去，闹出了一张法币换不来一张草纸的笑话。8 月，政府进行金融改革，发行了金圆券，以一元金圆券换 300 万元法币的比例强制推行使用金圆券。可事与愿违，并没有扼制物价的飞涨，老百姓的钱却被掏空。社会购买力大幅下降，谁还有闲钱购置棉被，该翻新的棉被也大都将就着盖。因此，弹棉花的生意并不好。姚九华也是空余时间多于干活时间。

好景不长，不多时日，由于难以维系，棉花店只得关门大吉。

姚九华的人生又回到了一个月前来嘉兴时的起点。

他又回到了八哥的身边。

八哥的日子也不好过，他和大多数弹棉花的兰溪人一样，做的是走街串巷、四处奔波的生意。自己的温饱尚且有问题，怎么可能把一个二十岁出头的弟弟带在身边呢。况且有许多时候他还要到周边的乡镇去揽生意，姚九华的存在成了他的累赘。

说来也巧，在嘉兴棉花行业圈有个叫杨景方的兰溪人，此人在旅禾的兰溪人中小有名。他在缸甏汇开了家棉花店，常在兰溪会馆走动，热心处理一些兰溪人之间的纠纷，在兰溪人中很有威望。他见姚九华老是跟在八哥的身后，无所事事，无意中说了句："昨天张家弄荣记五芳斋的一个伙计跟我说起，他们店里走了个伙计，生意忙不过来，老板郭麻子正想找一个小伙计。九华正好没事做，何不去试试。"

说者无心，听者在意。正愁没工作的姚九华一听有活干，马上套了上去，表示愿意去干，并紧紧缠着这位老乡。

杨景方本来就是个古道热肠的人，在兰溪同乡中也是一个说得上话的人，见姚九华去意坚决，二话没说，就带他去了张家弄荣记五芳斋粽子店。

张家弄可是个有故事的地方，原因是有三家叫"五芳斋"的粽子店，它们互相竞争，却又相安无事，甚至相互帮衬。为了有所区别，郭士荣这家五芳斋前冠以"荣记"，朱庆堂这家在五芳斋前冠以"庆记"，马常盛这家在五芳斋前冠以"盛记"。

说来也是天意，那天郭士荣正坐在店堂内为找人的事心烦。

原因是，这几天虽然来了几个应聘的人，不是年纪太大，就是木头木脑，一个也不中意。已经是上午十点多钟了，店堂内正是生意兴旺时，几个伙计有的招呼顾客，有的给顾客剥粽子，有的收拾碗筷，忙得手忙脚乱，连烧中午饭的人手都腾不出来。而楼上两个尚年幼的儿子又不适时地大呼小叫，更是增添郭士荣心头的烦躁。

忽见有人带来一个小伙应聘，而这小伙一眼看去，个头虽不高，但眼神中透着几分机灵，身体虽不壮硕，但行动上显示出几分精干。郭士荣自是有了几分喜欢，问了一下年龄、出生地、姓名，一听是兰溪来的就决定收了下来。

原来，他经营这家粽子店，名义上是与张锦泉合股，实际上只在初接手时付过一段时间红利，后来借口物价飞涨，就再也没有支付过半毛钱。自知民愤极大，只是有职务在身，众人敢怒不敢言而已。尤其是朱庆堂、马常盛更是在生意上与之暗中较量。为平息众怒，他一直宣称，自己这家荣记五芳斋是由张锦泉开创的最正宗五芳斋粽子店，是以"嘉兴粽子兰溪式"为宗旨的。为了执行这一宗旨，他为自家的粽子店定了个规矩，尽可能多用兰溪人做伙计。

姚九华的出现可以说是正对郭士荣胃口。

郭士荣道："看在景方兄的面子上，人可以留下。不过每天三点要起来点火烧粽子，你吃得消吗？"

姚九华应声道："吃得消，吃得消。不过我有一个请求哩。"

郭士荣道："喔，你也有要求。说来听听。"

姚九华道："请老板安排一个住处。"

杨景方在边上解释道："刚从兰溪来，还没住处呢。"

一听杨景方讲姚九华没有住处，郭士荣头摇得像拨浪鼓："还要管住啊。我哪来的住处。"

生怕郭士荣不要，姚九华忙道："我要求不高哩，晚上可睡在店堂里。我在棉花店时就是睡在作台板上的。"

听姚九华这么一说，郭士荣肚子里打开了算盘。自己也有爿棉花店，让姚九华睡在那倒是个不错的主意哩。一则可让他晚上看店，活忙还可以让他搭个手。郭士荣问道："会弹棉花吗？"

　　杨景方笑道："兰溪出来的，怎么不会弹棉花呢。"

　　郭士荣道："那就住在菩萨桥棉花店吧。管吃管住，头六个月学生意，没工钿，干不？"

　　姚九华道："干，干。"

　　虽说是住的条件仍与坛弄口弹棉花店一样，睡在棉花店的作台板上，但六个月后的工钿对姚九华的诱惑实在太大。

二

　　这时，楼上孩子的哭声停了下来，随之楼上出现了人的走动声。紧接着，楼梯嘎吱嘎吱响了起来。姚九华下意识地向楼梯看去，只见一个三十多岁模样的女人从楼梯上下来，中等个儿，身着香云衫，足蹬拖鞋，走起来劈里啪啦。她脸上白白净净，眉毛弯弯，虽然有几点白麻，倒还是有点姿色，一副干练利索的样子。

　　此人就是郭士荣的老婆夏文英。由于干杂务那个伙计辞工不干了，她又是管孩子又是照应生意，忙得不可开交，不得已将上班的郭士荣叫来顶一阵。

　　见姚九华当堂站在那里，扬了扬脸上的眉毛问郭士荣："人寻到了？"

　　杨景方一把将姚九华拉到夏文英跟前道："来，见过老板娘。今后你可就在她手下干活，马屁拍牢点。"

　　姚九华上前怯生生叫道："老板娘好。"

　　夏文英道："嗯，这小伙子倒有点乖巧。蛮好，蛮好。"

　　杨景方道："想当初老板娘年轻时也是百里挑一的美女，如进戏班子好挂头排哩。被老板娘看中不容易哩。"

　　夏文英嗔骂道："狗嘴吐不出象牙，吃老娘豆腐。"说着飞起一脚向杨景方屁股踢去。杨景方跳起往边上一躲，夏文英一脚没踢到，不料拖鞋却飞了

杨桑方一起将姚九华拉到夏文英跟前道，来见过老板娘，今后你可就在她手下干活。马屁拍牢点

出去，引来哄堂大笑。

调笑过后，杨景方起身告辞。郭士荣留他吃饭，杨景方推辞道："事挺多的，还等着处理呢。饭就不吃了，有机会我请郭队长吃饭。"

见姚九华呆立在店堂中间，夏文英上前推了一把道："前几天走了个伙计，弄得我手忙脚乱，今天你来了正好顶他的缺。你要做的活就是早晨生火煮粽子，中午给店里人烧饭，晚上清扫店堂，外带管好两个小人。走，中午快到了跟我烧饭去。哎，你升火、烧饭做得来吧？"

从小看着父亲烧炭，姚九华生火不在话下。至于烧饭么更是家常便饭，只不过没烧过这么多人的饭，不过烧法八九不离十。他信心满满地道："会，在家时都做过。"

姚九华每日基本是凌晨三点多钟起来，将隔夜裹好的粽子放入塘锅，注入清水，生火将粽子煮熟。这火一生，人是不能离开的，因为要保持灶膛火力，是要不断往灶膛里添柴，否则熄了火，再点火煮，粽子是要夹生的。早晨六点多钟，粽子熟了，店里的伙计也都到了，开门迎客是伙计们的事。此时郭士荣一家也都起床，待郭士荣一家下楼后，姚九华要马上上楼打扫。接下来姚九华要将店里的大缸挑满水，十点钟烧饭。下午是裹粽时间，伙计说人手够了，没让姚九华参与，这是他最清闲的时候。下午四点又是烧饭的时候，接下来就是晚上打烊后的店堂清扫。这活你说重，也不重，可时间拖得长，睡眠少，要不是下午好打个盹，是否熬得过去还真难说。姚九华听人说，原先那个伙计就是因为吃不消而辞工的。

刚上班不久的姚九华还真有点不适应，甚至差一点酿成大祸。

那天，由于连续的睡眠少，姚九华极度疲劳，在煮粽子时竟然睡着了。这时有一根烧着的树枝从灶膛里掉了出来，马上燃着了地上的柴梢梢，火就这样蔓延，而姚九华竟浑然不觉。当火苗点着了他的鞋子，烫着了他的脚趾，他才被痛醒。还好，姚九华还算头脑清醒，随即将身边一桶清水浇在火苗上，才止住了火势的蔓延。可那随之而起的烟雾却弥漫了整个店堂。

烟雾马上冲上了二楼。睡梦中的郭士荣夫妇被刺鼻的烟雾惊醒，深感不妙，郭士荣对夏文英道："恐是火烧哩。快抱小人下楼。"

当两人抱着小人冲到楼下，火早已熄灭。由于店堂的排门板早已卸下，烟雾也散去了大半。地上除了水迹，也没有太大的损失。夫妇俩悬起的心总算放下。不过，身为治安大队长的郭士荣深知，火烧可不是开玩笑的。像张家弄里这种以砖木结构为主的房屋，如果烧起来就是火烧连营，哪怕火德星君的爷来也没用。

郭士荣强压怒火问姚九华："怎么回事？"

姚九华带着哭腔道："灶膛里柴跌出来，把地上散柴烧着哩。"又道，"不过马上浇灭了。"

夏文英脾气暴躁，一手抱着小人，冲上去另一只手扬起就是一个头搨，打得姚九华是眼冒金星，晕头转向。

夏文英正要破口大骂，郭士荣一把拉过她道："本是小事一桩，你要把它闹大了。这火烧可是大事，让大家晓得，你还会有好日脚过。那救火会、商会、保甲不剥你一层皮才怪呢。弄不好让你的店关上几天，钱赚不赚倒是小事，我这保安队长的面子可就没地方搁了。没酿成大事，就来个神不知鬼不觉。"

夏文英乖乖闭上了嘴巴。

郭士荣见一切正常，边打哈欠边嘱咐姚九华道："小子，做生活打瞌睡了吧，幸亏你机灵没酿成大错。这种吃子弹的事可没有下一次，记牢。赶快收拾干净。"说完随夏文英及两个小人上楼困回笼觉去了。

早晨伙计们来店里，见地上湿漉漉地，问姚九华怎么回事。姚九华以水桶打翻搪塞，倒也无事。

店里火烧没人知晓是假的，大家只不过碍着郭士荣保安大队长的面子不说而已。

对面盛记五芳斋的伙计朱鸿林就是亲眼目睹事情经过的一位。

那天凌晨朱鸿林也是在店里煮粽子，见对面荣记五芳斋冒出火光，知是火烧了。欲去救火，见姚九华自己把火浇灭了，也就作罢。

火烧可是惊天的大事，心想姚九华可要吃苦头了。可没见郭士荣夫妇有动静，就奇怪了。第二天凌晨，两人一碰到，朱鸿林就问姚九华："那个雌老虎没为难你？"

"雌老虎，哪个雌老虎？"姚九华丈二和尚摸不着头脑。

"嗨。雌老虎都不知道，你那老板娘么。"顿了顿，朱鸿林又问："我看你一直坐在灶膛口，这火怎么就烧起来了呢？"

姚九华道："从早晨三点钟起床做到晚上八点钟，太疲劳了，坐着坐着不知怎么就瞌睡起来。"

朱鸿林扳指一算，惊叫道："只睡五个多钟点啊。熬个几天尚可，长此下去怎么吃得消啊。这是欺生哩。"

姚九华叹了口气道："我从兰溪乡下来，找个生活不容易。熬吧，熬到哪里算哪里。"

朱鸿林道："恐没熬几天，你就病倒了。"

没几天，荣记五芳斋新来伙计一天干十八个钟点的消息在张家弄传开了，而且很快传到了郭士荣夫妇的耳朵里。

"谁啊？在老娘背后嚼嘴嚼舌，被老娘查到了，看我怎么撕烂你那张嘴。"

骂归骂，老板娘夏文英还是让姚九华烧好晚饭就歇工了。至于打扫店堂、上排门板就由上班的伙计代劳。其实张家弄的各家店铺都是这么做的，伙计们也没什么话可说。

三

郭士荣有职务在身，工作繁忙，除了难以解决的大事由他出面外，店内外的一干事宜都是由他的老婆夏文英打理。因此，夏文英是理所当然的"老板娘。"

自打在苏北老家嫁给郭士荣后，夏文英就一直跟其左右，夫唱妇随。从苏北到震泽，从震泽到嘉兴，一路走来，从一个摆个小地摊做些缝缝补补针线活的缝补女，成了荣记五芳斋当之无愧的老板娘，可谓风光无限。

然而夏文英这一个"雌老虎"的称号可也是当之无愧的。这可不是人们随便叫叫的，而是来自她的所作所为。因为她自知这份家业的来之不易，必须不遗余力地捍卫。这苏北农村来的村妇，最简单的做法就是用剽悍来对抗哪怕一丁点的欺负，用剽悍来保卫自己用辛苦换来的利益。这同时也造就了她多疑的性格。

姚九华初入荣记五芳斋，自是在夏文英的管辖之下。

姚九华毕竟来店不久，夏文英对他并不放心，决定来一次考验。这一次的考验有点令姚九华哭笑不得。

那天，姚九华煮好粽子，店里的伙计开门迎客。此时郭士荣一家也都起床下楼，姚九华跟往常一样上楼打扫卫生。当打扫到夏文英的梳妆台下，见到了一只黄澄澄的金戒子。姚九华拾起来，想也没想就放到了夏文英床上的枕头下，事后也就忘了。

见姚九华下楼，夏文英就噼里啪啦上了楼，朝放金戒子的地方看过去，心一阵狂跳，金戒子不见了踪影。

没过一会儿，夏文英就把正准备去挑水的姚九华叫到了楼上。

"姚九华，"夏文英问，"你打扫卫生仔细吗？"

"那当然，仔细哩。"姚九华以为老板娘嫌他打扫得不干净，就补了一句，"要么再打扫一遍？"

"看见什么了吗？"夏文英追问。

"看见什么？"姚九华不解地回答，"没有啊。"因为没有将拾到金戒子当回事，姚九华就将此事忘了。

见姚九华若无其事，一副浑然不知的模样，夏文英心里一个咯噔。难道姚九华真没看到金戒子。可自己已经找过一遍，不见金戒子的踪影，莫非没注意当垃圾扫掉了。假如捡到了藏起来死不认账，也拿他没办法啊。夏文英一下肉痛起来，自责做了桩蠢事。

现在的夏文英不再是个盛气凌人的老板娘，成了一个十足的怨妇："垃圾呢？"

姚九华道："倒楼下垃圾箩里了。"

夏文英三脚两步冲下楼梯。还好，收垃圾的车还没来，垃圾箩满满当当的还在。夏文英一把将堆满了箬叶、蓑草、骨头、蛋壳的垃圾箩翻倒在地上，弯下腰撅着屁股仔细翻拣起来。

此时店堂里食客已经很多，见老板娘埋头在翻拣垃圾堆，都好奇地围过来。

有的问："丢东西了？"

有的问："找什么呢？"

尽管问者七嘴八舌，夏文英只顾翻拣，一声不吭。其实这一箩垃圾的组成还是比较单纯，不一会就翻拣完毕。只见夏文英往地上一坐，哇得一声哭了出来，双手拍着大腿道："我的金戒子哟。"

闻声赶来的郭士荣，一脸麻坑涨得赤赤红，一捋袖子道："哪里的赤佬，动手动到老子头上了。"

从楼上一路跟下来的姚九华听老板娘这么一喊，猛然想起早上拾到的金戒子，对夏文英道："是找金戒子吧？"

"嗯。"夏文英停止了哭声，眉毛挑了起来。

"扫地时捡到，给你放在床上的枕头底下了。"姚九华轻松地回答道。

夏文英一个翻身，从地上爬了起来，屁股也顾不上拍，噔噔噔上了楼，直奔床边，翻开枕头一看，金戒子赫然在目，马上破涕为笑。可一想刚才的失态，觉得下不来台。眼珠一转，随手在姚九华的后脑扇了一巴掌："小赤佬，捡到也不讲一声，害得老娘一阵心痛。"

见拾金不昧者好话没有听到，反倒吃了一巴掌，众人看得无趣，自是散了。

这是一次拙劣的考验。性格单纯的姚九华第一次感到了人心的险恶和世道的不公。尽管愤愤不平，但是为了生存，姚九华还是忍了下来。因为他始终以为，嘉兴无论如何比兰溪乡下好，一定要在嘉兴站稳脚跟。姚九华还没有资本，也没有能力来抗争。他下定决心，再苦再累，委屈再大，打掉的牙往肚里咽。好不容易得来的饭碗，是无论如何也不能丢的。

四

正值三伏天，夏文英的两个儿子要理发。去处自然是就近的亚洲理发店。

亚洲理发店就在张家弄与建国路的拐弯处，荣记五芳斋的隔壁，头碰头脚碰脚，彼此之间都挺热络。

理发店的人要吃粽子，喊一声："老板娘，剥只大肉粽。"粽子店自会将热气腾腾、香气四溢的粽子剥掉箬叶用白磁盘端过去。有时粽子店的食客吃好粽子，打着饱嗝钻进理发店，往理发椅上一躺，脸上敷一块热毛巾，挖耳勺再在耳朵中走一圈，就两个字——舒服。

亚洲理发店虽是嘉兴最好的理发店之一，实际也就两个门面开阔。进门可见六把略显陈旧的理发椅，与之匹配的六面宽大的理发镜，倒可让进来的人感觉到一点"上档次"的气息。

夏天理发，身体本身就在往外冒汗，再加上一条长长的围布，那滋味就更不好受了。电风扇是富有人家的"奢侈品"，而为一般市民服务的理发店是不可能、也没有条件拥有的。各理发店都在理发店的房梁上挂一幅大大的竹帘，竹帘下拴一根长长的绳子，由人工来回扯动绳索，靠随之产生的风，为理发顾客送点清凉。

这拉竹帘的活，一般应有理发店的学徒工操控。时不凑巧，夏文英两个儿子去理发的当天，理发店的学徒工正好身体不适，没有上班，这竹帘自然就没人拉了。

夏文英的两个儿子见没有人拉竹帘就死活不肯理发。

理发店老板见状对夏文英道："老板娘，要不明天来，如何？"

两个孩子一听，不乐意了，大哭小嚷起来。

夏文英与理发店老板商量："大热天，大人可忍一下，这小人忍不牢。老板安排个人拉一下竹帘吧，就一会。"

理发店老板正给一个顾客刮胡子，对着几张理发椅挥了挥手中剃刀道："你看哪个手中没活？腾不出人哩。"

夏文英道："缺人么招啊，又不是招不着人。夏天拉竹帘也是理发店的一道生活，就像到粽子店吃粽子，这骨头蛋花汤是必备不可少的哩。"

理发店老板见夏文英缠着不放，有点不耐烦，不客气道："理倒是这么个理，立时三刻，一下子也叫不到人。都讲张家弄里老板娘本事最大哩，要么老板娘帮助立马找一个。"

被理发店老板一激，加上两个孩子令人心焦的哭声，夏文英道："你以为我叫不到人，今天老娘倒要扎扎台型。"

于是刚刚挑水回店的姚九华被叫了过来，拉竹帘。

夏文英对理发店老板道："拉竹帘的人我找来了，没这点本事做啥生意。"

见夏文英真将人找来了，理发店老板自是无话可说，一边安排两个孩子理发，一边将连着竹帘的长绳交到姚九华手中。

姚九华接过长绳拉了一下，竹帘竟然纹丝不动。

理发店老板见了道："竹帘介好拉。用蛮劲是不行的，软硬功夫哩。"

姚九华暗中运足了力，竹帘总算动了起来，凉风随之而来。

可能由于挂竹帘的绳子不结实，也可能由于姚九华没有拉绳的经验，用力过猛没拉几下，竹帘竟然脱离了房梁从天而降。就是这一降落，给姚九华带来了刻骨铭心的记忆。

亚洲理发店原有六把理发椅,老板为了顾及顾客都有凉风享受,将竹帘做得很长,而且在竹帘下方绑了一根长长的竹竿,以增加竹帘在拉动时的钢性。

说来也巧,这长长的竹帘没有砸到夏文英的两个儿子,偏偏将边上另一位在理发的顾客砸伤了。虽然伤口不大,但淋漓的鲜血挂在这位顾客的脸上,很难看。这位顾客不乐意了,要理发店的老板赔医药费。

老板当然不肯。他认为,这竹帘是姚九华不会拉而掉下来的,而姚九华是你夏文英叫来的,要赔应该你赔。

理发店老板的这一说法夏文英肯定不能接受。这拉竹帘本是理发店的事,你们自己没有尽到责任,我自己叫了人来拉,按理你还应该支付我小工费。要我赔,这不是不讲理吗。

无理都要占三分先的夏文英,现在得理那就是更不能饶人了,"雌老虎"本性一下子又爆发出来。夏文英自知一个女流之辈,用武力是斗不过理发店的老板的。但她现在占着理,如果占着理还吃亏,岂不是有辱这几年在张家弄建立的威势。她眼睛骨碌碌一转,朝姚九华扬手就是一巴掌,瞬时间姚九华的脸上出现了五个红红的手印。随即夏文英跳到大门口,对着人来人往的大街,一边拍手一边跺脚,扯起喉咙破口大骂,一下子亚洲理发店给过往的人给围了个水泄不通。

这下理发店老板的脸挂不住了。这件事毕竟自己是理亏的,给夏文英这么不管不顾地一闹,坏名声一旦广泛传播,这以后的生意可就难打理了。理发店老板赶紧一边与受伤的顾客商量赔偿事宜,一边让伙计给夏文英打招呼,平息事端。

夏文英大获全胜班师回店,"雌老虎"的名头在张家弄似乎又有了进一步的升级。

回到店里,看着两个哭哭啼啼的宝贝儿子,夏文英的那口恶气一时还难以消停。姚九华是她最好的发泄对象,毕竟事情是姚九华引起的。夏文英再一次动了辞退姚九华的心思。

她恶狠狠地对姚九华说:"你给我马上滚,老娘伺候不了你。"

姚九华又走到了人生的一个坎。

看着姚九华用手捂着红红的脸,欲哭无泪的样子,店里的伙计们都动了恻隐之心。有的出面劝解,有的出面求情。夏文英似乎铁了心,没有一点退让的意思。

有人又请来了兰溪同乡会的杨景方出面调停。夏文英见兰溪同乡会有人出面,自己的面子已挽回,辞退的事才算作罢。

五

年轻的姚九华,在举目无亲的嘉兴能有了一席生存之地,心里还是满意的。但让他难过的冬天不期而至,从捂得暖和和的棉花胎中爬起来,半夜起床生火煮粽子,一身单衣单裤,走在刺骨的西北风中,顿时感觉身上的衣服好像没了。从弹棉花店哆哆嗦嗦地去粽子店,真是咫尺如天涯,让他视若畏途。

凌晨,他与对门的朱鸿林又不期而遇。

身着棉袄的朱鸿林见姚九华身着单衣单裤在寒风中挣扎,惊叫起来:"天啊,人家穿棉衣还在喊冷,你就这身衣着。"

姚九华一边开店门,一边颤抖着道:"没事,一会儿灶膛里火一生起来就暖和了。"

朱鸿林道:"那也只能解决一时,不是长久之计。"

姚九华道:"脚踏西瓜皮,滑到哪里算哪里。"

朱鸿林警告道:"你可不要当儿戏哩,嘉兴冬天比你们兰溪可要冷得多哩。现在只不过还是初冬,还不算冷,你已经冻得瑟瑟抖。冬至一到,屋檐下的冰凌要尺把长,你怎么过得去呢。去估衣店买件棉袄吧,这点钞票省不得。"

姚九华苦笑道:"工钿还没有发过,哪有钞票买棉袄。身上这身单衣裤还是前段时间一个来棉花店弹棉花的老太太，见我还穿着短衫短裤，将她儿子换下来的送与我的。"

朱鸿林问："那你啥辰光开始有工钿？"

姚九华苦道："快哩，快哩。还有一个多月吧。"

朱鸿林头摇得像拨浪鼓："还快哩，恐怕到时你已经冻得像棒冰哩。"又自言自语道，"老古话讲得一点不错，天热热着众人，天冷冷着穷人。"

"哎，你八哥呢？怎么长远不见他的身影。"朱鸿林又问。

"冬天到了，弹棉花生意好，一直在乡下做生意，不回嘉兴，听说最近去了江苏。"

姚九华答道。

朱鸿林道："也没有这样的啊，把你掼在嘉兴就死人不搭界了"

姚九华道："我八哥也很难哩。现在物价涨得快，今朝好吃一顿饭的钞票明朝可能一块豆腐也买勿动，自己顾得牢也蛮好哩。再讲我在店里做，吃饭睡觉有保障，不错了。"

由于与朱鸿林在街上聊得有点久，姚九华实在是冷得吃不消，赶紧进店，急急将灶膛里的火生起来。他与塘锅里的粽子一样，需要这热量哩。

下午，朱鸿林拿了块二尺来宽三尺来长的旧布头给姚九华，道："这是大加利饭店换下来的旧窗帘，老板讲不要了，你折一折裹在身上可抵点寒的。"

第二天凌晨，从棉花胎中爬出来的姚九华脱了上衣，拿出那块窗帘，折了一下裹在身上，可效果并不明显。在这样寒冷的冬天，增加几层薄布能抵御多少寒气呢。

天太冷，姚九华使劲跺着脚，想通过运动驱赶一些寒气。

大概跺脚的声音太响，惊动了楼上夏阿根一家："九华，你哪有这么大的动静，劈劈啪啪做啥？还让人家困觉伐。"

这棉花店是郭士荣交给小舅子夏阿根管，故夏阿根一家就住在楼上。

一听楼上夏阿根喊话，姚九华赶紧停止跺脚，可就在收脚的一刹那，脚踢到了一堆软软的东西。姚九华弯腰拉出一看，原来是一捆废弃的胎网。

做棉胎时，为了固定弹松的棉絮，弹棉花师傅要将棉纱线网绷在棉絮上。胎网则是旧棉胎翻新时，为了弹松棉絮，从旧棉胎扯下的棉纱线网。

胎网是废弃物，平日里都是当垃圾扔掉的。而这捆胎网在作台板下，弹棉花师傅大概忘了处理。

看着这些胎网，姚九华终于想出了一个御寒的办法，那就是将胎网铺在旧窗帘上，对折一包，围在身上，用绳子捆了，再在外面罩上单衣，效果不错，顿时身体暖和了许多。

早晨，夏文英从楼上下来，见了姚九华总觉那里不对劲，可一时也看不出个子丑寅卯，但心里总是有点疑惑。

当姚九华挑水回来，弯腰提水桶往水缸里倒水时，终于让夏文英看出破绽。平日"挂"在身上的衣服怎么鼓了起来，一弯腰还绷得紧紧的。

这马上引起了夏文英的警觉，姚九华好像穿棉袄哩。可昨天并未见他出去买棉袄，况且他也没那个钱。要么，可能他偷棉花店的棉花。想来想去八九不离十，就是这档子事，这是绝对不能容忍的。千里之堤毁于蚁穴，家贼是必须除的。

"姚九华给我上楼来一下。"夏文英扭着屁股上楼去。"老板娘，有事体啊？"放下手中的水桶，姚九华也跟了上去。

"姚九华，你做了什么事？"夏文英的口气是严厉的。

姚九华丈二和尚摸不着头脑："我没做什么事。"

看问不出什么，夏文英命令姚九华："把衣服脱下来。"

当看见姚九华裹在身上的棉胎网，夏文英释然了。

六

姚九华正被一件事烦扰着。进店将近半年了，可除了生火煮粽、烧饭、照看小孩，真正的做粽子技艺一样也没接触上。

不管什么行当，店里总有几个技艺好的伙计，被尊称为"把作师傅"。荣记五芳斋也一样，不但有把作师傅，而且有两个。一个叫郭光明，擅炒豆沙、切肉、拌料。豆沙炒得细腻软绵；切肉时刀头准，分量不差分毫；拌料均匀，色泽统一。一个叫潘雪明，擅裹粽，裹好的粽子有棱有角，蓑草扎得松紧适度，个头大小一致。

尽管姚九华师傅长师傅短叫个不停，他们就是不理不睬。

那天下午，照例是裹粽时间。潘雪明带着两个伙计，粽子裹得快，一时拌料脱节。潘雪明埋怨道："老牛拖破车啊。料快点拌出来，接不牢哩。"

郭光明正在收拾食客们吃好粽子后留在桌上的盘筷，回道："不见我忙啊，来不及么自己拌。"

姚九华见了，以为机会来了，就将淘洗好晾在淘箩里的糯米搬到了拌米桶旁道："郭师傅，糯米来了，我帮你做下手。"

郭光明见了，将手中的盘筷往姚九华手中一塞道："瞎子帮忙越帮越忙。你真要帮忙，去！把桌子收拾干净，盘筷洗了。"

潘雪明见了道："学生意介省力啊，先吃三年萝卜干。"

一天早上，郭士荣夫妇起得特别早，见姚九华已将粽子煮好，正准备去挑水，就嘱咐道："今朝有事出码头，隔一息郭光明、潘雪明来了关照一声，生意把牢。楼上两个小人还在困觉，你相帮管牢点啊。"

有郭光明、潘雪明把牢，生意倒也有条不紊地做着。可当姚九华烧饭时，楼上的两个小孩醒了，哇啦哇啦叫娘。饭已在灶头上烧了一会，姚九华想等烧好后再上楼。不想两个孩子不知为什么，打了起来，大哭小嚎。

郭光明发话了："这样不行咯，让食客还有心思吃粽子啊。"

姚九华自然不敢怠慢，放下手中的活，赶紧上楼去哄两个小孩。

等姚九华平息楼上的事情，赶下楼来，饭已烧成了夹生饭。店里的伙计对新人本来就有欺生的恶习，况且一个没有背景，刚来不久的姚九华，他们是不放在眼里的。

有的起哄道："我们辛苦了一个上午，怎么给我们吃夹生饭呢。"

郭光明第一个夸张地嚷嚷："我可从来不吃夹生饭的。"

姚九华欲重新淘米做饭，见郭光明开了个头，潘雪明也不甘示弱："待一会客人可马上就要进店了，再从新做饭来得及吗？饿肚子干活我可吃不消。"

不知谁提议："我们何不开一次洋荤，到隔壁国际饮食店吃面去。听说长根师傅的鳝丝面可是呱呱叫的。"

于是，四五个伙计哄的一下子去了隔壁。不一会，伙计们一边用牙签剔着牙，一边咂着嘴回来了，有几个还直喊："好吃，好吃。长根师傅的鳝丝面可真是名不虚传啊。"还有意挤眉弄眼地对姚九华说："小子，托福了，托福了。"

这时，姚九华才知道，这些伙计可不是自掏腰包，而是将账记在老板名下，钱是要等老板来支付的。

此时，心地单纯的姚九华也早已饥肠辘辘，两个小孩也喊着肚子饿。见师兄们可以赊账吃面，以为是店里的既有规矩，他带着两个小孩也去吃面。

第二天，长根师傅的老婆拿了账单来荣记五芳斋，找老板娘结账。

郭士荣夫妇是前一天很晚回到店里，并不知道日间发生的事情。

夏文英接过长根师傅老婆的账单，见是两万元的面钱，有点丈二和尚摸不到头，心里的气按捺不住。只见她将账单啪地往桌上一摔，闷声闷气地说："老娘昨日一天不在店里，何来欠你面钱？"

长根老婆五短身材，一脸横肉，在张家弄里也不是省油的灯。见夏文英有赖账的意思，一通火气腾地从胸中升起，将一只粗壮的手插在水桶一样的腰上，另一只粗壮的手臂伸出胡萝卜一样的手指，对着夏文英嚷道："呦，自家的伙计到面店吃了面，你竟装聋作哑地喊不知道，想吃白食呀。你也不撒泡尿当镜子，照一照是否有这个能耐。"

这荣记五芳斋在张家弄也算是家有名气的店，而郭士荣夫妇在这地面上也是有头有脸的人物。长根老婆的一番话，夏文英自然是受不了的。一场全武行立马开演。

夏文英恶从心生，二话不说，一展长臂，粉拳直揭长根老婆的心窝。她原想一举结束纷争。哪想长根老婆身材矮壮，下盘稳固，这一拳并未起到威慑的作用。

吃了夏文英一拳的长根老婆反过来错上一步，手掌一把当胸抓住了夏文英的上衣。夏文英反应极快，居高临下，回手一把抓住了比她矮一个头的长根老婆的头发。战斗迅速转入相持阶段。

相持之下，几个围观的街坊上前劝解，两人自知不相上下，就顺水推舟，彼此收了手。有人喊来老寄伯为两人进行说和。因证据确凿，夏文英自知无理，只得付了面钱。

因店里的一干伙计都参与了此事，夏文英当然不敢动了众怒。可究其原委，事情是由姚九华烧夹生饭引起的，遂将外面所受之气一股脑发在了姚九华身上。的确，这样大的一口恶气，对她来说一时是难以平息的，所以又动了辞退姚九华的念头，就把姚九华进荣记五芳斋时的介绍人杨景方叫了来。

一听老板娘要辞退自己，姚九华的心一下子像掉入了冰窟。

当时的时局已经相当不稳，如果丢了工作，就只有回老家一条路，那么又要回到那衣不蔽体，食不果腹的境地。姚九华的八哥就因为弹棉花生意不好而回了老家，重新过起了面朝黄土背朝天的穷日子。姚九华实在是不敢想下去。

还好，杨景方在嘉兴的兰溪人中是比较有威信的，他的话在兰溪同乡会中还是很起作用的。经说和，姚九华以弹十五斤旧棉絮抵面钱的代价，了却此事。

七

见姚九华因大家去国际饮食店吃面承担了不白之冤，甚至差一点被老板娘扫地出门，郭光明心里觉得有点过意不去，毕竟事情是由他而起。然而让更让郭光明感动的是，姚九华并没有在老板娘面前告晓白、推责任，而且承担了大家的面钱。

郭光明将另几个伙计叫拢来："玩笑过头了，姚九华代人受过哩。他工钿还没拿过就帮大家付面钱，好像有点欺生哩。"

潘雪明也在边上道："是有点过了，见了姚九华都有点不好意思哩。"

郭光明建议道："要不大家面钱凑一凑，还给他吧。介冷冬天，用棉胎网裹了身上当棉袄哩。让他买件棉袄穿穿。"

"好。"潘雪明第一个表态。

众人见把作师傅有了态度，纷纷表示同意。可当钞票凑齐送到姚九华手上，姚九华死活不肯要："我怎么能收各位师傅的钱。再说烧夹生饭才是事情的起因，错本在我。"

古人云："祸兮福所倚，福兮祸所伏。"想不到这次事情一下子拉近了姚九华与师傅、师兄们的距离，同时这次的事件也使他对以后的工作有了清楚的认识。那就是，必须加快对粽子技艺的学习和掌握。因为只有这样荣记五芳斋才有自己的立足之地。

从此，姚九华借助与师傅、师兄们改善关系的当口，工作更勤快了。往往在自己的活干好后给师傅们搭把手。整理粽箬没有人，他干；拌肉切肉来不及，他顶；包粽子缺少人手，他上。而且他的嘴也更甜了，对年长的师兄，他一口一个师傅，对于不懂的事，就打破沙锅问到底。师傅、师兄们也都很乐意教他这个小师弟。

一次闲谈时，郭光明对他说："其实，我们虽然也算作把作师傅，可比起一个人来就上不了台盘了。"

姚九华好奇地问："还有比你手艺更好的师傅？我怎么不知道。"

潘雪明听见了插进来道："这就叫'山外有山，天外有天'，真人不露相。"

姚九华更加好奇了："啥人啊？"

潘雪明道："天宁寺街棉花店的张老板，你见过的。"

姚九华道："噢，就是那个时常来店里坐，郭老板叫他锦泉老板的。"

郭光明道："其实这爿店原先是他的，听说现在还有股份哩。你不见郭老板对他多客气，他可是嘉兴制粽业一等一的高手。他还写过一本制粽的书，庆记五芳斋的阿强看见过，好像叫《粽技要秘》，将制粽的技艺讲得清清楚楚，头头是道。"

言者无意，听者有心。从此，每当张锦泉来店小坐，姚九华总要向他请教粽子技艺。张锦泉呢也欣赏姚九华的虚心好学，总是有问必答，倾囊相教。他俩俨然成了师徒。

有一次两人谈得投机，姚九华提出："听说师傅有《粽技要秘》一册，能否看一看？"

张锦泉听了笑了笑道："其实我讲给你听的，就是书上所述。你都用心记下了么？"

姚九华老实答道："字字句句记下了。"

张锦泉释然道："书就在你心中。"

就这样，经过一年多的刻苦学习和细心揣摩，姚九华就全面掌握了粽子生产的技艺，一个成熟的姚九华就这样成长起来。

在这期间，姚九华通过自己的实践，对粽子技艺又一次进行了认真的疏理。

在粽子的制作上他总结出：包豆沙粽时，在盖最后一把糯米时，必须留有余地，要让豆沙馅露出一点。这样的粽子烧好后，剥出来，放在白色的瓷盘中才好看。这使人觉得馅料饱满，引起食客的食欲，他把这称为"露沙"。而包肉粽时，却要用糯米将肉全部盖住，不能露肉。因为露肉的粽子就意味油脂会通过箬叶大量外渗，粽箬将会非常油腻，影响外观，而且粽子的存放期将会很短；在包火腿粽时，火腿要切得薄薄的，中间要夹一片带油的鲜猪

每当张锦泉来店小坐，姚九华总要问他请教梳子技艺。张锦泉呢也欣赏姚九华的虚心好学，总是有问必答，倾囊相教，他俩俨然成了师徒。

腿肉，这样的火腿粽口感才好，被他称为"增味"；在包肉粽时，米、肉要分开调味，其中米用酱油拌，肉要加盐后用手搓至起泡沫。箬叶是有阴阳面的，所谓阳面就是箬叶在生长时向阳的一面，俗称正面，这一面的叶面比阴面光滑，在包粽子时应以这一面与糯米接触，这样熟后的粽子在剥箬时糯米不会粘在箬叶上。在裹粽时，米与箬叶间要留有一只角的空隙，这样烧煮出来的粽子才能充分吸水，不会产生夹生米。糯米有"花旗""统变"之分，所谓"花旗"，糯米米粒的侧边有一圈细细的白线，它是新糯米的标志，米的含水量大。在烧煮以这种糯米包的粽子时，时间要短一些，这样烧出来的粽子不会很烂。而"统变"，糯米米粒的侧边没有细细的白色线条，这说明糯米是陈的，含水量大大降低。在烧煮以这种糯米包的粽子时，时间就要延长半小时，这样烧出来的粽子才软硬适中，不会夹生。

在原材料的选购上，姚九华也总结出一套卓有成效的"土"办法。

收购箬叶，是项很复杂的工作。因为箬叶的品质不但影响粽子外观，而且影响粽子香糯的程度。箬叶有秋箬和伏箬之分，秋箬老，叶厚茎粗，弹性差，箬香不足，而伏箬正处箬叶的生长期，叶薄茎细，韧性好，箬香十足；箬叶还有陈箬、新箬的区别，陈箬色黄无箬香，而新箬色泽油光青亮箬香扑鼻。箬叶的中茎粗细也是有讲究的，中茎是箬叶中间的那根长茎。中茎细的箬叶包出的粽子形态比较好，而中茎粗的箬叶包出的粽子就不好看，而且容易破损。通过摸索，姚九华自立了一套验收箬叶的办法，一看二摸三计量。看，箬叶拿上来，首先要观色，箬叶要呈青色的为好，黄叶是不能用的；摸，用手感觉箬叶的软硬、中茎的粗细，以此区分秋箬和伏箬；计量，秋箬一般已过生长期，箬老叶重，一斤有一百二十张叶片，伏箬是箬叶生长期中最好的阶段，叶轻箬青，一斤有一百六十张叶片，而且箬叶中间的宽度应在四指并排的宽度。能通过一看二摸三计量的箬叶，才是箬叶中的上品。

为此郭光明揶揄道："教出徒弟，饿煞师傅。"

八

一般来说，嘉兴点心店的糯米都是从米店进货，这样点心店里不需要腾地储粮，也不用将资金压在这最大宗的原材料上。可到了1948年，金圆券的发行非但没有抑制物价的飞涨，反而使物价像开了闸的水，越发不可收拾。于是米店的粮价一日一翻新，点心店纷纷自行向米商采购屯米，以求自保。

在这个过程中出现了一个新的情况，食客们开始反映粽子不好吃了。事情马上引起点心业公会的重视。

点心业公会的会长找到商会理事马常盛："常盛老板，长远不见，忙啥呢？"

此时的马常盛开有盛记五芳斋、大加利饭店、东部旅社、冰厂四家店铺。

尤其正值年底，是冰库储冰之季。刚刮了几天西北风，嘉兴的气温降到了零下七八度。冰库北面，马常盛临时租用的稻田里，注入的清水已结成二寸左右的厚冰。马常盛正指挥工人将稻田里的冰砸碎，用竹畚箕挑上像砖窑一样的冰库，从库顶往冰库里倾倒。这一库冰装满后，用稻草将库顶盖严，用泥封好，只等明年夏季来临，再启封开库，卖给商家作冰镇保鲜之用。

见点心业公会的会长找他，一直在库顶督工的马常盛从跳板上走了下来，一边用手搓着被西北风吹得通红的脸颊，一边问道："会长，啥事体介急？等一息不好讲，非到这里来吃西北风。"

点心业公会的会长道："粽子店的粽子不好吃哩。"

"岂有此理，啥人规定不好吃粽子店的粽子。"马常盛振振有词。

"哎呀，弄错了，大家喊粽子店的粽子吃口不好哩。"

"吃我家。"

"不不不，都一样。"

听言，马常盛对为首的一个挑冰工道："你看着点，冰库装满了给我封牢点，否则明年夏天成了一库水我可找你算账。"

为首的挑冰工道："常盛老板放心，生活年年做，哪年拆过烂污？"

马常盛和点心业公会会长一起回到店里，让朱鸿林剥了一只粽子仔细品了起来。品着品着眉头就皱了起来："吃口是不好哩。"

"啥原因？"那点心业公会的会长问。

"粽子不糯。糯米里拼粳米哩。"马常盛话刚出口，觉得不对，忙开脱道："肯定米商在搞鬼。"又问点心业公会的会长，"'荣记''庆记'如何？他们的糯米也是从这家米商进货的。"

马常盛差人将朱庆堂、夏文英找来。一问，也为这事烦着呢。

原来粽子店从米店购糯米，糯米的质量自有米店把关。米店是吃粮食饭的，精于此道，米商当然不敢瞎糊弄。自粽子店改从米商直接购米后，那米商欺粽子店不谙此道，为了多赚钞票，就在糯米中掺入粳米，拌匀后卖给粽子店。而粽子店进糯米也不检验，当然主要的原因还是检验不来。因混入糯米中的粳米比例不大，购米时很难察觉。这成了粽子店防不胜防，深感头痛的事。可一时也没有什么好的办法来对付。

马常盛一听，反倒笃定如泰山，定下心来。因为自上次豆腐渣充豆沙后，他对质量很是上心，坍过一次台，可不敢再造次。既然大家同样面临，那么你们多动动脑筋吧。对不起，我还得去看着我的冰库，如果冰库封得不严，出了纰漏那损失可就大了。

为了此事，朱庆堂倒是去请教过米店的掌柜，可被人一句话就给顶了回来："从我这进，保你没后顾之忧。"

夏文英采用一个"笨"办法，让姚九华将购进的糯米取样仔细挑拣，来决定糯米是否纯净。

这可是个细活，因为混在糯米中的粳米，光凭肉眼有时不一定拣得出来。姚九华深感责任重大，一点也不敢大意，因为经过挑拣的糯米再出问题，那姚九华可就难逃其责了。故每次进糯米都把姚九华搞得头昏眼花，精疲力竭，苦不堪言。

有没有简便快速的糯米检测方法呢？为此他专门去请教张锦泉，张锦泉听了摇头道："将粳米混入糯米，以前是闻所未闻的。听你这么一说，米商也奸猾起来。世风日下啊。我的《粽技要秘》也只总结了新陈糯米的辨别方法。据我所知，自古以来，识米都靠目测，尚未听说有他法。"

前辈都没办法，姚九华也无可奈何。

一次姚九华的手给刀具划了一个不小的口子，为了给伤口消炎，他从药店买回了一小瓶碘酒。回到店里，就用棉签蘸上碘酒往伤口上涂，不小心几滴碘酒正好滴在存留在桌子上的一小撮糯米上。这时，一个奇怪的现象出现在他的眼前，有几粒米在碘酒的作用下变成了紫红色。这引起了姚九华的好奇，为什么大部分米粒没有变色，而仅仅这几粒变色了呢？他拿起了那几粒变色的米粒仔细研究反复琢磨了起来，这一研究琢磨，他发现了问题的原因：原来变色的米竟然都是粳米。于是，他数了六十粒糯米、四十粒粳米，把它们混在一起，滴上几滴碘酒，拌一下，四十粒粳米马上全部变色，而六十粒糯米颜色一点不变，又试了几次，竟然屡试不爽。

就这样，姚九华开始用这个方法来验收糯米。有几个米商不服，说："你这是哪门子验收法，准确吗？哪有那么灵？可别是唬人的啊。"

姚九华拍胸膛保证无误。有好事的米商以一桌酒宴，要与姚九华赌输赢。姚九华胸有成竹，当然应了。

看热闹的人议论纷纷。

有的说："姚九华绞啥百叶结，等出洋相吧。"

有人摇摇头："年纪轻轻，嘴上无毛，不作数不作数。"

那米商本来还有点吃不准，赌输赢也只是一时兴起，心中难免七上八落，见不相信的大有人在，赌输赢就定了下来。

米商找了个盆子，背着姚九华数了八十粒糯米、二十粒粳米放进去混匀，让他来验。

姚九华不慌不忙，接过盆子，将碘酒滴了几滴在米上，用手一拌，马上糯米、粳米的粒数分得清清爽爽。一数，所报颗粒数分毫不差。看得围观者目瞪口呆，纷纷称奇。

米商们也口服心服。

有人开玩笑道："以后可小心了，不得掺假，否则牌子要做塌的。"

姚九华不但赢得了那桌酒宴，更是赢得了名声。

正是由于这些粽子技艺的掌握，他很快就成了嘉兴粽子行业公认的一把好手。

九

随着时间推移，姚九华粽子技艺日臻成熟，而且他的敬业精神也逐渐体现。

其中有三件事，彻底改变了夏文英对姚九华的看法。

当时北门大街有一家利闻无线电行，老板是个女的，生意做得很大，嘉兴的许多工厂都从她处购买电气电料配件。为了笼络这些工厂的老板、采购人员，老板娘经常要买些粽子送给他们。因一直从荣记五芳斋买粽子，一来二去，利闻无线电行的老板娘和夏文英热络起来，成了无话不说的小姐妹。夏文英见利闻无线电行买粽子的次数频繁而且量大，就给了他们买十送二的优惠，也就是买十个粽子送两个粽子，每次来买都是如此。

有一次利闻无线电行的老板娘又要买五十只粽子，因为忙脱不开身，就叫一个新来的学徒去买。老板娘怕他走错店，特意叮嘱学徒："张家弄左手第一家，告诉是利闻无线电行买的。"

学徒先要办其他事。办好事后，人在童军路附近，就近从童军路进入张家弄。这个学徒是个十足的木徒，只记得老板娘关照"左手第一家"。而从童军路进与从北门大街进正好反了个个，左手的粽子店则由荣记五芳斋变成了盛记五芳斋。盛记五芳斋的老板马常盛不知道荣记五芳斋与利闻无线电行的约定，当然也就没有买十送二的优惠，就只给了学徒五十只粽。

利闻无线电行的老板娘见学徒只拎了五十只粽子回来，心中顿生疑惑，以为学徒把那十只粽子瞒了下来，就去与夏文英核实此事。脾气暴躁的夏氏，怀疑在柜台前张罗生意的姚九华瞒下了这十只粽子，不问青红皂白，上来就给了姚九华两个头塌，觉着还不解恨，照着姚九华的屁股又是一脚。

现时的姚九华已不是来时的小学徒，他当然不能忍受这莫名其妙的怀疑和惩罚，马上要让利闻的学徒来对质。

事情马上就清楚了，是学徒进错了店家。

再有一次。有一个老太太来订三十只粽子，因上了年纪，牙口不好，希望粽子煮烂一点。伙计们听了都纷纷摇头，表示难办。粽子都是整体出锅，不可能为了满足你一个人的要求，让大家都吃烂粽子吧。

姚九华见了将生意接了下来。郭光明问："这烂粽子如何煮？难不成你另起炉灶。"

姚九华道："这有何难。只要粽子裹宽一点，蓑草扎松一点，煮时粽子吃水多，自然就煮得烂了。绳子松一点这样的小事对店里来说只不过是举手之劳。"

郭光明一听，伸出大拇指道："倒是这个道理，姚九华有点本事哩。"

下午姚九华裹了三十只特制粽，找了一只网线袋装了，与其他粽子一齐放入塘锅煮了。

第二天一早，姚九华怕其他伙计不知道给卖出去，早早将烧好的粽子拎出来放在大橱，只等老太太来拿。

然而，夏文英并没有听见姚九华与老太太谈生意，却看见了藏在大橱里的粽子。

作为伙计的姚九华竟敢在大橱里藏粽子，这还了得。夏文英的疑心病又犯了起来。因为私拿店里的物品，尤其是粽子，这是非常犯忌的事，历来被老板列为评价伙计品行的头等大事。

夏文英以为，姚九华手脚不干净，长了本事不守店规。

一向直来直去的夏文英，心里放不下事，便将姚九华叫来，也不问其所以然，让他结账走人。这让姚九华一头雾水，理所当然要夏文英讲出原由。而夏文英就是不说，她要看一看，姚九华究竟会把这三十只粽子如何处置，到时候看你姚九华还有什么话可讲。

下午，那订粽子的老太太如约来取粽子，才使事情真相大白。这时夏文英才彻底解除了对姚九华的一切戒心。

1949 年前的嘉兴，人们吃水、用水都要从河里取。嘉兴虽然市区河浜纵横交错，但这些河浜大都一二丈宽，它们既是船只航行的通道，又是城市污水的收纳地。多雨季节，河水浑浊，河面漂浮着各种垃圾；旱季一到，在太阳的照射下，河底的青苔成片泛上来，河水散发出淡淡的腐臭。这样的水是不能饮用的。

荣记五芳斋的用水是取自东面三百米之远的环城河。半夜店里生火烧粽子的事是用不着姚九华去做了，但他体恤生火烧粽子的伙计，挑水的事仍自己承担。姚九华每天早上到了店里的第一件事，就是到环城河上的新洋桥桥堍挑水。因粽子店的每道生产环节都要用到水，所用水量是很大的。因此，姚九华一天挑四五趟水是常有的事。当时，挑水的担桶是又笨又重的大木桶。

姚九华用的那对大木桶，由于使用年份已久，箍桶的铁箍已经锈迹斑斑。随时有散架的可能。

事情就在可以预料但是又不经意间发生。

那天，当姚九华从河中打第二桶水时，木桶的铁箍因不堪水的重量，崩断了。木制的桶壁就像冲破樊笼的小鸟，一下子飞了开来，要不是姚九华捞得快，几块桶壁就要随波而去了。

木桶的桶壁都还在，可怎么回去向夏文英交代呢？姚九华左思右想，还是决定先修好再说。

就在新洋桥边的环城东路上正好有一家箍桶店。姚九华将散了架的木桶壁抱了过去，可是他口袋里没有钱。姚九华灵机一动，对箍桶师傅说："老板，这只桶坏了能修吗？"

箍桶师傅翻了一下姚九华抱来的桶壁，确定地说："没问题，只要配根铁箍就可以了。"

"可是，"姚九华老实地说，"我没有钱。"

箍桶师傅停下翻动桶壁的手，抬头看着姚九华："没钱你拿来干什么？"

姚九华说："我是荣记五芳斋的伙计，师傅帮我修一下，我给你五个粽子如何？"

"哪有这种事。"箍桶师傅不干。

姚九华又说道："我是店里的小伙计，木桶坏了，回去老板是要骂的。弄不好还有可能丢了饭碗。"

看着年纪轻轻的姚九华，一副愁眉苦脸的神情，箍桶师傅心软了，说："好吧。你快回去拿粽子，木桶我马上给你修好。"

姚九华虽然答应给五个粽子，但夏文英是否同意，心中并没有底，怀着忐忑不安的心，他向夏文英报告了事情的经过。没想，夏文英满口答应，原来她是早就知道木桶铁箍已烂，随时都有断裂的可能。见姚九华只用五只粽子就将木桶修好心里很是高兴，她马上起身取了五只粽子，用一张油纸包了交给姚九华。很快，姚九华取回了修好的木桶。

这件事让夏文英觉得姚九华精明能干，是信得过的。

回想着一年多来几次冤枉姚九华，夏文英意识到姚九华对自己的忠心，姚九华是自己在生意上值得倚重的人。

姚九华以自己的实际行动，不但确立了在老板娘心中的地位，也因此确立了在伙计们心中的地位。从此，一呼百应，姚九华俨然成了荣记五芳斋的大主事。

十

　　1949 年的 3 月，有个船娘打扮的女子带了四五个客人来张家弄买粽子，进了庆记五芳斋，每人买了二十只粽子，这在当时算是一笔不小的生意。

　　姚九华正好路过，看这大一笔生意给庆记五芳斋做去了，心里羡慕极了。他见其中一个客人出来了，就凑上去问道："先生去哪里？这粽子有点重哩。"

　　那位先生以为是个揽活的，马上回道："去火车站，不远。这几只粽子拎得动。"

　　姚九华又问道："听先生口音是上海来的？"

　　那位先生答道："是啊，来嘉兴南湖游玩的。嘉兴的粽子名气大，好吃。家里人老想吃，带点回去给家里人尝尝。"

　　说者无心，听者有意。看在眼里，听在心里的姚九华就动了心思。南湖是嘉兴的风景点，外地来此游玩的人很多，而嘉兴的粽子又是远近闻名。如果外地游客走时都能来店里买点粽子带回去，不但粽子的销售量能上去，而且荣记五芳斋的名气也会越传越广。

　　姚九华觉得巨大的商机就在眼前，必须抓牢。

　　看着渐渐远去的客人和船娘，姚九华脱下围裙，招呼也来不及打就跟了上去。

　　跟着跟着，姚九华就跟到了南湖畔。

　　南湖是嘉兴最为有名的风景名胜地，湖心有用疏浚河道的淤泥堆积起来的湖心岛，岛上筑有烟雨楼。经历代官员的修缮，楼宇巍峨，古木参天。清乾隆皇帝六下江南，几次登岛，留下了御碑二处。文人骚客趋之若鹜，留下了无数文墨名物。尤其南湖的游船及因游船而创的南湖船菜更是闻名遐迩，令无数的游人倾倒。游烟雨楼需用船摆渡，摇船的都是女性，南湖船娘应运而生，成了南湖边的一道美丽的风景线。

在狮子汇渡口，姚九华找到了那个船娘："请问姑娘姓名？"

这个船娘是南湖畔许家村人，叫许英。

许英见一个小伙找自己，心中忐忑，很是抗拒："我姓名干你啥事，当我是'海陆空'啊。"

见许英误解了，姚九华赶忙道："姑娘误会了，误会了。我找你是想与你做生意哩。"

了解了姚九华的目的，许英心中一松，脸上顿时露出了笑容。

姚九华从许英的嘴里了解到，在南湖乘游船的客人大都是外来客，客人在游湖后往往希望带一点嘉兴的土特产回家，而船娘们一般总是推荐南湖菱和五芳斋粽子。由于南湖菱的上市有季节的限制，时间较短，故以推荐五芳斋粽子为主。

姚九华对许英说："我是荣记五芳斋的伙计，'荣记'的粽子是嘉兴最好的。能否将客人介绍到'荣记'？我们会给一点介绍费。"

姚九华敢许以介绍费，倒不是自作主张给，而是受老板娘给利闻无线电行十送二的优惠的启发而来的灵感。

许英回答得很爽气："有钱赚当然好。"

既然一拍即合，姚九华也趁热打铁，回去作进一步的准备。

自姚九华解下围裙，招呼也没打就跑了，而且久等不回，夏文英心中有些不快。一个时辰后，见姚九华兴冲冲回店，脸色就难看起来。见状，姚九华连忙把刚才与许英接洽的事一一告知夏文英。姚九华原来是为店里的事在忙碌，夏文英登时脸色由白变红，眼睛里也露出了笑意，头也像鸡啄米似的点个不停，马上给予肯定和认可。

姚九华忙找人设计了一张名片，上方写上了"荣记五芳斋"几个大字，中间画了一只大公鸡，下面写了粽子两个大字及粽子店的地址，请人印了一百张。他把这些名片交给许英，对许英说："请你帮忙在船娘中发一下，今后凡是有客人要买粽子，就将这张名片提供给他们，让他们来荣记五芳斋。

我店凭名片上各船娘的签名,每张名片给大米两升。"

许英一听,自然高兴,在船娘中也大大地长了脸。许英从姚九华手中接过名片,欢欢喜喜地应承了下来。

打那以后,荣记五芳斋就多了一批外地的顾客,他们三五成群,每人少则十个,多则二三十个地买粽子,顿时店里的生意又增加许多。夏文英对姚九华的经营才能也有了进一步的了解,店里的一切事务自是都交由姚九华打理。

期间,还发生过一桩上海客人帮助宣传荣记五芳斋的事。

那天中午,店里来了五个上海人买粽子,这时又有三个杭州人也来买,见荣记五芳斋店里的人较多,有个杭州人就说:"人介多,我们到隔壁那家去买吧。不都是粽子吗,一样的。"

几个上海人听见了,就对那几个杭州人说:"你们知道什么呀,这家粽子才是最正宗的。"

杭州人说:"你怎么证明他们才是最正宗的呢?"

由于语气重了一点,两方面就在店里争了起来。

上海人就说:"荣记五芳斋在张家弄已是几十年的老店,有祖传秘方。而那两家是近几年才开的,是不好吃的。况且这家店的粽子有金鸡牌商标,他们有商标吗?反正我们上海人只认'金鸡牌'的。"

杭州人一听,有道理,服气了,就不去隔壁店了。

十一

1949 年的春天,战事吃紧。尽管官方的消息仍是今天大捷明天胜利,可人们似乎对此已经无动于衷,因为这"乐观"的报道与人们私下相传相去甚远。

大街上一群群溃败下来的国军多了起来。特别是那些伤兵,他们往往抱着一种老子前线打仗有功的心态，耀武扬威，鱼肉乡里。

那天，一群战败的国军伤兵到荣记五芳斋吃粽子。当姚九华向他们要粽子钱的时候，一个伤兵将枪横在桌上，拍着桌子大声呵斥姚九华："老子在前线打仗受了伤，吃你几个粽子怎么了？你竟敢向老子收钱。"

姚九华一看这阵势，知道不是自己能左右的。那天郭士荣正好在家，姚九华赶忙上楼报告。郭士荣从楼上下来，将一张派斯往伤兵们坐的桌上一拍说："你们也不看看这是谁开的店，谁敢在我这里吃白食。"

伤兵们一看派斯，知道店老板的来头，自是不敢再嘴硬。连忙站起身来，弯下腰，头像鸡啄米似的，连声说："对不起，对不起。这真是大水冲了龙王庙。"赶紧付了钱走人。

但最要命的还是整个经济的崩溃，给商业带来的致命冲击。

荣记五芳斋的生意大不如前。

郭士荣因在东门开分店尝到了甜头。见庆记五芳斋与盛记五芳斋都在上海打开了局面，心里想："看来上海人对五芳斋粽子是情有独钟的，都是五芳斋粽子，我为何不去插一脚呢？"

主意一定，郭士荣就决然关闭了菩萨桥头的弹棉花店。妻弟夏阿根不明就里，就找姐姐夏文英哭诉："这弹棉花店一关，我不等于没生活做了吗？那当初你叫我来嘉兴做啥。"

郭士荣听了眼睛一瞪："谁说没事做，你还有大用场哩。"

夏阿根被派去上海找店面开粽子店。很快，荣记五芳斋分店在上海的浙江中路 284 号开了出来。

1949 年 5 月，在隆隆的炮声中，嘉兴迎来了解放。由于战争带来了创伤，一时间无法恢复，百废待兴。经济要步入正轨，是要花一定的时间、一定的财力才能见成效的。经济的萧条同样也反映在三家五芳斋粽子店的生意上。

三家五芳斋粽子店相互间的竞争也越演越烈。1952 年，竞争到了白热化的程度。

可是各家的生意并不见长。为了招揽顾客，各家在营业时都派伙计站在自家的门前，面向东面张家弄的入口，对走过来的路人高声招呼，以求顾客光顾自家的门店。因为大家都争先恐后地揽客，难免会引起一些言语上的争执。

有一次，姚九华在店门口揽客，正好盛记五芳斋的伙计朱鸿林也在店门口揽客。两人就曾互相嘲讽过。

朱鸿林笑姚九华："哟，嗓门够大，你的声音全嘉兴都听得见。"

姚九华也当仁不让，反讥朱鸿林："你的声音也不像蚊子叫。"

其实，这种揽客的手段非常原始，并不高明，不但收效甚微，而且伤了朋友间的感情。毕竟在姚九华困难的时候，最先伸出援助之手的是朱鸿林。

姚九华觉得应该想个更好的办法来揽客。

用什么好的办法展开竞争呢？姚九华思索着。

这时一只乌龟的图像不经意间在他的眼前显现。

时间又回到了1949年，年底时荣记五芳斋刚在上海开出分店，老板郭士荣将此店交由妻弟夏阿根经营。

夏阿根此前并没有经营过粽子生意，对粽子的技艺也一窍不通。

经过商场浸润的姚九华从一个青涩的大孩子成长为一个粽子技艺精湛、生意手段精通的掌门伙计，荣记五芳斋里里外外的一把好手。姚九华经常被郭士荣指派去上海帮忙，有一次一去就是一个月。因而工作之余，上海马路上逛逛，到商店里瞧瞧也是常有的事。

在上海九江路，姚九华看见一家叫"天晓得"的食品店，门前挂着一块画着一只大乌龟的店幌，引起了他的好奇。几次路过，几次驻足观看，对其寓意就是百思不得其解。这个问号就这样一直萦绕在脑里，这只乌龟在姚九华心里深深扎了根。

这次三家五芳斋粽子店的相互竞争，使姚九华似乎对这只大乌龟悟出了一些道理。他想，揽客的最好办法是引起顾客的关注，而引起关注的手段有很多。而最简单、最可行的手段就是"出奇制胜"，之所以上海"天晓得"食品店的乌龟店幌引起了他的关注和好奇，就是因为他出了一张不合常理的、出乎预料的"牌"。如果我们也在店门前挂只画着乌龟的店幌会引来怎样的结果呢？

姚九华马上把这一想法告诉了夏文英，已了解姚九华经营能力的夏文英哪有不同意的道理。

画着乌龟的店幌就这样在荣记五芳斋门前挂了出来。

这块店幌，长五尺、宽二尺，木制，上面并无文字，只是画了一只大乌龟。有着长长的头颈的乌龟似乎在左顾右盼，而舒展的四肢又仿佛要从木板上爬下来。

这块店幌，沿街挑出，很是扎眼，的确引起了来往过客的好奇和议论。观看者络绎不绝，荣记五芳斋一时间人气剧增，一片兴旺。此店幌一挂就是一年，一直到 1953 年 9 月，中国掀起"社会主义改造"时才完成了它的使命。

当时，曾有好事者向姚九华求证这乌龟的含义。

姚九华得意地解释说："这块店幌有着二层含义。第一，乌龟在中国是长寿的象征，这只乌龟说明荣记五芳斋是张家弄最老的粽子店，它还会长期开下去；第二，这只乌龟是我店的首创，你们不要模仿，谁模仿谁是乌龟。"

十二

马常盛自与王金英结婚，他们接连生了四个孩子。王金英一个人就管不过来了，斜桥乡下的妹妹王金娥就被接了出来，帮助照看四个小孩。

当马常盛的孩子长大些后，王金娥就进中丝一厂当了名缫丝工。王金英在盛记五芳斋坐班，王金娥下班没事常到店里玩。

王金娥的到来引起姚九华的关注。

在她到马常盛家照看小孩时，姚九华就把王金娥的身世了解得一清二楚。因年龄相仿，同是农村出来的，加上清秀水灵的模样，姚九华一下子喜欢上了。现见她进中丝一厂当了缫丝工，看样子留在嘉兴不准备回乡下，更让姚九华有了遐想的空间。

有想法，可苦于没有机会。那天，姚九华见王金娥又到姐姐店里来，借故跑过去："老板娘，你们店里的秤砣借我用一下，我们那个不知放哪儿了，一时找不到哩。"

王金英笑道："一杆秤一个秤砣。这秤砣又不是百搭，你傻啊。"

"哟，是哩。那我连秤一块借吧。"姚九华像偶然看到似的："这是你妹妹吧，真像你哩。"

突然的招呼让王金娥无言以对。

见王金娥不应答，姚九华只得拿了王金英递过来的秤讪讪而去。

姚九华一走，王金娥对姐姐道："哪儿的？像个愣头青哩。"

王金英笑道："他傻你也傻啊。人家哪是借东西，是冲你来的么。"

王金娥不解地："冲我，为什么？"

王金英道："男大当婚，女大当嫁。不过这小伙倒真还不错，年纪轻轻已是嘉兴粽子业的制粽好手，大家都说他前途无量呢。"

王金娥的脸一下子绯红："姐……"

王金英又道："你既然决定在嘉兴留下来，找个好男人，成个家，也算有了基业，有了依靠。姐帮你张罗张罗。"

对姚九华来说，1951年绝对是个值得记忆的年份。

很快，姚九华与王金娥成婚。

从此，他有了一个幸福的家，有了一个让他牵挂的人。紧接着他们的第一个宝宝呱呱坠地。

那一年，他还光荣地加入了中国新民主主义青年团。他努力上进，像海绵一样吸收着中国共产党的先进思想，成为了一个拥护共产党的先进青年。

　　姚九华的工作劲头更足了，他的工作目标也更明确了。

　　一个从山沟里走出来的，身无分文的青年人终于在嘉兴站稳了脚跟，实现了再也不回贫穷的兰溪老家的愿望。

　　姚九华浑身充满了活力，他拼命地吸取着一切有用的"养分"。

　　他参加扫盲识字班。因他小的时候上过一年私塾，很快就摘除了文盲的帽子，从一个只识简单文字的人，变成了一个新时代有一定文化的青年。

　　他还参加了腰鼓队、口琴队，尽情地表达着对新生活的歌颂和对共产党的爱戴。

　　最重要的是，姚九华参加了店员工会。店员工会——顾名思义，是一个店员的组织。在新中国成立之初，社会主义改造还没有开始，各行各业还是私营企业占绝大多数，党对各行各业职工的领导主要就是靠各行业工会来实现。对党的各种政策、法令的贯彻也是靠各行业工会来传达和实现。

　　姚九华积极参与店员工会组织的每一次活动、每一次会议，认真落实工会下达的一切指令。很快他成了店员工会的积极分子，在荣记五芳斋的店员中，确立了绝对的领导地位。

　　可与之相反，老板郭士荣却渐渐地落伍，与时代发展的方向相背离。

　　到了此时，郭士荣绝对成了一个悲剧人物。

　　在国民党逃离大陆的时候，像郭士荣这样的人当然没有人会顾及，他只有留下来的份，还被美其名曰"潜伏"，等待国民党的光复。像他这种情况，只要在中华人民共和国成立初期及时向政府报告，说清问题，是有可能过关的。当时，共产党的政策是，在敌伪时期任过职的敌伪人员，只要没有民愤，没有血案，说清问题，一般都是按人民内部矛盾处理。

　　可是郭士荣并没有这么做，而是采取了回避的态度。这是自绝于人民的，也是决不可能蒙混过关的。

　　随着"镇反运动"如火如荼地深入和展开，郭士荣似乎也感觉到镇反委员会开始把目标对准他。这时他做了一件毁了他一生的蠢事，他竟然悄悄地逃到了上海，躲进了妻弟夏阿根的家中。就是这一举动，彻底使事情有了质的变化。天网恢恢，疏而不漏。1951 年 12 月 19 日郭士荣被镇反委员会派人从上海抓回来，关进了监牢。

郭士荣在被抓起来之前，已经患有严重的肺结核病，时常咳嗽，而且痰中带血。一关进去，病情加重，连续高烧，还出现了昏迷现象。

肺结核病是一种可怕的传染病，当时尚没有特效的治疗手段与药物。

监狱方一方面怕郭士荣的肺结核病在监牢蔓延；另一方面郭士荣病入膏肓，无关押之必要。1952 年 3 月将其保外就医。

郭士荣是被人用单架抬回来的，回来时已奄奄一息。

之后，对郭士荣的判决也就迟迟没有出来。

十三

郭士荣的出狱并没有给荣记五芳斋带来好的运气。此时的郭士荣因肺结核病经常咳嗽，而且痰中带血，看起来时日不多。而夏文英的突然病倒，店铺经营更是雪上加霜。

夏文英病的症状实际上与郭士荣是一样的，咳嗽带血，伴有高烧，竟然也卧床不起。

这也证明肺结核病在当时的传染性和严重性。

夫妻俩急忙往上海去信，让夏阿根快回来，照看生意。

不想夏阿根迟迟未见露面。

原来，自郭士荣在上海从他的家中抓住，他可是吃足了苦头。因郭士荣是潜伏特务，先是嘉兴镇反人员的反复盘问，是否也同是潜伏特务，有否组织上的关系。他费了很大的口舌刚摆平嘉兴镇反人员的怀疑，上海镇反人员又闻风而动。他们似乎比嘉兴的镇反人员更认真，更细致，更有想象力，大有不问出个特务组织誓不罢休的架势，为此夏阿根还被请进去盘查了三天。

虽然最终事情查清，郭士荣的事夏阿根并不知情，也不能算窝藏包庇。可盘查时精神压力之大，差点让他崩溃。

此时此刻姐夫姐姐让他回嘉兴，这不就像刚从污泥中爬出又掉进了粪池。这不是让他往刀尖上滚、往火坑里跳吗！况且都得的是肺结核病，这可是令人谈虎色变的痨病，传染到可完结了。

急着要撇清与郭士荣关系的夏阿根干脆来了个装聋作哑、退避三舍，连信也不回。

还好，店中有姚九华支撑，总算能坚持每日开门营业。

郭士荣夫妇的身体一日不如一日，深感时日不多。

郭士荣夫妇最放心不下的当然是荣记五芳斋的生存及两个尚未成年儿子的未来。

的确，他们两个儿子的未来与荣记五芳斋的生存是密切相关的。显然，荣记五芳斋不存，两个儿子未来的保障就无从谈起。看看庆记五芳斋盛记五芳斋的更名，这可是有易主的苗头，说穿了有点经营不下去了。他左思右想，没有好的办法。

正是午时，姚九华端着饭菜上楼来了。

以往郭士荣在保安大队任职，店里的事都是夏文英打理，姚九华虽是他招进来，可接触并不是太多。只是听张家弄里的人都称赞姚九华的制粽本事，也多次听夏文英讲起他对荣记五芳斋尽心尽责。当时心有旁系，也没往心里去。

夏文英挣扎着坐起来道："幸亏你的照顾，这段时间忙里忙外，辛苦了。"

姚九华一边给他们盛饭一边道："店里一切正常，请安心养病，会好起来的。"

这时郭士荣注意起姚九华，问道："我记得你是 1948 年来店的吧？"

姚九华答道："是啊，连头搭尾五年哩。"

"生活都拿得起了？"郭士荣问。

"回老板，能应付了。"

郭士荣道："听文英讲你对两个小儿挺尽心哩。"

姚九华道："老板的孩子就是我的师弟，当然要尽心。"

郭士荣暗自点了点头，最终作了一个决定。正是这个决定，成就了姚九华的一番事业，也正是这个决定，给五芳斋今后的发展找到了一个领头人。

那天一早，郭士荣差人将五芳斋的创始人张锦泉，请到了楼上。

在郭士荣夫妇病榻前，郭士荣对张锦泉说："自师兄将五芳斋交到我的手上，尚能经营至今，算是对得起你当初的交待。今我时日不多，想请你出山，你意下如何？不过我是有条件的，照顾好我的两个孩子。"

张锦泉听言愣了一下，道："士荣老板何出此言？我尚有棉花店要打理，二爿店恐照顾不过来，实难相从。其实你店里就有人可托哩。"

郭士荣问："谁？说来看看。"

张锦泉道："远在天边近在眼前。姚九华！"

郭士荣一拍床沿道："不谋而合。我是在想，如师兄不肯出山，也只能退而求其次，非他莫属了。"

张锦泉道："原来士荣老板早有谋划，请我出山怕只是幌子吧。"

"哪里哪里，我不是说了'退而求其次'么。"

姚九华被叫上楼来。

郭士荣指着夏文英对姚九华道："我俩病入膏肓，不久于人世。叫你上来是有事相托，今我将师兄请来，就是作个见证。"

姚九华见状，忙说："老板命大，病是会好的。老板有事尽管吩咐，我自是尽心办好。"

郭士荣道："其实荣记五芳斋有一半是锦泉师兄的，只怪当年太霸道，多有得罪。"

张锦泉道："陈芝麻烂谷子不提也罢。"

郭士荣对姚九华道："今后如何，我已无须考虑，眼门前有两事相托。第一，荣记五芳斋交你经营，请不要推托；第二，我两儿尚幼，他们是你的师弟，望你善待，养育成人。"

张锦泉道："为了支持你管好荣记五芳斋，我将珍藏多年的《粽技要秘》一书送与你，望你能使五芳斋薪火相传。"

事已至此，姚九华也不再推托，双手接过《粽技要秘》，保证道："老板、前辈在上，我保证做到老板嘱托的两件事，使荣记五芳斋兴旺起来，使两个师弟衣食无忧。"

很快，一病不起的郭士荣于 1952 年 6 月去世。就在郭士荣去世不久，妻子夏文英也匆匆随他而去。

由于郭士荣夫妇的两个儿子尚年幼，两人的丧事都由已经成为掌门伙计的姚九华操办。

自此，荣记五芳斋没有了老板，虽然有郭士荣的两个儿子，但年纪太小，不可能担此重任。店里的十几号人大都沮丧地提议散伙。

有托在身的姚九华勇敢地站了出来，力排众议，决心将荣记五芳斋经营下去。众人见有人挑头，自是举手赞成。

有店里众人的支持，姚九华顿时信心百倍、充满豪气。他暗暗发誓，一定要照顾好郭士荣的两个儿子，让他们衣食无忧；一定要维持好店内的生意，让店里的伙计没有后顾之忧。

荣记五芳斋进入了最艰难的时刻，而姚九华却迎来了个人发展的黄金时期。从此他可以将自己的经营理念倾注到荣记五芳斋的生意中，他将按照自己的经营理念来规划荣记五芳斋的未来。

十四

姚九华接手荣记五芳斋首先遇到的难题是资金短缺。

自老板郭士荣夫妇辞世，荣记五芳斋就成了郭士荣两个儿子的财产，那么从法律上讲，经营着上海分店的舅舅夏阿根应该是他们的监护人。

开始，夏阿根还从上海来嘉兴店里看看，当发现荣记五芳斋存在着严重的资金短缺，就此不再回来，对荣记五芳斋再也不管不问了，并闹起了"分家"。说是"分家"，实际是上海分店脱离荣记五芳斋自立门户，不再向嘉兴的总店交纳一分钱的利润。年轻的姚九华自是鞭长莫及，只得由他去了。但这对荣记五芳斋来说是雪上加霜的事。

姚九华审时度势，连连作了三个令人意想不到的决定。而就是这三个决定使荣记五芳斋这艘风雨飘摇之中的航船驶出了风浪。

首先，他果断地关闭了东门的"荣记"分店，以便将有限的资金集中在张家弄的总店，攥紧拳头，渡过难关。他总结说，自古就有壮士断腕一说，关闭东门分店也是"断腕"，有了小的舍弃，才有大的收获。

其次，他主动将自己每月五十八元的工资降到了四十二元。在当时，一般工人的工资只有三十多元，十六元可是一笔不菲的收入。姚九华的这一举动让店里的伙计非常震撼，他们彻底被姚九华的举动折服，看到了荣记五芳斋生存和发展的希望。

再有，就是"合会"。这是一种民间的集资方式。"合会"是曾在中国民间盛行的一种信用互助方式。一般由发起人邀请亲友若干人参加，约定每月、每季或每年举会一次。每次各缴一定数量的会款，轮流交由一人使用，借以互助。

按理说，像姚九华这样一个只是荣记五芳斋店伙计的人，为一店发起"合会"是不大可能的。因为荣记五芳斋刚死了老板，可以说是群龙无首，粽子店何去何从尚是一个大问题，"合会"后谁来为这笔资金承担风险。况且姚九华当时只是个二十多岁的青年人，"嘴上无毛，办事不牢"的古训也将影响人们对"合会"的信心。

为了荣记五芳斋的生存，姚九华必须背水一战。"合会"必须成功，他把"合会"的目标对准了张家弄的一些店主。他认为，这些店主都是朝夕相处的左邻右舍，他们对荣记五芳斋的发展前景是非常了解的。另外他们对姚九华的人品和能力也是知根知底的，这是他胸有成竹的基础，满怀信心的保证。其次，最重要的一点，姚九华有店员工会撑腰。在解放初期，在嘉兴的商界，店员工会是传达党的方针政策，实现政府对商业管理的最权威的组织机构，作为店员工会积极分子的姚九华给人的印象当然是信得过的。在政府号召生产自救的氛围中，此举很快得到大家的响应。姚九华的"合会"一举获得成功。店主们纷纷拿钱参加"合会"，很快荣记五芳斋就筹到了维持生存的宝贵资金。

对于荣记五芳斋来说，资金就是生命，而管好和用好这笔资金是姚九华的当务之急。

因此，他又在店里烧了三把火。

第一把火：对店里的老规矩进行了重新修订，纠正了一些约定成俗的陈规旧习。店里设有账房一名，资格较老，掌握着店里的财务和采购大权。以前老板夫妇在，自有他们管着账房，可老板夫妇不在了，账房就有些自以为是。由于资金紧缺的原因，店里原材料的购进以日为计，量出为入。当时物价不稳，每日的糯米、肉等大宗原材料的价格变动很大，而这位账房对店里的生意不熟，又自命清高，不与姚九华等人沟通，往往糯米、肉购进太多，造成积压和浪费。有时糯米和肉又购进太少，造成了粽子的脱销。有时购进时机不对，没有做到逢低购进。这些对处于生产自救状态下的荣记五芳斋具有很大的杀伤力。而这账房还死不认账，振振有词说老规矩就是如此，并无大错。

新规矩的出台，规范了账房的职责，也收掉了账房的一些职权。每日的采购必须以产定购，而这个量由姚九华根据每日产销情况来定，有效地解决了购销脱节的情况。那账房一看姚九华将购销关系处理得如此协调，自是服帖。

第二把火：针对糯米每日变动的情况，将每日进账的营业款集中起来，在米市行情运行到低点时，到对面的米店购米，并存在米店，要时再拉到店里，有效降低了涨价的风险。而这一举措米店的老板也很欢迎，因为无形中米店也增加了一些流动资金。

第三把火：原先店里工作的伙计组织纪律性比较差，迟到早退，工作时间出去办私事，甚至偷拿店里粽子的事时有发生。这是姚九华最为头痛的事。因为大家都是店里的老人，平时头碰头脚碰脚，有些伙计的资历比姚九华老，要出面管这些人真还有点名不正言不顺。而发生在唐阿根身上的一件事却帮助他彻底解决问题提供了突破口。

唐阿根，虽然是进店比较晚的一个伙计，但他当时正好与老板娘夏文英的小姐妹沈丽娟谈恋爱。

沈丽娟的丈夫在震泽解放那年被国民党逃兵打死，孑然一身，尚在江苏震泽做工。

唐阿根是在沈丽娟来嘉兴看望夏文英时相识的。

恋爱中的唐阿根常常要去震泽。他自持恋爱对象与老板夫妇的关系，有点目空一切。有一次招呼也不打，假也没请就去了震泽，而且一去几天。店里的伙计们都看在眼里，这直接考验姚九华的管理能力。

事也凑巧，唐阿根在店里是工会小组长，管理着伙计们交上来的工会费，因恋爱开销大，他竟然将工会费给用掉了。

姚九华就把他第三把火烧到唐阿根的身上。贪污工会费在当时可是非同小可的事，作为负责人的姚九华马上作了一个决定，把贪污的工会费从唐阿根的工资中扣回来，并报上一级工会开除了唐阿根的工会会籍。

这一举动效果非常好，它不但打击了歪风邪气，也教育了店里的其他店员，违反店规的事立马消失得无影无踪。自此，姚九华在荣记五芳斋的威信大增，真正成为了店里公认的领头人。五芳斋粽子传人的接力棒也正式传到了姚九华的手中。

可以说，在历史的舞台上，姚九华遇到了"五芳斋"，而"五芳斋"也选择了姚九华。

这就是历史的机遇，"五芳斋"给了姚九华展示自己才华的平台。

十五

朱庆堂的日子也不怎么好过。

先是中央旅馆客源严重不足。

这里有个原因，中央旅馆住店的客人多以跑街先生及跑单帮的为主。因中央旅馆开在张家弄寄园对面，这些人虽不腰缠万贯，却也不缺铜钿。他们在做生意的闲暇喜在寄园内泡壶茶听听曲，更有甚者叫个姑娘鬼混一下，故住中央旅馆对这些人有很大的吸引力。1949年后，寄园不复存在，妓院已取缔，加上全国统购统销的实行，大量的物资都通过国有公司调拨，跑街先生及跑单帮的人大大减少。

中央旅馆一下子门可罗雀。

朱庆堂的儿子朱烈是个有进步思想的青年，青年军时就在一个军官的引领下秘密参加了中国共产党。1947年青年军裁员时，朱烈复员回了嘉兴，那个军官去了南京一所陆军学校当教官，从此断了联系。但进步思想还是在他的脑海里扎下了根。此时的朱烈已在一家西药房当药剂师。

鉴于中央旅馆的现状，朱庆堂找朱烈商量："中央旅馆开不下去了，你看怎么办？"

朱烈道："开不下去就关了吧。"

朱庆堂道："可惜了。"

朱烈道："有什么好可惜呢。房子你本是租富五奎的，现富五奎作为地方一霸已给政府抓起来。按政策规定，凡不是自住的房子是要收归国有的，况且是富五奎的房产。你有什么想不开的呢？"

朱庆堂道："我是可惜旅馆里的那些家什。"

朱烈道："那也没什么可惜的。我记得那些桌椅板凳，床铺寝具大都置于抗战初期，已用了十几年了，弃之也不可惜啊。"

朱庆堂道："我担心……"

朱烈接过话头道："没什么可担心的。今后我们社会主义国家老百姓生老病死是有依靠的。"

朱庆堂道："那就依你，关了。"

朱烈又道："我看索性庆记五芳斋粽子店也不要了。"

朱庆堂道："舍不得哩。这粽子店还是有生意的，为父总得有个吃饭的地方。"

闻言，朱烈想想也对。又道："按苏联老大哥的作法，粽子店以后肯定要国营的。"

朱庆堂问："啥叫'国营'？"

朱烈解释道："就是收归国有，由国家经营。"

朱庆堂道："这粽子店我有感情的，不想关。"

"谁要你关，要么这样，"朱烈建议道，"你让店里的伙计大家合股，你不但脱掉了老板的帽子，还解决了资金困难的问题。"

朱庆堂向店里的伙计一宣布决定，阿强第一个提出辞职。原来，老婆让人带信给他，家乡要土改了，按人头分地，要他快回去。升官也提出辞请，原因是上海的大哥来信，大哥所在的纺织厂正在招工人，让他快去。

店里尚剩两名伙计，觉得难担经营重任，哭丧着脸找朱庆堂："庆堂老板，你可不能一走了之，剩我们两个，没有资金，难以为继啊。看在我们上有老下有小，需要这份工作的面上，你还是不要离开啊。"

朱庆堂暗想："也是，这两个伙计老实巴交，做生活蛮好，管店么，的确难以胜任。这可如何是好？"

正好朱烈在青年军时的战友周转在找工作，就由周转以生产自救的方式接下了庆记五芳斋。为了支持生产自救，朱庆堂送给他八十石米作生产资金。但提了个条件，以每天八毛钱的收入坐班帮忙。周转当然同意。

庆记五芳斋就此改名友记五芳斋。

因为资金问题，马常盛也焦头烂额。见庆记五芳斋更名，不明就里，赶紧找朱庆堂打听："庆堂老板，不见打枪不见放炮，怎么弄出介大动静？"

朱庆堂无事一身轻，见马常盛一脸的问号、一脸的诧异，不觉好笑起来。

马常盛道："到底啥咯情况，出啥事体了？你倒是说啊。"

朱庆堂笑道："事体倒是呒啥，只不过卸了两副担子而已。"

马常盛道："卸担子？没有介简单吧。老朋友不作兴打马虎眼。"

朱庆堂这才正色道："我这两爿店有点老了，重新改造要投交关钞票，我想想不合算了。一方面儿子有自己的工作，表示不接手。另一方面近来身体总觉不灵光，决定放手了。告诉你吧。决定一出，人一下子轻松哩。另外啊，现在看来一家一户做生意力量太小，今后肯定要联合起来，我就先走一步吧。告诉你，我可是投了八十石米哩。"

马常盛道："喔。拉屎贴草纸，你倒是清爽了。庆堂老板大气哩。我那个冰厂本就是租了农田，马上要土改，是否能租是个未知数。那个东部旅社、大加利饭店生意也不好。上海铜仁路的粽子分店一时也难以照顾到。不如学你的样，都关了吧。只是盛记五芳斋有点舍不得哩，不过资金也不足，难啊。"

朱庆堂道："学我样啊。"

马常盛头摇得像拨浪鼓："学不来咯。我不像你儿子出山了，我屋里一大家人靠这里吃哩。"

朱庆堂道："我又不叫你关粽子店。实际上我的粽子店也还开着的，只不过大家一起生产自救。"

马常盛一拍脑门道："倒也提醒我哩。让人合股进来。"

马常盛回店如法炮制。很快，近水园茶社王凯加入，盛记五芳斋店名改成了联记五芳斋。

这样，尽管店招有一些微小的变化，但三家"五芳斋"的格局并未变动。

第三章

一

时间很快到了 1956 年。这注定是值得人们回忆的一年，因为在这一年，中国兴起的"社会主义改造"达到了高潮。

在这之前已进行了公私合营改造后的嘉兴电厂、民丰造纸厂、嘉兴绢纺厂、中丝一厂、南湖布厂、嘉兴油厂等，极大地激发了职工们的劳动热情，创造了年产值高速增长的复兴奇迹。这就更加激发了人们加快社会主义改造的愿望。

在店员工会里接受党的政策教育的姚九华，再也坐不住了。他迫切希望公私合营的光芒快点照到点心业。他认定，只有公私合营，荣记五芳斋才有出路。

为此他多次找店员工会的领导，打听点心业公私合营的可能性。实际上店员工会对公私合营的范围、步骤、进度等也把握不好，再说工会也只是店员与政府的桥梁，并无决定及实施权。面对姚九华的询问，工会也只能口头支持，表示向上级转达。

这个希望终于有了眉目。

1956 年 1 月 18 日，嘉兴市政府在人民广场召开嘉兴"跑步进入社会主义社会"庆祝大会。姚九华作为点心业的代表，与嘉兴市五十多个行业的三百多名工商界代表一起，参加了庆祝大会。

正是"三九"的时节，气温很低，姚九华顶着严寒，早早来到会场。这时的会场已是红旗招展，锣鼓喧天。受会场气氛的感染，姚九华顿时热血沸腾，激动万分。

庆祝大会后，进行了申请公私合营的游行。

在商业队伍中，姚九华成了最活跃的一位。他跑前跑后，一面挥舞手中写着要求公私合营标语的彩旗，一面领头喊起了要公私合营的口号，得到游行队伍的热烈响应。

他的一举一动引起了走在商业队伍前列那个穿着已经洗得有点发白军装的中年人的注意，他问旁边与他走在一起的店员工会主席："这个小伙不错。叫什么名字？哪家店的？"

店员工会主席回答道："他呀。我们工会的积极分子，荣记五芳斋的伙计，名叫姚九华。"

"喔。"那中年人若有所思地点了点头。

店员工会主席意犹未尽，又道："别看他年纪不大，可有点水平。1952年时，粽子店的店主夫妇相继去世，两个儿子尚年幼，大家都以为粽子店非垮不可，不想在他的主持下竟然渡过了难关。"

那中年人道："我想见见他哩。你说我们饮食系统的公私合营是否需要他这样的积极分子呢？"

店员工会主席道："孙科长，看来饮食业的公私合营要开展了。"原来这个中年人是嘉兴市商业科科长孙礼孝。

孙科长问："对公私合营下面有什么反映吗？"

店员工会主席道："反映？当然有。"

"哦？"孙科长有点诧异地。

"都反映工业系统都改造好了。我们商业系统不是已建立了市中百、土产、盐业、粮食、煤建、医药、食品、石油等公司，饮食业是不是小店小铺不改造了？"

孙科长道："看来饮食业是迟了一步，不过这也是有原因的。"

"什么原因？"店员工会主席问。

"这不明摆着的。1949 年我们刚解放嘉兴时，由于连年战乱，经济崩溃，物价飞涨。我们进城首要任务当然是遏制飞涨的物价，稳定民心，使工商业有一个喘息的机会。组建你说的那些公司就是为了对有限物资进行了合理调配和使用，对物价起到了平抑作用。现在物价稳定，手脚腾出来了，可谓时机成熟。"

店员工会主席道："经你这么一讲，我懂哩。"

孙科长道："既然懂了，咱们就以这次庆祝大会为契机，广泛动员，争取年底能有一个新的局面。"

店员工会主席信心满满道："有你这这句话，我就放心动员。"

这时姚九华正好跑到两个人跟前，店员工会主席一把拉住他："小姚同志，请你停一下。"

姚九华正在兴奋状态，被店员工会主席拉住，愣了一下。

店员工会主席忙将他推到孙科长面前道："来来来，我介绍一下，这是市商业科孙科长，有话问你哩。"

姚九华平时接触最大的干部就是店员工会主席，商业科科长多大的干部他不知道，但从店员工会主席陪在一旁来看，肯定比店员工会主席大。他有些胆怯地叫了声："孙科长好。"

孙科长道："小姚同志，不要拘束，想向你了解点情况。"

见政府干部了解情况，姚九华朗声道："好啊。你要了解什么情况？我可不一定说得好。"

店员工会主席在一旁道："不用紧张。问什么答什么，知道什么说什么。"

这时，游行的队伍向前涌去，一下把他们三人挤到了边上，而此起彼伏的口号声又将他们的谈话声淹没。

游行队伍自出了人民广场就开始沿中山路向东浩浩荡荡地行进，到了西埏桥处，又折向建国路向北流动。道路两旁驻足观看的群众越来越多，参加游行的人热情也达到了高潮。各个行业之间在不知不觉中展开了竞争。锣鼓声、口号声一浪高过一浪。

姚九华一向是店员工会的积极分子，在各类活动中是少不了他的身影。这时商业队伍的游行人发现他们的领头人姚九华怎么没了身影，有人开始大声呼唤："姚九华，姚九华。"

姚九华忙不迭地应声："哎，在这。"

"快过来指挥喊口号，要紧关子不好敲潮烟。"

见状，孙科长对姚九华道："你快去吧。现在不是交流的时候，要么你明天上午来我办公室如何？"

姚九华回答道："好的，那我走了。"

孙科长道："你忙吧。"

姚九华挥舞着手中的彩旗回到了游行队伍中。

孙科长看着姚九华的背影对店员工会主席说："这就是我们商业系统公私合营的依靠对象。"

<h1 style="text-align:center">二</h1>

嘉兴市政府商业科就设在政府大院内。

1956 年的政府机关并不庞大，因此其下属职能机关也大都集中在一起办公。

商业科在一幢落成不久的两层楼洋房内。这幢楼房的西半边为嘉兴市供销合作社，东半边才是商业科。楼下三间分别是业务股、计财股、文印室，楼上三间是科长室、副科长室、人事股。

姚九华是由一位文印员兼秘书的女同志带到科长室的。

在上楼时，那位女同志对姚九华说："你就是姚九华吧？孙科长一老早就关照说你要来，怕你不熟悉，让我们陪你上去。"

到了科长室门口，那女同志轻轻敲了一下紧闭着的门，里面马上传来孙科长那带着山东口音的声音："请进。"

那位女同志推开办公室门，向室内道："孙科长，姚九华同志来了。"说罢，向姚九华挥了挥手就径自下楼去了。

当姚九华踏进办公室，孙礼孝科长也从办公桌后站了起来："欢迎，欢迎，"说着绕到办公桌前，伸出双手将姚九华的手紧紧握在掌心，"本应是我去拜访你的，事太多，只能让你来了，不影响工作吧？"

姚九华忙回答道："不影响，不影响。哪好让您孙科长去呢。"

孙礼孝科长道："哎，不要叫科长，还是叫老孙好。"说着把姚九华拉到办公桌前一把藤椅边，让他坐下。接着从藤椅边的茶几上提起一把竹壳热水瓶，往一只搪瓷缸内倒满了开水，递给了他。

双手接过搪瓷缸的姚九华忙站了起来。

孙礼孝科长按住姚九华道："坐，坐。在我这用不着拘谨，革命队伍里大家都是同志。喝水。"

刚坐下的姚九华又忙站起来，手里搪瓷缸中的水也洒了出来。

看着姚九华的举止，孙礼孝科长笑了，道："还是太紧张。我们还是言归正传吧，说说话会缓解紧张的。"顿了顿，孙礼孝科长问："知道为什么叫你来吗？"

姚九华答："不是说来谈谈吗？"

孙礼孝科长又问："知道谈什么吗？"

姚九华摇摇头："不知道。"

孙礼孝科长随手拉了把藤椅在姚九华身边坐下道："你对公私合营有什么看法？"

"谈公私合营啊。"姚九华一下来了精神，"有想法哩。"

"好啊，说说看。"

"那话木栳栳哩。现在我只想问一个问题，我们商业系统什么时候进行社会主义改造？"

"哦，问得好。"

姚九华在孙礼孝科长的鼓励下，大有一吐为快的冲动，道："老孙同志，全国解放已七年了，我也受党的教育七年，我知道社会主义的最大优越性就是人人平等，可我有点感觉不到。"

一听此话，孙礼孝科长颇为惊讶："情绪挺大啊。"

"是哩。"姚九华倾诉道，"事实证明，公私合营是企业发展的灵丹妙药。你看，不管哪家企业只要插上公私合营的翅膀，日子马上就好过了。我们点心业大都是老、小、弱，最盼望、最需要政府关心、支持的。可等来等去，这阳光老是照不过来。你看，现在嘉兴改的都是大企业，是否有点爱大欺小。"说罢他又自言自语道，"这可不是我一个人的想法哩。"

孙礼孝科长道："原来点心业的积极性挺高，看来我有点官僚了。我给你透个底，不光是点心业，整个饮服业，乃至整个商业系统的公私合营工作已提到议事日程上来了。原先我们预计宣传发动会有个过程，不过从你提供的情况来看，阻力不会太大，太好了。"

姚九华道："我就等着这一天呢。我就想么，党和政府是不会忘了我们的。"

孙礼孝科长道："不过也不要太过于乐观。我在想，商业系统与工业相比还是有较大的差距的。"

姚九华道："都是公私合营，我看差距也大不到哪里。"

孙礼孝科长道："唉，你可不能有这种想法。"说着就给姚九华扳着手指分析起来，"看啊。首先，工业系统的工人组织性、纪律性要比商业系统好，对党的号召可以一呼百应。而对商业系统来说，都是以店为单位，大的十来个人，小的几个人，而且都有店主，虽说不上是资本家，但都是有产业的，对公私合营多少会有点抵触情绪吧。再者，工业系统厂房设备都在，资金相对充裕，只要工人发动起来，生产就能上轨。而商业系统，就拿你们点心业来说，有的是夫妻店、有的是父子店，像你们荣记五芳斋算是大的，也不过十来人。况且现在哪家店不是破旧不堪，等米下锅。"

姚九华听了道："孙科……老孙同志，你这一分析倒是有道理哩。我这满腔热情有点冷下来了。"

孙礼孝科长道："哎，我的分析让你冷下来可不是我叫你来的目的。"

姚九华诧异地："那你的意思……"

孙礼孝科长笑道："其实就商业来说，其他行业都已经有了国营专业公司。他们已开始对行业内门店进行统一经营，唯独饮食服务业因没有国营专业公司，仍一盘散沙。但社会主义改造是不能留死角的，因此商业科进行反复讨论，决定先在点心业搞个试点。我们摸了一下底，目前嘉兴只有四家专营粽子店，比较单一，便于社会主义改造，想从这里打开一个缺口。"

姚九华一听，脸色马上由白转红，道："真是太好了。那么什么时候开始，马上吗？"

孙礼孝科长道："别急，别急。饭要一口一口吃，路要一步一步走。按以往工业系统社会主义改造的经验，总会有不理解的人，他们要么阻挠，要么消极应对。"

姚九华一听又急了："怎么办？"

孙礼孝科长道："这就是找你来的原因。"

姚九华有点听出味道来了，拍拍胸脯道："我是青年团员，只要社会主义改造成功，党叫干啥就干啥。"

孙礼孝科长道："我们的设想是由嘉兴四家粽子店合并成立'公私合营嘉兴五芳斋粽子店'。"

姚九华问道："不是只有三家五芳斋粽子店吗，怎么变成四家了呢？"

孙礼孝科长道："我们统计了一下，目前嘉兴只有四家专营粽子店，张家弄三家，还加上东门一家叫香味斋的粽子店。我们考虑，要社会主义改造，干脆一起合并起来改造。因以三家'五芳斋'为主，又因'五芳斋'牌子响，所以叫'公私合营嘉兴五芳斋粽子店'。"孙礼孝科长顿了顿又道："下星期准

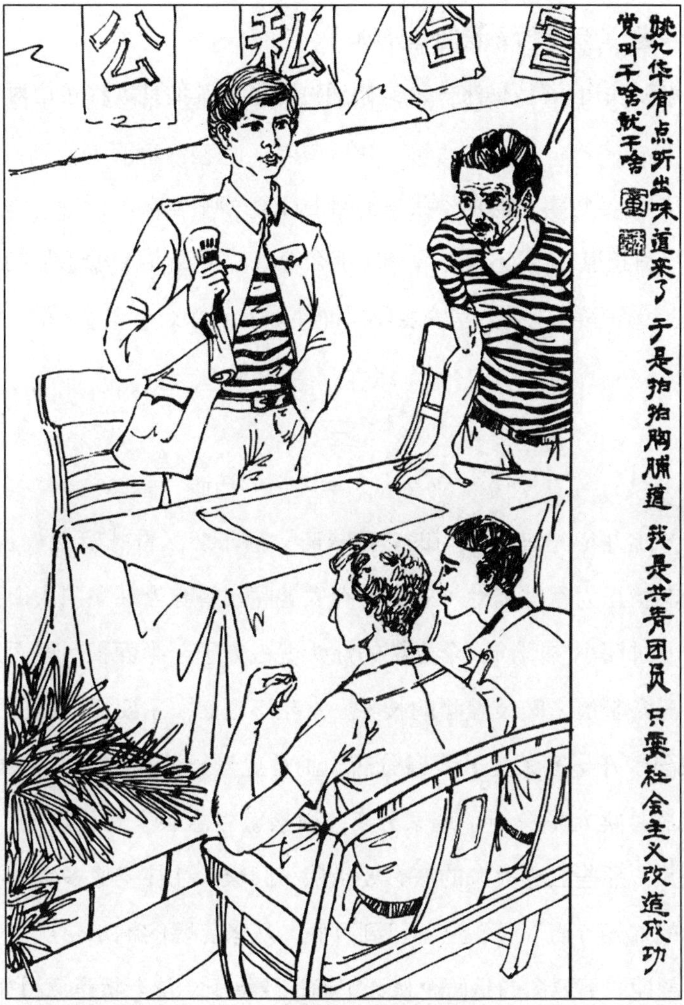
公私合
姚九华有点听出味道来了 于是拍拍胸脯道 我是共青团员 只要社会主义改造成功
党叫干啥就干啥

备先在店员工会召集你们四家开个动员大会，看看有什么意见。"

姚九华道："公私合营，好事，会有什么意见。"

孙礼孝科长道："看问题不要简单化，只有动员工作到位，合并才能顺利呢。"

姚九华道："还是领导看问题仔细。"

孙礼孝科长道："找你来，就是想通过你了解其他几家粽子店对合并改造的想法。"

姚九华道："这事不麻烦，我马上回去打个招呼就是了。"

孙礼孝科长道："可不是打个招呼那么简单，可要将意见反馈给我哟。"

"保证完成任务。"姚九华说着就兴冲冲地去了。

三

隔天，姚九华先去了东门的"香味斋"粽子店，香味斋老板叫沈和立。此时的沈老板正为香味斋粽子店的生存发愁呢。香味斋在东门大街占着一个门面，由于进深小，门前一个煮粽的灶头就占去了一半面积，里面只放了一只桌子、三条坐上去吱吱嘎嘎的长凳。堂吃不理想，主要靠门面生意。原先郭士荣在隔壁开了家荣记五芳斋分店，生意更是一落千丈，往往寅吃卯粮。郭士荣死后，姚九华关掉了这家分店，原指望生意会有起色。但"五芳斋"的名气太大，那些去乘火车的旅客要带粽子回家，往往宁愿多走几步去市中心张家弄的"五芳斋"买。这不已到月底，从米店赊的糯米、从肉店赊的肉已到了付款期，更要命的是两个伙计工钿也要给了。沈老板是急得抓耳挠腮、坐立不安。

见有人进店，沈老板以为生意来了，马上迎了上去，可定睛一看，是荣记五芳斋的大伙计姚九华。沈和立当然认识这个嘉兴粽子业的后起之秀，因姚九华年纪尚轻，加上同行相嫉，来往甚少。沈老板问道："哟哟哟，是'荣记'的大掌柜啊。怎有空光临小店?"说着拉出长凳,"坐,坐。"

姚九华开门见山地问道:"沈老板近来生意可好?"

不想这话问到了沈和立的痛处,心想:小赤佬,来看我笑话来了?老子可是不好惹的。心里一有想法,出口就有点损:"是来看笑话呢,还是传经送宝。"

听话听音,姚九华当然知道沈老板话中有刺,但他并不恼。心想,你知道我的来意就会笑了。姚九华道:"在沈老前辈面前,我永远是小辈哩。哪敢看您笑话呢。"

想不到姚九华这句话还真灵,沈和立立马没了脾气:"那你来有何贵干?"

姚九华老实道:"我来确是有事哩。"

沈老板道:"哦,说来听听。"

姚九华将市商业科打算成立"公私合营五芳斋粽子店"的事向沈老板介绍了一遍,末了还加了一句:"下星期开动员大会的通知收到了吧。"

没等沈老板回答,一直在一旁听着的沈老板的一个伙计却插了上来,笑道:"开会的通知倒是收到了,来人没讲开会内容,心里还一直七上八落敲铜鼓哩。你这一讲就明白了,好事体,有奔头哩。"

沈老板却道:"好是好的。前几年马老板的粽子店被郭士荣租过去,'五芳斋'牌子一挂,生意马上好了起来,这可是我亲眼所见。不过这一合并,这账怎么算啊?"

还有个伙计道:"这还用算。既然公私合营了,肯定一本账了,还分你我。"

沈老板刹时脸涨得通红:"说合就合了。这店我可是投了六十石米,就这样没了,情理上怎么也说不通?"

经沈老板这么一说,那个伙计顿时没了声音。是啊,这粽子店可是人家沈老板的财产,就这么没了,情理上怎么也说不通。

见状,姚九华道:"这个倒真不太了解,不过从已进行社会主义改造的单位来看,资方好像不吃亏的。"

那两个伙计是向往与"五芳斋"合并的,这样现下这爿店也可打"五芳斋"牌子，生意肯定会好，生意好收入才会高。早就听说在"五芳斋"，姚九华的月工资是五十多元，足足比自己高了一倍，谁不眼热呢。见老板并不积极，两人也不敢多嘴。姚九华讲资方不吃亏，又活跃起来："我们一字不识识扁担。九华兄，你平时开会学习比我们多，合并后老板的资产怎么办啊？"

姚九华道："我只知个大概。"

沈老板听姚九华说资方不吃亏，也来了兴趣，问道："是啊，这资产怎么处理啊？你倒讲讲看。"

姚九华道："从工业系统社会主义改造来看，首先要对资方的资产进行核定，然后国家进行赎买。"

其中一伙计听了笑道："沈老板，这下吃定心丸了吧，这六十石米是跑不脱咯。"

姚九华道："好像也不尽然。在店员工会学习时，曾讲到这个情况，说是因为现在社会主义建设刚刚起步，国家用钱的地方多，一下子拿不出这么多钱来赎买。"

那伙计情绪一下子低了下来："空心汤团啊。"

姚九华忙道："不，不，那倒也不是。"

沈老板道："讲啊，别放个闷屁分三段。人啊，被你急煞哩。"

姚九华一脸正色道："据我所知，是采取每年向资方付定息的方式逐步偿还。"

伙计道："这与分期付款差不多，也蛮好哩。"

听姚九华这么一解释，沈老板一直蹙着的眉头渐渐展开："只要钱能收回，这倒是可接受的。"

见状，伙计道："老板答应了，那就合并吧。"

姚九华道："哪有那么简单。我只不过受市商业科的委托来听听大家的意见，怎么弄那是下星期天动员会后的事。再说，你们思想是通了，还有两家不知怎样哩。"

沈老板道："我都同意了，那两家不会有问题吧。毕竟都打'五芳斋'牌子，怎么说也是'五百年前是一家'哩。"

姚九华道："我倒是也听店里的前辈讲过，三家'五芳斋'原先是一家，后来才分成三家的。可这几年相互竞争得激烈，有矛盾哩。不过我想社会主义改造是人心所向，大势所趋，谁也阻拦不了的。"

四

姚九华要去的第二家是友记五芳斋。

这家粽子店近期发生了很大的变故。

在周转做了老板后，店里尚有伙计六人。由于朱庆堂给了八十石米，倒是维持了一段时间。

本来，每年端午前，都会有上海的十几家大公司前来订购粽子，这可是庆记五芳斋的一大进项。可1949年后，上海方面就没人来订购了，生意清淡了不少。再有，猪肉都归食品公司经营，杭州南星桥的猪肉市场也关闭了，在原料进价上也没有了优势。所以经营上出现了亏空。

算是饥不择食，也算是慌不择路。友记五芳斋的老板周转，做了一件政府最忌讳的事——偷税漏税。

见友记五芳斋入不敷出，周转开始记假账，瞒报收入。不想，负责张家弄税收的征税员是个较真的人，发现友记五芳斋的收入明显低于另两家粽子店后，就派人暗地里每日盯着计数，数额有一定的差距。因此记假账，瞒报收入的事很快就穿帮了。那个征税员认为周转的偷税漏税是长期的、一贯的，很快就将事情报告上去。一般来说，偷税漏税只要补上并缴足罚款即可，毕竟数目不是很大。可偏偏周转曾参加青年远征军的事又给挖了出来，周转以抗税的罪名被抓了起来。虽然过了几个月就放了出来，但周转已没有了经营的心思。打点好嘉兴这里的事，动身回了四川老家，将一个烂摊子扔给了店里的伙计。

一下子，友记五芳斋粽子店群龙无首。这时店里的伙计散了大半，只剩徐有为、陆新民两个老实巴交的伙计苦撑。

他们想起原先的老板朱庆堂，就请他出山。此时的朱庆堂身体已经非常虚弱，不愿到店里帮忙，不肯出山。但知道了粽子店经营朝不保夕，还是看在眼里急在心里。他突然记起，当年马常盛去上海铜仁路开分店时曾向他借过一百二十石米，当时是写了借据的。心里就想，如果"友记"有了这一百二十石米就可以渡过这一难关，就在家翻箱倒柜起来。

儿子朱烈见了问道："爹，你满头大汗找什么啊？"

朱庆堂道："找当年借给马常盛一百二十石米的借据。"

朱烈好奇地问："找它干啥？"

朱庆堂道："'友记'经营亏空，我想找得到，让常盛老板还给'友记'，好让'友记'渡过难关。"

朱烈道："'友记'已经送掉，不关你什么事了吧。"

朱庆堂道："终归是我所创，眼巴巴看伊倒特心痛。"

朱烈道："既然如此，我就告诉你，要不是我藏起来，早就没了。"

朱庆堂一听，停止翻找问："在哪里？"

朱烈随手从橱里拿出一本药典道："在这里夹着呢。"

朱庆堂拿了这张借据去找马常盛："常盛老板，近日可好？"

正在店堂内理箬叶的马常盛见朱庆堂来找，赶紧放下手中的箬叶，道："好什么啊，以前开着四家店铺的常盛老板不在啰。守着这么一个粽子摊，日脚难过哩。"

朱庆堂道："瘦死的骆驼比马大。你常盛老板也哭穷。"

马常盛道："锣鼓听音，说话听声。你庆堂老板无事不登三宝殿。说吧，什么事？"

朱庆堂道："都讲姜还是老的辣，那我就不客气了。"说着就将一张有点泛黄的借据摊到了桌上："常盛老板，你还欠我一百二十石米哩。"

马常盛道："怕鬼鬼敲门哩。"

朱庆堂道："我哪哈变鬼哩？想当初我可是帮你大忙的，恩将仇报啊。"

马常盛道："喔，说错了，说错了，该掌嘴。不过现在都新社会了，这陈谷子烂芝麻的老账亏你翻得出。"

朱庆堂道："父债还有子还一说。你店在人在，怎么就可赖账了呢。老实说，这一百二十石米我本是不准备要了。就是今天要了，也是给友记五芳斋粽子店生产自救用的。想当初，你也是借了这一百二十石米才渡过难关的。今天你是否也有一点恻隐之心呢？"

马常盛双手一摊，道："我还不出。"

朱庆堂见马常盛一副死猪不怕开水烫的样子，气得浑身发抖。

没有当家人、没有资金，友记粽子店就像只没头的苍蝇。徐有为、陆新民虽还在店里，但却无所事事。

姚九华的出现无疑是给他俩打了一剂强心针。

当姚九华将来意向徐有为、陆新民俩人一说明，他们原本满是愁容的脸像拉洋片似的马上换成了笑容。可不到一分钟，脸又换回原样。

看着两人由愁到喜，又由喜到愁的转变。姚九华诧异地问道："怎么回事，你俩的脸像六月的天气一会儿晴一会儿雨的，到底是欢迎还是反对？"

徐有为、陆新民俩对看了一下，忙道："欢迎，欢迎。巴不得呢。"

姚九华松了口气道："既然欢迎怎么还苦着脸，像欠了三辈子债似的。"

听言，徐有为、陆新民低下了头。

姚九华急了，道："有什么难言之隐？吞吞吐吐像个受气的小媳妇。"

这时徐有为才面有难色道："这店以前是庆堂老板的，虽说后来他说送给我们大家了，可临走又给了八十石米，我看还是庆堂老板的。再说，周转一直是店里的负责人，要决定也应由他来作主。"

姚九华一听道："你们两个人真混。庆堂老板既然已声明店送给伙计了，那就与他没关系了。事实上，招牌加上'友记'两字，也是为了与'庆记'

分清归属关系，因此你们大可不必过意不去。再说，周转回了老家，鞭长莫及，他哪还有决定友记五芳斋粽子店事务的权力。你们两个才是这爿店的主人。"

徐有为、陆新民听了，连连点头称是。

姚九华又道："听说，店里已到了无米下锅的地步。现在政府实行公私合营，这是救你们出苦海呢。还有什么可犹豫的。"

徐有为、陆新民连忙表态："同意合并。"

五

就这样，姚九华已做通了香味斋、友记五芳斋两家粽子店的工作。心里有了底，心情也大好。至于自己这家，自己是负责人，当然不在话下。还有联记五芳斋粽子店，老板马常盛是自己的连襟，虽然大了二十五岁，平时来往不多，但看来也不会有太大的问题。

初生牛犊不怕虎的姚九华有点不知天高地厚了。

那一年，正是国家大张旗鼓开展肃反运动之时，那些遗漏的反动分子不断被挖了出来。人民警察是国家专政的执行人，往往人们从人民警察的行踪，就可知道哪里又有坏分子揪出来了。

此时的联记五芳斋也是一片混乱。几个公安局的警察同志正在联记五芳斋粽子店找老板马常盛问话："你是店主？"

马常盛一见人民警察上门，心里就发毛。原因是店里的账房先生王凯不辞而别了，紧接着公安局的人民警察找上门来，肯定是为这事。

王凯是山东济南人，解放前夕在东门轮船码头边开了一家名为"近水园"的茶社，茶社很小，就几张桌子，主要提供候船的旅客息脚，生意还过得去。新中国成立后，轮船码头成立了客运站，轮船码头边建起了宽敞明亮的候船大厅，候船的旅客有了候船的地方，当然不用去茶社息脚。因此茶社生意一落千丈，正好马常盛找人合股，就索性将茶社关门，把资金投到了盛记五芳斋。盛记五芳斋粽子店就改名联记五芳斋，王凯因有点文化，成了店里的账房先生。

马常盛见警察同志问话，哪敢怠慢，忙答道："正是，正是。请坐，文英泡茶。"此时的联记五芳斋尚有朱洪林、黄福英及马常盛的妻子王金英。

那警察同志朝停下手头生活准备沏茶的王金英摆摆手道："问几句就走，茶就不要泡了。"说着回过头对马常盛道，"王凯是这你们店的伙计？"

马常盛老实道："应该是股东哩，兼着账房先生。"

那警察同志问："人呢？"

马常盛道："几天不见了，这不这两天账也没记，我也急呢。"

那警察同志道："一回来别惊动他，马上到公安局报告。"

马常盛道："我们一定配合。不过王凯犯了什么事？我们也好划清界线。"

那警察同志道："漏网反动分子。"

原来王凯是徐州国民党的一个特务。淮海战役后，脱离了特务组织，跑来嘉兴开了家茶社谋生。但对自己的过去讳莫如深，这次肃反运动才挖了出来。

王凯在之前有所察觉，逃回了山东济南老家，不久就被抓了回来。

很快，大家都知道从联记五芳斋揪出了一个反动分子，这让还是嘉兴商会理事的马常盛很是没面子。然而最令马常盛头痛的是，王凯事情一出，来店里买粽子的人骤减，简直就可用门可罗雀来形容。

这天一早，马常盛见店里仍无食客上门，无名之火一下窜了上来，在店里开始骂骂咧咧，弄得人心惶惶。

正好此时姚九华兴冲冲走了进来："常盛老板，生意可好？"

马常盛对这个小了自己二十五岁的连襟向来不待见，尤其近一两年，见姚九华成了制粽的一把好手，而且将荣记五芳斋经营得井井有条，心里就更不平衡了。今天见姚九华一大早进门就戳自己心境，就认为他是幸灾乐祸的。

马常盛不怀好意地道："怎么，你也来看笑话？"

一记闷棍，打得姚九华丈二和尚摸不着头脑。

王金英见妹夫僵立在店堂的中央，有点过意不过去，连忙拉过一条长凳让姚九华坐下："九华坐，坐。店里出了点事，发脾气哩，别当回事。你今天像是有事体？"

姚九华这才回过神来，就顺坡下驴道："是有事体哩。"

马常盛道："有话就讲，有屁就放。"

王金英道："常盛今天你是怎么了。伸手还不打笑脸人哩，况且九华也没啥不对啊。九华别介意啊。"

姚九华道："自家人，我不会计较的。我今天来是受市商业科孙科长之托来征求五芳斋粽子店社会主义改造的事。"

马常盛问道："三家一起改？"

姚九华道："对，加上香味斋合并成立公私合营五芳斋粽子店。"

看着眼前这个烂摊子，马常盛何尝不想公私合营。别的不说，至少可以"大树底下好乘凉"。自己是个嘉兴商会理事，关于社会主义改造的会议也参加许多次，公私合营也是时代潮流，大势所趋，自己当然不会像漫画上那样螳臂当车。可一转念，他马上想到一个对他来说至关重要的问题。这经理谁来当？按店的人数，荣记最多，现在荣记是姚九华在作主，这个经理八九不离十要由他来当。可自己以前也是有点身份的人，至今还是商会理事，在这小子手下做事，这脸面可往哪儿搁哟。他脑子一转，随口问道："这经理谁当啊？"

姚九华道："我只不过受孙科长委托，听听大家对合并的意见。这经理人选谁真不知道。"

马常盛道："既然你是受托来听意见的，那你带个信去，就说我马常盛说的，要选一个德高望重的人当经理。"

听言，姚九华笑道："那你也同意合并了？"

马常盛道："我可没说同意。我的意思是，除非有一个压得住阵脚的人当经理我才同意。否则各做各的有什么不好。"

姚九华有点辨出马常盛的意思，道："你的意见我肯定传到。"

六

殷切希望粽子店进行社会主义改造的姚九华在马常盛处碰了个软钉子，先前的好心情一下子跌入了谷底。为了让市商业科及时了解情况，他赶紧去找孙礼孝科长汇报。

因为有了上次的经历，此次去市商业科就熟门熟路了。进入市政府大院，姚九华直奔市商业科，上了二楼，见科长室门虚掩着，里面传来了孙礼孝科长那带着浓浓山东味的普通话。里面似乎还有另外的人，姚九华不敢贸然进入。他轻轻敲了敲门，喊了声："孙科长。"

孙礼孝科长问："谁啊？"

姚九华答道："我，姚九华。"生怕孙科长不知道，他又补了句，"荣记五芳斋粽子店的。"

孙礼孝科长哈哈大笑，接着显然是对着办公室里的人："说曹操，曹操就到喽。"然后对着门外说，"小姚，进来，进来。"

闻言，姚九华推门进去，见店员工会主席也在里面，赶忙叫了声："主席也在啊。"

孙礼孝科长道："是啊，你们的主席也坐不住哩。向我来打听四家店的态度。小姚没来，我也不知道啊。"又对店员工会主席道，"小姚来了，你当面问吧。"

店员工会主席道："你不比我急，我一来就急着打听你的工作进度呢。"

孙礼孝科长道："好了，好了。咱也别争了，结果都在小姚肚子里呢。小姚一开口不就什么都明白了。"

店员工会主席道："是啊，是啊。快说说大家的反映。"

听言，姚九华定了定神，清了清嗓子道："报告领导，任务只完成了四分之三。"

孙礼孝科长不解道："不就是了解了解情况吗，怎么会有个四分之三呢。有一家没来得及去？"

姚九华道："不是，不是。四家倒是都去了，只是有一家要满足他的条件才同意。"

孙礼孝科长道："嗨，我说呢。你只要把了解到的情况告诉我们就算完成任务。"

姚九华赶紧将自己了解的情况一五一十地向二位领导学说了一遍。

那同意合并的三家汇报起来较容易，照直说就是了。而马常盛的态度倒是让姚九华略有踌躇，马常盛毕竟是自己的连襟，还是嘉兴商会的理事。如实汇报是否有打小报告的嫌疑，会不会引起马常盛的误会呢？姚九华不由自主地停下了汇报。

见姚九华只汇报了三家就卡壳了，孙礼孝科长起身倒了杯开水放到了他面前，道："喝口水慢慢来。"孙科长又从上衣口袋摸出包飞马牌香烟，问："抽烟？"

姚九华忙摇手道："不会，不会。"

孙礼孝科长也不客气，抽出两根，一根扔给了店员工会主席，一根叼在了自己嘴上。他随手拿起办公桌上的火柴盒，从里拿出一根火柴梗，在附在火柴盒上的砂纸上擦着火柴梗，点燃了两人的香烟。

孙礼孝科长吸了口烟后，对姚九华道："其实你不要有顾虑，你的汇报我们只作决策的参考，不会外传的。"然后将脸转向店员工会主席，"你说对吧？"

店员工会主席忙道："那当然。小姚你放一百二十个心，这也是我们共产党的纪律呢。"

　　此时，姚九华才稳了稳情绪，将马常盛的想法和盘托出。

　　孙礼孝科长听了姚九华的汇报，道："好，非常好。其实，我们的初步方案已经形成，你汇报的内容使我们下一步开展工作更有信心了。"他顿了顿对店员工会主席道："小姚是我们的依靠对象，不妨将我们的方案向小姚交交底，也好在执行过程中心中有数。"

　　那店员工会主席听言，将手中的香烟在烟灰缸中按灭，道："我们的意见，下星期动员会开过后，如不出意外，合并工作就正式开始。我们设想，第一步就是店经理的任命，因为只有任命了负责人，余下的工作才能有条不紊地展开。因是公私合营，按规定负责人必须有公方经理和私方经理组成。这公方经理么，因上级也派不出合适的人选，就由你姚九华担任了。至于私方经理，我们排了一下队，友记五芳斋的负责人周转已回了老家，当然就失去了当私方经理的资格，而荣记五芳斋的店主已死，两个儿子都年幼，也没有当私方经理的能力，那么只有香味斋的沈和立与联记五芳斋的马常盛有资格。我们综合分析了一下，觉得还是马常盛，因为他毕竟也是'五芳斋'的创始人之一，而且也是嘉兴商会的理事。再从你了解的情况来看，他也有当经理的愿望。"

　　姚九华听罢，忙站起来摇手道："常盛老板当经理我一百个同意，让我当经理就有点苍蝇套豆壳——帽子太大哩。"

　　孙礼孝科长接过话题道："别小瞧自己，你的荣记五芳斋不是管理得挺好的吗。听说你还是嘉兴粽子业的行家里手，肯定行的。"

　　姚九华道："我太年轻了，一下管这么大摊子，怕管不好误事哩。"

　　孙礼孝科长道："年轻好，初生牛犊不怕虎。我们也是从年轻时走来的，在部队从战士到班长，从班长排长，从排长到连长。在实践中学习，从不会到会，相信你一定能行的。"

　　店员工会主席道："姚九华你可是个青年团员，是党的助手。现在党要你管好嘉兴五芳斋粽子店，你应该努力完成任务才是啊。"

姚九华本身就是青年团的积极分子，无条件服从组织布置的任务，在以往的学习中常讲起。经店员工会主席一提，自觉有点过了，姚九华红着脸道："我保证完成任务，决不讨价还价。"

孙礼孝科长道："来来来，我们来商量一下动员大会的具体内容。"

七

动员大会在店员工会的会议室召开。

虽说是大会，其实也就二十来人。其中荣记五芳斋八人、联记五芳斋五人、友记五芳斋二人、香味斋三人。孙礼孝科长、店员工会主席来了，还来了几个商业科的工作人员。可意想不到的是，听说粽子店要公私合营，许多餐饮、点心业的人员都不请自来，将会议室挤了个水泄不通。

商业科的那几个工作人员见会议室里乱哄哄的，想将不请自来的人员请出会议室。可这些人并不情愿，造成相互推搡的混乱场面。见状，坐在主席台上本来满面笑容的孙礼孝科长眉头皱了起来。他想了想，对身边的店员工会主席耳语了几句。

店员工会主席站起来，向大家挥了挥大声道："大家安静，大家安静，欢迎大家旁听。我看这样吧。请四家粽子店的人员坐到前面来，旁听的坐在后面，没座位的站在两旁的过道上。开会时大家不要随便发言，请大家服从工作人员安排。"

坐位一调整好，秩序马上好了，会场很快安静下来。

店员工会主席见状马上宣布动员大会开始，并请孙礼孝科长作动员报告。

孙礼孝科长道："各位到会的同志，首先我要向大家作个检讨。"

这个开场白一下把大家说愣了。大家扬起头看着孙礼孝科长，会场静极了，像是一切都静止了一样。

孙礼孝科长继续道："为什么要给大家检讨呢？因为我们做了群众的尾

听说粽子店要公私合营，许多餐饮点心业的人员都不请自来，将会议室挤了个水泄不通。

巴。群众公私合营的热情这么高涨，餐饮业到现在才刚开始，才刚到动员阶段。所以要加快社会主义改造，让广大人民群众都沐浴在社会主义改造的春风里。看见今天的阵势，我有信心，我们现在研究的是公私合营嘉兴五芳斋粽子店成立问题，不久就会研究公私合营餐饮店的成立问题，公私合营点心店的成立问题。今天我表个态，成熟一个建立一个，决不拖后腿。"

孙礼孝科长的开场白说到了大家的心里，引起了阵阵掌声。孙礼孝科长摆了摆手又道："但我今天还是要征询一下四家粽子店职工们，对合并成立公私合营嘉兴五芳斋粽子店有什么意见或建议，请大家畅所欲言，不要保留。"

孙礼孝科长的话引来了一阵笑声。人群中有人大声道："这是好事，还有什么意见！"

众人笑道："都等不及了，哪有什么意见呐。"

孙礼孝科长道："我们在调查摸底时，有人提出来，要我们任命一个德高望重的经理。我觉得这个提议很好。什么是德高望重？我的理解是，听党的话，能独当一面的生产经营好手。不知大家是否同意我的观点？"

众人道："同意，同意。"

孙礼孝科长道："好，那么下面就让工作人员宣讲相关的国家政策法令。"

工作人员先是讲解了私营业主资产的赎买政策。

此时孙礼孝科长插话道："这个赎买政策实际上就是指无产阶级在夺取政权后，对资产阶级的生产资料通过和平方式并采取有偿办法实行国有化的政策。通俗地讲就是国家通过分期付款的方式从业主手中将店买过来，使其逐步改造成为社会主义企业。所以各位业主可要听仔细了。当然，不懂的话可随时到商业科咨询，我们有问必答。"

接着大会又宣布商业科成立餐服领导小组，明确了公私合营嘉兴五芳斋粽子店与其的隶属关系。最后宣布，公私合营嘉兴五芳斋粽子店的公方经理是姚九华，私方经理是马常盛。

坐在台下的马常盛一听自己当了私方经理，觉得心里最关心的事有了着落，心里一松，脸上顿时有了笑容。

自此，嘉兴的三家五芳斋粽子店及香味斋粽子店合而为一。因是全资、全员合并的，这一合并结束了嘉兴粽子店"三国鼎立"的势态，结束了嘉兴粽子经营的"战国"局面，从无序走向有序。"五芳斋"完成了由私营到公私合营的身份转换。

会后，四家粽子店的店员聚在一起相互庆贺，场面热烈、群情激动。大家你一句，我一句，尽管七嘴八舌，但中心意思就是一个，以前我们张家弄三家"五芳斋"七斗八斗纠结了十几年，现在看来真是有点多余，相同的牌子、相同的产品、相同的技艺，本就是一家人么。现在好了，嘉兴五芳斋粽子店应把我们三家"五芳斋"都叫老子，因为它是继承了我们大家的衣钵，是我们大家的血脉。三家"五芳斋"都是嘉兴五芳斋粽子店的前身哩。

很快，各粽子店的资产核定也出来了。

荣记五芳斋 130 元，计每月定息 4.07 元，因老板郭士荣已死，由大儿子郭锦铭领取。

友记五芳斋 127 元，计每月定息 3.98 元，由周转领取。

香味斋 60 元，计每月定息 1.88 元，由沈和立领取。

而在联记五芳斋核资时却出了点状况。原因是，经核定，联记五芳斋的资产达 272 元，计每月定息 8.52 元，在公布定息时，马常盛却只有每月 0.12 元。大家都诧异，向马常盛打听情况："常盛老板，你的资产最多，定息怎么只有 0.12 元？是否弄错了？"

"我也弄不清爽哩。"

"常盛老板，孙科长在动员大会上不是说有问题可以咨询么，去问问吧。"

这时，马常盛的老脸有点搁不下了，刚刚被任命为私方经理的激动心情一落千丈。他去了一趟商业科。

在孙礼孝办公室，孙科长接待了他："马经理可是首次来访。欢迎，欢迎。"

马常盛道："孙科长，不请自来，多有打扰。"

孙礼孝科长道："咱现在就是自家人，不客气。"

马常盛道："孙科长，您上次在动会上讲问题可以咨询，我就是来咨询点事体。"

孙礼孝科长道："当然可以，请讲。"

马常盛道："我就是有一点没弄懂，联记五芳斋每月定息算下来是 8.52 元，为什么我只能拿 0.12 元呢？"

孙礼孝科长一听，眉头顿时皱了起来，马上说："马经理你别急，账是算得清的，是你的跑不掉的。"说着把负责核资计息的财会人员叫了过来。

那两个财会人员一听有人说他们把账弄错了，也不敢怠慢，赶紧抱着厚厚的账册来到科长办公室。当弄清了缘由，马上翻出了一张"联记五芳斋工商登记表"，指着一组数字对马常盛道："你看，在股本金一拦，王凯占了 98.5%，马常盛只占了 1.5%，这可有你的签名。算下来你也就每月定息也就 0.12 元，没错。"

一看登记表，马常盛才想起，当时粽子店实在支撑不下去了，为了让王凯多投点钱以弥补亏空，才出此下策的。那时与王凯是说好的，待有了钱，股份是要赎回来的。可世事难料，如今王凯被判罪入狱，这事是说不清了。

八

马常盛吃了个大大的哑巴亏，心里恨恨的。自己几十年辛辛苦苦积累的财富说没就没了，早知今日会有赎买政策，肯定不会搞什么合股。还自以为聪明，让王凯拿出那么多钱，现在聪明反被聪明误，只能打落牙齿往肚里咽了。

不过还好，当了嘉兴五芳斋粽子店的经理——管他公方还是私方，总算保住了颜面。不过在他看来，姚九华还是一个从上八府乡下来的小屁孩，竟然当了公方经理。按现有公私合营企业来看，公方经理应该是正经理，私方经理应该是副经理，自觉有点如鲠在喉。

嘉兴五芳斋粽子店的设立就这么定下来了，两位经理开始进入角色。

真正进入经营，才发现因为是四家店合并而成，各店的店员都在原来的店里上班，管理有点不方便，人员配置也不合理。尤其是原先在东门大街的香味斋粽子店，因店堂小，堂吃人少，只能靠街面零售，顾客少，店员清闲。而原友记五芳斋粽子店因只剩两名店员，忙得不可开交，大有招架不住的势头。

两个经理开了个碰头会——这也是他们的第一次碰头会。

姚九华道："常盛经理，'友记'与'香味斋'有点像跷跷板。"

马常盛道："是哩。我也觉着了，这样恐怕不行。有啥办法呢？"

姚九华道："我看是不是按老底子的办法做。"

马常盛道："现在是公私合营，老底子的办法套得上？你看报上不是天天讲不要穿新鞋走老路。"

姚九华道："只不过借鉴一些老的经验，这与穿新鞋走老路好像不搭界哩。"

马常盛道："都说你脑精活络，有啥鬼点子？讲。"

姚九华道："怎么就成了鬼点子，明明是想法么。"

马常盛笑笑道："用词不当，用词不当。自家人别往心里去，还是说说你的想法吧。"

姚九华道："记得原先你在上海铜仁路有家粽子分店吧。怎么就关了呢？"

马常盛道："六月债还得快，触我霉头啊。我倒要问你，东门那个分店你是为什么关门的？"

姚九华正色道："你是我的长辈，哪敢触你霉头。我们东门分店经营不善，加上资金兜不转才关的门。"

马常盛道："我那个铜仁路分店也是，因亏损关的门。"

姚九华道："对啊。现在'香味斋'人员闲得剥指甲，天天亏损，拖了大家的后脚，还开它做啥？"

马常盛恍然大悟道："你是想将'香味斋'关掉，人员调到原友记去。"

姚九华道："对啊。这样不是取长补短，去亏增盈了吗。"

马常盛头摇得像拨浪鼓，道："不行，不行。这样的话，公私合营粽子店刚成立，门店就从四个变三个，不被领导骂死啊。这是找死啊。"

姚九华道："我看行。你想啊，伸开五指打人有力量还是攥紧拳头打人有力量。关掉'香味斋'就是攥紧拳头哩。"

马常盛想了一会儿，还是摇着头道："理是这个理，可还是不行。关门店可不是我们能决定的。事关重大，事关重大。"

姚九华道："那我们一道去商业科汇报请示一下。"

马常盛道："你想出来的，要去你自己去，我可不去陪绑。"

姚九华见叫不动马常盛，真的一个人去了。

到了商业科，他刚想上楼找孙礼孝科长，突然想起动员大会上曾宣布，嘉兴五芳斋粽子店归口商业科饮服领导小组，直接找孙科长似乎有点不大合适了吧。他转身向楼梯边那间文印室走去。

文印室里，上次接待过他的那位女同志正好在。她见姚九华推门进来，就停下手中的活，站了起来。因见过一面，就朝他点了点头道："您来了，要找谁啊？"

姚九华道："麻烦你带我找一找饮服领导小组的同志。"

那女同志道："好，跟我来。"说着将姚九华带到一楼东头那间挂着"业务室"牌子的办公室。这是商业科最大的一间办公室，里面放着许多办公桌。那女同志将姚九华带到北边靠窗的一张办公桌，指着坐在办公桌前一个三十多岁的男子对姚九华道："饮服领导小组组长徐启光同志。"又对徐启光道，"姚九华，五芳斋粽子店的。"说完转身出了去。

姚九华定眼一看，这人不就是动员大会时，随孙礼孝科长一起来的其中一个工作人员吗。徐启光组长开会时见过姚九华，赶紧起身将一把椅子拉到姚九华身边："姚经理，来得好，正想去店里看你们呢，你就来了。合并后的情况怎么样了？"

姚九华道："我今天就是为合并后的事来请示哩。"

徐启光道："别说请示，有事大家一起商量。"

姚九华将准备关闭香味斋，充实友记五芳斋的想法说了一遍。徐启光深感问题重大，赶忙上楼找孙礼孝科长请示汇报。

孙礼孝科长听见姚九华来了，马上停下手头的工作对徐启光道："走，我直接听姚九华的汇报。"就与徐启光一起来到业务室。孙科长见了姚九华，双手握住姚九华的手道："这几天一直在忙一件中心工作，腾不出工夫去看你们。你看许组长也被我拖着连轴转，忙得不可开交，还好已近尾声。不过这件事一公布，对你们肯定是好消息。不说了，不说了，还是听听你的汇报吧。"

姚九华又将准备关闭香味斋，充实友记五芳斋的想法说了一遍。末了，他强调："这样的调整能使管理更方便。"

孙礼孝科长道："关键还是生产经营能否上升。"

姚九华道："这个调整就是为了搞好生产经营。"并如数家珍般地道，"友记五芳斋原有伙计七八个哩，现只剩两人，因忙不过来，生意一落千丈。而香味斋因市口不好，没生意。把香味斋的人调整过去，不但止住了亏损，而且满足了友记五芳斋的生产经营需要，一举两得哩。"

孙礼孝科长点了点头，对徐启光道："我看有道理。你看呢？"

徐启光道："我也觉得行。"

孙礼孝科长对姚九华道："你回去打个报告，马上送到饮服领导小组。由饮服领导小组批复一下，马上实施，要快。"

九

关闭香味斋，充实友记五芳斋。就这么一调整，整个嘉兴五芳斋粽子店的生产经营明显上升。嘉兴五芳斋粽子店就这样起步。

这时，有两件棘手的问题摆到了两位经理面前。

友记五芳斋原老板朱庆堂，曾拿出八十石米支持经营。当时言明，朱庆堂平时来坐坐班，每日拿八角钱工资。可近期因身体有恙，时好时坏，坐班不正常起来。到了8月份后因卧床不起，就干脆不来了，可工资却仍然在付。这时已在友记五芳斋上班的沈和立等原香味斋人员就有点不乐意了。

这一大早，沈和立与二位原香味斋伙计来到荣记五芳找姚九华："姚经理，有件事想问问哩。"

见原香味斋的人一同来找自己，姚九华一愣。两爿店的伙计刚合并在一起干活最容易起矛盾。当然起矛盾还好解决，但如果形成了派别那就麻烦了，这可不能掉以轻心啊。心念一动，赶紧停下手中的活问道："有问题？好啊，说说看。"

沈和立道："朱庆堂不是'友记'的伙计吧？"

姚九华道："当然不是，这个在改名'友记'时他自己表的态。我们在合并时职工名册上也没有他的名字。"

沈和立道："可他至今领着八角一天的工资。"

姚九华道："有什么不对吗？来上班每天给八角钱也不多啊。他毕竟是'五芳斋'的老前辈，这也没什么错啊。"

沈和立道："你知道吗，自我们并过来，他可没来过一天。"

姚九华赶紧把徐有为、陆新民叫过来。

徐有为证实道："老掌柜病了，已卧床不起，是有些时日不来店里了。"

姚九华问道："每天八角还在付吗？"

徐有为道："这是'友记'改名时立下的规矩，朱庆堂是拿坐班费。当时又没说一定要上班才给，所以当然还在付。"

见"友记"沈和立提朱庆堂的坐班费，"荣记"的伙计也围上来，要求取消郭士荣两个儿子郭锦铭、郭振和的生活费用。

郭士荣夫妻在病危前不但将粽子店交给姚九华经营，同时将两个儿子郭锦铭、郭振和也托付给了姚九华。因荣记五芳斋成了郭士荣两个儿子的产业，故"荣记五芳斋"一直承担着这两个儿子的生活费用。

特别是郭锦铭生于 1942 年，弟郭振和生于 1943 年，1949 年后两人正当上学年龄，"荣记五芳斋"还承担了两人的学习费用。

假如停止这些费用的支付，朱庆堂应该有些积蓄，不行还有儿子朱烈。可郭锦铭、郭振和还是两个小学生，这坎可怎么过。

这样的事，姚九华自打出娘胎都没碰到过。他把对面"联记五芳斋"的马常盛叫过来，商量怎么办。

马常盛还在为拿不到定息的事想不通，一听是为了朱庆堂拿坐班费之事，气就不打一处来，道："这友记五芳斋原是庆堂老板的，拿点坐班费怎么了？周转、和立老板不是还拿定息吗。"顿了顿又道："两个小孩子自己的店不管，让他们要饭去啊。"

沈和立道："可我们是公私合营了啊。要师出有名吧。"

马常盛道："新的工商执照还没领哩。老执照还没作废哩，当然按老规矩办。"

有道理。众人也没再纠缠，可姚九华心里却开始有了一个结。领新的工商执照就是眼门前的事，这一刀总要砍下去。一个是病入膏肓的老前辈，两个是没了爹娘的孩子，这刀怎么砍得下哟。

天无绝人之路。不久，两件看似棘手的事，竟都顺利解决。

先说朱庆堂。自 8 月卧床不起后，病情反反复复，时好时坏，一直未有好转的迹象。闻讯，旧日一班好友都赶去探望。特别是曾经共创"五芳斋粽子店"的老伙计张锦泉、马常盛二位，在病榻前相聚更是感慨万千。

朱庆堂在一阵咳嗽后，气喘吁吁对张锦泉、马常盛道："锦泉、常盛老板，看来我要先走一步了。"

张锦泉道："庆堂老板，别讲丧气话。你也才五十出头，日子长着呢。"

朱庆堂道："我心里有数，自病自得知，这个就不提了。讲点开心事，听说三家'五芳斋'合并成立公私合营嘉兴五芳斋粽子店，这是共产党做了件大好事啊。以前听说书《三国演义》，在开篇就有'天下大势，分久必合，合久必分'之说。'五芳斋'的分分合合虽不能比作'天下大势'，但毕竟也反映出分久必合的大趋势，这也是人心所向啊。我呢是看不到'五芳斋'再现兴旺了，你们二位可是有幸之人啊。"

张锦泉附和道："常盛老板才是有幸之人，还当了经理呢。"

朱庆堂道："那我们的希望可寄托在你身上了。"

马常盛道："言重了。我只不过是个私方经理。况且也五十多岁了，没几年好混了。"

没想过了重阳节，朱庆堂就走了。

朱庆堂人缘好，来吊唁的人络绎不绝。这时马常盛做了件让人大开眼界的事，给朱庆堂买了副红漆棺材。众人都说常盛老板重情重义，马常盛却说："这是庆堂老板人做得好，当年我在上海铜仁路开分店，庆堂老板借我一百二十石米，后亏掉了，一直未还，现在更还不出了，今天算是略表心意吧。"

随着朱庆堂的逝去，那坐班费也就迎刃而解。

再说郭锦铭、郭振和俩兄弟。这一年七月，已经十四岁的郭锦铭从坐落在大年堂的南湖中心小学毕业。心气颇高的郭锦铭决定不再上学，要自食其力，自己养活自己。他找到姚九华，道："姚经理，我小学毕业了，想到店里上班。"

姚九华连连摇头道："不行，不行，你还小，还要上初中哩。"

郭锦铭道："不小了，我已经能养活自己和弟弟了。至于初中么，我可以上夜校啊。学习工作两不误。"

姚九华一想，也好，这样店里的生活费就不用付了，省得有人说师出无名。他道："好是好，不过我还得与马经理商量商量。"

很快两个经理坐在了一起，姚九华道："郭锦铭想来粽子店上班哩。"

马常盛反应奇快："这样那个生活费不是解决了吗。"

姚九华道："就是哩，你看行不？"

马常盛想了想又道："不妥，不妥。"

姚九华道："怎么又不妥了呢？"

马常盛道："年纪小了点，干不了什么活，工资发多少啊？"

姚九华道："要么按学徒招进来吧。发学徒工工资，这个大家总不会有意见吧。我们尽快给他转正就是了。"

马常盛道："这倒是个好办法。再说郭锦铭进自家店当学徒也是顺理成章的。"

两件棘手的事就这么解决了。

十

一天姚九华忙完店里的活，信步向"友记五芳斋"走去。

自香味斋三人调到友记五芳斋后，店里的生意总算稳定下来。因已过了早餐高峰，店堂里空空荡荡，没有食客。那几个店员正闲在那里。

姚九华用眼睛一扫，心想："怎么没见徐有为？"再看，只见徐有为一个人猫着腰、低着头在店堂最里边摸索着，引起了姚九华的注意，"裹粽子？不会吧。现在是粽子店一天最空的时候，因为按规矩，裹粽子是中午高峰忙完后才开始的生活，徐有为现在在忙啥呢？"

徐有为，桐乡屠甸人，庆记五芳斋改成友记五芳斋时，因阿强与升官离职而进了"友记"。徐有为上过私塾，粗识文字，能记记账，周转让他兼了账房。徐有为为人老实忠厚，平时沉默寡言，两耳不闻窗外事，不惹是非，与店里的其他伙计相安无事很合得来。因家眷都在屠甸，一人只身在嘉兴，精明的周转安排他住在粽子店的楼上。一来晚上看看店，二来早上四点钟烧粽子的活顺带也兼了。徐有为倒是挺乐意，没有一点怨言。

姚九华走近徐有为一看，一下子惊呆了。只见徐有为的桌前放着十几只被老鼠咬过的粽子，而徐有为正将这些粽子的箬叶一一剥开，用刀将粽子上被老鼠咬过的部分切掉，又细心地将剩余部分两个两个拼好，用箬叶重新包裹好。在徐有为的手上，就变戏法似的，有了一只完好的粽子。

姚九华冲着徐有为道："徐有为，你这是干什么！"

徐有为耳背，仍沉浸在手中的粽子上，倒是店堂里其他人都抬起了头。众人见状笑言："徐有为可是勤俭节约的模范呢。"

因香味斋被关而调入友记五芳斋，一直心有不甘的沈和立此时也站出来称赞徐有为道："堪称爱店如家呢。他啊，哪怕一张箬叶、一根蓑草，在他手里是决不会遗弃的。"说着随手拿起徐有为身旁的一叠箬叶和一把蓑草送到姚九华眼前："你看，这都是他从废料中整理出来的。以前我那个'香味斋'有他就好了。"

一个原香味斋的伙计一听不乐意了："沈老板，您的意思是我们做得不卖力才使香味斋关闭的？这个罪名太大了，我们可担不起啊。"

而另一个也马上附和道："沈老板，你这是当着和尚骂秃驴吧。怎么我们在香味斋就不好了呢。"

沈立和一听，觉得味儿不对，自知失言了，马上脸上堆笑道："误会了，误会了，我真没别的意思。更没有指桑骂槐，只是称赞徐有为而已。千万别给自己对号入座，又不是去电影院看电影。"

那两个原香味斋的伙计见沈立和有点动气了，自知玩笑开过头了。在他的背后吐了吐舌头，做了个鬼脸，没了声音。

一直把注意力集中在徐有为身上的姚九华，并未察觉这细小的变化。而一直在摆弄着手里粽子的徐有为，却有了回应："哟，姚经理来了。别听他们瞎七搭八，我就是见不得浪费，反正有空闲就……"

姚九华道："我知道你见不得浪费，可那也不能将老鼠咬过的粽子再利用啊。"

徐有为不解道："这有什么啊，老鼠咬过的当然都扔掉的。可没咬到的部分也扔掉不是太可惜了吗？"

真有点"秀才碰到兵，有理说不清"。姚九华见徐有为一副执迷不悟的样子，心中一急，就直截了当道："给我扔垃圾箩去。"

见姚九华动怒了，都围了过来。可就徐有为木头木脑，还在问："已经裹好的也扔？"

姚九华斩钉截铁道："一起扔。"

见众人围过来，姚九华转身对着众人道："大家给我听着，今后凡是被老鼠咬过的粽子，一有发现，一律扔掉。"

人群中，有人替徐有为打抱不平："这是为什么啊。那老鼠咬过的部分已去掉，完全可食用么。徐有为做得有什么不对？"

是啊，老鼠咬过的部分已去掉，为什么就不能食用了呢？姚九华觉得自己也快被绕进去了。但他记得在《粽技要秘》这本书中说得明明白白："遇有霉变之粽应弃之。"这老鼠咬过与霉变有什么区别呢？他突然想起，在店员工会的历次会议上，有一个词经常会提起，那就是"爱国卫生运动"。记得在1952年抗美援朝时，政府组织大家大搞卫生，当时毛主席的号召——"动员起来，讲究卫生，减少疾病，提高健康水平，粉碎敌人的细菌战争。"可就高高挂在建国路上。姚九华道："大家还记得美帝国主义的细菌战吗？"

众人道："姚经理，你可扯远了吧。美帝国主义已被我们赶跑了，什么细菌战啊。"

姚九华道："这老鼠可是细菌的传播者吧。"

有人道："这谁不知道啊。"

姚九华顺着话道："那你说老鼠咬过的粽子还能吃吗？"

那人道："不是切掉了吗？"

姚九华道："你知道没切掉的部分就没沾上细菌？反正我们'荣记五芳

斋'这种粽子是弃之不用的。"

又有人道:"人贼好防,鼠患难治。这家伙东溜西窜,防不胜防啊。"

姚九华道:"我们荣记五芳斋的经验有两条,一是积极抓捕,二是不给老鼠吃东西的机会。人总是能斗得过小小的老鼠的,你们说对吧。但我还是要重申,老鼠咬过的粽子千万不能再要了。这可关系到顾客的身体健康啊。"

听言,众人都频频点头。

十一

联记五芳斋粽子店在张家弄的弄口,它的隔壁就是塔弄。因塔弄不是商业街,多民居。故联记五芳斋粽子店朝北的窗一开,隔着一方天井,正好对着一户民居。户主姓庞,在塔弄口的建国路上开了一家水果店。虽小本买卖,自日占时期开店,有些年头了。加上店主诚信为本,老幼无欺,在建国路上有些声誉。这家水果店也被称为"庞家水果摊"。

马常盛的粽子店早晨四点钟要生火烧粽子,难免会发出一些响声,夜半三更这些响声是很扰民的。庞家最近,当然首当其冲,可好脾气的庞家人从无怨言。有时半夜被惊醒,不懂事的孩子会啼哭,庞家人总是耐心安抚。

马常盛过意不去,逢年过节时会送一些粽子给庞家。而庞老板也常常会在时令水果上市时,给马家带去一些时令水果。习惯成自然,庞家的孩子嘴馋要吃粽子,只要隔窗喊一声:"阿叔想吃粽子哩。"马常盛立马会隔窗递粽子过去。联记五芳斋的伙计也都看在眼里,久而久之,马常盛不在时,只要庞家来讨,也都会将粽子递过去。

一天,荣记五芳斋的唐阿根因炒豆沙的锅铲手柄断了,去对面联记五芳斋借锅铲。刚好撞见联记五芳斋的伙计给隔壁庞家递粽子,就随口开了句玩笑:"哟,这可是货真价实的开后门买粽子。"

因是多年的老规矩,伙计们也见怪不怪,递粽子的朱洪林解释道:"老板和庞家好着呢，吃几个粽子小事一桩。"

　　唐阿根当时碍着面子，表面上没作声，可心里却起了波澜："原来可以这样啊。那我们要死要活的干什么？岂不给他们送光啊。"

　　因挪用工会费，曾被姚九华从工会中除名的唐阿根，虽然后来已恢复了工会会籍，但心里对姚九华总有着一股怨气。已经有段时间不和姚九华说话，这件事他当然也不会讲。可心想，马经理可送，我为什么不可送，天塌下来有个高的顶着呢。一天，一个熟识的朋友来店里吃粽子，吃完后唐阿根竟然钱也不收就让走人。

　　刚进店不久的洪长生见了提醒道："唐师傅，钱还没收呢。"

　　唐阿根眼睛一瞪道："一个老熟人，吃个粽子怎么了？谁没个朋友。"

　　洪长生道："是啊，谁没个三亲四友的。照你这么说，朋友来吃不收钱，这店可得吃垮了。"

　　姚九华见两人起了冲突，赶忙来劝："别吵了，别吵了。大庭广众好看啊。"

　　洪长生见姚九华未了解情况就各打五十大板，大感委屈道："姚经理，他做好人，慷国家之慨。"

　　姚九华有点明白了，但还是问洪长生："怎么慷国家之慨？说说看。"

　　洪长生一五一十地将事情的原委说了一遍。

　　唐阿根一旁不乐意道："就吃了个粽子么，大惊小怪的。"

　　姚九华对唐阿根道："那么是真有其事了。"

　　唐阿根道："有又怎么样？"

　　姚九华斩钉截铁道："这不行，这粽子钱要么去追回来，要么你出。"

　　唐阿根道："我不出呢？"

　　姚九华道："从你工资中扣除。"

　　又要从工资中扣除，一下戳了唐阿根的神经，道："我是种田勿会看上埭，你十只指头笃齐，我就付。"

姚九华道："听你的意思，卖粽子不收钱还大有人在啊，这可得搞搞清楚。正如洪长生所讲，我们现在可是公私合营，不收钱就是破坏社会主义事业。"

唐阿根一听，这顶帽子大了，才慌了神："我可是见朱洪林将店里粽子送人才跟着学的。也就这么一次么，别大惊小怪的。"

姚九华乘势追击："喔，'联记'也有？这可不得了，这个漏洞太大了。长此下去，我们'五芳斋'岂不要垮在这上面了。"

马常盛及联记五芳斋的六个店员被叫了过来。姚九华将事情的原委一说，问道："洪林，你将店里的粽子私自送人？"

朱洪林一听，满不在乎道："是啊。庞家和我们老板关系特别好，送几个粽子算什么。"

马常盛一听，觉得味道不对，忙解释："我和庞老板互有照应，这是礼来尚往，你们伙计瞎掺和什么。不过这也不是什么大不了的事，就下不为例吧。"对众人一挥手道，"散了，散了。"

姚九华道："慢，以前店铺是私人的，老板当然有权决定店铺的事。现在'五芳斋'是公私合营的，送粽子的事绝不能再发生。"

马常盛好人没做成反倒弄了个下不来台，很是不高兴。心想，这不是小题大作吗。可姚九华句句在理，也不好驳他。两人最后决定唐阿根、朱洪林每人从工资中扣一角二分粽子钱。

事后，二位经理碰头，马常盛道："九华，给庞老板送粽子的事，确是为搞好邻里关系的举措。实际上早就停掉了，不想给洪林捅了个篓子，怪我疏忽了。不过这件事实际上也是老店遗留下来的老习俗，总要慢慢改。不要这样咄咄逼人，有时是会把事办砸的。"

姚九华道："我是急了点，可不这样处理怕压不住哩。通过最近一段时间发生的几件事，我觉得，以前每家店都有每家店的规矩和习惯。就我们三家'五芳斋'在经营、管理上也不尽相同，正是由于这些不同，就会产生矛盾和摩擦。这对粽子店的经营发展、粽子质量、店员的团结都不好。马经理，你是老经营管理者，一定会有很多办法，要不你多动动脑子。"

马常盛道："我也自出娘肚子头一遭，大家一起想办法吧。"

十二

尽管公私合营嘉兴五芳斋粽子店已正式挂牌，可由于分三个店面，人员只有十几个人，所以同是经理的姚九华、马常盛并未脱产。因此，在管理上常有力不从心、顾此失彼的感觉。

8月份，市商业科加快了饮食服务业的公私合营的步伐。以沈永兴、张宝兴、志来福、复兴、大众等十几家店，合并组建了公私合营嘉兴点心总店。由于人员众多，总店设立了经理、会计等三个脱产管理人员。

这给马常盛刺激颇大，心态上开始有了细微的变化。一天他找到正在荣记五芳斋店堂里裹粽子的姚九华道："九华，这不是欺侮我们吗？"

姚九华将裹好的粽子投入身旁的竹箩，问道："常盛经理，火气介大。"

马常盛道："这口气有点咽不下哩。"

姚九华诧异道："常盛经理也算是嘉兴市面上响当当的人物，谁敢欺侮到你头上？"

姚九华并不知道马常盛为何发脾气，但这个回答却挠在了马常盛的痒处，舒服极了，悻悻道："是啊，想当初在嘉兴地面上我也开了四家店哩。不管怎么说，我也是嘉兴商会理事哩。"

在店里的一干人被他俩的对话弄得云里雾里。有人问道："二位经理在打哑谜啊。嘴皮嘎了长远，我们还云山雾罩呢。"

姚九华道："是哩，我也陌陌无头哩。马经理你要急煞人啊。"

马常盛道："好，我就端开台子——亮讲。嘉兴点心总店一成立就配了三个脱产管理人员，我们好歹也算是饮服业第一家公私合营单位，怎么就不配呢？瞧不起我们啊。"

众人经马常盛这么一说，都觉得还真是那么回事。有人就说："一样的公私合营两样对待，是不合理哩。"

有人嚷嚷："我们可是饮服业公私合营第一家，理应是老大。怎么就排到后面去了呢？"

群情激奋起来。有人提议，去市商业科问问。

姚九华还是第一次遇见如此场面，一下子不知如何处置。但他打心眼里觉得，闹到市商业科去肯定不妥。他赶紧高声喊大家静下来，可无济于事。

马常盛见人群激奋起来，一下愣住了。因无控制场面的经验，也一时六神无主。

这时正好有两个客人进来吃粽子。见店堂里吵吵嚷嚷的，其中一个对另一个道："喔哟，吵相骂呢。走走，不吃了，不吃了。"

姚九华看状灵机一动，一个箭步冲上去。拦在两个客人前，道："留步，留步，我们在讨论公私合营之事呢。就是相骂，也不打笑脸人。何况你们是客人呢。"

这两个人也是开店的，十分关心公私合营之事。听姚九华说在讨论公私合营之事，来了兴趣，就坐下来。要了两只火腿粽吃将起来。

众人见来了客人，情绪渐渐冷静下来。两个客人见大家静了下来，抬头问道："怎么风平浪静了？我们也想灵灵公私合营的市面哩。"

听言，众人笑了起来："我们可已经公私合营了呢。"

其中一个客人道："那太好了，我们就想听听公私合营的事哩。"

众人道："公私合营好着呢。你看，至少饭碗头牢靠了。"

姚九华问："二位是什么行当？"

其中一位道："车木社的，我们也盼公私合营呢。好像现在还没有动静。"

姚九华开会学习参加的多，见多识广，道："你们属于手工业行当的，政策可能不一样哩。"

还有一位问道："喔，怎么不一样?"

姚九华道："手工业不采取公私合营的办法。"

其中一位又问道："那用什么办法?"

姚九华道："采取集体所有制的办法。"

这一位继续问道："这又是什么办法?"

姚九华道："这样说吧，公私合营就是单位的财产归国家所有。而集体所有制顾名思义，单位财产归全体职工所有。"他又道："嘉兴'七一棉花厂'就是集体所有制，它是合并了嘉兴市区的所有棉花店而成。我们五芳斋粽子店的老前辈张锦泉开的棉花店也是其中之一。据他讲，情况也不错哩。"

其中一位道："比公私合营档次低一点。"

店里众人一听，一股优越感从心中升起，刚刚的激奋也悄然无声。

可当两位客人吃好了粽子，付了钱，踱着方步走出店堂，店里又热闹起来。

有人接过话茬道："公私合营档次是高一点，可怎么感觉不到呢?"

有人附和道："是啊，三家店虽说是合并了，这不还是各做各的，也并不起来啊。"

又有人说："我们粽子店人员本来就不多，如果像点心总店那样再弄几个脱产的领导，养不活哩。"

马常盛一听，大家的意思与自己的相左，面色尴尬。而姚九华倒觉得讲得挺对的。但他又不想得罪连襟，只得和稀泥道："按目前的条件，是还不能承担脱产领导。但今后我们做大了，肯定会是目前的几倍甚至几十倍。到那时，我们就会需要许多管理人员，说不定到时在场的各位手下都会管几十人呢。"

姚九华的话引来大家的欢笑，有人道："一个小小的粽子，撑死了就这点花头经，还能发展到几百几千人。"

姚九华道："这个我也就是信口一说，给大家鼓鼓劲。但我想事在人为，众人拾柴火焰高。在共产党的正确领导下，一定会有奇迹发生的。"

十三

经众人一提醒，姚九华也觉得这粽子店公私合营也有些时日了，前段时间一直在将注意力放在经营上，再加上听说申请营业执照是件很麻烦的事情，就一直拖下来了。现在看来不管多难，这事总是要办的。他找马常盛商量申领营业执照之事："常盛老板，我看粽店的营业执照是该领哩。"

马常盛道："我觉得也是哩。不过这事不是商业科在管啊，难道要我们自己申领？"

姚九华道："要么我们去科里问问。"

马常盛求之不得。

两人来到市商业科。在一楼的业务股，他们见饮服领导小组组长徐启光正坐在办公桌前埋头看着书。姚九华来过几次，与徐启光相熟。上前道："许同志，看书啊。"

徐启光抬头，见是五芳斋粽子店的经理到了。赶忙站起来道："哟，二位经理驾到，有失远迎。"他随手拉过两把椅子道，"请坐。"接着又忙不迭拿茶杯给两人倒水。见姚九华盯着桌上的书，他又道，"学习资料，不看跟不上形势哩。"

姚九华一边坐，一边顺势道："是啊，我们就有点跟不上形势哩。"

徐启光先是一愣，转而笑道："姚经理这是笑话我呀。"

姚九华一听，立马站起来道："没有，没有。我真是检讨自己哩。"

徐启光道："看你紧张的。我也就是开个玩笑，活跃活跃气氛。我看你们经营得不错，哪来的检讨啊？该检讨的是我哩，好久没去你们那里了。"

一直很拘谨的马常盛见姚九华与徐启光谈话很随便，绷着的神经马上松了下来。心想："我也当过商会理事，也是见过世面的人，今怎就不如了姚九华了呢?"定了定神，接过话题，插进来道:"是该我们检讨哩。"

听言，徐启光转过脸问道:"检讨什么啊?"

马常盛道:"你看，五芳斋粽子店公私合营有段时间了吧。可这营业执照还没办好哩。倒让点心总店跑到了前头，我们当了后进哩。"

徐启光恍然大悟道:"你们是为这事来的吧? 你们可不是后进。要怪就怪我吧，是我事先没跟你们打招呼。事情的缘由是，因为点心总店合并了嘉兴城里十几家点心店，比你们庞杂分散。不马上建立一套管理机构怕有闪失，所以先走了一步。而五芳斋粽子店有你们二位经理把关，科里放心，腾出手来再办也不迟。"

姚九华道:"给我们灌迷魂汤哩。"

徐启光正色道:"没有，没有。这可是孙科长对你们的评价。"

听是孙科长的评价，姚九华、马常盛两人很是高兴。

徐启光又道:"也好，既然你们来了。我们就把它摆到议事日程上，不过办理可得按规定来，不是立时三刻就能成的。"

姚九华问道:"很难吗?"

马常盛道:"再难也要做，人家能做成我们也能。"

徐启光解释道:"那倒也不能说是难，但要从基础工作做起哩。"徐启光进一步解释道:"领营业执照首先要进行工商登记，而工商登记中最重要的两个项目就是经营范围和注册资本。经营范围明摆着，毋庸置疑。而注册资本就比较复杂，要清产核资。通俗讲就是要查清你们店里的家底到底值多少钱，只有这个核查清楚了，才能登记。"

姚九华道:"这也不难啊。我们天天在店里，自己的家底还不清楚。"

徐启光道:"这个你们说了不算，要请专业人员来核算才成。"

马常盛曾是老板，办过这类登记。马常盛道:"就这些啊，跟以前差不多。"忽然想起一事，问道:"以前可是要担保商户的，现在还要吗?"

徐启光道:"现在不需要了，因为你的资产就为你作了担保。"又道，"我们正处在一个全新的时期，会有许多新的情况，你们赶紧回去打个报告上来。我呢，也马上安排人进店指导。"

姚九华、马常盛两人兴冲冲地回店准备报告。因马常盛有过工商登记的经验，又识得字，两人商定，工商登记就由马常盛负责。

报告一交上去，商业科指导人员也来了。领头的是计财股的一个姓王的女同志，三十来岁，一头短发，身着一套流行的列宁装，甚是干练。

一帮人一来店就进入了角色。很快三家店的资产就造册完毕，评估也逐一进行。可在做房产评估时，确遇到了难题。原来，按国家房屋政策，除自住的房产归自住人所有外，其余一律收归公有。其中营业用房，由私营企业占用的，由房管所收取租赁费；由国家或公私合营占用的，谁用产权就归谁。

原"荣记五芳斋"的营业用房，是自有的，有产权证，可直接归入店资产。可"联记"和"友记"的营业用房原本是租赁的，虽应划归五芳斋粽子店，可产权证迟迟未办下来，什么时候能办下来谁也说不出个子丑寅卯。

姚九华、马常盛心急如焚，又去了商业科。那天正好孙礼孝科长也在业务股，听了姚九华、马常盛的汇报，孙科长火就上来了，一拍桌子道："政策这么明确，还拖着不办事，社会主义改造怎么深入。"转身对徐启光道，"你去请计财股长过来一下。"

计财股长一过来，孙礼孝科长就对他说："请你转告小王，'五芳斋'的房产评估先做起来，产权证会解决的。"说完就转身出门。

孙礼孝科长直接去了武晓山市长那里。见了武市长，孙局长开门见山，将事情像倒豆子似地"哗"一下子倒了出来。

武市长一个电话，城建局长就赶了过来。

城建局长听明白了孙科长的意思，就解释道："近期我们在规划一个建设项目，故张家弄一带产权证暂停办理，请包涵。"

孙科长道："规划建设项目也不能拖社会主义改造后腿啊。"

城建局长委屈道："谁不在为社会主义作贡献啊，这帽子有点大。"

见两人交上了火，武市长只得当起灭火队员："好了，好了。大家都在为社会主义作贡献。我看这样行不，你城建局出个临时产权证明，我与工商登记部门打个招呼，可以吧？"

这样五芳斋粽子店工商登记顺利开展。

经评估，五芳斋粽子店的资本总额 1047.40 元，从业人员 19 人。

至于粽子店的负责人，因只能写一人，就报了马常盛。

生怕姚九华闹情绪，孙科长特意将他叫去，道："这次负责人报了马常盛，是考虑他年长有丰富的工作经验，希望能领导五芳斋粽子店更上一层楼。你是公方经理，可不能掉链子啊。"

姚九华表态道："马常盛是我的前辈，相信一定能管理好五芳斋粽子店，作为小辈我一定配合他工作。"

十四

1956 年是中国掀起社会主义建设高潮的年份。无论城市还是乡村，人们的脸上都洋溢着自豪的笑容。一种扬眉吐气的情绪，在人与人之间传播。这时一首慷慨激昂、深入人心的歌曲开始在大众中传唱。从早到晚，架在大街上的高音喇叭，时不时就传出它那熟悉的曲调。它成了各种文艺宣传队的保留曲目，它成了大小会议的开场曲。最出挑的是嘉兴最大企业民丰造纸厂，竟将一个庞大的铜管乐队拉到了大街上，让人民领略了西洋乐的丰采。

"社会主义好，社会主义好，社会主义国家人民地位高……"人们竞相传唱的歌，就叫《社会主义好》。

作为店员工会积极分子的姚九华，当然也是这欢乐海洋中的一员。店员工会没有民丰造纸厂那样财大气粗，但他们也能玩出自己的花样。没有洋铜洋鼓，他们成立了腰鼓队。没有铜管乐器，他们成立了口琴队。

这社会主义高潮，当然不仅仅反映在传唱革命歌曲上。嘉兴的城乡建设，也在发生翻天覆地的变化。

由于经济的空前繁荣，嘉兴市政府的钱袋子当然不是刚开始时那样，一穷二白瘪瘪的，而是渐渐鼓了起来。

有钱好办事，市政府开始对市容市貌进行整治。1951年先是对建国路的街面用水泥进行了浇注，第二年又将北京路改成了水泥路面。这一整治，两条道路立马显现了意想不到的面貌：道路平坦，街面整洁，市民好评如潮。这无疑加大了市政府为民办实事的信心。

一份改造张家弄的意见书，放在了市长武晓山的办公桌上。

意见书认为，嘉兴整治了建国路，使城市有了南北向的通道，尚缺东西向的大路。建议将芝桥街、张家弄、学前街、庙前街连接拓宽，并向东西两端延伸打通，接通环城东路和环城西路，将其建设成市区最宽、最长的一条马路。并建议，我们既然有了建国路，这条就叫勤俭路。"勤俭建国"，正合时代潮流。

这当然是好事。但武晓山也不敢擅自作主，这条路的开拓毕竟不像建国路、北京路那样只是浇浇水泥路面那么简单。因为原道路都比较狭窄，要建成大路是需要拆去一边街面的。不但有几十个单位和一百多户居民面临拆迁，还有这庞大的资金，可不是个小数目。工程复杂多了。

于是，牵涉到的范围广，政府相关部门都被请来开会。不想在掀起社会主义建设高潮的时刻，大家的情绪都被"大干快上"左右，都纷纷表示支持。唯独财政局长苦着脸道："大家慢慢高兴，还有许多问题要解决呢。"

财政局长这么一讲，会场顿时炸开了锅。有人不客气道："什么意思啊？拖后腿泼冷水啊。"

见犯了众怒，财政局长嚅嚅道："拓路肯定是利在当今，功在千秋的好事。可是可是……"

"可是什么？"有人不耐烦道："还是拖后腿泼冷水么。"

还是武市长头脑清醒。他打着手势让大家静下来，对财政局长道："看起来我们的财神爷有难言之隐哩。"又对众人道，"大家听听财神爷是怎么说的。他不拿钱给我们，岂不是要做'无米之炊'了吗。"

有了武市长的鼓励，财政局长定了定神，清清嗓子道："这次修路是要拓宽路的，需要将这些街的南侧的房子拆过去二十米。按以往修建国路、北京路的经验，我作了一下测算。我们的财政刚够支付浇水泥路面的钱，而涉及拆迁群众的安置费用将无着落。"

众人一听，顿时没了声音。是啊，这可是一笔巨资，不是随便从哪里就可挖出来的。

虽然在武市长的引导下，众人还是提出了一些建议，因都不切实际而被否决。

会议开不下去了，只得散会。

一向乐观的武市长的眉头顿时也拧成了麻花。难道这样一件利民的好事就此黄了？

会后，武市长留下城建局长："老张，这规划可是你做的，我想你肚里肯定有本账。别捂着账本，让我一个人在火上烤。"

城建局长与武市长是一个部队转业到地方的，彼此不分你我，见武市长一副愁眉苦脸的样子，哈哈大笑道："老首长，您可是一直带我们勇往直前、冲锋陷阵的角色，怎么……"

武市长佯怒道："好你个老张，是戏弄还是笑话我？"

城建局长笑道："我的市长大人，你就是给我一百个胆我也不敢啊。"

武市长道："有屁快放，有话快说。"

城建局长这才收住笑脸道："我们做方案时倒是作过一个统计。这次建路共涉居民一百四十户，商户五十户。在居民中，一百二十户是租房户，二十户是自有房产；在商户中四十户属公私合营，十户属私营业主。我们认为，一百二十户租房户我们可另行安排租房，四十户公私合营商户可通过合并搬迁解决。难的是二十户是自有房产和十户私营业主的解决。"

武市长听了道:"老张,你知道我现在的感觉么?"

城建局长道:"不知道。"

武市长道:"仿佛路已在眼前了。你可真有两把刷子,这个城建局长称职。"

市里各个有关部门的头头脑脑又被叫到一起。思路有了,会议明显开得顺利多了。

会上,武市长先定了个调。为了节省开支,新建马路改用弹石铺路,等以后有条件再浇水泥路面。

房管所长率先表示:"解决一百二十户住户的租房没问题,只是那二十户自有房产怎么安排请市里明示。"

有人道:"一百二十户都解决了,这区区二十户应该不在话下吧。"

房管所长辩道:"这是私有房屋,马虎不得哩。"

大家商议后决定,异地翻建。

财政局长忙表态:"这点翻建的钱还是有的。"

四十户商户定下来由各个归属局通过另行安排或合并的办法解决。至于那十户私营业主,由房管所提供适当店面解决。如有人不愿开店,由劳动局安排工作。

看似复杂的事情竟这样解决了。

十五

安排已井井有条,建路工程就这么轰轰烈烈地展开了。

可具体实施还是遇上了许多意想不到的困难,工程进展缓慢。最急的当然是武市长。他将城建局长叫来一问,才知是搬迁工作拖了后腿。原来,这芝桥街、张家弄、学前街、庙前街可是嘉兴的中心地段,居民们出去逛个街、购个物十分方便。尚且有些居民都是世居于此,那些老人大都有恋旧心理,总觉换个地方住不习惯。在老人们的影响下,年轻一点的似乎有了不愿搬迁的理由。每当工作人员上门动员，就打起了"太极拳"，玩起了"捉迷藏"。

武市长一听，着实急起来了。这样下去可要拖工程的后腿，影响业既定政府工作计划的实施。计划完不成，对下怎么向市民交代，对上又怎么去面对呢。

心一急，屁股就坐不住了。武市长让秘书赶紧通知方方面面来开现场会。人一到齐，他就说："今天我们就建路工程开个现场会，研究工程进度问题。"

建路工程是当年嘉兴市的年度重点工作。众人自是不敢怠惰，老老实实跟在了武市长后面。

市政府距建路的地方并不远。不到一刻钟，众人已站在了少年路与张家弄的十字路口。放眼望去，路边已陆陆续续拆去了一部分房屋，尚有部分居民和商店正在搬家。武市长叫住一个正在搬家的居民，问道："同志，搬家啊？"

那居民见过武市长，见是市长问话，忙放下拿在手中的椅子道："武市长，您好。"

武市长问："新家满意吗？"

那居民道："满意，满意。"

武市长道："为了城市的建设和发展，让您受累了。这里我代表政府感谢您这种舍小家为大家的精神。"

居民们见是武市长出在眼前，呼啦一下围了上来。武市长见身边围了这么多人，让身边的人从附近居民家借了条板凳，纵身站了上去。这时人群里有人将一个铁皮喇叭筒递给了他，武市长将铁皮喇叭筒放在嘴边高声说道："居民同志们，这次建路是嘉兴市社会主义建设的一次重要展现，不远的将来，这条马路将是嘉兴最繁华的商业街。可我要告诉你们的是，这只是建设新嘉兴迈出的第一步。将来嘉兴还要像上海一样，建设许许多多的高楼大厦。有句老话叫'旧的不去，新的不来'，不要舍不得旧的坛坛罐罐，'沉舟侧畔千帆过，病树前头万木春'。在中国共产党的领导下，好日子在后头呢！当然这也是需要大家齐心协力来实现的，所以我号召大家从我做起，支持建设。"

武市长的话太有感染力了，引来了一阵热烈的掌声。

武市长还当众解答了居民们的疑问。末了，他又高声总结道："我知道，有的人最担心的是搬远后逛街、购物不方便。这我就要批评你目光短浅了。我们嘉兴现在还很小，就是从最远的南门大街到这里也就是一顿饭的工夫，与上海比还是很近的么。以后我们如果在市郊造起高楼大厦，你们恐怕就要抢着搬过去了。"

武市长的一席话引来了大家的笑声和喝彩声，也化解了居民心中的心结，对搬迁工作起到了很好的推动作用。

看讲话起到了作用，武市长跳下长凳，还了手中的铁皮喇叭筒，带着众人信步进入了张家弄。张家弄因大都是商店，各店的上级主管部门都作了相应的安排，搬迁在有条不紊地进行着，武市长甚是满意。可当看见南侧的五芳斋粽子店竟然安然不动，也未见有搬迁的迹象，眉头马上皱了起来。他回头问城建局长："这是怎么回事。有问题吗？"

城建局长赶紧翻了翻手中的记事本，向前凑了凑道："好像没什么问题啊。"

"把店经理叫来。"武市长大手一挥。

马常盛与姚九华马上被叫到了武市长的跟前。

武市长问："你们是五芳斋粽子店的经理？为什么还没有搬迁？"

见武市长口气严厉，面带愠色，冯姚二位经理不敢开口。参与现场会的商业科长孙礼孝，见状马上从人群中挤过来道："已安排妥当，就要搬迁了。"

原来建路通告一发出，商业科就着手商业系统商店的搬迁事宜。大部分商店因店小人少，都采取将店员调入其他商店的办法妥善解决。可"五芳斋"因分三个地方经营，而且是拆两家留一家，这两家的店员就安排不进没拆的那家。考虑到"五芳斋"的名气，科里想另辟新址，异地开张。可这一主张遭到了马常盛和姚九华的竭力反对。为此商业科将马常盛和姚九华请到了科里商量搬迁一事。

会议由饮服领导小组组长徐启光主持，徐启光的发言不外乎"响应国家号召，支持国家建设"的大道理。末了强调，军令如山，这搬迁是没有协商余地的。

姚九华问："店址选在哪里啊？"

徐启光道："具体未定，但像张家弄、建国路一带肯定是没位置了。"

马常盛一直在为股息太少愤愤不平、耿耿于怀。听徐启光这样一说，像弹簧一样蹦了起来："'五芳斋'可是我与张锦泉、朱庆堂一起创出的金字招牌，如果随便往哪一塞的话，这牌子可就毁了。太不负责任了吧。"

听言，徐启光气得脸上青一阵紫一阵。

见状，姚九华赶忙解释道："嘉兴五芳斋可是在江浙沪一带叫得响的粽子品牌，尤其上海人来嘉兴总会到张家弄带点回去。你这一搬迁，人家立时三刻就寻勿到了，对'五芳斋'真的影响太大。"

不知什么时候，商业科长孙礼孝已坐在他们后面，也表态道："我们创一个金字招牌的确很不容易，千万别毁在我们手里。"众人见科长到会，赶紧都站了起来，孙科长做了个让大家坐下的手势继续道："但是给建路工程让道也是必须的啊。问题是大家要齐心协力想出一个好办法，让鱼和熊掌兼得。"

这时马常盛自言自语道："有什么好办法。假如我那个大加利饭店还在就好了，一齐改粽子店就什么都解决了。"

这倒提醒了姚九华："我倒有个主意，不知当讲否。"

孙科长笑道："哪来的一股酸味，有想法就说出来么。"

姚九华道："盛记五芳斋边上就是升平楼茶馆，现在生意一落千丈，调给'五芳斋'怎样？"

孙科长想了想道："这倒是个好主意哩。许组长，这茶馆也是饮服管理小组的管理范围，你看怎么个合理调整一下。我看一不做二不休，把边上那个浴室也一并调整给'五芳斋'，好吧？"

　　武市长开现场会后，在孙科长督促下五芳斋粽子店的搬迁调整工作加快进行。那茶馆的母女俩给调到了一家饮食店。嘉兴浴室多，浴室那几个人往几家浴室一塞，水花都没溅出一星半点。

　　嘉兴五芳斋粽子店的经营面积一下子扩大了好几倍。从此，三家"五芳斋"实现了真正意义上的合并。

第四章

一

嘉兴五芳斋粽子店占据了勤俭路北侧，建国路西侧的路口，当勤俭路一筑好，整个店铺就立于大众眼前。很快这里成了嘉兴最繁华的地方，而嘉兴五芳斋粽子店成了这繁华地方的中心。尤其那修在勤俭路与建国路转角处的店堂带有弧形的花格窗，更是别开生面，让人耳目一新。

1956 年 11 月 26 日，嘉兴市人民政府撤销了商业科，成立商业局，新任命鲁克成为局长。

嘉兴五芳斋粽子店新址开业那天，商业局长鲁克成带着局里的一批领导及科长来店指导工作。他们先是在店内里里外外转了一圈，见窗明几净，工作区与大堂划分清楚，人员也安排得井井有条，就问随行人员："大家觉得怎么样啊？"

众人一致道："好！"

跟在一旁的姚九华道："这是商业局决定的正确。如不把升平楼茶馆、浴室划给五芳斋，哪会有现在的样子呢。"

鲁局长道："小姚啊这是在拍马屁吧。我可不是马啊。"声音一落，引得众人一阵欢笑。鲁局长正色道："这个结果应得益于市政府的果断决策和武市长的正确指挥。你们想，如果没有勤俭路的拓宽工程，也就没有'五芳斋'现在的规模。所以要谢啊还是感谢我们的党，我们的政府和日夜为我们操劳的武市长。"鲁局长的话引起了大家的共鸣，大家都情不自禁地鼓起了掌。鲁局长又对紧随身边的马常盛、姚九华道："五芳斋粽子可是嘉兴响当当的特产，现今又占据了嘉兴市最好的商业市口。接下来就看你们怎样经营好它，你们可身负嘉兴人民的期望和重托。我在这里就拜托二位了。"

见鲁局长如此依重，马常盛、姚九华也不禁激动起来，拍着胸脯，豪情满怀地齐声道："我们一定尽最大努力经营好。"

鲁局长摇头道："不行，不行。什么叫'尽最大努力'，有点信心不足哩。有这么好的条件，又有好的政策，只许成功不能失败。"

马常盛、姚九华连声说："是。"

店内转完，鲁局长一行走出大门。鲁局长抬头看见大门上方那"五芳斋"店招，又皱起了眉头，对着对马常盛、姚九华道："太小家子气了吧。在这么好的市口，这么宽的道路边，要做到让人远远就能瞧见。而且要过目不忘，这才是好店招。以前我们常说'斗大的字'，这'斗'才多大，我看在这还不够哩。"

不久，一米见方的"五芳斋"浮雕字就塑于二楼的墙壁之上。人们远处望去，也是十分醒目。

由于升平楼茶馆和浴室的店面与联记五芳斋店面的整合，粽子店犹如一艘扬帆的巨轮在众人的祝愿中启航。

面积扩大后，粽子店一改过去那种局促的布局。那些诸如初加工、裹粽、煮粽等制粽工作，统统安排到了店堂的后面。而店堂里只布置了售卖柜台及桌子板凳，店堂一下子洁净了许多。再也没有了因洗箬淘米而终日湿漉漉、黏糊糊的地面，也没有了因烧煮粽子而整日水汽氤氲的店堂环境，实现了真正意义的"前店后坊"。

所谓"前店后坊"，是前面临街的当店铺，后面更大的空间当作坊，将作坊加工的产品供前面店铺售买的一种经营方式。由于现产现销，以销定产，适销对路，在经济相当落后的旧时代一直是小型生产业主的理想经营结构。前店后坊一直是江南一带各点心店、食品店业主追求的经营方式，而前店后坊也是业主实力的体现。就像张家弄里的三家"五芳斋"尽管经营得风生水起、名声远扬，也没有做到前店后坊的规模。

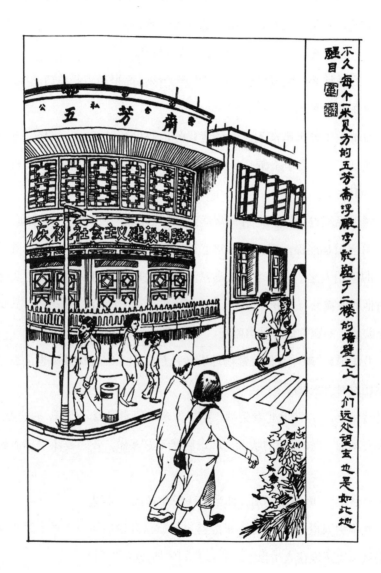

不久，每个一米见方的五芳斋浮雕，就座于二楼的墙壁之上，人们远处望去也是如此地醒目。

而今经营面积的扩大，店员不可能像以前那样一人身兼数职。一部分人成了专职的制粽工人，而一部分人则成为专司售卖与店堂服务的服务员。这么一分工，每个人的工作开始专业化，业务水平明显上升，工作效率也大大提高。堂前坊后再也没有以前那种乱哄哄的繁杂景象，大家发现一天的工作量不费吹灰之力就能完成，尤以作坊内最为明显。

此时的马常盛、姚九华也不用在生产一线，而是与点心总店的经理一样，将精力放在了管理上。

眼看着职工越来越清闲，而经营业务也似乎难以再上一层楼，与中央提倡的"鼓足干劲、力争上游，多快好省地建设社会主义"的号召有一定差距。姚九华坐不住了。

在楼上经理办公室，他对马常盛道："马经理，我看有点不对哩。"姚九华与马常盛虽是连襟，但由于马常盛比姚九华大了二十五岁，而且曾是"五芳斋"的创始人之一，还当选过嘉兴商会的理事，平时又喜欢倚老卖老，姚九华对他既敬重又有几分惧怕。

正跷着二郎腿抽烟的马常盛问："好好得，有啥不对哩？"

姚九华道："现在我们经营场地扩大几倍，职工的工作效率也上去了，可营业额还没有上去哩。"

马常盛道："这个我也看到哩。粽子做多了要卖得掉才行啊，没办法的。"

姚九华道："按目前的状况，粽子倒是不好多做，不过是不是搞点另外花头经？"

马常盛道："隔行如隔山。你当花头经介好搞，难哩。"

姚九华提议道："以前你不是经营过冷饮，开过饭店，而郭士荣也在店里卖过烧卖。反正现在人手也够，要么我们增加点经营项目。"

马常盛头摇得像拨浪鼓，道："这些项目是有做过，但实践证明都没有成功。不行，不行。"

"可是……"

马常盛毅然决然道："你就别异想天开了。"

二

当了负责人的马常盛着实高兴了好几天。他不无得意地对老婆王金英说："看看，看看。'五芳斋'不是又回到我手里了。想当年为了这块牌子，我与张锦泉、朱庆堂你争我斗。后来又来了个郭士荣，豪取强夺。现在怎么样？都成了过眼烟云。"

妻子王金英听了道："我说呢，这几天怎么跟吃了乌烟似的，精神介好。"

说者无心，听者有意。妻子这句话一下子说到了他的痛处。新中国成立前因生意需要染下的毒瘾，让他吃足了苦头。人民政府禁毒，断了毒源，这使马常盛像一只没了头的苍蝇四处乱撞，寻找鸦片。尤其在毒瘾发的时候，就像有千百只小虫在撕噬着自己的躯体。这还让他出了不少洋相，差点给公安局送到戒毒所。后来在床上整整躺了一个月才算戒毒成功，脱离苦海。现在回想起来真有点不堪回首。现在妻子旧事重提，终于把他激怒了。

马常盛跳起来指着妻子嚷道："我刚开心一点就戳我心境是吧？为了戒乌烟我吃了多少苦。后来粽子店的股金又算在王凯头上，又吃了个大亏，够倒霉了。你还来揭我疮疤，要气死我？"

王金英小马常盛二十多岁，是马常盛的第二任妻子，嫁给马常盛后一直夫唱妇随、逆来顺受。这次三家"五芳斋"粽子店合并，她也成了公私合营嘉兴五芳斋粽子店的职工，被分配在店堂里做服务员。参加工作后，接受思想教育的机会多了，有了独立思考的意识，见马常盛指着自己的鼻子高声叫喊，她立马来了脾气，道："我又没说你现在吃乌烟，跳到八丈高做啥？你当了经理我为你高兴还来不及哩。不过我倒要警告你，你虽是正经理，但总是私方经理。九华是公方经理，又是你连襟，做事要多商量，别让人看笑话。"

马常盛一听，心里不是滋味，心想："还公方经理呢，不过小毛孩一个。

想当初我们创立'五芳斋'时，他还不知在哪儿呢。"心里有念，嘴里就道，"小鬼头一个，凭什么来管事，我会听他的吗？"

王金英与妹妹王金娥感情很好，姚九华是自己的妹夫，王金英平时接触挺多，爱屋及乌，对姚九华也就不错。实际上，她也知姚九华待妹妹也知冷知热，而且聪明能干，已是粽子业的一把好手。听丈夫这么一说，就为他打起抱不平来："没有你这么放秽气的。连襟，自己人。况且他的手艺你会多少？"

有道是"一山容不得二虎"。姚九华还是郭士荣店里的小伙计时，马常盛倒真是没把他放在眼里。不想现在成了与自己平起平坐的经理，在合并后这段时间的接触来看，在许多事情的处理上，姚九华真有棋高一着的样子。马常盛早对姚九华起了戒备之心。今妻子又这么一番数落，心里更加不爽。他横蛮道："男人的事女人少管。"

马常盛夫妻之间的对话姚九华当然不知，况且此时他正忙得不亦乐乎。

1957年是世事纷繁的一年。

先是党中央号召"除四害"，后是整风和反右斗争。

这除四害是利国利民的好事。的确，一个从半殖民地半封建社会脱胎而出不到八年的新中国，各方面还是贫穷落后的。尤其在卫生方面就更是糟糕，"四害"无时无刻侵蚀着人民的健康，乃至生命。党中央号召除四害，不但改善了中国城乡的卫生环境，还提高了人民讲卫生的思想认识，更重要的是人民的健康得以保证。

这一年，会议突然多了起来，群众集会紧跟着也频繁起来。作为青年团员的姚九华自然是冲锋在前的。

五芳斋粽子店虽经整治并修缮一新，但毕竟是老旧店铺，苍蝇、蚊子、老鼠肆虐更是在所难免。姚九华先是带领店里的职工，顶着恶臭，将店里所有下水道挖了一遍，清除了淤结了几十年的污秽物。后又购置了几只鼠笼，陆陆续续抓住了几十只又大又肥的老鼠，受到了商业局的表扬。而对付麻雀姚九华他们就有点束手无策、力不从心了。

望着在蓝天里飞翔的麻雀，朱鸿林道："这可怎么捉啊？再说这麻雀有什么害呢？"

唐阿根反驳道："这麻雀对庄稼有害哩。每当稻熟时，那稻田里就会有一群群麻雀光顾，啄食稻穗。据说一只麻雀一个收获季，可吃好几斤稻谷，农民损失蛮大哩。"

朱鸿林问："那农民肯定有一套灭雀的办法吧。你可不要卖关子。"

唐阿根道："好像也没什么好法子，只不过架个稻草人吓吓。实在多了，拿几个敲得响的物件赶赶。"

朱鸿林道："也就是赶赶吓吓，这有啥用。"

这时参加紧急会议的姚九华回来了。对大家宣布："明天上午九点，全市统一驱赶麻雀。"

唐阿根对朱鸿林道："怎么样，也就这一招。"

第二天，姚九华带着店里所有男职工，拿着店里所有敲得响的物件早早候在粽子店的屋面上。

九点一到，全城响声一片。只见那惊恐的麻雀在蓝天上东突西窜，倒是逗得大家笑声一片。

整风和反右斗争就严肃多了。

开了几次动员，让大家检举揭发右派分子，像五芳斋粽子店这种十几个人的小单位倒是没有涉及。但各种形势报告会、斗争会还是要参加的。因姚九华是公方经理，又是青年团员，故与政治性有关的会议或活动都通知姚九华参加。就是需全体参加的，也通过姚九华传达。

这让很要面子的马常盛很是不爽。

三

常言道：嫉妒是恶魔。像马常盛这种在旧社会曾染恶习的人，心中有了芥蒂，沉渣难免泛起。

此时的马常盛已经五十四岁，离国家规定六十岁退休的年龄只剩六年。也就是说，再过六年，不管他愿不愿意，这片粽子店就有可能是姚九华的天下。想想这几十年来几经风雨，几经艰辛，总算有了自己的一份家业，辉煌时拥有盛记五芳斋、东部旅馆、大加利饭店、冰厂等四家店铺。最长脸的是还当选了商会理事，这让自己要多风光有多风光。1949 年后，店铺没了、商会理事的头衔没了不说，自家的股息也算在了王凯头上，现在虽然是五芳斋粽子店的正经理，可冠在前头的"私方"两个字让人泄气。事实证明，"私方"两个字在许多场合是吃不开的。眼看着姚九华从一个兰溪来的毛头小子，一路走来居然与自己平起平坐，实在令人汗颜。还好，姚九华毕竟还嫩，整个粽子店还掌握在自己手中。趁大权在握的几年里，总得干点不亏待自己的事。

一般来说，有时心里想的只要不说、不付诸行动是不会有人来评判对错，一旦付诸行动那就要对自己的行为负责。

一天，东门头肉店的经理来找马常盛买五十只粽子，一结账共计六元钱。老板一摸口袋，忘了带钱，就对马常盛说："因来得急，忘带铜钿了。客人要上火车，等着呢。我得赶紧送过去，粽子铜钿我回头送过来。"

马常盛见店里的人都在忙自己的活，并未注意他俩的交易，就对肉店经理挥挥手道："快去，快去，火车勿等人。送人要紧，有的是时间结账。"

第二天，马常盛抽空去了趟东门肉店："老阿哥，客人走了啊？"

自去年成立嘉兴市食品公司后，东门肉店被收编，成了公司的一片门市部。正在肉墩头上接待顾客的经理见马常盛来了，知是在讨粽子钱，忙让边上的一个店员接上去，自己忙不迭地对马常盛道："啊呀，让马经理亲自登门真不好意思哩。昨天下午倒是想送过来，正好公司领导上门检查。等检查一结束，还钱的事竟给忘了，你看我这黄鱼脑子。"

马常盛道："老哥，都是自己人。你也别不好意思，我过来拿才不好意思哩。"

"我这就给，几钿啊？"肉店经理用手拍了拍自己已没几根头发的额头，"看我这记性。"

马常盛道："贵人多忘，贵人多忘。也就是六块钱，如有不便我下趟再来。"

肉店经理道："哪里的话，哪有让马经理空手而归的道理。"说着将钱递了过去。

马常盛回到店里，见大家都在忙手里的工作，也没人提起这笔粽子款，以为没人知道。一个念头闪过，就没把钱交出来。

其实有人在关注这笔粽子款呢。

以前无论是饭店还是点心铺，都讲究"先吃后汇钞"。饭店倒还有个点菜单可循，点心铺就全凭收账的眼观六路耳听八方，及一副超强的好记性。一有食客吃罢起身就要报出点心的名称、数量、金额。伙计没有这个本事是坐不了账桌的。

许紫琴就是有这种本事的人。早先她曾在多家点心店工作，练就了过目不忘的本事。有时看似她在低头收钱或是与食客交谈，其实她的耳目可一刻也没停息，想在她眼皮底下耍花头——没门。故不管到哪家店工作，坐账桌收钱成了她的专长。

那天肉店经理来买粽子虽到后堂直接找的马常盛，出来时也由马常盛亲自送出去，许紫琴眼角的余光还是捕捉到了足够的信息。起先她以为马常盛已收钱，可等到下班也没见他来交钱，她想："看来这粽子钱肉店经理还没付呢。"马常盛是经理，当然不便询问，只得在本子上记下"肉店经理粽子钱未付"几个字。可等了几天也未见肉店经理来付钱，就觉得可能马经理碍着朋友面子难以启齿。就自作主张，反正肉店经理我又不熟，这个红面孔我来唱。

当肉店经理知道许紫琴的来意可就不淡定了。前几天马常盛来要粽子铜钿心里就不开心，追来介急，好像自己会赖账似的。今见许紫琴又来要钱，不禁火冒三丈："钱第二天我就给了马常盛了，今天怎么又来要账？成心坏我名声是吧。"

许紫琴一听，愣在了那里，心想："不好。吃力不讨好，黄胖炒年糕。"觉着自己太孟浪了。可话已出口就像泼出去的水，已难收回。这下可要得罪两个人哩。许紫琴道："原来马经理已收去，我不知道。那我回去向他要就是了，对不起了啊。"

没想肉店经理是个一根筋到底的人，自觉得理，也不细想，脱下围裙，道："不行，事体要弄弄清爽，否则我夜里困不着觉咯。"说着就急匆匆向五芳斋粽子店而去。

介大的男人家，许紫琴想拦也拦不住，只得一路小跑跟在肉店经理后面。

正好，店里的人都在，肉店经理进去就对马常盛嚷道："马经理，什么意思啊？明明粽子钱已交到你手里，怎么还派人来讨债。"

马常盛心里一惊，这天衣无缝的事怎么就……嗫嚅道："我没……"突然见跟着进来的许紫琴，心里明白了大半。真是百密一疏，这只眼睛怎么没想到呢。毕竟是商场老手，眼珠子一转，脑门一拍道："看我这记性，这几天换了件衣服，钱放家里了，就一直没入账。老哥哟，是我的错，让您费心了，望包涵啊。"

见马常盛如此解释，肉店经理也无话可说，只得悻悻而去。

四

第二天，马常盛将钱交到了许紫琴的手中，一场风波总算平息。可马常盛的声誉可就一落千丈，令店里的人侧目。

一天，沈和立与原"香味斋"的两个伙计在一起聊天。那沈和立自忖也是个老板，在四店合并时，心想在私方中只有他和马常盛两人。那马常盛自己吸食乌烟不说，还开过烟馆，有劣迹，这个私方代表怎么也是自己的。没想到，让马常盛抢先一步，当了私方代表。还是正经理，心中是一百个不服气。今见马常盛做出侵吞公款的事就更愤愤不平："这种事情要是放在以前，是要逐出同业永不录用的。现今就凭他鬼话廿三，就蒙混过去了。"

那两个伙计一直感念老板在香味斋最艰难时也没弃用他们，致使现今有了一份稳定的工作，一向很敬重沈和立。见老板如是评价，也齐声附和。

一个道："可不是，这样的人在以前可是人人唾弃哩。"

另一个道："听说他以前劣迹斑斑的。"

见议论昨日之事，唐阿根、洪长生等也纷纷围了过来。你一句我一句煞是热闹。

不想给正在隔壁储藏室拿东西的马常盛听了个正着。对自己向来恭恭敬敬的职工们，在背后竟是这样肆无忌惮地说自己的坏话，让他忍无可忍，愤怒无比。他的情绪一下子控制不住爆发了出来，手中一叠白瓷盘子随手被他砸在了地上。

大家听见储藏室有动静纷纷跑过去。只见一地的碎瓷与铁青着脸的马常盛，都知道大家的议论被他听见。一众人作鸟兽散。

此时的马常盛忿恨羞愧。自己就像一只被拔了毛的鸡，在光天化日之下任人宰割。平时左一个马经理右一个马经理地叫，原来全是假的。

马常盛与职工之间的距离骤然拉开。从此马常盛的脸上再也没有了笑容，职工见他一出现，只要手头没活，总会借故开溜。这更加重了他的坏心情，在工场摔摔打打成了家常便饭。这些举动更引得众人议论纷纷。

这一天，马常盛又因心里烦躁，进工场时见一只水桶放在通道上，觉得挡住了他的去路，竟一抬脚踹了过去。那桶是白铁皮做的，桶中水洒了一地不说，桶壁还凹进去了一大块。洪长生见了，赶紧拎走。为此，店里众人又议论纷纷。

马常盛近来的举止姚九华也是知道的。但他毕竟是自己的连襟，再说也没太大出格，不好出面干涉。今见踹坏了水桶，引起了店里众人的不满，姚九华就到马常盛办公室，递上一支烟道："马经理近来心里好像不痛快哩。"

马常盛瓮声瓮气道："你也来看我笑话。"

"不，不。"姚九华诚恳道，"我们还是亲戚呢，看谁也不能看你的笑话。"

"心里烦着呢。"马常盛一边点烟一边道。

"再烦也不能摔店里的家什。平时我们教育职工爱护公共财物，你这么一做怎么再去教育职工。"

马常盛吸了口烟道："我是看穿了。"

姚九华道："你这样做非常不好，大家都议论哩。"

马常盛吐了口烟道："那你要我怎样？"

姚九华道："向大家认个错。"

马常盛将夹在手指中的烟一甩，高声道："不可能。他们背后讲我的坏话，我还没算账哩。"

见马常盛不听劝，姚九华也无可奈何。

好事不出门，坏事传千里。马常盛的举止马上引起商业局的注意。马常盛被叫去进行了严肃的谈话，这让一向爱面子的他有一种老脸无处搁的感觉。他不是检讨自己的错误，而是暗忖："这下经理位置要保不住了。"他认为，告密人一定是看上了经理的位置，一本正经查找起告密人来。他将怀疑的目光投向店里的职工，这更加剧了与职工的对立情绪，成了店里的"孤家寡人"。

这时，马常盛做了一件令人意想不到的蠢事。

那天下班，马常盛一个人闷闷不乐地回家。因家住自由弄，在经过西堍桥时，在桥边见一算命的，突发奇想："我这是流年不顺哩。晦气惹身，何不请算命先生指点迷津。"

主意一定，马常盛遂上前道："请问仙家我的运势如何？"

那算命先生抬眼向马常盛瞄去，见他眉头紧蹙，心事重重，便有了主意，道："请报时辰八字，再看面相手相。"

马常盛一一照做。

那算命先生一手捏诀，闭起眼睛，口中念念有词，后眼睛一睁，道："先生印堂发黑，纹脉不畅，有难哩。"

听言，马常盛心里一惊。真准，一言中的。他便问道："可有解法？"也算是对算命先生判断的默认。

那算命先生见马常盛默认了自己的判断，自信大增，摇头晃脑道："指点迷津，醒世救人乃本人使命所在。"

"请大师指点。"马常盛有点迫不及待。

那算命先生只是笑而不语。

马常盛又催促道："大师请讲。"

那算命先生仍是笑而不语。

这时边上有人提醒道："要先付算命钱的。"

马常盛这才回过神来："多少啊？"

那算命先生伸出一指。有人又提醒道："一块哩。"

闻言，马常盛倒抽了一口气："一块啊，太贵了。"

那算命先生道："心诚则灵。"

马常盛心想："罢了，还是听他怎么说。"就将一块钱递了过去。

那算命先生接了钱道："先生印堂发黑说明已遭晦气，必须驱邪。你只要在遇邪地准备香烛纸钱，上祭天神下拜土地，晦气即日可消。祭拜须在遇邪地，切记切记。"

马常盛一想："我就是在五芳斋粽子店受的气，那么遇邪地就是五芳斋粽子店。"第二天一大早，他带了香烛纸钱在五芳斋粽子店门口祭拜起来。那上班的、买菜的见五芳斋粽子店门口有人祭拜就纷纷围了过来，门口一下子围了上百人。

就这么，马常盛一连祭拜了几日。

此事一下子掠动了市委，在反右斗争的关键时刻，竟然有人公然搞迷信活动，这还了得，便指示商业局严肃处理。破坏公家财产的事还记忆犹新，现在又弄出店门口搞迷信活动。而且惊动了市委，这让鲁克成局长很没面子。在反右斗争的当口，谁也不愿往自己头上套一顶同情地富反坏右的帽子，要被上纲上线评个右派，这个后果就不是一个难堪能形容的。

很快马常盛被收监，1957 年 11 月 18 日被公安机关以"对抗改造"判刑四年。

五

马常盛一收监，五芳斋粽子店虽有公方经理姚九华在，但因是副经理，总让人有点名不正言不顺的感觉。

商业局为粽子店的经理一事开了几次会。按理说，正的去职副的顶，顺理成章。可也有人提出不同意见，主要是姚九华年纪太轻，能不能压得住？还有就是，姚九华与马常盛是连襟，把他扶正妥当吗？

从 1958 年起，嘉善县从嘉兴县划出另立，嘉兴县市合署办公，嘉兴市的行政称谓逐渐淡出人们的生活。合署后的县商业局由鲁克成任局长。

局长鲁克成来的时间不长，对姚九华接触不多，了解也不够，有点举棋不定。这时有人建议由饮服领导小组组长的徐启光兼任五芳斋粽子店经理。这当即遭到鲁局长的否定，因为徐启光管理着整个饮食服务业。再加上各类社会政治活动较多，也是必须兼顾的，就是兼任也只是挂名，形同虚设。

不过作为饮服领导小组组长的徐启光倒是力挺姚九华的。他说："姚九华是早先张家弄里一等一的制粽高手，要说管理能力也是很强的。原荣记五芳斋粽子店在濒临绝境时，就是在他的努力下起死回生的。"

徐启光的举荐使鲁局长动了心。的确，在各行各业大发展的时期，他的手头也没有再好的人选。

为了慎重起见，鲁克成上门征求了老科长孙礼孝的意见，又将店员工会主席请来进行了征询。不想大家一致看好姚九华，老科长孙礼孝甚至说："其实我们在内定粽子店经理时，姚九华就是正经理。在办营业执照时，我们的同志不熟悉业务，阴错阳差将正经理填成了马常盛。等我们发现时，生米已成熟饭了。"

店员工会主席也说："姚九华可是我们工会的积极分子，样样活动总是冲在前头。这样的人不依靠，依靠谁。"

姚九华很快被叫到商业局谈话。

姚九华到了商业局，照例先到徐启光处："许组长找我有事啊？"

徐启光见姚九华来了，就拉着他的手道："走，去鲁局长那里。找你谈话哩。"

姚九华边跟着徐启光上楼边问："啥事体，急煞绊倒。弄得我心里像十五只水桶——七上八落。"

徐启光朝姚九华笑笑道："做来好好得，慌啥。"

在局长室门口徐启光敲了敲门道："鲁局长，姚经理来了。"

鲁局长在里面道："姚经理来了啊，快请进。"

徐启光推开门让姚九华进去后准备离去，鲁局长见了道："小许你也别走，一起参加吧。"徐启光就此跟了进来。

见两人坐定，鲁局长问道："最近店里还好吗？"

姚九华忙站起来道："一切正常。"

"好，"鲁局长示意姚九华坐下，又道，"最近你们店里发生了一些事，马常盛自绝于人民，给专政机关判了四年，这是他咎由自取。现在粽子店经营正常，我就放心了。"他又接着道："我是当兵出身，讲点兵话，常言道：'三军不可一日无帅。'你们粽子店当然也是如此。经局会议研究，决定不再给你店外派正经理。"

姚九华道："不外派，那谁来当正经理啊？"

徐启光笑道："姚九华你傻啊，不派么就是由你负责啰。"

鲁局长见徐启光点破了，就正色道："有没有信心？"

姚九华听明白了，有点激动道："有信心，请局长放心。"

鲁局长道："这个信心可不是喊出来的，是要用成绩来反映的。"

姚九华道："这个我知道。"

鲁局长道："可从最近几个月的报表看，经营业绩增长很少，可以说一直在原地徘徊。"

姚九华道："这个我倒知道一点。"

"哦？"姚九华的回答引起了鲁局长的兴趣，关切地问道，"说说看。"

见局长重视，姚九华来了劲，顺着鲁局长的话题道："我认为，经营增长少的主要原因是销售没有上去。"

"喔。"鲁局长来了兴致，道，"那怎么提高销售呢？"

姚九华不慌不忙分析道："目前粽子店经过调整，经营面积扩大了好几倍，人员也集中在一起。由于进行了分工，效率大幅提高。可销售还是那点点，这对经营面积和人员都是浪费。"

显然说到点上了，鲁局长用双手支撑着前倾的身体，点着头问道："有道理，有解决办法吗？"

姚九华道："我们可以利用多余的经营面积、富余的人员，增加一些经营项目。"

鲁局长道："什么项目啊，超经营范围可不行的。"

姚九华问道："饭菜、冷饮、点心算不算超范围经营？"

徐启光表态道："不算，不算。"

鲁局长道："你是想在店里增加饭菜、冷饮、点心的经营。"

姚九华道："在过去，我们'五芳斋'也经营过冷饮、点心的。"

这些鲁局长当然不知，问道："这是怎么回事？"

姚九华解释道："解放前，点心行业不景气，'五芳斋'的各家店为了生存，也曾增加经营项目。如荣记五芳斋曾增加烧卖的供应，盛记五芳斋夏天供应冷饮，我们还把粽子店开到上海去呢。"

鲁局长感慨地对徐启光道："看来我们在工作上真得要多听听群众意见哩。否则我们可要成为群众的尾巴了。"

徐启光连连点头称是。

鲁局长又问姚九华："有把握开出来吗？"

见鲁局长重视他的建议，姚九华斩钉截铁道："有把握。其实我们的职工是有这方面的技术与经验的。"

鲁局长道："那就这么定下来了。在实施中有什么困难，找徐启光帮助解决。"

姚九华信心满满道："就是改造个灶头，添置些锅碗瓢盆。没问题的。"

鲁局长敲钉转脚地对姚九华道："有道是'新官上任三把火'。这第一把火可得给我烧好了，烧旺了。"

六

第二天徐启光早早来到粽子店，向众人宣布了姚九华的任命。末了，生怕因姚九华年轻众人不服，特意强调："大家听好了，姚九华从现在起就是嘉兴五芳斋粽子店的负责人。有句歌词叫'一切行动听指挥，步调一致才能得胜利'，你们可要听从他的指挥。"

众人笑道："你说的歌叫《三大纪律八项注意》，我们都会唱。"

徐启光道："我们解放军就靠这首歌打得国民党跑到台湾去的。"

众人又道："姚经理精通业务，已是嘉兴粽子业的老大，我们服。"

徐启光又道："我们姚经理还有个大计划哩。要么我们请他说说。"

"好！"众人的声音竟是如此整齐响亮。

在众人的拍手声中，姚九华当仁不让，侃侃而谈。

听了姚九华的计划，众人一致叫好。甚至有人质问："这么好的计划，张家弄拆迁时就可实施了，怎么拖到现在。"

姚九华听了甚是尴尬。这事他是与马常盛提起过，可马常盛没同意。如今马常盛进了牢房，再往他身上推似乎有点不仁义。再说事已至此，旧事重提于事无补，就含糊道："这不，我也是最近悟出来的么。"

见状，徐启光忙道："好了，好了，别扯远了。我们还是看看姚经理的计划是否可行。"

有人道："哪有不行的道理。"

有人高声道："我在点心店做过，包子、馄饨、面都会做。"

有人跟着道："我在饮冰室做过，会做绿豆汤、赤豆汤哩。"

更有人自告奋勇："我当过厨师，能弄饭菜哩。"

徐启光做了个让大家安静的手势道："大家静一静，见同志们都支持姚经理的计划我心里真的很高兴。具体工作就要靠在场各位齐心协力来完成，我在这里预祝计划顺利开展。我可就等同志们敲锣打鼓来商业局送喜报。"

有了"尚方宝剑"的姚九华信心十足，计划很快进入了的实施阶段。

姚九华马上根据经营面积和人员情况，分别成立了粽子部、饭菜部、点心部和冷饮部，把店里的员工也进行了重新配置，以便充分地发挥每位员工的特长。

其实，所谓的计划就是对嘉兴五芳斋粽子店进行了重新规划和整合。因店堂是经营场所，只需把新增的经营品种挂牌上墙即可，无需太大的变动。可里面的工场动静就大了。因为既然要成立粽子部、饭菜部、点心部、冷饮部就要增添必要的设施。做包子、馄饨等的作台，倒是可从粽子部匀出来，可那些蒸笼、蒸锅、炉灶，就要重新添置打造。尤其是做面条，为了节约成本，还要添置面条机一台。这些设施在商业局的支持下很快到位。

在饭菜部的设置上遇到了一些情况，饭菜部的几个职工有点举棋不定。原因是马路对面就是吴正懋菜馆，人家是一爿老字号的菜馆，名气响、场子大、招牌菜多。而饭菜部只是五芳斋粽子店的一小部分，市面做不大，肯定做不过"吴正懋"。如何是好？问题交到了姚九华手上。

姚九华一时倒也没有了主意，就请大家来商量。

有人提议："干脆我们也像'吴正懋'一样，开成菜馆。你看，他们生意多好。我们地处十字路口，门面又朝南，市口比他们好，一半生意总抢得过来。"

有人反对："不行，不行。都是头碰头脚碰脚的兄弟单位，抢他们生意不好吧。以后开会人都坐不到一起的了。"

前面那个人见有人持疑义，悻悻道："大路朝天，生意各做。"

见众人意见不一，姚九华思索了一会道："粽子是我们的主业，这个是决不能动摇的。之所以增加新项目，也是为了支持主业。我倒有个主意不知行不？"

有人道："别藏着掖着，说出来吧。"

姚九华道："'吴正懋'做大的，我们做小的，这叫避其锋芒。"

有人道："什么是大，什么是小？"

姚九华道："'吴正懋'不是做炒菜的，做大生意的吗？我们就反其道而行之。你们说，到店里吃饭哪些人最多？"

有人道："当然是外地来出差的人和进城办事的农民兄弟。"

姚九华问："他们能吃炒菜吗？我看大都只会简单吃点吧。这个简单就是粽子点心一类，那么我们能不能将饭菜简单化呢？"

"能。"那个当过厨师的道："我们做盖浇饭。操作简便，供应速度快，最适合急着办事的人。"

这个主意太好了，既避开了"吴正懋"的锋芒，又创立了自己的特色。而最关键的是只要准备几个大锅菜，烧一大锅米饭就能应市。很快，人们发现嘉兴五芳斋粽子店的供应品种丰富起来。不但有粽子，还有了包子、馒头、烧卖、小笼包、面条，在早中晚高峰之后的空余时间还有了绿豆汤、赤豆汤、酸梅汤的供应。最让人想不到的是盖浇饭，一经推出，因其亲民的价格大受欢迎。不但吸引了进城的农民、出差办事的人员，还吸引了本地市民来尝鲜。

人心齐了，员工的主观能动性也体现了出来。姚九华也就有了创新的空间和时间，他又把心思投入到粽子上，针对原先三家"五芳斋"在粽子技艺上的差别进行了规范。根据市场的需求，姚九华带领大家，陆续开发了"文武粽""排骨粽""赤豆粽"等新的品种，极大地丰富了嘉兴五芳斋粽子的品种，使广大的消费者有了更多的选择。

由于经营方式得当，五芳斋粽子店生意红火，一片兴旺。第一个月营业额和利润就翻了番。

姚九华没忘记徐启光的关照，真找来一张大红纸，写了喜报敲锣打鼓地给商业局送去了。

七

四个部门的设置使五芳斋粽子店如虎添翼，进店消费的食客大增，同时也带动了粽子的销售。由于马常盛判刑后，全店现有十八个职工。除去姚九华、会计兼收银员许紫琴及店堂的四名服务员，每个部门平均只有三个人。人人忙得不可开交，连节假日也没了。

第一个投降的是唐阿根。他直接找到姚九华："这样没白天没黑夜，鸟叫做到鬼叫勿来事咯，是人总要喘口气吧。"

紧接着，另几个部门有人也开始怨声载道起来。

其实姚九华也在为此事苦恼，原因是他的第二个孩子刚出生。妻子王金娥在中丝一厂当缫丝工，三班倒。家里两个孩子虽然可放中丝一厂的托儿所，可上中班、深夜班时还是没人照顾。姚九华又是一心扑在粽子店上，家里简直乱了套。

矛盾终于爆发。一天，上深夜班的王金娥一脸疲倦地回到家里，打开门一看，只见大的爬在地上，小的躺在床上，正大哭小叫，而姚九华却不见踪影。一气之下，她怀里抱一个，手里牵一个来到粽子店。

正忙得脚不着地的姚九华见妻子一脸怒气地走进店堂。心里一个咯噔——出事了。

准备大闹一番的王金娥见姚九华满头是汗，正忙里忙外。心怎么也硬不起来了，竟然一下子就偃旗息鼓了。

妻子的想法姚九华当然心知肚明。觉得再这么下去，是维持不了几天的。他将四个部门的负责人召集在一起开了个会。

已忙得焦头烂额的各部门负责人，见姚九华召集开会，颇有怨言："啥事体，介一本正经。还要开会，不见我们忙啊。把决定传达一下就可以了么，我们总归会执行的。"

姚九华道："磨刀不误砍柴工。我要商量的就是解决人员紧张的事。"

大家开玩笑道："你也想着了啊。再不解决我们可真要叫你'资本家'哩。"

姚九华也笑道："我这是才当了几天经理，你们就要打倒我啊。"

引来大家哄堂大笑。

姚九华正色道："长话短说，我觉得应该扩大粽子店的职工队伍哩。请大家议一议。"

冷饮部的工作相对不那么紧张，紧迫感不强，部负责人陆见风道："人员一增加，费用就上去了。"

饭菜部负责人赵正兴反驳道："现在这种情况，人员一多，营业额肯定增加，利润不也上去了吗？"

粽子部负责人江彩香也附和道："黄鱼脑子啊，会盘账伐。"

姚九华对点心部负责人洪长生道："长生师傅，你怎么看？"

洪长生道："我当然赞同增加人手，否则人都要倒下了。"

姚九华道："好。四比一，通过。"

大家道："我们是四个人，怎么会四比一呢？"

姚九华用手指着自己鼻子道："我不算人啊？"

大家笑道:"领导肯定是人。"

店里要招人,必须得到上级的首肯。姚九华一路小跑去了县商业局。

徐启光见姚九华满头大汗地进了办公室,以为出了什么事情,赶紧起身问道:"有什么事吗?"

姚九华边喘气边道:"是有事哩。"

听姚九华这么一说,徐启光心里倒有点紧张起来:"出事故了?"

姚九华道:"生意刚刚好起来,别触我霉头。"

听姚九华这么一说,徐启光拎起的心放下了:"那这么急干什么啊。"

姚九华道:"人手不够,想招点人哩。"

徐启光知道粽子店的经营情况,马上问:"招几个?"见姚九华伸出两个手指,又问道,"两个?"

姚九华摇摇头道:"不,二十个。"

徐启光道:"这么多。"想了想又道,"这样吧,我从饮服系统内给你调十个熟练工来,其余你从社会上招。"

"太好了。"姚九华一听徐启光答应了,而且还有十个熟练工,高兴得简直要跳起来。他顿了顿又道:"我还有个请求哩。"

徐启光道:"得寸进尺啊。"

姚九华道:"家里小孩还太小,老婆三班制,我又顾不了家。"

徐启光笑道:"你这是让我给你带孩子?"

姚九华笑道:"这哪能呢。我想把老婆调到饮服系统,做了常日班问题就解决了。"

徐启光倒也爽气:"你那里不是要人吗。调你那里好了,调动的事组织出面。不过可要想好了,缫丝工可是工人阶级,工资也比饮服系统高不少哩。"

姚九华道:"为了我能安心工作,决不后悔。不过,调我这里好像不妥,影响我工作,还是请许组长安排在其他店吧。"

徐启光道:"你说得有道理。这样吧,我从其他店多调给你一个人,空出来的位置你老婆顶上。”

姚九华道：“那就太感谢许组长了。要么我请你吃饭。”

徐启光道：“饭倒不用吃，你只要给我把‘五芳斋’搞好。”

姚九华：“‘五芳斋’就是我的衣食父母，我的依靠，搞好它我义不容辞。”

调进的十几个职工本都是在餐饮业浸润多年的行家里手，一过来就能上手，无疑使“五芳斋”的经营能力大增。就是从社会上招进来的十来个年轻人，由于精力充沛、头脑活络，也很快就熟练掌握各种技艺，成了“五芳斋”一股后劲十足的生力军。

特别是方四四，曾在点心店时做过年糕，建议新增一款点心——汤年糕。因价格低廉、味道好，又管饱，深受食客青睐，很快成了“五芳斋”新的营业增长点。

“五芳斋”实现了增人增效。

八

年糕因是稻米打制，是嘉湖细点中江南特色很浓的点心，也是江南人钟爱的美食。它既可起油锅制成炒年糕，也可用水作成汤年糕，如排骨年糕、韭芽肉丝年糕、青菜年糕等都是脍炙人口的名点。再加上年糕密实，入口滑爽，咀嚼有韧劲，入肚消化慢，很是耐饥，深受老百姓和进城办事农民的喜欢。七分钱一大碗，好吃又管饱。

由于汤年糕的推出，“五芳斋”店堂里常常顾客盈门，没多少时间就出现供不应求的局面。

眼下就有一位顾客，不耐烦地用捏在手里写着汤年糕竹制餐牌，边敲桌子边高声道：“这么长时间了，年糕就是从米做起来么也做好了。”

姚九华正好经过，就停下来。问站在发货窗口的服务员：“怎么回事？”

这是一位新上班不久的年轻服务员，见经理发问，委屈道：“年糕还没出锅哩。"

那顾客见引起了一位领导模样的注意，叫得更起劲了。

姚九华忙走过去对他说："快了，快了。年糕已下锅了，别急。"

那顾客道："能不急吗，我还要到小猪廊下捉小猪哩。过了十二点，那里要关门咯。家里农活多，乡下人出趟街不容易。"

小猪廊下在中基路，中基路在京杭大运河的北边。在路的南半边，傍运河是一条沿河走廊，俗称廊下，因小猪行设于此而得名。小猪行是一个买卖小猪仔的交易场所，就是将农民手中多余的小猪仔收进来，再卖给需要的养猪农民。它是一个服务农民、方便农民的机构，很受农民欢迎。姚九华知道，因农民喜赶早市，往往天不亮就进城办事，故小猪行也随乡下的习惯，天不亮就开市。中午一过，农民们都回家了，小猪行也跟着息市。去小猪廊下要过北丽桥，有点远。

正好，年糕烧好了，姚九华将头一碗端到了那顾客面前。边上也在等的顾客见了不乐意了："我们比他先来哩，他这是会叫的孩子有奶吃啊。"

还好，后续一碗一碗的出来了，总算没出什么事情。

眼睁睁看着供应时常断档，这当然是姚九华不愿意的事。他将点心部负责人洪长生叫到二楼办公室，对他道："坐，坐。这二十几个人一进，神经松脱交关哩。"

洪长生道："你是神经松脱了，我又绷紧了。"

姚九华道："怎么就又绷紧了呢？"

"你呀，我算知道什么叫官僚主义了。"洪长生道。

姚九华道："我这个芝麻绿豆官，称得上'官僚'吗。"

洪长生道："不跟你耍嘴皮子，你看我的手就知道了。"说着伸出双手，"你看。"

姚九华一眼看过去，顿时心里直冒冷气。只见洪长生的双手布满了黄豆一样大的水泡，有几个已经破裂，血迹斑斑，惨不忍睹。姚九华情不自禁拉过洪长生的手道："怎么会是这个样子。你批评得对,我是有点官僚了。"

一问才知道,问题出在年糕片供应上。原来,在店里进货的年糕是条形的,需要人工将其切成片。这样,年糕切片成了点心部的头一道工序,也成为一个伤脑筋的事情。因为,要满足一天的供应,店里每天要安排六个人从事切片工作。年糕是一种带黏性的米制食品,尤其冷却后的年糕又硬又韧,因此年糕切片很费劲。往往一天下来,切片的员工手上就会起几个大水泡。时间一久,大家都喊吃不消,请病假的人就多起来。这样不但切片的人怨声载道,安排工作的洪长生也手忙脚乱、焦头烂额。

"你是领导,给拿个主意吧。"姚九华过问此事,洪长生求之不得,赶紧将球踢过去。

姚九华也意识到长此下去,终将影响汤年糕的经营,而且完全有可能使这个点心停售。

姚九华哪敢怠慢,马上着手研究。他思来想去,觉得只有机械化才能解决问题。可经多方打听,市场上并无年糕切片机供应。就是有,资金来源也是问题,因为固定资产的添置要经过县商业局批准。不久前在设立四个经营部时,为了经营面条,在商业局的支持下已经添置了一台制面条机。因饮服业制面工场的建立,面条可直接从工场进货,这台制面机从此闲置。现在又提出添置设备,还能批准吗?

想到制面机,姚九华灵光一现。既然制面机能将面片切成面条,那么能不能把年糕切成片呢?

他马上来到仓库,围着已落满灰尘的制面机仔细研究起来。制面机制面原理比较简单,一看就明白,就是同一轴的几个旋转圆形刀片,将送进去的薄面片切割成细长条。年糕片的厚薄与面条的粗细差不多,应该也可以切吧。

主意有了,信心也像帆似地鼓起来。姚九华打了桶水,找了块抹布,将好久不用的制面机认真洗了一遍。接上电源,推上闸刀,机器就开动起来。

他从点心部拿了几条年糕。

洪长生见了，跟了过来。当他看见开动起来的制面机，用手一拍脑门道："好主意，这制面机天天在眼前，我怎么就没想到呢。"

姚九华将年糕横着送入进料口，可年糕一到刀片处马上就卡住，不再往下走。洪长生试了几次也是这样，最后竟卡得死死的，制面机也停了下来。

正在束手无策，刚好走过的机修工姚阿龙见了，马上将电闸拉下道："亏得我看见，时间再长一点，机器的发动机就烧掉了。"又问："你们在做啥？"

姚九华将欲利用制面机切年糕片的想法说了一遍。姚阿龙身为机械修理工，很快明白了姚九华的意思，将机器仔细察看了一遍道："原因找到了。"

姚九华忙问："什么原因？"

姚阿龙道："这刀片是切薄面片的，直径小，而年糕厚，切片时年糕被固定刀片的刀轴挡住了。"

洪长生问："那怎么办？"

姚阿龙道："换大直径的刀片。"

姚九华问："刀片买得到吗？"

姚阿龙信心满满道："买得到。不过这机器两边的刀轴架也要换高哩。"

姚九华一看，这刀轴架可是铸铁的，这到哪里去弄啊。心想，麻烦了。

而姚阿龙道："我想办法垫高吧。"

姚九华一听，喜出望外道："那就改吧。"

见领导拍板，姚阿龙二话不说说干就干，又是计算尺寸，又是买刀片，又是调整安装，两天时间就完成了。开机一试，成功了。

从此，原来要六个人一天才能完成的工作，在年糕切片机上一个人只要两个小时就搞定了。工作效率的提高是惊人的，生产成本也随之大幅下降。

为此，商业局鲁局长专门来看了一次。

姚九华将姚阿龙介绍给鲁局长，姚阿龙却老实说："点子是姚经理想出来的。"

从此，姚九华名声大噪，商业系统都知道五芳斋粽子店出了个能人。

九

转眼到了 1958 年，这是激情燃烧的一年。这一年"总路线、大跃进、人民公社"三面红旗开始在全国高高飘扬，国内掀起了"一马当先，万马奔腾，大干快变，超英赶美"的轰轰烈烈的建设社会主义祖国的高潮。中国历史就这样进入了一个新的拐点。

那一年，在"钢铁产量要在十五年左右赶上或超过英国"的号召下，人们的豪情被无限地激发出来，纷纷涌上街头以各种方式表达对中央决策的拥护。

五芳斋粽子店本就地处嘉兴的商业中心，是人员流动最大的地方。在这个区城，几乎是红旗的天地、歌声的海洋。

东边歌颂三面红旗的诗歌朗诵刚罢，西头将英国佬踩在脚下的活报剧又登台。好一个你刚唱罢我登场。最让人心潮澎湃、血脉贲张的是，街头巷尾凡是空白场地都垒起了一座座土高炉，各行各业的人也都成了"炼钢工人"。而最不可思议的是，报纸上那一篇篇大字标题的喜报，今天红旗社亩产超了两千斤，明天东风社亩产上了一万斤，最疯狂的是那个"十万斤试验田"，声称采用一种"移苗并丘"的栽培技术可使水稻亩产达十万斤。

当然，城里的企业与农村有着很大的不同。它不可能像农村那样喊出"人有多大胆，地有多高产"这样的口号，或相互竞放粮食产量的高产"卫星"。因为，每日的投入和产出不可能像爆米花那样膨胀。

但人类是最富有想象力、创造力的动物。

饮食业向来就有一个行规，那就是在工作时间，员工所吃的饭由店里提供，但决不可以从对外供应的饭菜中获取。这当然反映出经营者决不克扣顾客饭菜的经营理念。可是这样的话，店里就要设置专门的人为员工准备饭菜，尤其像五芳斋粽子店这样已经拥有八十多人的大店，等于要在店内再办一个职工食堂。

当时，五芳斋粽子店，由于产量的提高，烧粽子是用一米多直径的大塘锅。烧塘锅的时候，有大量的蒸汽从锅盖边的缝隙中跑出来。这样不但浪费了燃料，而且冲出来的蒸汽漫在工场里，极大地影响了操作人员的工作。

姚九华就想，假如能把溢出来的蒸汽收集起来，是否可用来蒸饭呢。如果成，至少员工的饭可以不用人烧了，而且可以节约不少燃料呢。这一想法一下子激活了姚九华创造革新的细胞。他暗忖："我们粽子店不能像农业上那样放一颗颗高产卫星，那么我们就实实在在地，在开源节流上下一些功夫，总也是对'大跃进'的一点贡献吧。"

再说在这种形势下，商业局也坐不住了，先是通过商业系统各单位集资的办法建起了一座钢铁厂，后又召开各商业单位负责人会议，号召大家献计献策，掀起商业系统社会主义建设新高潮。

会后，在饮服小组的讨论会上，徐启光首先挥动着手中的报纸道："我们的农民兄弟比我们走得快啊。他们提出的口号是'人有多大胆地有多大产'，这十万斤试验田的上马，给我们带来了巨大的启示和促进作用。我们可要迎头赶上。"

听了徐启光的发言，会场一下子炸开了锅。吴正懋饭店的经理第一个跳起来："农民兄弟可通过选种、施肥等手段提高产量，我总不能在饭锅里提高产量吧。再说那红烧蹄髈，再怎么烧，一只总归一只，烧不出两只的。"

话声未落引起一阵哄笑。

那洗衣店的经理也来劲了："我洗衣店，一件衣服也洗不出两件来啊。"

点心总店经理嗓门大："是啊，我这面条汤宽一点倒是可以。但烧卖一只蒸出两只，神仙他爷也不行啊。"

又是哄堂大笑。其实他们说的当然不可能，徐启光怎会不知。他只不过想借题发挥，鼓鼓大家的劲。给这几位经理一弄，脸上顿时红一阵白一阵，有点下不来台。

这时姚九华站起来道："其实，我们可以从杜绝浪费、厉行节约上动动脑子。"

徐启光见姚九华帮他解了围，很是感激。可那几个发言的正在兴头上，就不爽了："别动嘴皮子不觉累。你倒带个头，做个样子给我们看看。"

徐启光道："姚经理有点子哩。说说看。"

得到许组长的鼓励，姚九华将改造塘锅，收集蒸汽用作蒸饭的想法说了出来，不想得到了徐启光的力挺："这很好么。我们饮服业一向小、乱、差，都以手工操作为主，如果能搞出点发明创造，功德无量哩。"

有了领导的支持，姚九华更是信心百倍。一回店里，马上将这一想法与维修工姚阿龙合计，很快得到了姚阿龙的热烈响应。

说干就干。可是，要把蒸气从锅里引出来要用铁管。在钢材是紧张物资的1958年，像五芳斋粽子店这样的餐饮企业，根本就不可能买到自来水管。这可难坏了姚九华，他求爷爷拜奶奶，哪怕是一寸自来水管也搞不到。

姚九华就是姚九华，困难并没有难倒他。因为他突然想起，在店员工会后院的水井中，好像有一段废弃的自来水管。

店员工会是姚九华常去的地方，他的文化知识就是从那里的扫盲班上学来的，许多党的方针政策也是在店员工会开会传达的。店员工会就设在五芳斋粽子店斜对面的一座三层楼小洋房内，这里解放前是天主教传教士住的地方。在楼后的小院内，洋人为了用水的卫生和方便，打了一口机井，他们日常的饮用水就是通过管道从井中抽取。现在洋人走了，机器也坏了，但竖在井中的那根水管还在。

姚九华找到了店员工会的领导，讨要那根水管。

店员工会的领导听到姚九华来讨要竖在水井里的那段水管，才猛然想起在水井里好像是有这么一段水管竖在那里。心想，现在全民大炼钢铁，政府号召收集废铜烂铁，我怎么把自家院子里的水管给忘了呢。就问姚九华："你要水管干什么？如果是上缴废铜烂铁，我可不用你帮忙。"姚九华就将自己革新的想法向领导作了汇报。那领导暗想："这段水管逃过一劫，却没有逃过你姚九华的眼睛。罢了，这也算这段水管有了比当废铜烂铁更好的去处。算是件好事，我就成全你姚九华吧。"遂答应了姚九华。

姚九华见领导答应了，便马不停蹄地找来几个人将水管从井里拔了上来。一看，这水管一寸来粗，虽然表面的镀锌层有点氧化，但里面不锈不烂，别提多高兴了。

回去后，姚九华请人打了一只密封性很好的木橱，让姚阿龙在塘锅的盖子上开了个洞，用要来的水管将木橱和它连在一起，一个土法的蒸饭箱就大功告成。一试，竟然十分灵光，不但省了一个烧饭的人，节约了燃料，而且弥漫在工场的蒸汽也随之消失了。

十

全民大炼钢铁、农业高产卫星的闹剧不到一年的时间就偃旗息鼓，而五芳斋粽子店的经营却蒸蒸日上，成了商业系统的明星单位。姚九华的工作更是得到了广大群众的认可和上级领导的赞赏。

1959 年，姚九华获得了嘉兴县财贸系统先进工作者的光荣称号，并梦寐以求地加入了中国共产党。

这一年的 10 月，"全国财贸系统比武大会"在首都北京隆重召开。这次大会汇集了全国财贸系统的能工巧匠，他们个个身怀绝技，要在比武大会上一展身手、一比高下。

因没有上报比武代表，嘉兴县去的是观摩代表。

由县财贸工会的工会主席带队，嘉兴县所推选的七名代表来自金融、商业、粮食、供销各单位，都是各系统的精英人物。鉴于姚九华的出色成绩，作为嘉兴市七名代表之一，也去了北京参加"全国财贸系统比武大会"。

鉴于姚九华的出色成绩，作为嘉兴市七名代表之一，也去了北京参加全国财贸系统比武大会。

这是姚九华第一次去首都北京，也是他第一次出这么远的门。

由于路途遥远，火车要开三天两夜。姚九华听人讲火车上用餐不但贵而且不好吃，他带了十几个粽子。吃饭时间，他将粽子分给大家吃。粽子的香气弥漫在车厢，引来邻座旅客的好奇，纷纷打探这是什么地方的粽子。

同为商业系统代表的嘉兴县南北货公司经理邵关通与姚九华最为熟悉，抢着回答道："这是鼎鼎大名的嘉兴五芳斋粽子，好吃不是一点点。"

姚九华赶紧将剩余的粽子拿出来分给大家吃，吃到的旅客交口称赞，纷纷表示，以后路过嘉兴一定到"五芳斋"吃粽子。

邵关通将姚九华推到众人面前介绍道："嘉兴五芳斋粽子店姚经理，去嘉兴找他。"回头又对姚九华道："看来你这只粽子可销到全国去哩。"

姚九华深有感触，连连点头。

火车一到北京站，早有比武大会的接待车等候，这让大家倍感亲切。

1959年正好是中华人民共和国成立十周年。金秋十月的北京到处红旗招展，鲜花锦簇，欢庆的锣鼓更加增添了十年大庆的欢乐气氛。

在北京，姚九华等七名嘉兴代表与来自全国各地的代表一起参观了庆祝建国十周年而建的十大建筑。在人民大会堂，代表们感受了人民当家作主的喜悦；在人民英雄纪念碑，他们缅怀先烈……

新中国成立以来的十年，是中国经济快速发展的十年。身在北京的姚九华深切地感受着那种意气风发，斗志昂扬的豪情。

"全国财贸系统比武大会"在新建的人民大会堂召开。姚九华亲耳聆听了各地代表满怀激情的发言，亲眼见识了各路技能高手的操作比赛，并受到了贺龙副总理的接见。

北京代表的擀面皮表演使姚九华目不暇接。只见那小小的面团在表演者的擀面杖下，水饺皮就像雪片一样飞了出来，速度之快令人瞠目。

广东来的一个女厨师，处理三尺多长的一条活蛇，从开膛破肚到剥皮清洗，仅仅用了几秒钟的时间。

而宁波来的一个糖果包装工在包糖比赛中勇夺第一名，经介绍才知他竟是个聋哑人。比赛时他听不见组织人员的发令声，而是靠旁边的人拍他的肩膀来感知比赛的开始。

一位来自江苏的代表用七分钟就组装好了一辆自行车。那手法之快，定位之准，简直就像科幻电影里的机器人。

来自上海的一个小代表，引起了姚九华的注意。小小的个子，站在齐胸的作台板前，短短的一分钟竟做了五只包子。这些包子大小一致，褶皱清晰，就像一只模子里做出来的。最让人惊讶的是，经评判员称重，重量也不差分毫。

姚九华上前去，数了一下包子的褶皱，竟然也数量一致。姚九华好奇地问那个小代表："小弟弟你几岁了？"

那小代表不怯生，答道："叔叔好，我七岁了。"

姚九华问道："小小年纪怎么有这么好的功夫啊？"

旁边一个在整理作台板的中年人道："阿拉儿子，从小跟在我身边，包法包法就学会哩。"

姚九华又问道："怎么这么快？有啥窍门？"

那中年人道："你没有仔细看，他每次包包子动作、手势都是一样的。连褶皱也都是八折，没有一点拖泥带水、多余的动作，这就是快的原因。"

姚九华心想，这经验太好了，可在裹粽子时借鉴哩。

这次代表大会，姚九华没有参加具体的比赛、表演，而整个大会的内容都令他眼界大开，耳目一新，精神振奋。

会议是短暂的，而留在姚九华心里的震撼却是永久的。

在回嘉兴的火车上，代表们虽然一路欢歌笑语，而萦绕在姚九华脑际的却是如何传承发扬光大五芳斋粽子的技艺。

回来后，在嘉兴县财贸工会组织的参会代表座谈会上，姚九华敞开心扉谈了自己的一些想法，他说："这次比武大会，我们嘉兴没有代表参赛，比较遗憾。这说明我们嘉兴的技艺高手与其他地方相比尚有差距，也说明我们对各种技艺的挖掘和传承的重视还不够。就拿我们五芳斋粽子来说，前辈们的确也创造了许多精湛的技艺，如果再不引起重视的话，就有可能流失。"接着他又动情地说："从今往后，作为嘉兴五芳斋粽子店的经理，我一定要重视粽子技艺的传承工作，希望在将来的全国财贸系统比武大会有我们嘉兴'五芳斋'的代表参赛，并取得好成绩。"

姚九华的发言并不是应景而起的一时感慨，的的确确是他有感而发的肺腑之言。因此引起了与会者的共鸣，也得到了领导高度的赞赏。

十一

会后，邵关通在街上碰到姚九华，对他说："姚经理，你在座谈会上的发言可真有勇气哩。"

姚九华一愣，不解地："就一个发言，谈谈我去北京开会的感想，有啥勇气不勇气的。"

邵关通道："你是真憨还是装憨。你可是在会上拍了胸脯的，忘了啊？"

"拍胸脯，哪里啊。我这几根肋骨经不起拍咯。"因是熟人，姚九华说话也较随意。

"你不是说'要重视粽子技艺的传承工作，希望在将来的全国财贸系统比武大会有我们嘉兴五芳斋的代表参赛，并取得好成绩'，想赖啊。"邵关通也直来直去。

经邵关通一提，姚九华猛然想起："我是说过，那不是有这种想法，表表决心吗？"

邵关通道："一言既出，驷马难追。我们可想看你们参加比武大会呢。"

姚九华一下子沉默了，肩膀上似乎一下子压了一副千斤重担。看来悬空八只脚的态是不能乱表的。

　　什么是粽子技艺？我们店里每天熟视无睹的制粽手艺是否就是粽子技艺呢？

　　但箭已上弦，不得不发。

　　回到店里，姚九华马上把"五芳斋"的老师傅叫到一起开了会。会上姚九华介绍了参加全国比武会的情况，谈了挖掘和传承五芳斋粽子技艺的想法。姚九华的话马上引来了大家的议论。

　　有的说："这杀蛇、擀面、包糖、装车、包包子都是平常得很的事怎么就能比赛呢？这样的话这木工、铁匠也都能比赛哩。"

　　有的说："我看是哩。姚经理参加的是财贸系统的比武大会，说不定工业系统、农业系统也有比武大会哩。"

　　也有人有疑问："这做粽子怎么比啊？对手呢？"

　　姚九华解释道："说是比武，实际上是展示技艺。只要你身怀绝技就可参加比武，并不需有对手的。我想有对手的话叫擂台赛才对是吧。"

　　大家听了似懂非懂。你一言我一语，但总是说不出个子丑寅卯。

　　唐阿根第一个打退堂鼓："好了，好了。费那神干啥，我们只要搞好经营就好了。"

　　姚九华摇着头道："阿根的话我觉着不对哩。"

　　唐阿根道："怎么不对？"

　　姚九华道："所谓搞好经营就是让顾客喜欢吃我们的粽子，怎么让顾客喜欢吃我们的粽子？那就是要保持我们的粽子质量，我想这保持粽子的质量就是要我们的制粽技艺保持稳定不变。"

　　洪长生年纪轻、理解快："这传承五芳斋粽子技艺也与经营好坏有联系哩。"

　　姚九华道："我想是哩。还有，如能参加全国比武大会还能使我们五芳斋粽子在全国出名哩。"

　　姚九华一席话又引燃了大家的热情，可五芳斋粽子的技艺是怎么样的呢。

大家又不知所指了。这时姚九华突然想起张锦泉交给自己的《粽技要秘》，就将它带来交给大家传阅。《粽技要秘》是几代"五芳斋"职工呕心沥血总结和传承下来的制粽技艺结晶。书中记录了五芳斋粽子从选料、配料、拌料、包裹、烧煮、包装等全过程。

大家看后一致认为，这就是五芳斋粽子技艺。

大家又你一句我一句，很快就捋了个八九不离十。五芳斋粽子技艺渐渐清晰地呈现在了大家的眼前。

粽子部负责人江彩香提出一个问题："五芳斋粽子技艺是捋得差不多了，只是参加比武总得有一样是有代表性的吧。"

姚九华想起全国财贸系统比武大会上那个七岁小孩包包子的情景，道："我看裹粽是最适合比赛的。"

姚九华的提议马上得到了大家的同意，认为裹粽是五芳斋粽子技艺中最具代表性的一道工序。因为在这道工序中，它不但要求裹好的粽子重量符合标准，粽形美观、饱满，扎线工整牢固，而且要求速度快。有参与比赛的可操作性。

但在具体实施中又遇到了新问题。由于嘉兴五芳斋粽子店是四家粽子店合并而成，现在虽在粽子制作流程已经统一，但并未注重一些细小的工艺处理，尤其在裹粽环节。因是用蓑草来结扎粽子，由于来自不同的粽子店，有着不小的差异。

来自"联记"的朱鸿林，扎粽子的蓑草只绕了六圈，而且只在粽子当中结扎。大家向他指出，他还振振有词道："少什么啊。听王凯讲，山东的粽子只扎两圈。这节约成本哩！"

而来自"荣记"的唐阿根、"友记"的徐有为却是正七圈反六圈半结扎，说是前辈这样传下来的。这样包出来的粽子才有韧劲，粽香十足。

公说公有理，婆说婆有理，双方相持不下。

但大家都清楚意识到，既然要能适应比赛，又要提高速度，就必须有一个统一的操作标准。

　　大家根据以往裹粽的经验，将裹粽的手势和动作作了分解和固定化。甚至将裹的一只粽应用几张粽箬，也进行了明确。可这扎蓑草到底该怎么定，大家没底，姚九华也没底。因为他听张锦泉讲过，在《粽技要秘》中为什么蓑草要扎正七圈反六圈半？这是因为蓑草是自然生长之物，因此韧性差异很大。扎蓑草的实际圈数要灵活掌握，因韧性而异。这"灵活掌握"就成了制定统一操作标准的坎。

　　其间，大堂收银台上由许紫琴从家里带来准备休息时间扎鞋底的棉纱线，引起了姚九华的注意。他拿过来在裹好的粽子上几圈一绕，打了个结，成了。大家围过来一看，都觉不错。

　　江彩香第一个叫好，并评论道："扎鞋底线牢，用得上劲。不像蓑草弄弄就断掉，粽子也裹不快。"

　　洪长生补充道："还有，用扎鞋底线粗细均匀，裹出粽子整齐划一。不像蓑草那样太粗，裹出的像穿了件棉袄臃肿不堪。"

　　唐阿根倚老卖老道："我裹了十几年粽子怎么就没想到用扎鞋底线呢。"

　　大家笑道："像你这种黄鱼脑子想得出啊。"

　　姚九华打圆场道："以前蓑草漫山遍野都有生长，随手采采，不值钱。再说裹粽子也不讲究，当然用蓑草。"

　　众人道："那倒也是。"

　　可这扎底线要量大，总不能像许紫琴那样再自己编，哪里去弄。

　　洪长生道："好像少年路上有一家并线厂可能就生产这种线呢。"

　　并线厂不大，只有几十个工人。他们的工作确如厂名一样，就是将细细的棉线根据需要并成六股、八股、十股等规格的棉线。线厂正为订单少而发愁，见姚九华一开口就是几十卷，而且天天要，真是喜出望外，听了姚九华的要求道："我看八股正好哩，我这里有现成的，拿去试试。"

　　姚九华拿回去一试，合适，裹粽的统一操作标准迎刃而解。之后绕几道绳，扎怎么样的绳扣都作了详细的规定，并在工场里进行了推广。

很快，成效初见。裹粽工们普遍反映，改用棉线，且有了操作规定，裹粽的动作更快了。经测试，裹粽速度提高 30% 左右。

速度问题是解决了，重量问题就显现出来。规定是每只粽子的重量是两百克，但在抽检时总会有五六克的上落。这让姚九华很是挠头。几个骨干被叫来开会。

唐阿根听了不以为意："手工裹粽么，几克上落总会有的，分毫不差是做不到的。"

姚九华反驳道："谁说的，你没看过介绍北京百货大楼糖果柜台的营业员张秉贵的新闻。他称糖果一抓一个准，要半斤，准是五两。"

唐阿根道："全国就是这么一个，不作数的。"

姚九华又反驳道："近里讲，县食品公司切肉比赛，不也是一刀下去，要一斤是一斤，要半斤是半斤。你也去观摩过的。"见唐阿根无话可说，他又道："你也知道，就在我们身边，郭锦铭裹的粽子不也是只只相似、分毫不差吗。"

姚九华就让郭锦铭现身说法，在店里开展苦练基本功的活动。他自己没事时就拎了杆秤，去工场现场秤粽子，谁重量不符要求，就毫不留情地让他拆掉重裹。

洪长生见了对姚九华道："姚经理，这样可要影响产量的。"

姚九华道："棒头下面出孝子，技术是逼出来的。"

为此，姚九华在店里多次举行比武赛，评出多个裹粽状元。

以后，"五芳斋"内部的技艺比赛已成为传统项目，每年举行。员工之间努力苦练技艺，争当技艺能手已经蔚然成风。

十二

在"三年困难时期"，由于没有粮食，人们遭受了饥饿，并导致了营养不良。

其实，像嘉兴这种水土丰沃、旱涝保收的地方，人们似乎并没有感觉到有自然灾害的出现。怎么就会一下子没了粮食呢？嘉兴有粮，而且连年增产增收。只不过大批粮食都发扬了风格，"挖东补西""抽肥补瘦"，紧急调运去了缺粮省份。在三年中，嘉兴每年外调的粮食竟占浙江省外调的三分之一，可以说嘉兴人民挑起了供给全国人民的部分重担。

嘉兴五芳斋粽子店很快就裹不出粽子、做不出点心、开不出饭菜了。几十号人坐在店里剥指甲总不是生意经，这真愁煞了姚九华。渡难关成了当务之急。

姚九华动脑筋想到农村自行收购粮食，有人提醒他："这可是投机倒把，破坏国家粮食政策哩。"

姚九华道："这粽子店都关门了，顾不上了。"

姚九华一行在乡下，粮食没收到一粒，却挑回了几担番薯。原来由于粮食大都缴了公粮，农民也没有吃食，大家在地头田尾种起了番薯。这番薯生命力强，产量高，倒解决了农民们的饥饱问题。上边也睁只眼闭只眼，未加干涉。

店里的职工见挑来了几担番薯以为要分给大家，纷纷围了上来。有人问："这番薯怎么弄才好吃啊？"

有人嗤笑道："有得吃蛮好了，还讲究好吃不好吃。番薯么煮煮吃、烤烤吃，还有就是切块加糖烧番薯羹，味道好哩。"

听众人这么一说倒是提醒了姚九华："对啊。既然番薯有货源，中央号召的'瓜菜代'，能否在番薯上做做文章呢。"

主意一定，姚九华马上行动开了。他与洪长生洗了几十只番薯，去了皮，切成滚刀块，放水烧熟。因白糖供应紧张，便用糖精代之，很快番薯羹就做出来了。大家一尝，味道还真不错。就这样，第二天大家将从乡下买来的番薯，全做成番薯羹供应。不想一售而空，有的顾客甚至带了锅碗买回去。

姚九华一面组织人员去乡下采购番薯，一面去商业局汇报。自行去乡下采购番薯是否符合政策，姚九华吃不准。

在商业局，徐启光正为饮食业的无米下锅着急。一听姚九华做番薯羹卖，还大受欢迎，心中大喜。可当姚九华问他，自行采购行不行时。他一时也有点吃不准，就带着姚九华找鲁局长。

鲁局长听了汇报，站起来走到姚九华跟前拍拍他的肩膀道："真是难为你了，按理找米下锅是我们局里的事，却让基层的同志抢先了。"

姚九华道："我们做是做了，可吃不准可不可做。望局长明确。"

"这个么……"鲁局长想了想道，"关键是番薯算不算粮食。算，就得统购统销，不算那就另当别论了。"

"那到底算不算呢？"姚九华着急道。

"我这就与粮食局沟通一下，你等一会。"

粮食局就在后面一幢楼里，不一会儿鲁局长就回来了。见姚九华满是问号的眼神，鲁局长笑笑道："有结果了。"

姚九华问道："好结果还是坏结果啊？"

鲁局长道："你可真是打了个擦边球哩。"

姚九华又问道："到底可收不？急死我了。"

鲁局长道："番薯应该算粮食哩。一般说，农民小打小闹，在集市买卖个十来斤也不算问题，可你这样大张旗鼓收购就违反政策了。"

姚九华沮丧道："那就是不行了。"

鲁局长笑道："你真是福气好。粮食局长说了，让饮食业断了炊实在过意不去，这番薯他们一定帮助解决。"说着将手中一张纸条递给姚九华，"粮食局仓库正好有一批番薯，原先打算作为后备存储以供不时之需，现就支援你们了。你就凭这张条子，找粮管所宋所长接洽提货事宜吧。"

这让姚九华喜出望外，能在粮管所买到，可就省事不少。因为自行收购，能否收得到货本就是个不可预测的事。没有足够的货源保证，这店三天打渔两天晒网地开是不行的。况且顾客本都头颈望得丝瓜长，这样断断续续地，引起不满就麻烦大了。

嘉兴五芳斋粽子店供应番薯羹的消息不胫而走。店堂里人满为患，但很快就有了新情况。

那天，一个中年男顾客端了一碗还冒着热气的番薯羹在人群中穿来穿去找座位。因一时没座，碗又烫，只得随手将番薯羹往一张已坐满了人的桌上一放。不想边上突然伸出一只手将番薯羹接过去，等那位中男顾客反应过来，半碗番薯羹已进了那人的肚子里。好不容易买到一碗番薯羹，本想慰劳一下一直在唱空城计的肚子，谁知却成了他人的肚中食。中年男顾客气不打一处来，挥起拳头就向那人砸去。那人也不躲挥过来的拳头，只是低头狼吞虎咽般地将剩下的半碗番薯羹吞下了肚子。

店堂里打了起来，等姚九华、洪长生等人赶出来劝架，那被打的人已经倒在地上。大家扶起来一看，竟是位老人。一问才知是从嘉善乡下过来，已经三天没吃东西了。姚九华赶紧让人从厨房拿了几只生番薯给老人，又让人给那个中年人重新盛了一碗番薯羹。事情才算平息。

为了维持正常经营秩序，粽子店不得不在大门口设立人员，采取排队发筹码，按批放人入店的办法控制店堂内的就餐人数。这长长的等吃番薯羹的队伍，成了特殊年代勤俭路上的一景。

这番薯羹的供应不但解决了粽子店的生存问题，也为缓解部分市民的饥饿问题，起到了一定的作用。为此，县政府在年末的总结中对县商业局、县粮食局专门予以通报表扬，这让两个局的领导大大地长了回脸。

十三

1961 年，为了适应管理体制的需要，嘉兴五芳斋粽子店的上级主管部门——县商业局饮食服务领导小组，于 4 月 17 日改称嘉兴县商业局饮食服务管理站。不想到了 9 月 1 日嘉兴县商业局饮食服务管理站又变成了嘉兴县商业局饮食服务公司，由徐启光任经理。

既然饮食服务公司是一个完全的生产经营单位，加上管理人员的增加，再在商业局办公显然不合适了。作为经理的徐启光就要求公司搬出商业局。局里正为办公室紧张犯愁，徐启光提出搬出去，当然求之不得。

可搬哪里去呢？有人提议将建国南路人民旅馆改作公司所在地，可徐启光嫌房屋陈旧不愿搬过去。

地址一时定不下来，这倒让商业局鲁局长沉不住气了。一天鲁局长来上班时在路上碰到徐启光，问道："许经理，去哪儿啊？"

徐启光道："局长早，上班去啊。"

鲁局长明知故问道："去哪儿上班？"

徐启光道："去局里啊。"

鲁局长道："我把这么大一份家业交给了你，你怎么还赖在局里不走。"

徐启光道："怎么不走，天天在各单位摸底呢。"

鲁局长道："家分出去了。总该去自己家住吧，还好意思在娘家蹭吃喝。我们局六大公司都像你，局里还怎么办公啊。"

徐启光笑道："这不还没找到办公地方吗，要不我们造点房。我查过了，地方我们有，资金也有些，我打个报告局长批一下。"

鲁局长道："这个我不会批的。最近县里在反冒进，三年前改造勤俭路也成了冒进的典型，武市长都下放到新塍当镇长去了。你还想造新房当办公室，还是因地制宜吧。老实说，饮食服务公司可是我们局房子最多的单位。"

徐启光一听知道没戏，只得乖乖搬去人民旅馆。可一搬过去，他自我感觉就好起来了。因为在这里他是经理，大家都听他的。人比在局里自在，似乎有了一呼百应的感觉。

1960 年在嘉兴广大农技人员及农民的坚持与努力下，嘉兴首创的农田种双季稻全面铺开，这为嘉兴的粮食连续增产打下了坚实基础。到了 1961 年，嘉兴县在完成了粮食外调任务后，开始有了结余，对饮食业的粮食、副食品供应也慢慢有了少许的恢复。但毕竟还是杯水车薪，不足以满足市场需求。而且这些粮食、副食品的收购价高于原价的好几倍，饭店开始以高价供应饭菜。嘉兴五芳斋粽子店的高价粽子、盖浇饭也开始供应上市。

嘉兴县饮食服务公司虽是一个经营性公司，但由于历史的原因，他的下属门店都是独立的经营实体，独立核算、自负盈亏。因此，粮食、副食品的多寡，直接影响门店的经营状况及收益。徐启光意识到其中的门道，遂将分配权牢牢攥在自己的手中。

在不愁买家的困难时期，多分到粮食、副食品就能多供应食品。为了自己门店的效益，各饮食门店的经理纷纷想方设法从徐启光的手中拿到尽量多的粮食、副食品。

由于资源的匮乏，几家饮食门店开到中午十二点左右就售罄。可渐渐地姚九华觉得马路对面的吴正懋菜馆营业时间明显延长，后来一乐园菜馆营业时间也延长了，再就是陆稿荐熟食店也延长了营业时间。在供不应求的情况下，营业时间延长就说明货源多了起来，这引起了姚九华的疑问："怎么回事？难道他们都在暗自收购农副产品，这不是上面三令五申禁止的吗？再说自由市场上出售的农副产品贵得离谱，也不是饮食业能承担的啊。"

陆稿荐熟食店的单松年与姚九华最讲得来，为了弄清门道，他去了趟坐落在北丽桥北堍的陆稿荐熟食店。一进店见单松年一手拿着一只锅子，一手用锅铲往橱窗中的盘子中添加熟食。

单松年见姚九华进店，停下手中工作道："哟，稀客啊，姚经理怎么有空光临小店啊？"

姚九华道："有空，有空。空得很哩。我十二点就打烊了，你怎么还在出货，哪里来的这么多原材料啊？"

单松年道："我地段不好，卖得慢……"

姚九华打断道："别当我傻子。你这地段还不好，说给谁听呢。"见单松年只是笑而不语，姚九华就将他一把拉到一个僻静处："好了，咱们兄弟一场，有福共享有难同当。你这货源来自何处，总该点拨一二吧。"

单松年轻声道："这你也不知，太木了吧。"

姚九华也轻声道："看来真有情况哩，说吧。"

单松年叹口气道："谁让我们是好朋友呢。"于是单松年就跟姚九华透露，徐启光嗜酒，几家饮食门店投其所好请他喝酒。凡请他喝酒的饮食门店，在调拨粮食、副食品时都得到了照顾。

本是饮食业，炒点菜、弄点酒都是小事一桩。当天下班前姚九华就赶到公司，请徐启光晚上光临粽子店小酌。徐启光二话不说，拎起公文包就跟了姚九华去。

从此嘉兴五芳斋粽子店也成了徐启光照顾的对象。

就这样，徐启光下班后到各门店喝酒成了常态。

由于嘉兴经济的进一步好转，政府给饮食业的粮食、副食品配给也进一步加大，各饮食门店争抢配给的现象逐步减少。看来请徐启光喝酒也将寿终正寝，可徐启光却有自己的盘算。一天"吴正懋"经理又请他喝酒，他对"吴正懋"经理说："你索性把'五芳斋''一乐园''陆稿荐'的经理也叫来吧，大家一起聚聚。"

晚上喝酒时，徐启光对大家道："我知道，以前你们各自请我喝酒就是为了多争取点粮食、副食配给。现在配给不存在了，但大家一起聚聚还是不错的。相互交流交流经验，领会领会领导意图，布置布置工作，多好啊。我提议，就我们这些人，以后一家一家轮流做庄如何？"

各家门店的经理都是有支配权的人，整桌饭菜小事一桩，就纷纷表示赞同。没有不透风的墙，徐启光他们的作为很快在饮食服务公司群众中传开了。围着徐启光转的四个经理被大家称为"四大金刚"，一时间饮食服务公司上下议论纷纷，人心浮动。

纸是包不住火的，县商业局的鲁局长终于收到了来自饮食服务公司内部的举报信。不过信的内容有点吓人，说是饮食服务公司存在着一个反革命集团，头子是徐启光，下设以四家大门店经理为代表的"四大金刚"，还有一些小门店经理为爪牙的"八大罗汉"。他们经常聚在一起，进行反革命活动。

时逢台湾蒋介石叫嚣反攻大陆的时候。有敌情，这还了得，徐启光及四位经理马上被停职接受调查。

十四

本就是子虚乌有的事，调查了几个月，不了了之。不过徐启光却因查出有其他犯法的事情给判了刑。

嘉兴五芳斋粽子店任命了新的店经理，姚九华回去当经理已不现实，这让他很是伤心。尤其听说新经理只认为"粽子只是众多点心中的一种"，主张"应多种经营，全面发展"，他更忧心忡忡。

新来的公司经理是个北方人，从部队转业不久，对饮食服务业不熟悉。姚九华去找他谈了几次均不得要领，反认为他犯了错误还想翻案。

姚九华左思右想，终究沉不住气，去县商业局找鲁局长。

在鲁局长办公室，不等鲁局长让座倒茶，姚九华就像个受了委屈的孩子告起状来："我不知道调整五芳斋粽子店经营，是店里的决定还是领导的意图。但去掉粽子这项主营总是不对的，没了粽子这块牌子，那就是一爿没有特色的普通点心店。"

鲁局长将泡好的茶送到姚九华手上，道："牢骚不小哟。我呢倒同意你的看法，你们的那个反革命案件现在终于平息，也算是有惊无险。但你们毕竟还是有错的，搞得我很是被动，有些话我现在也不能说。我看你现在还得反思你自身的不足，只有有了充分的认识，才能使自己处于不败之地。"

姚九华道："我承认有做错的地方。请局长放心，今后我会注意的。"

鲁局长道："你啊还是年轻，对坏风气没有识别能力和抵抗能力。"停了停又问道，"你是党员吧？"

姚九华道："是。"

鲁局长道："最近县委要组识一批工作组下乡搞'四清运动'，我们局也要派人，党委会上我建议一下，你也去吧。好好锻炼锻炼，把自己的政治思想水平提高提高。不过时间很长，要作好思想准备。至于五芳斋粽子店的事，来日方长。"

"四清运动"是中共中央在全国城乡开展的社会主义教育运动。运动初始是在农村中"清工分、账目、清仓库和清财物"，后期表现为"清思想、清政治、清组织和清经济"，在城市中具体工作是"反贪污行贿、反投机倒把、反铺张浪费、反分散主义"。这项运动由于中央领导亲自挂帅，广大工人和农民的积极响应并参与其中。

姚九华那个组去的是大桥人民公社，组长是县宣传部一个同志。

去前，县委组织了统一学习和培训。

大桥人民公社有嘉平公路经过，故交通还算方便。因为他们要做的事情实在太多，工作组一扎下去，就很少有机会回城。公社倒是为他们安排好了住宿。可工作组没去，而是自行联系了几家根正苗红的贫下中农家庭住下。

因是首批试点，工作组并无经验可借鉴，就按培训时的教材，按图索骥、依样画葫芦。

在发动阶段，工作组的工作成效不大。他们一个大队一个大队地开动员会，群众来得倒是挺多，会场秩序也不错，可就是鼓动不起来。工作组在费尽心思地宣讲，就像雨点落在沙滩上，眨眼就不见了踪影。最后还是从工作组住宿的几家贫下中农那里打开了缺口。

因为下来时有规定，不拿群众一针一线，故工作组都是自己开伙。可每次吃饭都不见房东一家人，引起了工作组的注意。每每去问，总是说吃过了。一天姚九华回来得早，见房东家正在炉灶上忙，就上前打招呼道："烧饭啊。

今天吃啥？"

不想那房东一脸尴尬，支支吾吾，引起了姚九华的怀疑。到灶边揭开锅盖，一锅黑乎乎的东西呈现在眼前。一问才知，房东家早就断粮，这黑乎乎的东西是米糠与野菜的混合物。

"不是县里发了通知，今年增产，将多征收的粮食退还给你们吗？怎么还吃这东西。"姚九华不解。

"有粮食退还？"房东满脸的问号。

姚九华赶紧向组长汇报。

有了线索，顺藤摸瓜。工作组通过查账竟发现县粮食部门退回的粮食没有入账。再深挖下去，原来这个大队的干部合伙将粮食在自由市场高价卖了。钱也给他们胡吃海喝，花得差不多了。

这一事情的揭露使群众看见工作组"清工分、清账目、清仓库和清财物"是动了真格的，群众的积极性被大大激发，大桥公社的"四清"工作终于打开了局面。

在"四清"工作中，工作组也发现了许多好干部。他们一心为民着想，全身心扑在工作上，为了大家不顾小家。

一个土改出身的老支书，不为名不为利，身患重病还念念不忘群众的疾苦，更是深深激励着工作组的同志。

这样通过一年的努力，大桥公社的"四清"工作终于进行到了"清思想、清政治、清组织和清经济"阶段。

在一次思想汇报会上，姚九华动情地说："通过参加'四清'工作，不但纠正了'四清'工作地的许多不良倾向，拨正了社会主义前进方向，同时对我个人也是一次很好的思想教育过程。以前我总以为，在餐饮业工作，手头有资源，吃点用点不伤皮毛。看看提供给我们农副产品的农民，有许多竟还吃不饱穿不暖，我真是无言以对。今后我一定以更严格的标准鞭策自己，做一个合格的共产党员。"

十五

1964 年，结束了"四清"工作组的工作，姚九华又回到了嘉兴饮食服务公司。尽管有县四清领导小组"优秀"的评语，可并没有引起公司经理的重视，他对姚九华道："目前公司正在调整、充实阶段，实在也没什么合适的地方安排你。五芳斋粽子店因有人员精减下乡，倒是缺员，要么你回去怎么样？"

姚九华表态道："我最希望回去的地方就是五芳斋粽子店，没问题。"

公司经理道："可五芳斋粽子店已有经理，只能当一般职工……"

姚九华又连忙表态道："职位不重要，只要能回去就行。是'五芳斋'使我一个乡下来的穷孩子在嘉兴成家立业，还给了许多荣誉，成了光荣的共产党员。我一定认清自己的位置，请领导放心。"

可当他回到五芳斋粽子店，着实让他大吃一惊。

原先的饭菜部和冷饮部已从"五芳斋"划出，取名"嘉兴酒家"，还在原地经营。虽然名为"嘉兴酒家"，在早中晚供应的却是供应米粥、油条和馒头。因三样东西以一角钱配套供应，被人称为"一角三吃"。这是"三年困难时期"阴影的渐渐远去，国家的经济状况有了明显的复苏和好转，餐饮业退出高价，恢复平价供应的一个前奏。"一角三吃"大受经历了困难时期之苦人们的欢迎，人们趋之若鹜，店堂里顾客爆满。

而粽子、点心部却被迁移至与"嘉兴酒家"相邻的建国路上，主要经营粽子、馄饨、包子、馒头、油翻酥、牛舌头等点心，业绩平平。只有在春节供应三天烧卖时，才会热闹一番。

紧接着的"无产阶级文化大革命"的风暴席卷全国，人们的一切思维方式、生活习惯、行动准则统统打乱。嘉兴五芳斋粽子店就像汪洋中的一条小船，在惊涛骇浪中挣扎起伏。劈头而来的是，思想激进的"革命群众"指责"五芳斋"是四旧的产物，应铲除。

在"文革"初期，"破四旧"是一项重要的政治活动，它波及全国城乡，左右着人们对是非的认知。全国成千上万条街巷因地名被判定有"封、资、修"含义而被改名，最荒唐的是浙赣线一个重要的铁路枢纽"向西站"，因被认为是要投靠西方而改成了"向东站"。

"无产阶级文化大革命"赋予了"革命群众"至高无上的权力，"嘉兴五芳斋粽子店"改成了"人民饮食店"。

姚九华自1962年离开五芳斋粽子店的两年里，换了两任经理，可粽子店已无了先前的活力，现在店名一改就更无特色而言。眼睁睁看着嘉兴五芳斋粽子店从兴旺走向没落，姚九华忧心忡忡。心有不甘的他在一次裹粽时，对也在一旁帮忙的何经理道："老何，这爿店不温不火也不是生意经。"

何经理道："以前你当经理时还有饭菜一块撑牢，现在划出去了，只靠点心做市面，做不来气力大。"他又叹了口气又道："难啊。"

姚九华道："这样等死总不行，是吧。要么动动脑筋。"

何经理道："动脑筋？不瞒你说，我脑筋动得头发都白了，要么你动动。"

何经理的话明显带着情绪。可姚九华并未计较，倒真的动起了脑筋。

1965年，国家的经济状况好转。在这一年，凭证凭票供应的商品除粮、油、布以外，减至三种（香烟、豆制品凭票；民用纸凭证限量供应），各类糖果、糕点退出高价，恢复平价供应。肉类、禽蛋、水产也敞开供应。

此时正值七月份农村的"双抢"季节。这是农村最忙的季节，农民一面要将早稻抢收上来，一面又要将晚稻抢种下去，农活非常繁重。嘉兴县委号召各行各业支援农业。各学校、机关、甚至工厂都组织人员下乡支援"双抢"。此事虽未波及饮食业，但敏感的姚九华向何经理建议道："老何，现在县委号召各行各业支援'双抢'，我到农村去过两年，知道农村现在缺什么。"

何经理道："缺什么？镰刀锄头我们又不好去卖。"

姚九华道："农民忙得没时间开伙仓，我们做熟食去卖肯定受欢迎哩。"

何经理一想："对啊，这事体做得。既响应号召支援了'双抢'，还增加了收入，一举两得"。

店里将职员分成两人一组，挑着装有粽子、油翻酥、包子、馒头、牛肉、排骨、爆鱼的货担下乡销售。此举大受农民欢迎。县广播站专门作了报道，人民饮食店大大风光了一回。

姚九华就这样一个人，哪怕在人生的最低潮，他也没有气馁。自己从一个深山里的放牛娃一路走来，有了一个安定富足的工作，还有什么不能满意的呢。他念念不忘的还是他的粽子事业，因为正是粽子这一行当，才使他有了今日。他坚信，五芳斋粽子终有一天还是要拨云见日的。因此，他对粽子技艺追求还是那么的孜孜不倦。

在"文革"中，有一段时间嘉兴的煤炭供应十分紧张，上级号召节煤。姚九华在这件事上又动起了脑筋。平时，店里每烧一千只粽子耗煤四十公斤左右。他就想，是不是能更少一点呢？他主动要求去烧粽子，以便寻找节煤的途径。

很快，姚九华就有了思路和动作。

姚九华发现，在粽子烧好后，大铁锅的水中会浮着许多油，这些浮油最终都流入了地下的阴沟里。而流入地下阴沟的浮油遇冷就要凝固，往往将阴沟堵塞，店里时不时地要派人通阴沟。那么这些浮油是否能利用呢？姚九华试着从阴沟里舀了一勺这样的油水浇在炉子里燃烧着的煤上，火焰顿时猛烈了许多。他在处理油水的过程中又发现，在阴沟里积着大量的煤泥。这些煤泥都是平时散落在地面上的煤屑，在搞卫生时被人用水冲入阴沟。他就用铲子将这些煤泥挖出来混入煤中再用，燃烧的效果非常好。这一发现使他挖煤泥和收集油水的行动一发不可收拾，挖完了粽子工场挖点心工场。尤其令人不可思议的是，在点心工场的阴沟里竟然挖出了八十多把调羹。

姚九华的这一行动，使每一千只粽子的煤耗降到了令人惊叹的二十七公斤左右。

姚九华又一次以自己的实际行动证明了自我的价值，他又恢复了自己在职工中的威信。

第五章

一

在嘉兴饮服公司，顾俭是个家喻户晓的人物。他之所以有知名度，不仅仅因为有着军人的背景，也不仅仅因为是从嘉兴市商业局调过来，而是他那多才多艺的本事和古道热肠的性格赢得了众人的好感。

顾俭，1933 年 11 月出生在江苏省吴江县同里镇的一个富裕的家庭。父亲顾久觉在镇上开设一家米厂，并有田地十九亩，顾家是同里镇上数一数二的富户。顾久觉是一个比较开朗的工商地主，1953 年曾被选为同里镇的人民代表。由于这些影响，年轻时的顾俭并没有沉湎在富裕的生活中，当一个娇生惯养的小开，而是积极上进，努力改造自己的世界观。1950 年 1 月，他在同里私立仁美初级中学时就加入了中国新民主主义青年团；1951 年 1 月他在苏州市省立苏州中学读书时参加了中国人民解放军，在第三炮兵学校学习；1953 年毕业后分配到二十军五九师炮兵司令部任军事教员；1955 年任司令部作训参谋；1956 年加入中国共产党；1963 年从部队转业，分配在嘉兴市商业局工作；1964 年到嘉兴饮食服务公司任业务科长。

顾俭到了地方上后，保持了在部队养成的良好作风。正是由于这种多年形成的良好作风，使他在嘉兴饮食服务公司业务科科长的岗位上成绩斐然，得到了上至领导下至群众的一致认可、好评。

顾俭工作作风严谨，加上非常喜欢美术，因此在他的工作中往往体现出一种追求完美的一面，更注重以企业文化促经营发展。

在嘉兴饮食服务公司，虽然各个门店都是独立法人，自主经营。可由于计划经济的作用，有许多事情是离不开公司的。如公司经营计划的编制落实，柴米油盐的申报，事无巨细都得面面俱到。所以公司的业务科是最繁忙的科室，门店来人送个报表、领个材料，进出的人用"川流不息"来形容一点也不为过。

由于几十年来，尤其"文化大革命"开始以来，疏于改造维修，公司门店大都破烂不堪。1972年，杏花村粉丝店的经理来业务科申报房屋维修，说是再不修要出人命了，这引起顾俭的警觉。下去一查，许多门店的修整都迫在眉睫。公司经营会议将门店的修整之事提了出来。人命关天，公司指定业务科负责维修。可业务科连科长顾俭在内只有三个人，平时日常工作就忙得不可开交。顾俭连连摇手道："我们业务科三个人都忙得像陀螺，再压担子就要趴下了。"

公司陈经理对业务科的工作了如指掌，知道他们的工作已是满负荷了，当即表示同意业务科增添人手。其余几个领导见经理表了态，也都表示赞同。

见领导都表示业务科增加人手，顾俭马上来了个敲钉转脚："这门店的修整可是拖不得哩。我看有的门店早就是危房了，要马上采取措施的，请赶紧派人。"

会上责成人事科长物色人选。隔天人事科长就提供了两名人选，可领导们都不满意。原因是，一个年纪偏大，已近退休年龄，不利于工作的持续性；一个没有文化，不利于工作的开展。见领导否决，人事科长双手一摊道："我们饮食服务公司都由一爿爿门店公私合营而成，有点文化的青年人大都在重要岗位上很难动哩。"

有一个领导问人事科长："难道没派用场的人真的没有了？"

人事科长道："倒是有一个，不过因牵涉反革命集团案还挂着呢。"

"姚九华啊。"那领导用手拍了一下额头道，"我们怎么把他给忘了。那个反革命集团案不是已证明是子虚乌有吗，况且他这几年还是很有成绩的么。"

这倒提醒了大家，原嘉兴五芳斋粽子店的经理姚九华从"四清"工作队回来后还挂在那里。他有过当领导的经历，最近几年工作中又作出了一些成绩，是个合适的人选。

陈经理到公司晚，对姚九华印象不深。见大家都认为他是合适人选，也就表态同意。

这个提议马上得到了大家一致通过。

对饮食业有着深厚感情的姚九华，一听调他到公司业务科负责基建维修，顿都不打一个就应允了下来。

调动前，陈经理与姚九华谈了次话："你今年多少岁了？"

姚九华答道："我 1928 年生，今年四十四岁哩。"

"喔，正当壮年。"陈经理道。

"旧社会，在我们老家这个年纪都老态龙钟了。新社会有党的好领导，是人逢喜事精神爽。"姚九华道。

"哎，别这么老气横秋的，还要派你大用场呢。我比你大几岁，就不客气叫你小姚了。坦率讲，我来饮食服务公司晚，对你了解得少。不过从大家一致同意你来负责基建维修工作来看，你平时的工作是得到大家认可的。"陈经理道。

姚九华道："我一个乡下放牛娃，身无分文来到嘉兴，有了满意的工作，成了家，我当然要对得起这份工作。"

陈经理道："听了你的话，我就响鼓不需重锤了，好好干吧。"

姚九华是由人事科长带到业务科科长顾俭面前的。

由于姚九华自"四清"结束回嘉兴饮服公司后，一直在门店当一个普通职工，与顾俭几乎没有交集。而这次岗位的变动倒使他俩成了莫逆之交。

一到新岗位，当务之急就是要掌握公司危房的数量。以前姚九华在基层，只关注自己所在的门店，对公司其他门店并不了解，因此对于如何开展工作一筹莫展。他决定一家一家门店排查。不查不知道，一查吓一跳。几乎百分之八十的门店有危房存在，有些门店的危房已到了非整修不可的地步。

这么多的地方要整修，如果一家店一家店搞，那要搞到猴年马月啊。听了姚九华的汇报，陈经理有点急了，对姚九华道："都这么危险了，必须马上动手。万一有一处坍塌可就是人命关天的事，这个责任谁也担不起哩。这样，你造个预算，我马上批。"

姚九华听了，虽然口头上答"是"，可就是站在那儿不动。

陈经理见了，眼睛一瞪，道："怎么还不动啊？"

姚九华道："这么大个摊子，立时三刻去哪儿找这么多泥水匠啊。再说这建筑材料，尤其是钢材到哪儿去弄啊？"

陈经理道："我只管资金到位，其余你做主。"

陈经理说到做到，报告一到，资金马上批下来。

姚九华也不敢怠慢，把危房进行了分类。除了几个大工程由他自己掌握，大部分小的整修落实给了各个门店。他对门店经理说："大家按预算来我这里领维修材料，泥水工自己解决。"

各门店经理说："维修材料领去可以，这泥水工到哪儿去找？"

姚九华道："反正我按预算把泥水工工钱发给你们，你们看着办吧。"

各门店经理一听，泥水工工钱直接发下来，心里就都盘算开了。有了维修材料，这维修对店里的职工来说不是小菜一碟?！这样大家倒是多了一笔收入哩。各门店经理都兴冲冲领命而去。

临走，姚九华道："大家可别弄虚作假，我可要验收合格后才发工钱的。"

众人道："你只要把维修材料准备好，不会拆你烂污的。"

姚九华马上按计划从砖瓦厂购来砖瓦，从建材公司购来水泥、石灰，可这造房必需的钢筋、白铁管难住了他。他去了物资公司，人家对他说："你要的钢材我们都有，但要按指标供应。"

"什么是指标啊？我有钱。"姚九华丈二和尚摸不着头脑。

人家笑了，对他解释道："第一次来吧，我们这钢材是按计划供应的。上面分配给你的计划数就是指标。"

姚九华这才弄明白，所谓的指标就是分配单。他知道，县商业局也有这种指标。但这种指标是专门给五金公司订购五金工具、五金配件用的，不能移作他用。他就软磨硬泡，最后人家松了口："要么你去搞点其他钢材，到我这里调换你需要的钢材吧。"并言明，"这是最后底线，别无他法。"

得了这样一种承诺，姚九华只得动脑筋另辟蹊径。这时他突然想起冶金机械厂的总务科长老高。前段时间猪肉供应偏紧，老高为了厂里食堂的伙食，三天两头找姚九华帮忙，姚九华没少出力。高科长挺念好的，二话不说将姚九华带到厂供应科长那："饮食服务公司老姚，咱总务科半个采购员。现基建有困难，求援点钢材。"

供应科长道："高科长介绍来的，这面子总是要给的，可我这儿没有建筑钢材啊。"

姚九华忙将物资局同意调换钢材品种的事讲了。

供应科长道："这倒可以，今年生产不正常，仓库多了许多四十五号钢，你拿一吨去。"

就这样，钢筋问题顺利解决。

饮食服务公司的危房不到半年的时间圆满解决。

二

邓小平复出后，开始各行各业的整顿工作。正因措施得力，中国的经济又开始回归正常轨道。

人民饮食店的经营开始有了起色。这时大家才发现，这饮食店虽然有四个门面，但进深不够，尤其后厨偏小。生意稍有起色，后厨就混乱不堪。往往粽子部侵占点心部的地盘，点心部反过来占领粽子部的领地。摩擦不断、矛盾不断，不是我影响你，就是你影响我。影响了团结不说，还影响了生意。

一次在业务科，何经理与姚九华谈天："哎，这没生意日脚难过，有了生意日脚也难过。还是你老兄有福气，跳出三界外不在五行中。"

听何经理这么说，姚九华把要给何经理点烟而燃着的火柴随手熄灭，道："我每天累死累活搞危房改造，怎么就'跳出三界外不在五行中'。"

何经理将叼着烟的嘴向姚九华努努道："我是说你走出娘家门不管娘家事。点上，点上。有烟没有火，好比有水喝不上，不作兴哩。"

姚九华将火柴盒往何经理面前一扔道："自己点。谁说我不关心娘家事。可你们又没有危房，我怎么管？"

何经理一边划火柴一边道："我是水深火热哩。"

姚九华诧异道："不是生意好起来了么？"

何经理道："场地铺不开，有什么用。"

姚九华道："这事啊，我知道。是有点螺蛳壳里做道场。"

何经理道："扩展不开，好比南瓜生在鳖里。你管基建的，后面庞家这点房子吃进来就好了。"

姚九华道："你当我神通广大，我只不过搞点危房改造。不过庞家再朝西这块土墩子倒好动动脑筋的。"

庞家就坐落在塔弄的南侧，与坐落在张家弄北侧的原联记五芳斋粽子店仅一墙之隔。在他的西面有一块因日军飞机轰炸形成的空地，由于长时间荒芜，瓦砾垃圾堆成了小山。一到夏天蚊蝇滋生，附近居民苦不堪言。除"四害"时，政府曾组织人员在上面加盖了层土，蚊蝇是少了，但杂草丛生。这块地毛估估有两百平方米。

姚九华说的土墩子就是指这块地。

何经理道："这块地方啊，小倒是不小，但这么一个高高墩派不来用场咯。"又摇了摇头道："再讲与人民饮食店也不通，怎么用？"

姚九华道："你死脑筋啊。毛主席的《愚公移山》你白学的啊，高高墩么好搬掉的。至于通道么，把嘉兴酒家后面那间仓库划给你们改成过道不就解决了吗。"

何经理道："你讲讲倒省力，高高墩谁来搬？嘉兴酒家的房子肯让？还有，造房子的钱哪里来？"

姚九华道："嘉兴酒家的房子我去商量，一个公司的有什么商量不通的。能增加营业面积，我想领导也会支持的。盖房子的钱你也用不着操心，危房改造还有剩余资金和建筑材料，这个我负责解决。不过这个高高墩可要你们自己搬。"

何经理一听觉得成，可旋即又为难，道："还是不成，这高高墩没人搬啊。要么也由你雇人搬算了。"

姚九华一听有点火了："你东也不成西也不成，要你这个经理干吗。那个高高墩算足了也就百十来车垃圾。发动一下店里的群众，每天下班搬五六车，一个月也就解决了。"

何经理道："要么我去发动发动。"

姚九华道："开弓没有回头箭。"

何经理回去将号召全店职工利用业余时间义务劳动，来搬高高墩的事一说。不想，得到了店里群众的热烈响应。

最起劲的要数粽子部经理江彩香。

江彩香，1930 年 11 月出生在兰溪县厚仁区厚仁乡下街村一个贫农的家庭。由于家境贫困，从未上过学，大字不识一个。1947 年结婚，后因丈夫在嘉兴市食品公司工作，于 1950 年 9 月来嘉兴。1956 年前她一直在家相夫教子，偶尔去嘉兴火车站、嘉兴蚕种场参加一些季节性的临时工作，是一个地地道道的家庭妇女。

1956 年，张家弄三家在"社会主义改造"的热潮中，合并成立了公私合营嘉兴五芳斋粽子店，使五芳斋粽子店的经营进入了快速上升的通道。就在这样的背景下，江彩香进入了嘉兴五芳斋粽子店，成了一名包粽工。她非常珍惜自己来之不易的工作，在工作中积极肯干，很快赢得了店里上下的一致好评。1957 年、1958 年、1961 年三次被评为年度先进工作者。正是由于她的良好表现，于 1960 年光荣地加入了中国共产党。在她的入党志愿书上，党组织给她的评价是：政治可靠、家庭出身好、立场坚定、思想进步、工作积极、埋头苦干、作风正派、群众关系好。

此时的江彩香已是粽子部的经理，她正在为粽子产量上不去发愁呢。有这么一个解决办法，她当然喜出望外，身体力行。没有铁锹、铁镭、手推车她从兄弟门店借，没有畚箕她自己掏钱买，每天下班她总是第一个出现在高高墩。在她的感召下，店里的职工个个自告奋勇。

然而最让人意想不到的是，姚九华也时不时出现在义务劳动的人群中。有人问他："姚师傅你已是公司干部，这事与你不搭界啊。"

姚九华道："谁说不搭界。我们店的粽子可是嘉兴的一块招牌，我是以实际行动维护这块招牌哩。"

有人道："现在还什么招牌不招牌，在我们店也就是销得比较好的点心而已。"

姚九华道："你这么说我可不爱听，粽子为什么好销，就是因为我们的粽子名气响么。不要看现在有点势头不好，我想终有一天要翻身的。"

有人开玩笑："你这是秋后算账哩。"

姚九华眼一瞪道："什么秋后算账！"

原预计要一个月才能搬掉的高高墩，在众人的努力下，二十多天就搬掉了。

姚九华马不停蹄，一鼓作气，仅用了三个月时间就将工场盖好。

工场盖好那天，姚九华请来公司陈经理等一干领导参观。见一座宽敞的工场呈现在眼前，大家都露出了赞许的眼神，可陈经理却虎起了脸："好你个姚九华，竟敢瞒着公司建房。"

姚九华笑道："怕领导不同意么。"

陈经理道："你怎么就知道我们会不同意。造房钱哪里来的？"

姚九华道："剩余的危房改造款。"

然而最让人意想不到的是 姚九牟也时不时出现在义务劳动的人群中 有人问他姚师傅你已是公司干部 这事与你不搭界啊

陈经理道:"这可是专款专用的。"

姚九华道:"在废墟上建房也属危房改造。"

陈经理道:"算你滑头,补个预算上来。"

见陈经理松口,姚九华忙又道:"还有一事汇报。"

陈经理问道:"你这是得寸进尺,没完没了是吧。"

姚九华道:"工场添置设备的钱还没着落。另外请领导将嘉兴酒家后面那间仓库划给人民饮食店,作店堂到工场的通道。"

陈经理马上醒悟过来:"好你个姚九华,这才是叫我们参观的真正目的。"在众人的笑声中,陈经理又道:"打个报告上来。"

姚九华一脸轻松对人民饮食店何经理道:"这个我不代劳了,你们自己来。"

三

1975年冬,虽然"反击右倾翻案风"兴起,可全面整顿的举措得到了广大人民群众的拥护和接受。因为大家都意识到没有一个安定的环境,没有工农业生产的基础,一切堂而皇之的革命理论都是苍白空洞的口号,一切不可一世的"革命行动"都是前进道路上的破坏者。尽管一些人还在声嘶力竭地鼓吹"批林批孔批周公",还在不遗余力地推行"迎头痛击右倾翻案风",可基层却已悄悄将"抓革命,促生产"的大旗高高举起。

嘉兴县的各委办局也在有条不紊地推行着整顿的步骤。工业系统各工厂的生产形势一步步好转。

商业系统各公司也都恢复了正常营业,可令人头痛的是新塍镇的商业一直未能走上正轨。

新塍镇自古以来就是嘉兴的四大古镇之一。由于历史的原因尽管商业兴旺,可几乎没有工业,故在"文化大革命"中,造反派的骨干都以商业职工为主。尽管古镇只有上万人，可镇上山头林立、帮派成群，他们各自为王，互不买账，使好好的一个古镇成了四分五裂、乌烟瘴气之地。

在整顿的大趋势下，新塍镇的这些造反派并无一点收敛，仍然各自为政闹得欢腾。这严重影响了商店的正常营业，致使民怨四起。

因古镇以商业为主导，嘉兴县革委会责成县商业局处理。眼看商业局的整顿工作因一个小小的新塍镇而落后于其他委办局，局领导自觉脸上无光。参照"四清运动"时的形式，组织一个工作组的方案被提了出来。

这个工作组带队组长由商业局办公室主任兼任，组员由五个商业局下属公司各抽调一人。鉴于姚九华在"四清"工作组时的出色表现，又没参与派系斗争，作为饮食服务公司的代表又被选中。

从政治角度看，参加工作组的确是一件很光荣的事，如那些被派往学校工作的工人宣传队，如那些被派往派系严重生产停顿的工厂的工作队一样。由于一般都在市区，优越感明显。而要去乡镇，因离家较远，生活艰苦，不愿去的人就大有人在。因姚九华"四清"时在乡下，一蹲就是两年。此次再去，他能同意吗？

姚九华其实已从人事科长那知道了参加新塍工作组的事，回家与老婆王金娥交待："我又要外出一段时间了。"

王金娥问："去哪里？做啥？"

姚九华道："参加新塍商业系统整顿工作，时间未定。从以前'四清'工作组情况来看，时间肯定长。"

王金娥道："你这一走，家里怎么办？跟领导商量商量，能换别人去吗。"

姚九华道："这是政治任务，怎能讨价还价。"

王金娥道："人家把你当憨大，为什么下乡总是你去？"

姚九华道："解放军枪林弹雨冲锋在前也是憨大？"

王金娥道："别扣大帽子。只要你家里安排好，你到天边我也不管你。"

此时兼党总支书记的公司陈经理找姚九华谈话："小姚啊。这次新塍工作组又把你选上了，这可是一项光荣的政治任务。因离家时间长，有什么困难吗？"

姚九华胸有成竹道："没有困难，不过我想请几天假，作点安排。"

陈经理道："行，给你一星期假。认真安排，轻装上阵。"

第二天，姚九华买了张火车票回了趟老家。

这可是姚九华自1948年离开家乡后的首次回家，屈指算来已经二十七年。自己也从一个不谙世事的乡下小子，成了一名有十几年党龄的公司干部。再看潭塘坞村，竟然还是二十七年前的老样子。家门口那条东西向的土路和家门口的那株柿子树仍是自己走时的模样，那座刻着"故儒姚秉德关氏建坊"的石牌坊依旧耸立在潭塘的南岸，只是村子周边的丘陵上再也看不见那黑森森的树木。

此次回老家，姚九华是来搬救兵的。见已是八十多岁的母亲尽管满头白发，但身板还是那么硬朗，他顿时松了一大口气，就将想请母亲去嘉兴小住的想法告知。当听到小儿子要去工作组，家里需要照顾，老母亲就毫不犹豫点头答应。可几个哥哥姐姐一听母亲要去嘉兴，纷纷反对："母亲年纪大了，不适合出远门了。"

倒是母亲发话道："九华二十岁出门，现在出息了，我去享享清福有何不可。"

姚九华也连忙解释："我的三个孩子都大了，不用带。去了，主要也是陪陪金娥。我在饮食服务公司上班，吃的住的都比这里好。我不会亏待母亲的。"

事已至此，见母亲坚决要去，哥哥姐姐们也就无话可说。

见姚九华将婆婆从兰溪接来，王金娥更是无话可说。

有了母亲的到来，姚九华就心无旁骛，一下子扎进了新塍工作组。不想，下去了才知水的深浅。往往是做通了一派头头的工作，另一派却不配合；而等做通另一派头头的工作，这一派又翘起了尾巴。反反复复两年也没解决问题。原因是，这些造反派都有着各自的后台，消息灵通。上边稍有风吹草动，他们就有恃无恐、摇旗呐喊。

1976 年 10 月，党中央粉碎"四人帮"，新塍镇的派性问题才彻底解决，姚九华也回到了公司。

四

回公司上班的姚九华又面临着工作岗位问题。

此时的人民饮食店因经营一直上不去，自姚九华离开后已换了三任经理。那座职工们义务劳动建起来的粽子工场，由于需求不旺，一半成了仓库，里面放着许多杂七杂八的旧家什，上面满是灰尘，脏乱不堪。

第三任经理自认干不下去了，就提出辞去经理职务。公司现正酝酿第四任经理人选。

回到公司后的姚九华专门去店里转了一圈，甚是心痛。

店里的职工大都是姚九华任经理时的老人，与姚九华相熟。见姚九华来店里就围了上来，有的打招呼："老姚，新塍回来了？"

姚九华忙应付："是哩，是哩。闻着粽子香就醉了，要知道两年不闻哩。"

"范经理吃不消了。你是老把式了，还是你来吧。"有人建议。

姚九华虽然连连摇手道："不好自说三道，乱话三千咯。这要领导决定的。"可心里却泛起了小小的涟漪。

第二天一早，他来到公司经理办公室。

刚要给自己沏茶的陈经理见姚九华推门进来，就停下了去拿热水瓶的手，道："喔，小姚啊。回来啦。"

姚九华道："'四人帮'粉碎，拨开云雾见青天，工作就完成了。这不就来向领导报到了。"

陈经理随手从衣兜里拿出香烟，递了一支给姚九华："你着什么急，在家多休息几天么。"

姚九华随手拿起热水瓶，一边往陈经理已放好茶叶的杯子里倒水，一边道："时间不等人啊。报上不是天天在讲'要把失去的时间夺回来'。早一天上班，早夺一天时间。"

陈经理一边给姚九华点烟，一边道："你当我这儿是造反重灾区啊。来夺什么啊？好着呢。"

姚九华忙道："冬瓜缠到茄门里，你理会错了。你当我是刺头啊，我只是想早点上班而已。"

陈经理哈哈一笑，道："看你紧张的，我可没有讽刺你的意思。你要上班就来吧。先在公司熟悉几天，毕竟两年不在公司了。过几天给你安排个合适的工作。"

姚九华道："别过几天了，有一个合适的哩。"

陈经理道："哦，有合适的。说来看看。"

姚九华道："听说人民饮食店的范经理不想当经理了。"

陈经理猛然醒悟道："还真有这事。还别说，你倒真是个合适人选哩。可是新的经理已经选定，不知任命书出来没有。你等等。"说着起身站在办公室门口喊人事科长。

不一会儿人事科长就站在了经理办公室："陈经理喊我啊？"

陈经理道："前天定下来的人民饮食店经理任命出来没有？"

人事科长道："昨天就出来了。"

陈经理问："发下去了？"

人事科长答道："发下去了，也与本人谈过了。"

陈经理悻悻道："平时你们老是慢一拍。还头头是道，说是人事工作要稳字当头，小心驶得万年船。这次怎么就急了呢？"

人事科长笑道："国不可一日无君，军不可一日无帅。这不是为人民饮食店着急吗？"

陈经理指着姚九华对人事科长道："我们在做决定时考虑不周，这才是最合适人选呢。"

人事科长道："那倒是哩。老姚倒的确是最对路的，可现在说什么都晚了。我们总不能朝令夕改，出尔反尔。这样会给别的同志带来尴尬，造成伤害。"

陈经理眼睛一瞪，道："谁说我们要改。"转过身来对姚九华道，"看来改不了了，但你的确是最合适人选，以后等机会吧。"

这时轮到姚九华悻悻然了，见机会已错过，索性敞开心扉："我倒不是非当这个经理，只是觉得我们前辈创下的粽子品牌就这样无声无息了，于心不忍啊。"

陈经理恍然大悟道："你是为这个啊。这么多年了，你的思想还是没转过弯来。放眼全国，除了'永久''飞鸽''上海'等这些没有封资修色彩的牌子还在用之外，不是统统取消了吗。再说国家也停止了商标注册，这不也挺好吗？"

姚九华有理说不清，脸涨得通红："那拨乱反正体现在哪里。"

陈经理振振有词道："我们的当务之急是把生产抓上去，把'极左'思潮纠正过来。这封资修是万万不能搞的。"

人事科长阅人无数，处事圆滑，见两人火药味浓了起来，忙打圆场道："人民饮食店的粽子还是深受大家喜欢的。你看，我们专为粽子设了一个门市部就是一个很好的证明。这个封资修的问题由中央决定，我们么党指到哪就冲到哪。姚九华关心粽子的销量是好事，以前你管基建时建了人民饮食店的工场，这也是对粽子生产的支持。我觉得作用还蛮大哩。"

听人事科长这么一说，陈经理心想，这种问题我与姚九华再争也不会有结果，倒伤了和气。人事科长的话倒是提醒了自己，要么姚九华还是回业务科吧。主意一定，他息事宁人地对姚九华道："有些事情中央还没明确指示，我们就别争了。还是实际一点，把你的工作安排好。我看你还是回业务科管基建吧。我记得以前你可是干得风生水起啊。"

业务科科长顾俭一听姚九华要回来，举双手欢迎。

工作就这么定下来了。说是基建也就是与两年前一样，搞搞维修。

五

1978 年底，中国共产党十一届三中全会在北京胜利召开。这次全会作出了从 1979 年起，把全党工作重点转移到社会主义现代化建设上来的战略决策。在经济建设问题上，从纠正急于求成的错误倾向和全党要注意解决好国民经济比例严重失调等问题出发，必须采取一系列新的重大措施，对陷于失调的国民经济比例关系进行调整，对过分集中的经济管理体制着手认真的改革。党的十一届三中全会是划时代的，开启了改革开放和社会主义现代化建设的历史新时期。

全国的经济建设迎来了全面发展的好时机，一片欣欣向荣。作为处在全国经济发达地区的嘉兴更是经济活跃，交易频繁。行政区划也已由县改成市。

一次，市领导要招待一个来访的重要的经济代表团，偌大的嘉兴竟然没有一个上档次的宾馆饭店能接待。同时也发现，一些重要的大型会议也找不到一个像样的会场。建造一家高档饭店的呼声渐隆。

经市商业局的批准，嘉兴饮食服务公司决定筹建"南湖饭店"。按规划，这是嘉兴市第一家集餐饮与住宿于一体的高档次饭店。主楼层高十二层，客人乘电梯上下。它的筹建创造了当时嘉兴市的两个第一：第一座高达十二层的大楼，第一部乘人商用电梯。正因如此，此项工程受到了嘉兴市上上下下的关注。市领导几次来嘉兴饮食服务公司视察，并指示精益求精，搞好建设。

这当然是嘉兴饮食服务公司的头等大事，压倒一切的中心任务。挑选精兵强将搞好基建，成了饮服公司领导班子的一致共识。

市商业局还专门抽调一个在部队从事过基建工作的转业干部秦培启担任"筹建南湖饭店领导小组"组长。从新塍工作组回饮服公司业务科上班的姚九华，马上进入了公司领导的视线。领导们一致认为，姚九华同志工作认真，有责任心，熟悉饮服行业，搞过基建，是筹建南湖饭店的不二人选。

作为共产党员的姚九华在组织谈话后，没有提任何要求，立即走马上任，开始他新的人生搏击。

可一接上手，他马上感到了压力。在那谜一样的建筑图纸上，他无论如何也不能与彩色的效果图对上号。那些拗口的建筑术语，他就像在读天书。他有了打退堂鼓的念头。

一次公司陈经理来工地。姚九华把他拉到僻静处，道："陈经理，我有个请求哩。"

陈经理道："什么请求啊？弄得神神秘秘的。"

姚九华道："又是图纸又是数字又是洋文的，我头脑子发胀。还是让我回粽子店吧。"

陈经理道："你小姚也要做缩头乌龟，这不成了天大笑话。大家都说你姚九华脑子最活络，这可是打你自己的脸哟。调回去，没门。"陈经理又补了一句："不行就在工地看门。"

一向要面子的姚九华一听陈经理这么说，知道逃避是不可能了，也就安下心来，认真钻研。

不想，姚九华与陈经理的对话被组长秦培启知道了。在工地上当作办公室的芦席棚中，他对姚九华道："姚师傅，我是一个刚从部队转业的干部，可我一到饮服公司就知道你是个粽子业的行家里手。"

一说到粽子，姚九华一扫与陈经理谈话时的垂头丧气状，开始眉飞色舞起来。

秦培启待姚九华话音落后，问道："你的这些裹粽技术是靠天赋吗？"

姚九华道："哪里啊，都是在粽子店学生意时慢慢掌握的。只要用心思总行的。"

秦培启道："你知道为什么我一到公司就安排我造南湖饭店？"

姚九华摇摇头。

秦培启道："因为我部队搞过营房建设，领导大概认为我有这么一点点造房子的知识吧。"

姚九华道："那当然，造营房与造饭店都是造房子，一样的。"

秦培启道："营房都是平房，四面墙一砌，再在上面架上梁盖上瓦，成了。可在我们现在盖的南湖饭店可是有十二层的现代化高楼大厦，我那点造房子知识是远远不够的。"

姚九华道："你也只造过营房啊。我管基建，只造过简易仓库。就我们这点花头经，造高楼大厦，你不怕？"

秦培启道："你不是说'只要用心思总是行的'吗。"

姚九华讪笑道："这图纸曲里拐弯有点复杂。"

秦培启道："图纸呢，我倒是会看一点。这也是在部队学的。其实我接触造房子的时间与你差不多，我们一起共勉吧。"

姚九华道："可这图纸上的洋文真不识哩。"

秦培启道："你中文识吧？"

姚九华道："这个会。"

秦培启道："你成百上千个中文能记下，这二十六个英文字母就记不下来。你就是每天记一个，二十六天也记下了，是不。"

姚九华道："那倒也是。"

秦培启道："从明天开始，你就开始学，怎么样？老实说，造十二层高的大厦我们都是头一回哩，不懂的地方有老师。"

姚九华问道："谁啊？"

秦培启道："施工单位的技术员么。"

六

整个南湖饭店工地，筹备组的人员就四个人。他们又要组织建筑材料，又要抓建设进度，忙得不可开交。其间，不确定因素时而出现，会拖施工的后腿，给建设进度带来不小的压力。

在建设前期，打桩时就遇到了一件颇为棘手的事。

南湖饭店的用地是原来的嘉兴天星湖。虽经上百年的逐渐填埋，湖已不存。但原湖底的那层淤泥仍被压在填土之下，于是在这片土地下形成了一层软土层，在这样的地基上直接盖十二层高的大楼是不行的。因此地基上是要打数百根水泥桩，穿过原来的湖底直达岩基上，大楼坐在这样的桩基上才稳当牢固。这些水泥桩直径三十厘米，数十米长。要将这些水泥桩打到地下就要用打桩机。所谓打桩机就是一台功力巨大的汽锤，在工作时不但声音巨大，而且震动巨大，对周边有较大的影响。

在南湖饭店的西南角有一排航运公司的职工宿舍十间。这些宿舍建于"文化大革命"初期，因建造时较匆忙，本身就是简易房，不讲究质量。它挨近南湖饭店工地，经打桩机高强度的震动就像艘千疮百孔的旧船，在狂风暴雨的袭击下险象环生。先是有人发现墙体出现了裂缝，而后又发现门窗不能闭合。最夸张的是，有一家的屋顶见了阳光，这可是房屋要倒塌的先兆。人命关天，这引起了十户航运公司的职工与家属的恐慌。

他们先是向航运公司报告。正好航运公司主管职工宿舍的干部是一个新调来的年轻人，听了十户航运公司的职工与家属的述说后就一推六二五地表态道："谁损坏谁负责，这事公司管不了。"

这些职工与家属碰了个钉子，又回头去找工地建设单位的工地负责人。那个负责人双手一摊道："我们只管建设，这事你们要找发包方。"

他们又来找南湖饭店筹建小组。可那天四个小组人员除了一个看门的，其余都不在工地。那个看门的是个酒糊涂，宿醉尚未完全清醒。一听十户航运公司的职工与家属的述说，把头摇得像拨浪鼓似的："我一个看门的管不了这事。"

奔走了大半个嘉兴城，兜了个大圈子，竟然没人搭理他们，使他们觉得有点上天无路入地无门。积压在心底的愤怒一下子激发出来，有人一不做二不休，直奔打桩机的开关箱而去。

这开关箱是个简易装置，防护措施也简陋，不熟悉的人靠近很容易触电。工地负责人一看大事不妙，赶紧跑去将总电闸拉了下来。没了电，工地一片寂静。

一看行动奏效，这些职工与家属打鸡血一样来了劲，就赖在工地不走了。有几个甚至从家里搬来板凳，坐在了开关箱边上。

秦培启他们三个人办完事回到工地，只觉不对劲。仔细一辨，原来打桩机停了。而且还有许多人围坐在打桩机的开关箱旁，知道出事了。一问究竟，一时也手足无措。

再说航运公司主管职工宿舍的那位仁兄，还在为推掉了一次纠纷而沾沾自喜。后勤科的科长开完会回办公室，还当功劳向他汇报。科长一听惊得从椅子上跳了起来："你小子使坏，要掘出我是吧?!"

主管职工宿舍的一脸的无辜："我错了?"

后勤科长恨恨道："你傻啊。这宿舍是公司的财产，出了问题你竟敢不管不顾。看我回来怎么收拾你。"说罢去公司经理那里打个招呼，就骑了辆自行车去饮服公司。

工地停工引起了上上下下的关注。市里指示商业局里："要尽快解决好，不要延误了工期。"

商业局当了个二传手："妥善解决，确保工期。"

饮服公司领导们倍感压力。与航运公司谈了几次，出了几套方案都给对方否决了。工地就这么一天天耗着复不了工。陈经理急了找到航运公司经理："你这也不同意，那也不同意。到底要怎样才合意啊？这南湖饭店可是市里的重点工程。因这原因延误了工期，我日子不好过，你也不会好到哪里。"

航运公司经理只是倒茶点烟，笑而不语。

陈经理道："你别只顾嬉皮笑脸，有什么想法也摆出来么。"

航运公司经理道："你们不是在羽绒路造职工宿舍吗？"

陈经理恍然大悟道："你左不同意右不同意，原来看上我这处房子啦。"

航运公司经理道："为官一任，总得为职工办点实事吧。"

陈经理道："想得美，你那破房子换我十套宿舍，不行。"

航运公司经理道："你猪脑子啊。你只要把西北面的洼地垫垫高，与我那十间房一连，围墙一打，可又多出十亩地。老实告诉你，我就动过这个脑筋，上面没同意，你既是重点工程就不一样了。"

听航运公司经理这么一说，陈经理觉得有道理，赶紧向商业局汇报。末了陈经理还总结说："这可是太合算了。只要把那洼地争取过来，南湖饭店等于预留了十亩扩建的土地。"

这事竟成了。在打围墙时，陈经理与秦培启、姚九华他们商量填洼地的事："看来又要增加建设预算了。"

这时突然姚九华想起建筑方负责人曾向他提醒："建设会产生许多建筑垃圾，要选好倒垃圾的地方，并做好清运的准备。"建议道，"我们把建设产生的建筑垃圾倒在洼地吧。这样既解决了垃圾的清运，又解决了洼地的填埋。"

陈经理听了一拍大腿道："太高明了，一举两得。呵呵。"

七

问题是解决了，工地又恢复了往日的繁忙与喧闹。可工期却拖延了下来。

一次陈经理来工地检查工程进度，秦培启愁眉苦脸地汇报："看来按时完工有难度哩。"

陈经理问："为什么啊？"

秦培启道："还不是那十间房给闹的。"

陈经理问道："不是解决了吗？"

秦培启道："陈经理你不是明知故问吗？拖了这么长时间，工期只能往后推。"

陈经理道："我不管你什么理由，按时开张，这可是雷打不动的。至于采取什么措施是你们的事，否则要筹备小组干什么。"

就像拍皮球，你给它的力用得大才弹得高。人也一样只有压力大才会动力大。

见陈经理不松口，秦培启只得把目标转向施工单位。

在工地办公室，被秦培启又是点烟又是泡茶侍候着的建筑方工地负责人。那负责人真有点受宠若惊："我说老秦，平日里丁是丁卯是卯，一本三正经，说是甲乙方不能太亲密。今朝啥日子，又是烟又是茶的。我可丑话说在前头，违法的事不干，偷工减料的事不干。"

秦培启眼睛一瞪道："谁说要你干违法的事，谁说要你干偷工减料的事。这些事是我应该管的吧。"

那负责人不解地问："这架势分明是有求于我么。那你又要干什么？"

秦培启道："这不工期延误了么。"

那负责人一听，直向秦培启他们一个劲作揖："饶了我吧。这工期延误可不是我的责任。"

秦培启道："谁说是你的责任了。"

那负责人恍然大悟道："赶工期啊。"

秦培启问道："有这个可能吗？如能我们全力配合。"

那负责人道："你不是常说建南湖饭店要从百年大计出发。要知道赶工期，就是要我蛮干。这可与你的要求背道而驰，你改主意我还不同意呢。"

在一旁的姚九华问道："有没有两全其美的办法呢？"

那负责人道："鱼与熊掌不可兼得。"

姚九华启发道："你看，我们把那片洼地围了进来，那儿可作为那些建筑垃圾的填埋场，给你省了许多时间哩。"

那负责人道："不专业了不是，清垃圾与建房子是两码事，他们是不同工种。就近填埋是加快了清垃圾的速度，只能节约开支，而不可能提高建造速度。"

秦培启问："那怎么能提高建造速度呢？"

那负责人道："就我这一百零八将也就这点花头了。提高建造速度，难。除非……"

姚九华忙问："除非怎么样？"

那负责人道："主楼与副楼的框架同时浇注，这样可以减少一半框架的浇注时间。那么延误的时间才能抓回来。"

有门。秦培启与姚九华高兴得几乎跳了起来："那就这么干啊。"

那负责人道："想干就干啊，哪有这么容易。我也只是一个设想而已。"

秦培启道："我想想也是可行的么。只要有百分之一的可能，我们就用百分之百的努力去实现。"

那负责人道："咳，我也只是说说而已。实施起来千头万绪，难度可不是一点点。"

姚九华道："有什么难度，说来听听。"

那负责人道："第一，主楼与副楼的框架同时浇注，光我这一班人是不够的。要增加一个施工队，我没这个调度权；第二，同时浇注要增加一倍的模板，这是要增加费用的；第三，要确保水泥、石子、钢材及时到位，到时停工待料就适得其反了；第四，也是最重要的一条，得到我们公司领导和技术部门的支持。"

秦培启、姚九华等几个人一合计，觉得可行，赶紧向公司作了汇报。公司又向市商业局汇报，市商业局又向市领导汇报。最后，由市经委出面召集饮服公司与建筑公司开会协商。不想建筑公司的领导挺爽快，当场表示："这是市里的重点工程，也是我们公司第一个大工程，我们全力以赴是责无旁贷的。主副楼的框架同时浇注是可行的，我们回去马上组织调度。不过确保建筑材料的供应才是正事。按我们以往的经验，建筑材料不及时到位才是延误工程的主因。"

见协调会如此顺利，市经委主任当场表态："水泥、钢材的指标由市里足额拨付，河沙、石子由市物资局保证供应。"

过了两天，由建筑公司一位副总带着一队人马，拉着一个圆桶状的大家伙开进了工地。

姚九华一看，来人不及原工程队的一半。心里着急起来："这些人还不到原工程队的一半，能承担整个工程一半的浇注量吗。你们可不要会上拍胸脯，会后耍花腔啊。这工期可是不能儿戏的。"

出来迎接副总的工地负责人见状笑了："姚师傅，外行了不是？"

姚九华嚷嚷道："施工我是外行，可数数还是会的。这些人最多也就四十多个，这总是真的吧。"

那负责人指着圆桶状的大家伙道："你看这大家伙叫水泥搅拌机，二三分钟可拌十多立方米的水泥砂浆，它可抵几十个工人哩。"

那个副总也笑道："这可是公司刚添置的机械设备，效率可高哩。你看刚一到就拉你这儿来了，不但可以按期完成建筑任务，而且可以保质保量。你就是有一百个心也放到肚子里去吧。"

当浇注工程开始，姚九华对水泥搅拌机产生了浓厚的兴趣，每当路过水泥搅拌机他总要驻足观看。按比例配好的水泥、河沙、石子、水通过料斗送进搅拌桶，开关一开，不一会搅拌均匀的水泥砂浆就可浇注到事先架好的模板中。这是人工用铁锹拌料是不可比拟的。他心里更为佩服的是发明水泥搅拌机的人。

就这样，在建设南湖饭店近两年的日日夜夜里，秦培启、姚九华和筹建组的伙伴们一心扑在工程上，解决工程难点。南湖饭店在他们的辛劳中一点一点地耸立起来。

八

眼看着南湖饭店在自己的参与下，就像地里的小树苗一点一点地破土而出，成长为参天大树，姚九华心里别提多高兴。

可随之而来的却是一种惆怅。按惯例，作为基建人员当建筑交付使用之时，也是自己卷铺盖走人之时。而作为筹建南湖饭店领导小组组长的秦培启，已于先期被任命为南湖饭店总经理，留下来已成定局。因此姚九华就有点心神不定了。

1981 年 10 月份，秦培启派人将姚九华找去。

一进总经理办公室，见秦培启坐在一张硕大的办公桌后面，姚九华不免感慨起来："你倒好，一个跟头上了云霄。与你同甘共苦的兄弟还上不着天下不着地，吊在半空呢。"

秦培启笑嘻嘻地一边泡茶一边点烟："别把我说得那么无情无义，咱俩一杯水轮着喝的日子我记着呢。"

因在一起工作时不分彼此，不等秦培启让座，姚九华一屁股坐在办公桌对面的一把椅子上，道："自古都是造房人不住自己造的房子。这南湖饭店快开张了，我也该挪地方了。"

秦培启道："你要挪地啊。想往哪挪？"

姚九华道："我想，我想回粽子店。能成吗？"

秦培启知道姚九华一心想回粽子店，可现在不还有重要的事情要他去做，这样扯下去可就要离题了。秦培启赶紧把话题拉回来，正色道："你现在还不能走，要派你用场哩。"

姚九华问道："南湖饭店都按部就班只等开张了，怎还不能走？"

秦培启道："餐饮这块还没全部到位呢。"

姚九华道："现在是你的事了，赶快弄啊。"

秦培启道："现在南湖饭店还缺一位餐饮部经理。"

姚九华道："那赶快调配安排啊。"忽然意识到，"你别是让我做吧。"

秦培启点头道："对。南湖饭店要求，饮服公司研究决定，任命你为南湖饭店副总经理兼餐饮部经理。"

姚九华道："可我对餐饮不熟悉啊。有道是隔行如隔山……"

秦培启打断姚九华的话头道："别给我打马虎眼，你的情况我是一清二楚的。早年你那盖浇饭可是做得风生水起，风头可盖过'吴正懋'呢。"

姚九华道："可那是上不了台盘的小打小闹，这南湖饭店可是正儿八经做大菜的啊。"

秦培启道："我让你做大菜啊，做大菜有厨师呢。你急啥。"

姚九华道："那倒也是，可是……"

秦培启道："别可是了，让你留在南湖饭店有以下几个考虑。首先你经营过餐饮业，有这方面的经验；其次这个餐饮部设备设施还没到位。你搞过基建，驾轻就熟，得给我争分夺秒在明年1月1日饭店开张前搞定；再有南湖饭店的建造你是自始至终参与的，对管管线线、砖砖瓦瓦了如指掌。饭店刚开张，总有个磨合期，会遇到许许多多问题，这个就靠你来解决，担子不轻啊。"

其实，姚九华陪伴着南湖饭店从图纸变成现实，是有感情的。经秦培启这么一说，他马上同意留下。

秦培启道："明年1月1日开张，这可是雷打不动的军令。透个消息给你，八一电影制片厂明年初要来嘉兴拍电影。很可能就是我们接待的第一个大型团体，可不能马虎啊。"

姚九华道："时间这么紧啊。我还什么情况都不知道啊。"

秦培启道："给我耍滑头是吧。你是第一责任人，有差错我唯你是问。"

姚九华道："你这是揪牢牛头吃草。"

秦培启道："那就一切不在言语中。切记，明年1月1日开张，市里领导会来剪彩喔。"

姚九华一到位才知，接了只烫山芋。餐饮部竟然尚未组建，后厨、餐厅都是空空如也。姚九华急了，赶紧找秦培启："秦总，这餐饮部八字还没一撇啊。"

秦培启两手一摊道："不瞒你说，公司点你的将，就是要发挥你的作用。"

"好个秦培启，这是骗我上贼船啊。"姚九华悻悻道。

秦培启道："我不管贼船不贼船，给你的时间可不多了。"

虽然姚九华在秦培启面前一副捶胸顿足的样子，担子可真没撂下。

厨房的炉灶很快砌了起来，厨柜也打造出来。那些餐桌餐椅也很快购进，餐饮部马上像模像样起来。同步进行的人员招聘也风风火火展开。南湖饭店是嘉兴最高级的饭店，不管系统内还是系统外，想进来的大有人在，有的甚至想到了托关系走后门这一招。而且秦经理又从公司其他饭店调进一批业务骨干，餐饮部就兴旺起来。可姚九华还是觉得心里空落落，不踏实。再仔细一想，马上找到了根源。后厨的总厨，也就是常说的厨师长尚虚位以待，人选还没着落呢。这可不是一桩小事，一个后厨，厨师长可是个灵魂人物。菜品的特色，菜肴的色香味，菜价的定位全在他手中呢。厨师长是客源的关键，赢利的保证。这么一想，惊得姚九华一身冷汗。开张即在，这后厨没有厨师长就像汽车没有引擎，真是百密一疏。

这时他想到一个人。此人姓蔡，名春荣，民国时嘉兴名厨。1949年后蔡春荣就担任嘉兴餐饮协会主席。1951年，地方支援军队时，蔡春荣去了嘉兴飞机场管理空军伙食。1956年因嘉兴饮食服务公司分国营、集体两种编制，蔡春荣被调回当了集体联营公司负责人，直至1979年退休。他不但在嘉兴餐饮界有威望，而且有一副热心肠。哪家店缺厨师，哪个厨师一时没地方去，他都会出手相助。人们称他"嘉兴第二劳动局"，就是退休了还忙得不亦乐乎。姚九华急匆匆直奔蔡春荣家而去。

蔡春荣正好在，见姚九华上气不接下气的样子很是奇怪："你这气喘吁吁，火急火燎地，啥事体啊？"

姚九华道："蔡师傅，帮我物色一个厨师。"

蔡春荣道："为了南湖饭店，公司陈经理不是表示'要钱有钱，要人有人'吗，怎么来找我呢？"

姚九华老实道:"陈经理是这么说也这么做,调过来的厨师上灶是没问题。可这当厨师长火候还都不够哩。你最清楚,这可是一家餐厅成败的关键。你人头熟帮助举荐一个。"

蔡春荣道:"有道理。可这一时半会……"

姚九华道:"人都说你是'嘉兴第二劳动局',可不作兴卖关子。"

蔡春荣道:"容我想想……"

九

第二天一早,蔡春荣就来到姚九华办公室,不等让座就开门见山道:"物色好了,绝对称职。"

姚九华一边泡茶一边问:"哪方神仙?"又信心满满道,"是饮服公司的人吗?金经理有态度,调过来,一句话的事么。"

蔡春荣引而不发地道:"可人有点倔,就看你是否请得动。"

姚九华道:"有本事的都有点倔。到底谁啊?你要急死我啊。"

蔡春荣道:"胡永泉。"

"胡永泉。"姚九华当下愣在那里。

胡永泉,民国名厨胡莲宝长子,吴正懋菜馆当家厨师,嘉兴烹饪大师。他是有名的禾菜名厨,一只腐乳肉誉满禾城,成了"吴正懋"经久不衰的招牌菜,后来一只冰糖鳗鲡打遍禾城无敌手。可当年姚九华在五芳斋粽子店增加供应盖浇饭时,风头曾盖过马路对过的"吴正懋",引起"吴正懋"职工的极大不满,而真正受伤害是"吴正懋"的主厨胡永泉。从此,姚九华与胡永泉是面和心不和。

姚九华知道,通过公司一纸调令,人是肯定能过来。可人是有情感的,如果心结不解,一个餐饮部的经理,一个后厨的厨师长就不可能配合好。现在没有再合适的人选,人是必须调过来。看来这一关是必须要过,而且一定要过好。

姚九华左思右想，还是将想调胡永泉过来的事，向秦培启作了汇报。

秦培启道："要么我们组织上去做一下工作。"

姚九华道："强扭的瓜不甜。我们之间的矛盾，只能由我们自己化解。"

秦培启问："你有什么具体的打算吗？"

姚九华道："其实我们个人之间是没有恩怨的。这种工作上的矛盾，只要讲清楚，应该能化解吧。"

秦培启倒也爽快："这事就听你的，只要你工作做通，调令我去公司开。"

时间不等人。当晚姚九华将家里一直珍藏着舍不得吃的一听龙井茶叶，用报纸包了一下，夹在腋下去了胡永泉家。

自粉碎"四人帮"后，各行各业全面开放。餐饮业也呈现了八仙过海各显神通的局面，一些私人饭店的崛起撼动着国营饭店的地位。吴正懋菜馆首当其冲，由于设施陈旧，已少有大型的宴请落脚，几乎没有了昔日的风采，每日里来就餐的也多以进城办事的农民为主。由此，菜品的档次上不去，后厨也以烧大众菜为主。这种菜，一般的厨师均可上灶，作为烹饪大师的胡永泉自然而然就闲了下来。他整日里搬个高脚凳，坐在案板前，沏一杯清茶，点上一支烟，看徒子徒孙忙前忙后。开始他还觉得自得其乐，可时间一长就索然无味了。一个嘉兴有名的烹饪大师竟然成了无所事事的闲人。再看看那些烹饪才学了没几年的毛头小子，在他看来，他们烹饪的菜肴大都是他不屑一顾或觉着不足挂齿的，却在各家私人饭店都干得如鱼得水、游刃有余。真有点心有不甘。

由于无事，近来胡永泉回家很早。今天他技痒，回家路上专门去菜场转了一个圈，随手买回了一斤五花肉、一条一斤半的鳗鲡。

正在家择菜的老婆见了惊讶道："老头子，今天啥日脚。又是五花肉又是鳗鲡的。"

胡永泉道："长远不吃了，让你们改善改善。"

老婆揶揄道："你那点心思我还不晓得啊。这是店里烧不成，回家来显摆吧。"

本来就不痛快的胡永泉见老婆触他的痛点，篮子往桌上一掼，瞪眼道："不要吃是吧，我马上扔垃圾桶。"

老婆深知胡永泉脾性，赶紧拎起篮子去水井边清洗。

晚上，胡永泉的亲自掌勺，腐乳肉、冰糖鳗鲡，再加上老婆买的菜，一桌色香味俱全的禾菜就呈现在家人的面前。

见胡永泉心里不痛快，老婆和几个孩子吃完饭就早早离开了饭桌，剩胡永泉一个人自斟自酌。

此时，姚九华一脚跨了进来，见胡永泉一个人正独饮，就道："胡师傅小乐惠啊。"

胡永泉先是一愣，刚想招呼，但一想以往的过节，旋即低下了头，自顾自喝酒。

姚九华知道心结未解，也不计较，看了一眼桌上的菜肴道："腐乳肉、冰糖鳗鲡，这不是胡师傅的当家菜吗，今天好兴致啊。我是好久没吃过这么可口的菜了。"说着将那听龙井茶放在了桌上，"朋友送的龙井，知你好这一口，带给你尝尝。"

见姚九华自搬凳子挨上来，又送来了自己喜欢的龙井茶，胡永泉自是伸手难打笑人脸，道："要么你也喝两口？"

姚九华一见有门道，忙道："好啊。不过我可醉翁之意不在酒哩。"

胡永泉诧异地问："那你为啥？"

姚九华笑笑指着桌上的菜道："为了它们。"

胡永泉道："想吃菜啊。那你别将手和嘴闲着就行。"

胡永泉老婆见状赶紧摆上一副碗筷和酒杯。

姚九华夹了一块腐乳肉放嘴里边嚼边道："还是当年的老味道。1964 年前倒是常吃，后来就没机会了。"

胡永泉当然听得懂姚九华的意思，就检讨道："当年我是有点意气用事，后来想想都是为工作，我们个人置气好像有点傻哩。早想与你叫叫开，可就是抹不开这点脸面。"

姚九华忙顺着胡永泉的话道："是啊，是啊。都是工作上的矛盾，是有点犯不着。不过是我不好。我是小弟，理应我主动认错才对。"

胡永泉道："好了，这一篇算是翻过去了。想吃我烧的菜就尽管过来，反正我现在有的是空闲。"

姚九华道："不光我一个人，想吃的人多着呢。"

胡永泉道："不作兴这么损我。'吴正懋'都成了大众菜馆了。我是英雄迟暮，无用武之地了。"

姚九华乘机道："谁说英雄无用武之地，南湖饭店就欢迎你加入。"

这时胡永泉才醒悟过来："原来你是为这事来的吧。"

见胡永泉识破，姚九华也就不藏着掖着，将饭店还缺一个厨师长的事讲了，还道："南湖饭店是嘉兴第一家高档饭店，我想饭店餐厅也应该以嘉兴特色呈献给各地的宾客。你是现存最有名的禾菜烹饪大师，这个厨师长非你莫属。"

不说胡永泉这时日脚并不好过，急需有个地方能证明自己，就这席话也让他热血沸腾。他知道，现在的南湖饭店招人并不困难，人家都想着法往里钻，而姚九华能不计前嫌主动相邀，可见他待人的诚恳。

胡永泉有点激动道："就冲着你的诚心我去！"

十

南湖饭店开业在即。因为经营定位是"一流的设施、一流的服务"，目标当然是向国内顶尖的饭店看齐。就嘉兴而言，近邻上海就汇集了中国饭店业的许多翘楚，他们的水准在国内拔尖，这是不言而喻的。

通过省饮服公司介绍，饭店一批年轻的服务员已于先期去上海的一些大饭店培训实习。听培训实习回来的服务员讲，这些饭店的清洁标准竟然是用洁白的毛巾来擦拭，毛巾哪怕有一点变色就被判为不合格。服务员遇见客人过来要让到边上，并口喊："您好。"这对嘉兴饮服业的从业人员来说是闻所未闻的，颠覆了一直以来的认知，震撼实在太大。于是，那些从嘉兴各饭店、旅馆抽调到南湖饭店当管理的人，纷纷要求也去上海开开眼界。嘉兴饮服公司的领导从善如流，觉得这是提高南湖饭店管理水平的好事，同意南湖饭店的部门经理去上海学习取经。

就这样，由秦培启总经理带队的学习取经团就到了上海。

在上海期间，他们用眼睛感受、用嘴了解、还用心体会，大家都说受益匪浅。

那天下午回到下榻的旅馆，因离吃晚饭还有段时间，众人都回房间休息。姚九华与胡永泉向秦培启请假，说是想看看上海的餐馆，就不回来吃晚饭了。鉴于此次学习取经侧重于住宿，餐饮很少涉及，既然姚九华与胡永泉自己提出来看看上海的餐馆，秦培启当然点头同意。

两人徜徉在南京路上，这一家饭店走进那家饭店走出。看菜单，观客人点的菜肴。不知不觉，已华灯初上。肚子开始唱空城计，两人正好来到南京东路的四川饭店。

胡永泉提议道："我们嘉兴的菜馆都以禾菜、徽菜为主，要么进去见识见识川菜。"

姚九华当然同意。

两人一坐下来，马上有服务员送上菜单。胡永泉接过菜单，边看边对姚九华道："我父亲当年传授我手艺时倒是讲过川菜，他说：'川菜以善用麻辣调味著称，口味清鲜醇浓并重。'我们嘉兴地方小，没有川菜馆。我也没好好尝过，今天我们就专点川菜的代表菜品。"说着就一口气点了鱼香肉丝、宫保鸡丁、麻婆豆腐、水煮鱼等六个菜，末了又要了两份炒饭。

　　这时那位负责接待的服务员发话了："你们几位?"

　　姚九华道:"就两位啊。"

　　服务员道:"点得太多了,吃不了的。"

　　"我们想每样都尝尝,就这样吧。"服务员的提醒让姚九华与胡永泉大感意外。

　　尽管姚九华与胡永泉表了态,那个服务员似乎并没想放弃自己的建议:"要么炒饭就上一份吧,两个人够吃了。还有,本店备有饭盒,吃不完可以带走。祝用餐愉快。"

　　看着服务员转身离去的身影,胡永泉一拍大腿对姚九华道:"太让人不可思议了。从来饭店总是希望客人多点菜,哪有劝客少点菜的。"

　　姚九华道:"我想这大概就是一流服务的境界吧。"

　　取经学习一回来,秦培启就趁热打铁马上开了一个座谈会:"各位都是南湖饭店的骨干,今后饭店经营成功是要依靠在座的各位。现在就请大家谈谈学习取经的心得体会。"

　　早已按捺不住的姚九华开了头炮,将与胡永泉在上海四川饭店就餐的经历一五一十地向大家讲述,末了他总结道:"我觉得所谓的一流服务应该就是毛主席说的'全心全意为人民服务',而这种服务的着眼点应该是'全心全意'。那位服务员一心为客人着想,就体现了一流服务的境界。"

　　一石激起千层浪。姚九华的发言引发了大家情绪高涨,你一句我一句,将看到的先进服务手段及先进服务理念讲了个透彻。

　　这时不知谁嘟哝了一句:"他们的先进服务理念也渗透在服务设施上哩。"声音不大,可大家都听见了。会场一下子都静了下来,眼睛齐刷刷向他看过去。

　　秦培启对他道:"说说看。"

　　那人道:"那些饭店都将店名印在饭店的工作服、杯盘上、毛巾上、信笺上。不但强化了饭店的影响力,还给人一种上档次的感觉。"

姚九华马上证实道:"我们在各餐饮店也注意到了。在他们的盘子、碗筷上,甚至服务员的工作服上也都印有店名略。"停了一下又补充道,"他们店名的字都好漂亮,好像出自名家之手。"

有人建议:"我们也应该学一学。"

有人指出:"印上去是方便的,可用什么字体呢?"

这时大家才觉得,应该找人给南湖饭店题个店名。有人提出来,是否请个有名的书法家来题店名,众人当然是一片叫好之声。可请谁呢,怎么联系呢,众人又纷纷闭上了嘴。

这时姚九华想到一个人。此人在公司业务科任职,叫张祖勤。因与姚九华曾在一起工作,相互间很熟。

张祖勤,桐乡人,喜欢书画,与嘉兴文化人来往密切,请名家题写店名一事非他莫属。

姚九华建议请张祖勤帮助落实。

张祖勤一听,马上应承了下来。由于张祖勤与嘉兴文化人的密切关系,上海"朵云轩"的一位专门负责采购笔墨纸砚等书画用品的科长与张祖群成了好朋友。每当这位科长去湖州等地采购毛笔、绫绢时,他总要在嘉兴转道,去张祖勤家小住一二日。

这一日那位科长又登门来访,张祖勤就将委托他代为联系题写店名的事讲了。

那科长拍着胸脯道:"这几年来多承蒙祖勤老弟关照,一直未有报答机会。今老弟有求于我,我当仁不让。不过以兄的道行,外地的有难度,恐力不能及。不过沪上的书法家倒大都熟悉,求几个字应不在话下。"

张祖勤欣喜道:"上海的书法家个个如雷贯耳,何必再去舍近求远。就有劳老兄了。"

那科长问道:"书法家的书法各有千秋,你们喜欢谁的字呢?"

张祖勤道:"这我倒一时说不上来,反正字迹端庄一点就行。还是请老兄

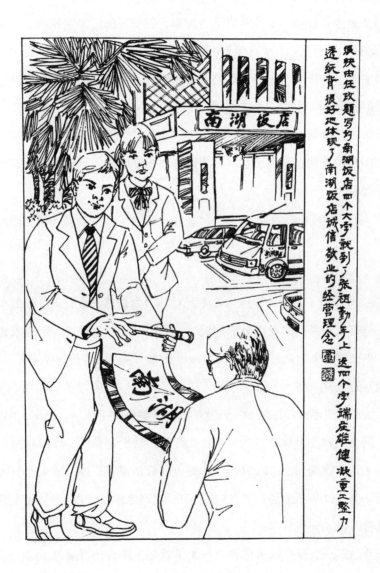

很快由任玫题写好的南湖饭店四个大字就到了张祖勤手上，这四个字端庄雄健、凝重工整、力透纸背，很好地体现了南湖饭店诚信敬业的经营理念。

张罗吧。"

那科长思索了片刻道："要么请任政写吧。在沪上书法家中我与他最熟，开口方便。对了，他是黄岩人，你们是老乡。他可是上海文史研究馆馆员、中国书法家协会会员、上海书协常务理事。他书写的行书字模现为《人民日报》《深圳特区报》《文汇报》《新民晚报》等报纸采用。他还为全国邮电局书写了标准字样。求书者接踵，户限为穿，是海内外极有声望之书法家。"

张祖勤听言高兴道："那太好了，就辛苦你了。"

很快由任政题写的"南湖饭店"四个大字书法作品就到了张祖勤手上。这四个字端庄雄健、凝重工整、力透纸背，很好地体现了南湖饭店诚信、敬业的经营理念。

十一

1982 年 1 月 1 日，南湖饭店如期开业。因为是嘉兴市有史以来最高的大楼，又是嘉兴最高档的餐宿兼营的饭店，不但市商业局重视，市政府也相当重视，市长答应来剪彩。饮服公司的领导不敢马虎，指示开业要隆重、热闹，要做到万无一失。

秦培启就更不敢掉以轻心，开业的前一天就住进了饭店。一间一间客房，一间一间会议室逐个检查，生怕有什么纰漏。特别是餐厅，他带着姚九华在后厨东走走西瞧瞧，还不时拉开冰箱的大门低头察看，推开储藏室的大门探头张望。当姚九华汇报道："明日宴会的原材料全部备齐备足。"他才放下了一颗悬着的心。

开业当天，负责广场布置的人一大早就将主席台布置妥当。那大堂前的广场上方"南湖饭店开业庆典"红底黄字的横幅已高高挂起。广场周围五色的彩旗似乎并不在意有些凛冽的寒风，迎风舞动着。广场中央已摆好了一排椅子。

天遂人愿。九点不到，风小了。太阳也睁开了眼睛，照在陆续入场的来宾身上，让人觉得了丝丝暖意。

由于人气的骤增，广场上马上热闹起来，广播里也开始播放《迎宾曲》。九点一到，先期已在贵宾室等候的市长、经委主任、财政局长等，在商业局长的陪同下，依次在主席台就座。

开业庆典由饮服公司陈经理主持。他对着麦克风高声宣布："南湖饭店开业庆典现在开始。"

话音刚落，一群充满青春活力的姑娘在主席台前跳起了红绸舞。只见她们朝气勃勃，韵律十足，舞姿曼妙，一条红绸化成了满天红云霞。

商业局长见了，转过头来，问身边的陈经理："哪来这么多漂亮的小女孩啊？"

正看得出神的陈经理得意地道："南湖饭店么，缺什么也不会缺女孩啊。"

当他们发现摆在嘴边的麦克风开着时为时已晚，他们的交谈引起了全场哄笑。

正好舞蹈完毕，为了摆脱窘状，没等演员下场陈经理就介绍起来宾。随后迫不及待地请东道主代表发言。秦培启首先感谢了在筹建过程中给予支持的各政府部门，又感谢了建设单位，最后他表示："在南湖饭店全体员工的努力下，一定能将南湖饭店办成招得来客、留得住客的一流饭店。"

上级主管部门的代表商业局长、建设单位的代表也接着发了言，他们回顾了从立项到建设的过程，对南湖饭店开业表示祝贺。

最后市长讲话。

市长的话不长，无非是祝贺南湖饭店顺利开业之类的贺词。不过结束语倒是挺语重心长的："创业容易守业难。党和人民把这样一座富丽堂皇的饭店交到你们手上，你们有义务守好这份家业。使他成为嘉兴市饭店业的一面旗帜、一根标杆，一个向全国人民展示嘉兴风采的窗口。"

接着陈经理宣布："请市长剪彩。"

剪彩，就是在建筑物落成、展览会开幕、道路桥梁首次通车等活动时，剪断彩带以示开始的一种庆祝仪式。相传 20 世纪初，在美国的一个乡间小镇上，有家商店即将开业。店主为吸引顾客，开业这天在商店里摆放了许多用以优惠顾客的便宜货，为了防止闻讯而来的顾客在正式营业前闯入店内将便宜货抢购一空，便随便找来一条布带子拴在门框上。没想到这条布带竟然更加引起被布带拦在店门之外的顾客的好奇心，他们更想早一点进入店内，对即将出售的商品先睹为快。正当店门之外的顾客翘首以待之时，店主的一条小狗突然从店里跑出来，将拴在店门上的布带子碰落在地。顾客误以为这是该店为了开张志喜所搞的"新把戏"，立即一拥而进，大肆抢购。让店主惊喜的是，他的这家小店在开业之日的生意居然红火得令人难以置信。后来，凡有商店开业就竞相效仿起来，久而久之演化为一项隆重而热烈的仪式。

一听剪彩，来宾甚是好奇。原因是在改革开放之初，以剪彩这种形式来庆祝开业还是非常少见，大家纷纷起身一看究竟。

这时两个穿着南湖饭店迎宾装靓丽女孩，牵着一只由红绸结成的彩球站到了主席台前。市长在商业局长陪同下来到彩球前，在众人的注视下，市长从一个女孩的托盘中拿起剪刀，将连着彩球的红绸剪断。

全场一下子热闹起来，来宾们热烈鼓掌，等候多时的鞭炮也按捺不住开始鸣响。而几个摄影记者也忙前忙后，从不同角度将这一瞬间定格。

至此，开业庆典圆满结束。

一看来宾纷纷起身欲离去，陈经理忙拿起麦克风道："下一个环节，请来宾参观现场。然后也别急着走，请到餐厅用餐，尝尝我们的大厨为各位献上的美味佳肴。"

话音一落又引来一阵欢笑。

在迎宾服务员的引导下，来宾们先是参观了客房。新奇的是，每间客房都配备了洗漱间，一律安装了抽水马桶、浴缸，还 24 小时供应热水；客房里竟然都是席梦思床铺，床头柜上也都安装了电话机。这在嘉兴的旅馆还是头一遭呢。

有个来宾感叹道："这是共产主义水准啊。"

有人问："你怎么判定是共产主义水准啊?"

"楼上楼下,电灯电话。还有过之而无不及呢。"那个来宾由衷地说。

接下来参观会议室,迎宾服务员道："我们饭店有大大小小会议室十个之多,大都集中在三楼。"

有人问："饭店么,主要是供旅客住宿的,要这么多会议室干什么?"

陪同参观客房部经理道："以后南湖饭会接待许许多多大型会议,会议室必须多啊。"

有人道："这倒是颠覆了我对饭店业的认知哩。"

有的大惊小怪道："啊呀,这些会议室介考究啊。你看这大型吊灯,水晶的吧。喔,还有雕花廊柱。就像宫殿一样哩。"

客房部经理道："没去过上海的高档饭店吧,我们只是小巫见大巫哩。"

有人不解："不就住个宿吗,要这么高档干吗?"

客房部经理意味深长道："没有金窝窝引不来金凤凰。"又转身向来宾道,"请各位移步餐厅用餐。"

十二

旧时菜馆开业,老板在第一天总要叫上一帮亲朋好友、社会贤达到场,畅饮一番那是必须的。这么做,一方面图个兴旺,造成一种高朋满座的阵势,一方面向世人告知菜馆正式营业了,另一方面也借机展示一下菜品的特色。

这种习俗在1949年后逐渐消亡。改革开放后,由于民营菜馆的大量出现,这一习俗又开始出现。

按说在刚刚改革开放初,像这种开业典礼完毕,来宾能领到一只茶杯、一本笔记本已是欢天喜地的了。如今还能品尝菜肴,还真是令人小兴奋一番。

这次南湖饭店开业前的准备时，大家一直在议论一个话题。我们拿什么来展示南湖饭店最惊艳的一面呢？为此饭店内几乎展开了一场大辩论。

有人建议："我们可是嘉兴楼层最高，第一家有电梯的饭店。这个不是够惊艳的吗？"

有的提示："我们的客房可是一流的。你看一个房间配一个卫生间，方便、洗澡都不用出房门。你看嘉兴的旅馆招待所可都是集体厕所，哪有洗澡间啊。"

有人道："那些金碧辉煌的大小会议室在我们嘉兴可是首屈一指的啊。"

有人嗤笑道："这算什么啊。能在这里住宿的客人可都是跑过三江六码头的，啥世面没见过。你们说的这些在嘉兴算得上是惊艳的，可与那些大城市相比就稀松平常了。"

经他这么一说，大家顿时哑口无声。是啊，这些在大城市可已是司空见惯的啊。

这时坐在角落一直没开腔的胡永泉建议道："要么在菜肴上动动脑筋？"

有人否定道："这菜肴么无非是鲁、川、粤、闽、苏、浙、湘、徽八大菜系，各种各样菜系的菜馆在全国随处可见，我们做什么菜能惊艳呢？"

胡永泉道："这你就孤陋寡闻了。明清时期，嘉兴的禾菜在江南一带可是独树一帜的。"

胡永泉的话一下子引起了大家的兴趣。

有人道："是啊，胡师傅可是禾菜的传人。给我们讲讲吧。"

胡永泉如数家珍般道："从元代到清代江南出现过八本古食谱，有四本为嘉兴人所撰。其中清初嘉兴朱彝尊的《食宪鸿秘》还被其他食谱传抄，就像《调鼎集》这样的淮扬菜食谱也有许多内容抄自该书。从这些事例可推断，禾菜在江南一带的历史地位。"

有人道："这可是第一次听说，长见识了。"

胡永泉道："所以，我建议何不在禾菜上做做文章呢？"

众人听了耳目一新纷纷道："对啊，我们在禾菜上做做文章才是惊艳呢。"

有人建议道："胡师傅，给我们讲讲禾菜吧。"

胡永泉道："禾菜以浓油赤酱为主，兼顾淡雅爽口。以原汁原味为特色，崇尚咸甜适中、醇厚鲜美，可以说包容性是很强的。禾菜不但将烧、煮、煎、炸、炒、烩、炖、炝、拌、腌发挥得淋漓尽致，还将'醉'和'糟'这两种古老的烹调技法运用到炉火纯青的地步。"

胡永泉见大家都支起了耳朵，又意犹未尽道："禾菜不但有冰糖鳗鲡、响油鳝丝、红烧蹄髈、腐乳肉这种红烧的菜肴，也有像葱油南湖菱、田螺嵌肉、翡翠珍珠虾球、韭菜炒蚬肉这样的白烧菜肴，要知道这些在禾菜中只能算是经常挂在菜单上的平常菜。有一款将带皮山羊肉一层层铺在小瓦罐中，压紧，淋上料酒、盐，上笼屉蒸四五小时的清蒸山羊肉，吃时香气四溢、酥美至极，因制作费时现已没人再做。还有蜜炙火腿、汤火方、蟹黄鱼翅、冷拌鳖裙这些经典禾菜因食材问题现在也很难出现在菜单上。另外，禾菜中'醉'和'糟'技法的运用确有独到之处，以前在嘉兴的各家腌腊店都会有'糟货'的供应，最吸引顾客的是糟鱼与糟蛋；而'醉货'则以自制为主，主要是将螃蟹用酒浸渍后食用，饭店中则会将活虾用酒浸渍作招牌菜揽客。"

秦培启听了大腿一拍道："就禾菜了。胡师傅，你得给我长脸。不，给南湖饭店长脸。"

有人开玩笑道："不是有这么一句话'要留住人先留住他的胃'，秦总经理决策高啊。"

秦培启道："别给我上眼药，要拍马屁找胡师傅啊。"

引得一片欢笑。

开业这天，胡永泉倒真是使出了十八般武艺、浑身解数。

当众来宾刚在餐厅落座，服务员就开始逐桌布菜。

先上六小冷菜：鸭舌、白鸡、皮蛋、海蜇皮、盐齑菜、炝虾。而最抢眼的则是"炝虾"，将活虾剪去须足，酒浸渍后用红腐乳、卤麻油、白糖蘸食。

随后六个热炒：炒什锦、炒腰花、上汤菠菜、燥煎鲚鲅、虾仁臭干、虾子蹄筋。其中虾仁臭干是将蒸好的臭豆腐干拌入炒好的虾仁；虾子蹄筋，实质是将虾子与蹄筋一起烹饪。

四大件：红烧蹄髈、松鼠鳜鱼、冰糖鳗鲡、八宝鸭。

点心用了八宝饭与细沙羊尾。

汤则用了火腿、笋尖、开洋。

由于六个热炒、四大件、点心是穿插上桌，弄得一干来宾目不暇接，食欲大开。

有人问道："这是什么菜系啊？有些菜都没见过啊。"

一直在旁边张罗的姚九华跑过来道："这就是我们本地的禾菜啊。请提宝贵意见。"

那人道："喔，原来禾菜这么有特色啊。"

边上一位有点年纪、干部模样的开口道："在浙菜系中，禾菜的确是别开生面，另有一功啊。"

陪坐在这位干部旁的饮服公司陈经理赶紧站起来给姚九华介绍："戴总，省饮服公司总经理。"在姚九华与他握手时，陈经理又对戴总道："姚九华，南湖饭店副总经理兼餐厅部经理，他可是嘉兴粽子业的行家里手。"

戴总道："喔，那不捣鼓你的粽子岂不可惜了。我们杭州有一家知味观，也是以点心见长，有机会来杭州我给你们穿针引线，相互交流交流。"

一直想重操旧业的姚九华听言，一下拉近了与戴总的距离。

十三

南湖饭店接待第一个大型团体是八一电影制片厂的《琵琶魂》摄制组。

打前站的是摄制组的一个副导演，他是由嘉兴市文化局的同志陪同到店里来的。文化局的同志对秦培启总经理道："这可是八一电影制片厂第一次来嘉兴拍电影，可要接待好啊。"

秦总道："八一电影制片厂要来倒是早有耳闻，不想这么快啊。"

打前站的副导演道："不快，光取景我们就来过两次了。"

文化局的同志问金总："有什么困难吗？"

秦培启忙摇手道："没有，没有。就是不知道制片厂的同志有什么要求？"

文化局的同志建议："要么请制片厂的同志参观一下饭店，再做决定。"

在秦培启的带领下，大家楼上楼下、屋里屋外地察看起来。

看来那个副导演对饭店的设施还是满意的。当他看到后边刚平整好的大院子时更是连声叫好，他对陪同的文化局的同志及秦培启道："我们会有五辆拉设备道具的卡车，一辆载剧组人员的大客车，三辆小轿车过来，这儿正好可停呢。"他又问秦总："你们一层楼面有几个客房啊？"

秦培启道："二十个。"

那个副导演道："一个月后，我包你最高两层楼面。"

秦培启问道："剧组多少人啊？"

那个副导演道："导演、编剧、演员、道具、化装、服装、驾驶员，七七八八总有个四十来人吧。"并进一步解释道，"导演、演员因要背台词，要住单间的。至于住最高层，一方面安全，演员休息干扰少，另一方面对其他客人影响小。因为我们的作息时间不固定，有时收工会很晚的。"

秦培启道："这个没问题。"

在察看餐厅时，那个副导演又道："还有饭菜，我们是分食制，一般两荤一素。在工作时间我们不回店吃饭，要麻烦请你们送到片场。"

在场的姚九华对胡永泉道："分食制就与我以前搞的盖浇饭差不多。我们去买一批饭盒盛好，用三轮车送片场就可。这个也没问题。"

那个副导演又道："有一点必须提醒，卫生可是第一位的。有人吃坏了可要影响拍摄进度的喔。"

胡永泉忙表态："这个尽管放心，烂污不好拆咯。"

那个副导演表示满意。他回过头来向文化局的同志问道:"请你们帮助租借的渔船是否落实了?"

文化局的同志道:"已落实,剧组随时可调。"

那个副导演高兴道:"太好了。我和道具组的同志两个星期后就到,对渔船进行必要的修整。"

一切准备工作按部就班地展开。一个月后,大部队就开了进来。

因有电影明星来住店,南湖饭店的上上下下都很兴奋也很期待。当一大群演员从大客车上下来时,引来了大家的驻足观看。

当一个高个子高鼻梁的男演员走进大堂时,更是引起一阵轰动:"看,看!这不是陈佩斯吗!"

"大鼻子、小眼睛。是哩,是哩。"

"谁说不是。跟电影上一模一样。"

在《琵琶魂》摄制组的演员中,陈佩斯虽不是男一号,却是最受欢迎的男演员。其实陈佩斯的出名得益于 1979 年上映的喜剧《瞧这一家子》,在这之前他只不过是一个演演路人甲、路人乙的龙套。《瞧这一家子》是粉碎"四人帮",拨乱反正后的第一部喜剧片。它很好地将现实生活融于剧中,有很强的时代特色,使人们长期压抑的心情得到无所顾忌地释放。在电影中,陈佩斯饰演的嘉奇幽默风趣,在广大观众中留下了深刻印象。

《琵琶魂》说的是 1943 年,新四军女战士苏小琴主动请战,回到江南太湖边上的故乡莲镇,寻找已与新四军失去联系的莲镇地下党的故事。在寻找过程中,苏小琴利用学过评弹的有利条件,扮成评弹艺人,身穿旗袍,怀抱琵琶,闯过敌人的哨卡,回到了久别的家。可当她去作为地下党联络站的莲溪乐器店接头时,站柜台的竟是她过去的同学阿甫。小琴以买琴弦为由,接连发出联络信号,可阿甫却不予理会。小琴顿时明白了,这个联络站已不存在了,便机警地离开那里。这时她才知道店老板老陈已被敌人抓走。后来在茶馆里演评弹时,苏小琴借调弦的机会再次发出联络信号。这暗号被茶馆跑堂的地下党员阿林听到后，很快报告了党组织，小琴终于与地下党接上了头。最后老陈被救出，苏小琴自己却献出了年轻的生命。

陈佩斯在影片中饰演阿甫，是一个反面人物。他投靠伪镇长范少章，监视苏小琴，帮助日寇追捕地下党，最后被父亲老坤劈死。

影片的部分外景在嘉兴的外月河拍摄。午饭由胡永泉他们做好，再由姚九华派人用三轮车送至拍摄处。每次送饭回来，胡永泉总是问姚九华："他们爱吃吗？"

姚九华则总是回答："他们有什么评论不知道，但吃得狼吞虎咽我倒是亲眼目睹。"

十四

接待八一电影制片厂《琵琶魂》摄制组，大大锻炼了南湖饭店的职工，提高了接待能力。紧接着市里的几次大型会议都放在这里召开，尤其是嘉兴市人代会、政协会都把分组讨论会场放在这里，大大提高了南湖饭店的知名度。这里成了嘉兴企事业单位接待来宾的首选。尤其是具有浓郁地方特色的禾菜，更使姚九华任经理、胡永泉任厨师长的餐饮部成了南湖饭店的招牌。

事情从一个香港代表团的到来说起。

这是一个高规格的经贸代表团，来人都是香港举足轻重的商界人士。嘉兴市政府相当重视，在代表团到来之前，政府主管部门还专门来打了招呼："代表团就下榻南湖饭店，你们可得接待好，尤其是餐饮上。市长是要来宴请的，可要拿出看家本事，让香港人尝尝嘉兴的美食。"

这理所当然也引起了南湖饭店的重视。秦培启总经理给全体中层开会，他说道："这个香港代表团的到来，市里很重视，对接待工作提了要求。虽然这些接待都是我们的本职工作，驾轻就熟，但我们也不能掉以轻心。今天叫大家来就是从细节上捋一捋，看看还有什么不到之处，把它消灭在萌芽状态。"

住宿部的经理道："我这里没问题，我保证客房窗明几净，寝具、洗浴用品干净整洁。"

工程部的经理道："我保证不断水不停电。"

保卫部的经理一脸轻松道："我这里也没问题，安全么公安局会派人来的，我们只要协助即可。"

有人揶揄道："不能说点新词啊。"

在哄笑声中，有个经理嘟哝道："就这点工作，还要我怎么表态？"

秦培启道："小心驶得万年船，大家可不能掉以轻心啊。不过，我想我们的重点还是餐饮这块。"

有人道："那不简单啊。香港人么，喜吃粤菜。我们参照粤菜菜谱把什么广式烤乳猪、脆皮烧鹅、糖醋咕噜肉、蜜汁叉烧、白切鸡等往上一端不就可以了吗？"

胡永泉连连摇手道："我是禾菜厨师，可没学过粤菜。再说像烤乳猪、脆皮烧鹅、蜜汁叉烧这样的粤菜，不要说食材，就是烹饪设备我们也没有啊。如果一定要依样画葫芦，到头来可能偷鸡不成反蚀把米哩。"

秦培启同意道："那倒是，市里头可是千叮万嘱，可不能塌了市长的台啊。"

姚九华建议道："胡师傅擅长禾菜，我觉得还是以禾菜为主，其中插入几个我们力所能及的粤菜。这样又能让客人有一种新鲜感又有一种亲切感。"

秦培启道："这个我赞成，就辛苦胡师傅动动脑筋了。"

很快胡永泉就将菜单开了出来。冷菜：鸭舌、白斩鸡、海蜇皮、爆鱼、盐齑菜、醉虾；热炒：炒什锦、响油鳝丝、上汤娃娃菜、蜜炙火方、菠萝咕噜肉、虾子蹄筋；四大件：红烧蹄髈、松鼠鳜鱼、冰糖鳗鲡、五香乳鸽；点心：八宝饭、烧卖；汤：火腿笋尖开洋冬瓜盅。

他对秦培启与姚九华道："这里大都是禾菜的精华，其中白斩鸡、菠萝咕噜肉、五香乳鸽、火腿笋尖开洋冬瓜盅兼有粤菜的特点。"

姚九华问："为什么白斩鸡、菠萝咕噜肉、五香乳鸽、火腿笋尖开洋冬瓜盅兼有粤菜的特点呢？"

胡永泉道："粤菜有白切鸡、糖醋咕噜肉、红烧乳鸽、八宝冬瓜盅等名菜。这白切鸡、红烧乳鸽与我们的白斩鸡、五香乳鸽有相同之处。而菠萝咕噜肉是用菠萝肉与糖醋咕噜肉炒后装入挖了心子的菠萝内。而火腿笋尖开洋冬瓜盅，则是将火腿笋尖开洋冬瓜汤装入挖了心子的冬瓜内。是不是兼有粤菜的特点呢？"

姚九华由衷道："真不愧是禾菜烹饪大师。我服了。"

宴请香港代表团那天，市长、副市长莅临南湖饭店。

菜肴一道道端上桌来，惊艳了全场。

宴会后，代表团中一位从事餐饮的成员专门与胡永泉交流："胡大师，这'醉虾'的蘸汁怎么调啊？真是鲜美极了。"

胡永泉道："大师不敢当。蘸汁么，就是由红乳腐卤麻油白糖调制而成。"

那人又问道："这蜜炙火方是什么食材啊？"

胡永泉道："就是用整块的火腿肉清炖后，加糖收汁即可。这可是禾菜的传统菜肴，现在嘉兴也不大有人做了。"

那人又道："在嘉兴竟有如此别具一格的菜肴，真是长见识了。"

从此，南湖饭店的菜肴有了名，在南湖饭店吃饭成了上档次的事情。尤其那些结婚的喜宴也以在南湖饭店举办为荣，一度在结婚集中的节假日，婚宴要提前一年预定。

十五

由于饮服公司陈经理的退休，秦培启调去当了经理。临走前一天，南湖饭店为他开了个欢送会，中层以上都来参加。

秦培启在欢送会上说:"我又没有调出饮服公司,其实这会真不用开的。你们这一弄倒使我有点依依不舍哩。"

客房部经理感慨道:"是的。平日里忙前忙后也没觉着什么,现在秦总要走了,平时跟着你冲出冲进的情景倒一一浮现在眼门前了。"

秦培启道:"别那么伤感么。我这是去公司当经理,你们可不能天高皇帝远,不听我指挥。要你们冲出冲进时,还得给我卖力。"

众人笑道:"跳来跳去跳勿出如来佛这只手哩。"

秦培启道:"那还用说。告诉你们,除了南湖饭店,公司其他门店大都是微利企业,有些甚至亏损,全公司百十来家门店的利润加起来还不及南湖饭店哩。我当经理不抓住你们抓谁去。"

这时姚九华问道:"这五芳斋粽子、陆稿荐酱鸭可都是嘉兴的名牌产品,又不愁销,怎么就微利了呢?"

有人插进来道:"姚经理,你是装糊涂还是真不知道。现在哪还有'五芳斋''陆稿荐'的牌子。目前人民饮食店、北丽春熟食店还算好,有点利润的。"

秦培启当然听得懂姚九华的意思,赶忙道:"姚九华,你别给我胡思乱想。管好你的餐饮部就行了,这可是我的摇钱树呢。今后公司要发展,用钱的地方多了,就指望你给我生钱呢。"

听秦培启这么一说,姚九华自是不敢多言,只是自言自语道:"光靠一家怎么行呢,有道是百花齐放才是春么。"

想法归想法,既然秦经理说了,要把南湖饭店餐饮部当摇钱树,本职工作还得做好。毕竟自筹建南湖饭店起,两人在一起同甘共苦几年了,还是产生了深厚的工作感情,况且都是为了企业的发展呢。

生意的火爆也带来一些负面的问题。

最令姚九华头痛的是,公司有些干部会来餐厅买炒菜带回家。按理,干部在餐厅炒菜,只要付钱也无可厚非,这说明干部喜欢南湖饭店餐厅的菜肴,值得庆幸。可姚九华发现一个怪现象，有些干部带来的都是十二寸的大搪瓷缸。这种搪瓷缸一次起码可盛下三盘炒菜，这就不正常了。

这天姚九华在大堂遇上一个从餐厅买菜出来的公司干部，问道："阿新，餐厅炒菜啊？"

那个叫阿新的干部答道："你好，姚经理。我们餐厅的菜炒得好吃，家里人喜欢吃哩。"

姚九华问："炒个什么菜啊？"

阿新的答道："炒腰花。"

姚九华打开搪瓷缸一看，马上愣住了，满满一搪瓷缸，就问道："你炒了几盘啊？恐怕全家人要吃两顿哩。"

阿新的脸一下子从额头红到了脖子。

姚九华找到胡永泉，将事一说，胡永泉两手一摊道："这叫开小灶，是老规矩了。你要刹牢伊啊，难。"

从胡永泉嘴里姚九华才知道了事情的原委。饮服公司干部一直以来都有到下属饭店开小灶的习惯，而饭店的厨师见是公司干部总会手下留情，加料烹饪。久而久之，习惯成自然。现在南湖饭店的大部分厨师都是从饮服公司各个饭店抽调拢来，这个习惯也带了过来。以前姚九华在公司时也有所耳闻，今眼见为实，心想还挺严重哩。

胡永泉见姚九华未作声，劝道："规矩已做出，积重难返，要废除可要得罪人哩。其实，生活都在厨师手上，客人的菜每只少配一点点就做转了。"

姚九华道："这是损害客人利益哩。为什么饭店要将职工食堂与餐厅分开，就是怕侵害客人利益么。看来公司各门店赚钱少，这恐怕是个主要原因吧。胡师傅，我们可不能放任不管。长此下去，再多的利润也会败光的。"

胡永泉面有难色道："你说得有道理。可是一般的干部还好说，比如那个阿新，经你这么一查，以后绝对不会再来。"

姚九华点头道："是哩。人总是有自知之明的。"

胡永泉道："但有一个人难对付哩。"

姚九华问："谁啊?"

胡永泉道："公司的丁副经理。其实到南湖饭店来炒菜就是他带的头，来得也最勤。他来，我倒真没法拒绝哩。"

这丁副经理叫丁德成，因一身肥肉，人称丁胖。因主管公司后勤，什么解决职工幼儿入托、审批劳保用品、分配职工宿舍、批准生活补助等等，公司各门店都有求于他，权力很大。自认为要风有风要雨有雨。

姚九华道："实际上，谁来炒菜我们都不能拒绝啊?"

胡永泉不解地问："不拒绝怎么刹牢啊? 是听见丁胖子也缩头了。"

姚九华道："胡师傅啊，你真是死脑筋。你按标准给他炒菜不就行了吗。"

胡永泉拍拍脑袋笑道："你看我这脑子，真有点一条道跑到黑哩。"

随即姚九华给后厨开了个会，规定以后任何人来炒菜不得加料添份。

这规定对后厨确实震动很大。因为厨师见亲朋好友来炒菜，加料添份是稀松平常的事，这规定一出还真有人转不过弯来："熟人来我面子上做不转哩。"

姚九华道："这好办。后厨大门上挂块牌子，'厨房重地，闲人免入'。将客人与你们隔开。"

这办法一实行，立马见效。

就是那个丁副经理不知此规定。那天，他捧了个十二寸大搪瓷缸又来炒菜。他点了个红烧大肠，付了款，就向点菜员要菜单。

点菜员道："菜单我送进去。"

丁胖子道："你给我，我自己送进去。"

那点菜员是新来的，不认识丁胖子，又道："店里规定'厨房重地，闲人免入'，我们也只是送到厨房门口。"

丁胖子道："我可是公司副经理。"

那点菜员一听一下愣在那里，正好姚九华走过，她赶紧叫住姚九华。姚

　　九华也是见了丁胖子才走过来，问明情况后，接过丁胖子的搪瓷缸及菜单道："新来的，不认识你，别计较啊。我们现在是有闲人不得入后厨的规定，请包涵。这样吧，我给你送进去。"

　　见姚九华如此上心，丁胖子的气也就消了。可当搪瓷缸送出来，丁胖子打开一看，顿时脸上就难看起来："怎么这一点点啊。"

　　姚九华道："你那搪瓷缸大，倒盘子里试试看，保证足量足额。"

　　丁胖子脸由青变红，转身就走。

　　事一经传开，从此杜绝了开小灶。

　　后来秦培启知道了此事，在一次职工大会上讲："南湖饭店可是我们饮服公司的钱袋子，谁也不准向里边伸手。"

第六章

一

"混堂"是江浙沪一带旧时对浴室的俗称。为什么称"混堂"？有一种说法，因旧时浴室均为大池，衣服一脱，不管老板伙计、贩夫走卒混在一个池中洗浴，没了高低贵贱之分，故称混堂。另一说法是，浴池的水是一天一换，你泡我泡大家泡，池水混浊，故称混堂。因在混堂泡澡还有解乏的功效，特别是天冷时，家中洗浴不方便，人们都喜欢泡混堂。

其实混堂古而有之。从史料记载可知，北魏以前，宫廷和佛寺在祭祀之前为了表示虔诚往往要沐浴更衣。为了方便，设立沐浴处，这就是最初的浴堂。至于民间的浴池要到宋代才有。而"混堂"这种叫法则出自郎瑛的《七修类稿》卷十六："吴浴，甃大石为池，穿幕以砖，后为巨釜，令与池通，辘轳引水，穴壁而贮焉。一人专执……池水相吞，遂成沸汤，名曰混堂。"郎瑛是明正德前后人，这说明"混堂"一词是在明代已出现。

旧时，嘉兴的混堂是很多的。1949 年后，市内仅剩三家，海天池、泗湘池、日升池。它们正好分布在北门、市中与东门，它们都是为男人服务的浴室。"文化大革命"中在少年路新建了一座女子浴室，称"三八女子浴室"，改革开放后分设男子部与女子部，浴室更名为"碧海池"。

嘉兴的三家浴室均为 1949 年前就有的老浴室，砖木结构，设施陈旧，尤其房子的梁柱因长年经受潮湿，开始腐朽。其中泗湘池最为严重，大厅中一根梁柱的着地部分已腐烂。由此，这根梁柱支撑着的横梁已有倾圮的危险，公司决定加固。

　　为了不影响营业，泗湘池的经理提出晚上八点，停止营业后进行加固。不想，请来加固的建筑维修队包工头大喇喇道："没那么复杂，只要将这根梁柱烂掉的底脚部分锯掉，把相同高度的垫脚石垫进去即可，很快的，不影响你们营业。"

　　泗湘池的经理一听不影响营业，就答应下来。

　　上午讲好，下午包工头就带人扛着垫脚石进场。

　　冬日的下午，正是泗湘池生意兴隆之时。大厅里的一只只困榻上躺满了正在休息的浴客，那些扦脚的、捶背的、沏茶的也正忙得不亦乐乎。最显眼的是上盖瓦片的三角架，下面那根起到稳固作用的横梁上，那一排排衣钩上挂着的衣物。由于是冬日，满是大衣棉袄之类的，沉甸甸，让人有一种将会把横梁压弯的感觉。

　　工作开始进展比较顺利。不一会儿，那根梁柱腐烂的底脚就锯掉，似乎也没有影响到浴室的正常营业。可当要将垫脚石垫进去时问题来了。那根梁柱锯得少了一点，两个工人怎么塞也不能将垫脚石塞进去。两个工人操起锯子，准备再锯掉一点。那包工头是个急性子，一看道："不用锯了，将垫脚石用撬棒撬进去不就行了。"说着将两个工人换下，自己拿起撬棒对着垫脚石用力一撬。不想，垫脚石没有塞进去，却将那根梁柱顶歪了。由于横梁本身少了一个支撑点，梁柱再一歪，在大衣棉袄之类的重力下，横梁顿时一断为二。那三角架少了下面横梁的稳定，人字架就像没有了筋骨，顷刻散架，房顶上的瓦片水一般泄下。

　　那些在困榻上闭目养神的浴客被这飞来横祸击晕了头，一片惊恐与尖叫。不知谁喊了一声："房子塌了，快逃啊！"这才惊醒过来，从瓦砾下爬出来，纷纷不顾脱下来的衣物，胡乱用浴巾裹住赤裸的身体，夺门而出，跑到了大街上。

　　因泗湘池就在瓶山脚下的建国路上，马路对面正好是饮服公司的总部所在地，所以公司领导第一时间就得到了消息。出来一看，浴客们东一个西一个，在寒风中瑟瑟发抖。于是一面将受伤者送医院救治，将没受伤的在就近人民旅馆安置；一面派人清理浴室，将浴客的衣物清理出来。然而最不幸的是一个施工人员被横梁击中头部，在救治过程中去世。

由于处置得当，事情总算过去。但毕竟死了人，还是引起了市里的重视，责承饮服公司总结教训，拿出防范措施。

其实饮服公司的领导对事故的原因是心知肚明的，只是有苦说不出。

在所有的经营性公司中，饮服公司的"老、小、差"是出了名的。原因么无非就是门店大都是从1949年前的私营店铺合并而来，通过三十多年来的改造，虽有了长足的改进与发展，但与嘉兴民丰造纸厂、冶金机械厂、绢纺厂、毛纺厂、中丝一厂等相比，那可就天上地下了。

但南湖饭店的成功，越积越厚的家底，也让饮服公司的领导有了彻底改造决心。

泗湘池浴室屋顶的坍塌，更使领导们愿望强烈起来。可怎么改造呢？有人建议，成果共享，利益均沾，也就是量力而行，各个门店全面改造。有人建议，放小扶大，集中资金，做强优势门店。两种意见各有各的立足点，各有各的理由，相持不下。

的确，饮服公司的领导也左右为难，公司要改造的项目实在太多了，就拿公司总部来说，还借用人民旅馆办公。而人民旅馆的房屋也确是陈旧不堪，早就想换个环境，因资金问题一直没提上日程。

此时，中山路的拓宽工程拉开大幕。坐落在中山路上的日升池首先被规划，成了拆迁对象。为了嘉兴浴室不减少，作为补偿，市拆迁指挥部在中山西路桥西堍异址给饮服公司建造了一座浴室。这座浴室造型别致，设施先进，面积比日升池大了六七倍，起名"绿岛"，成了人们沐浴的新去处。

这一变化给了饮服公司的领导一个全新的视野，决定实施放小扶大，集中资金办大事。

二

1984 年，嘉兴市食品工业协会会长沈桂鸿在省里开会得到一个消息：商业部最近发放了一批贴息贷款，用于改善商业系统"老、小、差"的面貌，款项已拨到省商业厅，因贷款数量不多，要求很高。

这三十几年来，国家注重第一、第二产业的发展，第三产业一直不被重视。作为第三产业的商业系统投入很少，故商业系统一直发展缓慢，成了"老、小、差"的代名词。此次，这批贴息贷款说明中央也注意到了这个问题。

可偌大一个浙江省，那么多的"老、小、差"商业单位，这点贷款，可以说是"僧多粥少"。怎么发放，发放给谁，省商业厅还举棋不定。

沈桂鸿，无锡轻工学院毕业，从嘉兴酿造厂厂长任上提拔为嘉兴市轻工业局副局长兼嘉兴市食品工业协会会长。因嘉兴酿造厂隶属嘉兴市商业局，所以离开了商业系统的他还十分关心商业系统的事。

商业系统的事沈桂鸿是插不上手的，也帮不了大忙，可是感情还在。这样的消息当然不能一只耳朵进一只耳朵出。从杭州一回来，就给在商业局业务科工作的朱英俊打电话："首长，你好。"

朱英俊，嘉兴市商业局资深科员，一直在业务科负责具体事务，工作认真、为人和蔼。因身材魁梧，被人尊称"首长"。

朱英俊一听是沈桂鸿打来的电话，道："哟，沈局长啊。你也叫起我首长来，这可是基层那帮子人给我起的绰号，你也这么叫，岂不折煞我了。"

沈桂鸿道："这是由于你对基层帮助大，人家服你才会有这样的雅号，名至实归么。我当嘉兴酿造厂厂长时就承蒙你的帮助，我没齿难忘。"

朱英俊道："好了，好了。你打电话过来总不会是与我讨论我的雅号吧。"

沈桂鸿这才正色道："那倒是。我这次在省里开会，灵着个市面。"

朱英俊道："啥个市面要你亲自打电话通报啊。"

沈桂鸿道："肯定是好消息。不过，头报要收赏。"

朱英俊道："论功行赏。"

沈桂鸿道："小气了不是。"

朱英俊道："好了，别打哑谜了。弄得心似猫抓。"

沈桂鸿将听到的消息对朱英俊讲了一遍。

朱英俊听了评论道："倒是好消息。"又表态道，"如争取成功，我让受益单位请你吃饭。"

沈桂鸿笑道："这算论功行赏啊。就知道你朱英俊是铁公鸡。"

说笑归说笑，朱英俊倒也真往心里去了。没过几天，他就去了杭州。

朱英俊在业务科主要对口联系的是局里几个商业工厂。嘉兴糖果厂一直想上巧克力项目，因资金问题搁浅。嘉兴蜜饯厂、嘉兴酿造厂那些缸缸瓮瓮因无力盖厂房，一直在露天堆放，这应该算"老、小、差"了吧。这次无论如何要争取些贷款来。

在省商业厅，他找到了工业处处长老许。因都是老熟人，坐下寒暄了几句就转入正题："许处长，听说厅里有一批贴息贷款要下拨。您可是最了解嘉兴商业工厂现状的，拨款时得主持公道，多给嘉兴考虑点啊。"

许处长一听就笑了，对朱英俊道："消息倒是灵通的，到我这儿你可是第一个啊。"

朱英俊道："那就是说消息是真的啰。"

许处长道："确有其事，对象有误。"

朱英俊试探道："看来我们嘉兴没戏。我说省里可不能一味考虑大城市，其实'老、小、差'都在下面呢。"

许处长道："冬瓜缠在茄门里，"

朱英俊更有点摸不着头脑："不考虑就不考虑，还冬瓜缠在茄门里。我是满怀信心来杭州，灰头土脸回嘉兴。"

许处长道："谁让你灰头土脸回嘉兴。"

朱英俊一听又来神了："还有戏啊。心脏病也要给你弄出来了。"

许处长道："昨天厅里开会定下来了。这次贴息贷款以扶植中华名点为主，支持各县市饮服公司一批名店的升级换代。"

朱英俊道："原来扶植中华名点啊。这倒也是改善商业系统'老、小、差'的面貌哩。"

许处长道："东方不亮西方亮。"见朱英俊有点不好意思，许处长又道："不过这批资金不归我管，你要找饮服管理处。处长姓罗，我给引荐一下吧。"

饮服管理处就在同一幢楼。许处长马上带朱英俊去了饮服管理处，对罗处长道："这是嘉兴商业局的朱英俊，嗅觉灵呢。你这儿刚到一笔钱是吧，他闻出来了。"

罗处长心知肚明，对许处长道："是你抛的诱饵吧。"

朱英俊一听，生怕两人产生隔阂，忙解释道："消息是省食品工业协会传出来的。"

罗处长道："没关系，消息么总要让你们知道。这么快就找上门来倒让我吃惊。不过这也说明你们求贷心切。"罗处长又爽快道："关于贷款要求的通知已拟好，这几天就会发给你们。这里我不妨透露一点，扶植的范围不会太大，申请成功率不会太高。所以你们在申请时，要确定一个有代表性的名点。着重要说明三点：一是申报点心的历史渊源；二是申报点心的影响范围；三是申报点心的效益。另外，还要有一个三年还贷的思想准备。"

朱英俊吃惊道："三年就要还清贷款啊。"

罗处长道："那当然，这可是贴息贷款，不可能长时间占有。如果你们认为三年还不了，趁早就别申报了。"

一回嘉兴，朱英俊赶紧向科长汇报。事关重大，科长又马上向局长汇报。紧接着通知就到了，朱局长也很快有了态度："这是我市快速发展点心业的一个契机，责承饮服公司认真选择项目，精心准备申报材料。"

接到市商业局转发来的通知及局长的批示，饮服公司马上开会研究。

一听贴息贷款扶植中华名点，参会的中层以上干部一下子激动起来："机不可失，时不再来。这机会可要抓牢啊。"

秦培启问："那我们报哪只点心呢？"

有人说："酱鸭么。这可是清代就有的啊。"

有的说："汤团么。你看每天店堂的顾客就知道它受欢迎的程度。"

有人反对："不行，不行，它们只在嘉兴畅销，一查影响范围就没了优势。"

又有人建议："还是粽子吧。要说历史渊源可追溯到清代，要说影响范围应是江浙沪一带吧，经济效益在'文化大革命'中也没亏过。"

有人马上附和道："那倒也是。清乾隆年间，嘉兴出过两本古籍，一本叫《古禾杂识》，一本叫《太平欢乐图》，里面都有关于粽子的描述。这说明在明末清初，粽子在嘉兴已是深受百姓喜爱的食品。"

有人马上证实道："是啊，是啊。《古禾杂识》中那段话我至今记得哩，'南市极短，止通乡傣，无大店铺，仅见鬻糕，团小经营，而某家角黍最大，乡下人竞趋之'。这说明在乾隆年间，嘉兴已经有粽子卖，而且非常受欢迎。"

秦培启拍板道："就报粽子吧。"

这一建议得到了大家一致认可。

三

这次省商业厅工作效率极高，嘉兴饮服公司申报没两个星期就批下来了。可当秦培启看到批复文件时，却又是高兴又是忧愁。

批复说得很明白：贴息贷款数额五十三万元，用于嘉兴市饮服公司嘉兴人民饮食店名点粽子在生产销售上的升级改造。贷款必须三年还清。

虽说听朱英俊介绍，心里还是有点准备，可看着五十三万这个数字，秦培启就淡定不下来。这意味着每年要还贷十八万。对于一年只有五万利润的嘉兴人民饮食店来说，在短时间内利润要翻两番，这几乎是不可能做到的事情。原想的好事情，成了只烫手的山芋。

怎么办？公司领导班子彻夜开会。

会议当然是秦培启主持。他将省商业厅的批复文件宣读了一遍，然后道："这次的贴息贷款有许多没想到。首先数额大，我没想到；其次专款专用，我没想到；再有就是三年还清，我没想到。这五十三万投下去，每年那十八万怎么还。我是一点底也没有，压力太大。我想今天肯定是睡不着觉了，就开会让大家陪我不睡觉吧。"

秦培启的调皮话并未引起大家的哄笑，似乎秦培启身上的压力已开始向周边传递。

见大家不作声，秦培启问道："大家看看，有什么好主意？"

有人道："人民饮食店这每年五万利润又不是单单一只粽子创造出来的，它还包括其他点心哩。每年还十八万，不可能吧。"

有人建议："要么我们退回去。再不行少贷点。"

秦培启道："我叫你们陪我不睡觉，是让你们帮我出主意，可不是叫你们来打退堂鼓的。"

那人嘟哝道："我不就是在出主意么。"

秦培启道："你这是给我出主意啊。我今天按你的意思提出来，我明天立马就地免职。问题是谁来当这个经理，都将面对这个事情。所以最好的办法还是认真面对。"

大家想想也对，这个项目可是朱局长拍板的。新娘子都入洞房了，再悔婚，这是打局长的脸哩。

这时，坐在秦培启边上一直没作声的党总支副书记江金坤发言道："我倒觉得这是好事哩。"

大家都在愁眉苦脸，手足无措时，江金坤的话就像黑夜中的闪电，让大家顿觉惊醒。眼睛齐刷刷转向他，会议室寂静无声，都在等他的下文。

江金坤似乎也有所察觉，道："饮服公司的'老、小、差'不要说在嘉兴的几大行业，就是在本市商业系统也是排第一。我们名噪一时的粽子一直以来不温不火，就与设备老、场地小、环境差有关。如夹在人民饮食店中间的两户居民，对我们的影响确实很大，我们自己也是想要着手解决这一问题对吧，可没有资金也就只能干瞪眼。现在有资金怎么倒气馁了呢。"

一石激起千层浪。大家像是从昏睡中一下苏醒过来，又满怀豪情起来："是哩，是哩。伸头一刀缩头也一刀，不要贷款肯定掉乌纱帽。倒不如努力一下，说不定就柳暗花明了呢。"

见大家意见统一了，秦培启才笑嘻嘻道："正合我意。"

众人恍然大悟道："秦经理这是试我们呢。"

秦培启道："我们在造南湖饭店时，不是也有人忧心忡忡，认为嘉兴地方小，造这么高档的饭店谁来住。预言要亏死的，可事实怎么样。它成了嘉兴入住率最高的饭店，婚宴竟排到了一年以后，成了公司的摇钱树。今天我在这里透露一点我的想法，接下去我还想对嘉兴酒家进行重建。一二楼营业，三楼做公司办公室。几十年来我们一直在一座建于40年代的老房子里办公，也该鸟枪换炮了。"

秦培启的发言得到大家一致的赞同。

秦培启又道："我还没说完。我的想法是，在以后的几年我们还要采取'鸡生蛋，蛋生鸡'的办法，自筹一点，借贷一点。陆续改建庆丰楼、一乐园、复兴汤团店以及嘉兴旅馆、东风旅馆等。"

秦培启的一席话将与会的领导班子成员说得热血沸腾，有人竟情不自禁地鼓起掌来。

秦培启继续道："不过饭还是要一口一口吃，利用五十三万贴息贷款打好改建人民饮食店这一仗，才是我们当前的首要任务。我们还是商量商量怎么改建人民饮食店吧。"

的确，大家都知道"千里之行始于足下"，改建人民饮食店当然要认真对待。有人建议："这个衔还是由人民饮食店的经理来领吧，毕竟今后创利润还贷还是要由他来实施的。"

隔天，人民饮食店经理洪长生被叫来谈话。

"五芳斋"改名人民饮食店后，江彩香的粽子部负责人、洪长生的点心部负责人一直没动。自1979年江彩香因病退休后，因经营业绩平平，没再任命新的粽子部负责人，由洪长生一人兼之。直到人民饮食店第四任经理退休，洪长生自然成了第五任人民饮食店经理。

在人民饮食店还被称为嘉兴五芳斋粽子店时，洪长生就进店做学徒，从此没有离开过。此人的最大特点就是正直，不会歪门邪道，对粽子制作技艺了如指掌。他任人民饮食店经理已好几年，兢兢业业，业绩平稳，深得公司领导班子信任。

当听得公司领导让他挂帅主持人民饮食店的改建及改建后的还贷事宜，腾地一下从椅子上跳起来道："什么，三年还贷。这是不可能的事情。"

秦培启的眉头一下皱成了"山"字："你怎么不假思索就说不可能呢？"

洪长生道："谁说我不假思索。用贴息贷款改建人民饮食店的消息一传出来，我就算过一本账。我们店十几年来每年利润一直在五万元左右徘徊，人民饮食店经改建，环境是改善了，但面对的顾客还是这些。加上现在经营放开，老K粽子、建青斋粽子也会夺去一部分顾客。乐观地看，就算能吸引来一些顾客，利润每年达六七万，也得十年才能还清贷款。三年还清哪可能吗？"

秦培启道："长生师傅，年纪不大，怎么这么保守呢？"

洪长生道："我在店里几十年了，经营状况最清楚，我可不能闭上眼睛说瞎话。"

秦培启道："不瞒你说，事已至此，这个项目是一定要上的。我们也分析过，只要这个项目成功了，公司才会长上发展的翅膀。"

洪长生道:"既然如此,我可不愿承担影响公司发展的罪名。我自愿不当这个经理,请公司领导另请高明。"

四

果然,第二天洪长生就将辞去店经理的报告送了上来。

洪长生的辞呈让领导班子大伤脑筋。因这笔贷款已经到位,是来不得半点闪失的,选定人民饮食店的经理成了当务之急。为此领导班子成员又紧急凑到一起开会。

秦培启将手中洪长生的辞呈扬了扬道:"长生师傅辞去人民饮食经理的报告已经在我手上。长生师傅是个老实人,我呢看得出来,他是怕这个项目砸在他手上。这个我们今天暂不作讨论。最紧急的是得马上选出一个经理,担负起改建人民饮食店的重任。当然最主要的是要担负起还贷的重任。大家看看谁适合当这个经理啊。"

大家一听炸了锅,有的说:"这是要紧关头敲潮烟吗。"

有的说:"就这样让他辞了,不能同意。"

有的说:"可不能这样一辞了之吧。"

秦培启赶忙道:"我说了,这事今天不讨论。长生师傅做事还是一点一划的,就是管理办法缺了点,经营手段少了点。但为人正直,以后当个副手还是可以的。我们还是推选一个能担当此任的人选吧。如果实在没有合适的,就由你们当中的一个兼任。"

听秦培启这么一说,大家顿时鸦雀无声。虽然大家在自己的岗位干得顺风顺水,可再去兼个职就两码事了,尤其是兼人民饮食店这么个经理风险实在太大。大家心知肚明,这是个不太可能完成的任务。谁去了谁就是战场上堵枪眼的,八九不离十会光荣牺牲。

秦培启见大家没了声音就道:"怎么没了声音。有道是养兵千日用兵一时，要大家承担责任时都成了软脚蟹了。"

一时大家噤若寒蝉。

这时，坐在秦培启对面的丁德成副经理眼珠一转道："我倒有个提议哩。"

大家一听丁副经理有新提议，精神一下子都打了起来。

秦培启一听丁德成有提议就道："别吞吞吐吐。谁啊？"

"姚九华！"其实丁德成是有心机的。自上次在南湖饭店买菜给姚九华戏弄之后，弄得全公司上上下下都知道，他一直如鲠在喉。今天他要把姚九华推到这个大家都认为完不成任务的岗位上，让他累死、苦死、急死，身败名裂。

人人自危时，突然有了这么个提议，大家都松了口气。好像有真气注入，都有了精神。

有的道："姚九华还真是合适人选哩。你看他，原先就是五芳斋粽子店经理，最懂粽子哩。既然是扶植粽子这只名点，非他莫属。"

有的道："是啊。姚九华的粽子技艺可是首屈一指的，这个经理他不当谁当。"

有的道："他鬼点子多，说不成想出一招，真把任务给完成了。"

还有个回忆道："据我所知，姚九华还毛遂自荐想当人民饮食店经理哩。秦经理有这事吗？"

经大家这么一说，倒的确勾起了关于姚九华的一些往事，尤其是秦培启与姚九华在一起工作的点点滴滴。那时姚九华在秦培启的面前时常会流露出想去人民饮食店做粽子的想法，每每讲起粽子那口若悬河的样子，那手舞足蹈的神态，真是还历历在目。

关于姚九华毛遂自荐一事，秦培启因还没到饮服公司，倒是真不知道。可作为公司老人的党总支副书记的江金坤就一清二楚了："姚九华毛遂自荐一事我知道，那还是老经理在的时候。其实老经理还是很认可姚九华来当这个经理的。可惜当时新经理的任命通知已下，否则非他莫属。不过当时老经理倒是有个态度，有合适的机会会考虑他的。"

几个饮服公司的老人纷纷证实，确有其事。

秦培启听罢，一拍大腿道："好个非他莫属。那我们今天就来个非他莫属。"

众人一听，都表示同意姚九华来当人民饮食店的经理。

事不宜迟。第二天一上班，姚九华被叫去谈话。

在秦培启的办公室，姚九华道："什么事啊？十二道金牌似的，还要我马上赶到。要知道，早晨可是我最忙的时候，今天有个四十桌的婚宴，还有三个会议的会议餐，都得落实下去。"

秦培启道："以后这些事就让别人去做吧。"

姚九华听了一惊："怎么，我哪儿做得不对了？"

秦培启道："我说你做得不对了吗？"

姚九华道："我听你的意思是不让我干下去了。"

秦培启笑道："是想让你挪个窝。"

姚九华一惊道："不作兴的喔，我干得好好的……"

秦培启接上去道："干得好才让你挑更重的担子。"

姚九华问："去哪儿？"

秦培启道："人民饮食店。"

姚九华道："那是什么重担啊。再说洪长生不是干得好好的吗。"

秦培启将人民饮食店改建的事介绍了一遍，末了又加了一句："当人民饮食店的经理可是你多年来的夙愿。"

姚九华沉默了。的确，人民饮食店是他付出半生的精力，贡献太多的聪明才智的地方。

现今让他回去再担任经理是对他以往工作的充分肯定，当然是件值得高兴的事。可是那五十三万贷款分三年还清的重担是否太重了一点，真有点让人喘不过气来的感觉。

姚九华一听，跳起来道：好你个秦培启，我们还算是同甘共苦的，这是断我后路啊！

姚九华问秦培启："这五十三万一定要三年还清，延长几年不行吗？"

秦培启道："其他都可商量，就这条是硬杠杠。"

姚九华道："那得容我想一想。"

秦培启道："那好，给你一天时间想想。不过南湖饭店那头你不用回去了，我会安排好的。"

姚九华一听，跳起来道："好你个秦培启。我们还算是同甘共苦的，这是断我后路啊。"秦培启笑嘻嘻道："快马加鞭，好鼓重锤。"

五

姚九华很清楚还贷的压力，但是能重回粽子店当经理，也是他梦寐以求的。这让他左右为难，进退维谷。

可当他回到南湖饭店，他要去人民饮食店当经理的消息已不胫而走。

第一个遇到的是他情同手足的胡永泉，在餐饮部办公室，胡师傅递上一根香烟，道："你同意了？"

姚九华两手一摊道："哪容我考虑，把我后路断了。"

胡永泉道："逼上梁山啊。秦经理结棍咯。"

姚九华把烟点着，吸了一口道："可不是么，还反咬一口说是我自己想去哩。"

胡永泉道："还别说，这人民饮食店也只有你才搞得好。"

姚九华道："去去去，别也来灌我迷魂汤。相信不，我要是去了把你也带去。"

胡永泉道："到哪儿不是干活。只要人民饮食店有餐饮部，我无所谓。"

姚九华道："这可是你说的啊。"

胡永泉道："一言既出，驷马难追。不过我可只做厨师。"

这时办公桌上的电话响了。姚九华拿起一听，对话筒回了声："马上过来。"他搁下话筒对胡永泉道："潘总要我过去。"

在大堂姚九华遇到了客房部经理。他们俩都是副总经理兼部门经理，平时关系不错，相遇都会主动打招呼。

客房部经理停下来问道："定了？"

姚九华道："这和定了也没什么区别。"

客房部经理如知己般道："依我看，能不走还是不走的好。"

姚九华问："有什么讲究吗？"

客房部经理道："你看啊，我们这里的环境，人民饮食店能比吗。再说，已有消息说，这南湖饭店终有一天要独立出去。那时就和饮服公司同级，你就是公司副经理级别了。你也算南湖饭店的有功之臣，坚持一下，总不至于赶你走吧。"

姚九华道："谢谢了，现在看来已身不由己了。"

客房部经理一愣道："怎么就身不由己了呢，总该有个征求意见的过程吧。"

姚九华也不多作解释，径自去了总经理室。

潘总是个女同志，在饮服公司可是个名人。她曾经用"来米加工"的营销手段，将南门一家濒临倒闭的大饼油条店经营成一家顾客盈门的大众饭店，深得进城办事的农民欢迎。自当了南湖饭店的总经理，精明能干的本色不变，将饭店同样经营得有声有色。

见姚九华推门而入，也不废话，将一张调令在办公桌上推到了他的面前："姚师傅，你前脚被公司叫去，后脚调令就到了。"

姚九华道："潘总就这样放我走了。"

潘总眉毛一扬道："谁说的，我怎么舍得你走呢。这不，电话刚放下不久呢。可秦经理说了，军令如山，必须执行。"

姚九华听了，叹口气道："君叫臣死，臣不得不死。"

潘总道："不至于吧。这样，我这留个口，如不如意，再回来就是了。我还表个态，有什么困难讲一声，只要能办到的决不推诿。"

听潘总这么一说，姚九华来了精神："我要带走一个人。"

"谁?"潘总问。

"胡永泉。"姚九华道。

潘总一听,连连摇手:"不行,不行。他可是大厨哎,没他后厨岂不乱了套。"

姚九华笑道:"'能办到的决不推诿',这可是你说的。再说,人民饮食店还没改建好,目前我还不会带他走。胡永泉徒子徒孙这么多,在这段时间让他带一个出来么。"

潘总道:"我这是赔了夫人又折兵。"

心里有了底,心里顿觉一松。回家他又仔细地测算和斟酌一番。

第二天一大早,他就去了秦培启办公室。

刚上班的秦培启包还没放下,就见姚九华推门进来,忙拉开一张椅子请他坐下。秦培启见姚九华也不言语,把调令往他办公桌上一放,就问:"这是同意了呢还是来找碴?"

姚九华一屁股坐到椅子上,道:"军令如山,我敢不执行吗?"

"喔,那就是同意了。好同志啊。"

姚九华道:"同意回店,但必须满足三个条件。一是店的地址不变,恢复'五芳斋'的老店名;二是只设一个经理,下设四个部门主任;三是粽子店的二楼增开酒楼,调胡永泉过来。"

姚九华话音刚落,秦培启的脸就有点不自然了:"去了就去了,还有这么多条件啊。有什么讲究吗?"

姚九华道:"这是还贷的必要保证。"

秦培启道:"这样吧,我们领导班子马上开个会,你在会上陈述一下满足三个条件的理由。"

领导班子共五人,很快在小会议室聚齐。秦培启将姚九华开出的三个条件介绍了一下,道:"现在请大家将心中的疑问提出来,看看姚经理是怎么打算的。毕竟我们还要对上级负责的。"

丁副经理最沉不住气,打了头炮:"为什么要地址不变,还恢复'五芳斋'的老店名。这老店名已十几年不用了，这不是复旧吗。"

姚九华不假思索道："建国路是嘉兴的商业中心，客流量大。如果易地再建，就有一个重新吸引消费者的过程，尤其那些外地的顾客就有流失的可能。而'五芳斋'三个字就是嘉兴粽子的代名词，尽管十几年不用，我觉得消费者的心中还是怀念它的。"

江副书记问："为什么不设副经理？其实有个副经理总可帮你挑点担子啊。"

姚九华答道："常言道，老大多撑翻船。只有一个领导才能令行禁止，言出必行。至于担子么，部门经理会挑的。"

一个主管业务的副经理问："这五十三万可是扶植中华名点的，对我们来说就是要专款专用在粽子上。你要开酒楼这恐不行吧？"

丁副经理接上去道："是哩，是哩。我们已经有'四时春''江南春''一乐园'、嘉兴酒家等菜馆，再开酒楼，这不是抢自己人生意吗？"

姚九华胸有成竹道："1949 年前后，嘉兴城市人口只有四万八千人，那时已经有'吴正懋''江南春''一乐园'等菜馆，现在城市人口已达十万人，还是那么几家，明显不足了。其实就是我们不开，别人也是要开的。"他进一步引申道："古人说，店多成市。只有较多的餐饮店集中开出来，才能形成一个兴旺的餐饮市场。再说，我们建造的就是嘉兴五芳斋粽子店，酒楼只是店里的一个经营项目，不存在专款不专用的问题。我开酒楼的目的，是增强还贷能力，以确保三年还贷成功。我是做粽子出身，我梦寐以求的愿望就是把五芳斋粽子做大做强，做得全国人民都知道，做得全世界人民都知道。"

六

令姚九华意想不到的是，同意嘉兴人民饮食店恢复为嘉兴五芳斋粽子店，及姚九华任店经理的批复没几天就下来了。这说明公司还是同意了姚九华的条件。

接下去就是着手嘉兴五芳斋粽子店的改建。

为了把五芳斋粽子店在改建期间的经营损失降到最低，姚九华提出了分两步改建的方案：即先将基本弃用的工场清理出来，用作经营场所，对腾出来的店堂进行改建，改建完毕再腾空工场进行改建。这样分两步改建的方案虽然没有同时改建爽气，而且麻烦多，但最大的好处是门店照常营业，员工不用暂时分流。公司马上同意了这个方案。

当姚九华从主管后勤基建的丁副经理手中接过设计图纸时，对图纸的设计产生了很大的困惑。图纸中明明是那充满江南民居风格的设计：白墙黛瓦、高高挑起的风火墙。可偏偏临街的四个门面，两边用砖砌墙，只在中间开两扇门，而且为对开的带框玻璃大门。二楼也是用砖砌墙，只在墙上开了四扇窗。真有点不伦不类，美感全无。姚九华找到建筑设计者道："这个设计有点问题，明明江南民居风格，门面怎么洋不洋乡不乡。"

那个负责设计的工程师为难地道："原先的设计可不是这样的。你们丁副总认为太复古了，才改成现在这样。"

姚九华问道："那图纸还在吗？"

那个工程师点头道："在呢。老实说，这图纸我还挺满意哩。心想，你们不采纳，以后总有人会用的。"

姚九华道："拿来看看。"

不想当图纸展现在姚九华眼前，他马上喜欢上了。临街的一面，一楼和二楼均为镶着花格的落地长窗，而且二楼还别致地留出了一排有着木扶栏的走廊。古色古香，韵味十足。

也在一旁作为改建小组一员的洪长生看了不解道："这么漂亮为什么要改啊？"

姚九华收起图纸，对那个工程师道："就按这个施工。"

洪长生提醒道："是不是和领导打个招呼。"

姚九华果断道："不打了，汇报就复杂了。这个贷款由我来负责还，担子在我身上哩。"

在店堂改建时，一个问题一下子摆到了面前。那就是庞家的住宅像楔子一样插在店堂与工场之间，这阻碍了店堂与工场的联系与畅通。姚九华知道，这是老问题了，以前粽子产量不高，工场基本弃用，今后为了还贷，产量大幅增加是必然的。这庞家的住宅不拆迁就如鱼刺鲠喉，后患无穷。姚九华对洪长生讲："为了嘉兴五芳斋粽子店今后的发展，这庞家的住宅是必须拆的。"

洪长生附和道："那是，不拆变成肠梗阻了。不过……"

姚九华问："还有什么意见？"

洪长生道："哪有意见，举双手同意哩。我就是提个建议。"

姚九华道："别吞吞吐吐，说出来呀。"

洪长生道："我在想，既然庞家拆了，那么西头谢家那小楼也拆了吧。"

姚九华问："谢家小楼也妨碍事？"

洪长生道："妨倒不妨碍事，不过谢家小楼的院子可不小，拆了我们的工场可扩大三分之一呢。"

姚九华一听来劲了，拉着洪长生去谢家小楼转了个圈。这谢家小楼就一个门面，进深也不大，可那用砖头围起来的院子可不小。主人不但在里面养了一大群鸡，还种了几垅蔬菜，在这民居密集的地段，还真有点世外桃源的味道。姚九华对洪长生道："这儿竟隐藏这么大一块地，我竟然不知。"

洪长生道："你离开'五芳斋'也二十多年了，不知道挺正常的。问题是我们要不要这块地。"

姚九华道："要啊。前几年造南湖饭店时，航运公司十间职工宿舍的拆迁我们曾捡了个大便宜。这谢家小楼虽不是大便宜，但这样加上庞家住宅，我们的工场可扩大一倍了。这才是我们还贷的保障。"

姚九华拉着洪长生去秦培启那里汇报。秦培启听了问道："能扩大经营面积，我当然支持。可这拆迁可要几万拆迁费，怎么解决？"

姚九华道："当然照五十三万牌头。"

秦培启道:"钱够用吗?"

姚九华信心满满道:"我打算将拆下来的旧料利用起来,这一部分就可省几万元哩。"

秦培启表态道:"只要在这五十三万里开支,我没意见。"

洪长生一听高兴极了。对姚九华道:"走啊。我们去找庞家、谢家。"

姚九华道:"慢。饭要一口一口吃,事要一件一件解决。"

洪长生不解地问:"为什么啊?"

姚九华道:"这你都不懂,各个击破么。两家一联合就麻烦了。"

庞家的拆迁是当务之急,因为它关系到马上着手的店堂改建。不想一接触,出奇的顺利。原因是庞家紧临粽子店,那店里传来的人声、器物的撞击声、烧饭菜的油烟味,无时不刻困扰着他们,生活起居颇受影响。尤其是夏天,店里煮粽时,那四溢的水蒸气,像挥之不去的云雾,将庞宅团团围住,令庞家人叫苦不迭。今见店方有意拆迁,求之不得。只提了一个条件:提供同等面积的新房。

此时,百花新村已建设完毕。这是嘉兴建筑面积最大、配套设施最全的住宅小区。它除了一部分解决中山路拆迁居民的住房,另一部分向各企业出售,以还三十年不建职工住房的欠账。

很快,嘉兴五芳斋粽子店以八千元的价格,在百花新村买了一套五十八平米的两室一厅给庞家。庞宅的拆迁顺利解决。

可在解决谢家的拆迁时,就不那么顺利了。谢家的户主是政府部门的一个小头头,对拆迁征地事务非常熟悉。姚九华向他提出拆迁,谢家口头上表示同意,但在具体要求上就是不开口。姚九华提出按庞家的方案给一套新房,谢家就此不再理会姚九华。

时间过得飞快。嘉兴五芳斋粽子的店堂部分施工快完工了,工场的改建也箭在弦上。可谢家不动就要延误整个改建工期,这对以后的还贷是一个严重的压力,姚九华如坐针毡。

此时谢家终于开口："按庞家的标准肯定不行。"

姚九华道："你那房子面积与庞家差不了多少。"

谢家户主道："庞家有院子吗，土地也值钱哩。"顿了顿又道："我单位也在造职工宿舍。那征来的土地不但要付征地费，还要负责安置原土地的农民，费用高着呢。"

姚九华问："那你看多少合适呢？"

谢家户主伸出两根手指道："两万元，少一分免谈。老实说，我家现在住得也蛮惬意，不像庞家那样着急搬。再说这土地就像陈年的老酒，时间越久越值钱。"

谢家户主的话把姚九华说得一愣一愣的，只能瞪眼干着急。因金额巨大，只得向秦培启汇报。最后经公司领导班子集体拍板，总算解决。

七

1985 年，嘉兴五芳斋粽子店终于将以崭新的面貌出现在大家的面前。

店堂的布置、设备设施的添置都紧锣密鼓、有条不紊地进行着。在快要开张的时候，又发现了一个新的问题。店招竟然还没挂。

常言道：人要衣装，佛要金装。这店招就像人的衣装。从中国人穿服装的历史来看，穿古装代表着古典风情，穿西装则代表着现代神韵，它所包含的文化意境大不相同。

有人建议："既然我们的店名已改回'嘉兴五芳斋粽子店'，毫无疑问，就挂'嘉兴五芳斋粽子店'八个字吧。"

有人摇头道："不成，不成。哪有那么长的店招啊。'文革'前我们嘉兴五芳斋粽子店挂的可是'五芳斋'三个字。从以前嘉兴流传最广的老字号顺口溜来看，一乐园、义昌福、三阳泰、四明堂、吴震懋、陆稿荐、戚五丰、北新春、久香斋、日昇池，哪个不是三字头。"

有人问:"这是为啥?有讲究吗?"

"这你都不懂。"

"你懂。说出来啊,我们也长长见识。"

那人道:"三字头,朗朗上口么。为什么古代人人会背'三字经',易上口么。"

"喔,你这是宣传'封、资、修'哩。"

那人道:"现在不作兴扣帽子哩。不管白猫黑猫会捉老鼠就是好猫。"

这时,在一旁一直没插嘴的姚九华道:"说得好。其实我们'五芳斋'也是三个字啊。早先三家'五芳斋'尽管在店名前加了什么'真真顶顶老店''老老真''真真老老',但其真正维护的还是'五芳斋'三个字。"

经姚九华一点拨,众人恍然大悟道:"对啊,我们就挂'五芳斋'三个字。这可是老一辈留给我们的金字招牌哩。"

有灵市面的证实:"上海许多老字号都恢复原有名称了。"

"是哩,是哩。杭州也开始恢复了。"有去过杭州的也证实。

有人道:"我们原来'五芳斋'三个字不知是谁写的,还是蛮工整大气的。"

经他提醒,有人证实:"那三个字倒真不错,不知还找得到不。"

有人道:"早就被破'四旧'破掉了。哪还有啊。"

"是啊,以前那三个字是直接写在墙上的。房子都改建过了,哪还有保留啊。"

"老店新开,再写过么。"

"你以为写个店招介省力,以前店招可都是请名人写哩。"

这话倒是提醒了姚九华。他记得,以前听张锦泉讲"五芳斋"的往事,也曾听到过请人题写店名的故事,看来题写店名是很重要哩。常言道:工欲善其事,必先利其器。有一块好的店招对扩大门店的影响肯定有好处。那么由谁来题呢,这时他想起书法家任政给南湖饭店题写店名一事。他左思右想,自己也没有认识的书法家，也只有这位还可能联系上。他赶紧去公司向领导汇报，请著名的书法家任政题写店招。

想着了就动。在经理办公室，秦培启边给姚九华沏茶边问："前段时间一直在忙修建公司办公大楼的事，这段时间又在忙公司搬家的事，对你那关心少了。几次路过，门面都给脚手架围得严丝合缝，看不出个究竟。怎么样，快完工了吧？"

姚九华接过茶杯道："快了，快了。不过有点小问题，想请领导帮忙哩。"

秦培启惊讶道："南湖饭店这样的大工程都拿下了，还有你姚九华搞不定的。"

姚九华道："这事非你出面才能解决。"

秦培启道："别给我灌迷魂汤。什么事？说吧。"

姚九华道："想请书法家任政题个店名。"

秦培启道："任政我又不认识，你找错人了吧。"

姚九华道："没错，没错。业务科的张祖勤可是你的部下，这个工作只有你来做。"

秦培启恍然大悟道："对，对。以前南湖饭店四个字也是张祖勤给办的。"

姚九华道："你看……"

秦培启爽快道："你别话说半句头。我马上叫他过来，当面交待。"

张祖勤过来一听，问道："急不急？"

姚九华马上道："急哩。整个门店已在油漆，开张即在。"

张祖勤道："那可要上海跑一趟的。"

秦培启对张祖勤道："那就跑一趟吧。回来找姚九华报销，反正那五十三万还有结余。"

姚九华道："这报销倒是应该的。不过这一点点结余可是我千辛万苦省下来的，还不是为了还贷压力小一点吗。你公司可不能打它的主意。"

秦培启道："放心，我们不会打你的主意。你就一门心思努力还贷吧。"

临去上海，张祖勤找姚九华，问道："写哪几个字啊？"

姚九华道："就'五芳斋'三个字。"

张祖勤经验老到，他建议道："反正请任政写了，不如想周全点，多写几个字。"

姚九华道："这个建议太对了。可写哪些字呢？你是文化人，帮忙想想。"

张祖勤当仁不让，与姚九华分析起来："首先'五芳斋'是最主要的；那么'五芳斋'在嘉兴，'嘉兴'也少不了；另外，一直以来五芳斋粽子有'粽子大王'的美誉，这也必不可少。我看就写'嘉兴五芳斋粽子大王'九个字吧。"

姚九华当然连连点头称："好。"

过了两天张祖勤不负众望，携书法家任政的墨宝而归。

姚九华一拿到这几个大字，就马不停蹄地去东阳木雕厂。按任政的字迹，分别制作了"五芳斋"和"粽子大王"两块匾额。一块悬挂于门楣上作了店招，另一块"粽子大王"的匾额像当年那只乌龟一样横挑在大门南侧。

八

姚九华打报告要求举行一个开业典礼。他在送报告时对秦培启讲："这开业典礼么，主要是向大家召示嘉兴名点五芳斋粽子又回来了。也算是一次广告宣传吧。"

秦培启接过报告，边看边说："这么快就好了。嘉兴五芳斋粽子店改建由你挂帅，比较放心。既然完工了，总要去看看，也算验收吧。"

第二天，公司领导班子在秦培启带领下来到嘉兴五芳斋粽子店现场。此时的公司总部已搬至嘉兴酒家的楼上，从公司出来，一转弯就是五芳斋粽子店。一眼望去，门前的脚手架已拆除。只见白墙黛瓦，临街暗红色的落地长窗，尤其那窗上镶嵌的花格，使建筑更显明清遗韵。抬头望去，刻着"五芳斋"三个金色大字的匾额挂在大门的正中央，大门两边，南北各挑出一块字牌，南边上写"粽子大王"，北边上写"鸳鸯酒楼"。走进店堂，一色的青砖铺地，迎面古色古香的木梯直通二楼。楼上更是雕龙画凤，宛若进入了皇宫。

一直点头赞许的秦培启脸色渐渐难看起来："姚九华，你好大的胆。又是雕龙画凤，又是'鸳鸯酒楼'，你这是复古啊。"

那原本就与姚九华有过节的副经理丁德成，见状马上插进来推波助澜道："那个门面设计定稿时可不是落地长窗，也没有雕龙画凤。姚九华你擅自改变设计图纸。秦经理，这可不是小事啊。"

乘兴而来的验收就这样败兴而去。

领导班子连夜开会，商量如何处理姚九华擅自改变建筑设计的问题。

丁德成开了头炮："这是无法无天。这样不听指挥的人是万万不能再当经理了。"

其实秦培启倒没往姚九华还能不能当经理这方面想。只是觉得店堂装修得有点"封、资、修"，尽管国内已开始姓"社"还是姓"资"的讨论，可公说公有理，婆说婆有理，还没有个定论，有点吃不准。但对姚九华的能力还是欣赏的。

丁德成一提议，倒让秦培启骑虎难下。秦培启赶紧表态道："关于姚九华能不能当这个经理，我觉得现在下结论似乎太早。我认为还是讨论一下这个雕龙画凤与现在的政策有没有抵触，还有那个'鸳鸯酒楼'的名称能不能用。大家大胆发言，各抒己见。"

听秦培启这么一讲，会场马上活跃起来。

有一位副经理旁敲侧击道："这五十三万可都用在这上头了。要改建，难。"

秦培启道："喂。我们讨论的是这个雕龙画凤、'鸳鸯酒楼'能不能用，谁与你讨论改建不改建的事。不符合党的政策，再多的钱也要改。"

有人开玩笑道："他这是曲线救国，暗示不要改了么。"

那位副经理忙道："不要瞎理解。我什么意思也没有，就肉疼五十三万投资。"

这话引起了大家的共鸣，纷纷表示，木已成舟，能不动就不要动了，尽快创利润才是主要的。

有人甚至说："现在一些老字号都在恢复，也没听说批评是复古。"

也有人说："上海那个二十四层的国际饭店也对外开放了。我上去过，那一个个餐厅都装潢得跟外国电影里的皇宫差不多哩。"

这时副书记江金坤建议道："要么找姚九华谈谈，听听他的见解。有道理就别动了，毕竟还指望他创利润还贷呢。我觉得还贷还是第一位的，到时还不了贷，在座谁的日脚也不好过。"

经江金坤这么一说，刚才热闹万分的会议室马上静了下来。是啊，这还贷可不是闹着玩的，就是靠一分一厘赚出来的。于是责成江金坤找姚九华谈话。

当天秦培启等公司领导参观了一半就甩手而去，是在嘉兴五芳斋粽子店大部分职工的众目睽睽之下。因此都心知肚明，姚九华踩雷了。甚至有人断言："姚九华'六月里穿棉鞋——日脚难过。'"

心直口快的粽子部经理对姚九华道："'文革'都过去四五年了，思想怎么还这么保守。"

有人听了纠正道："这不是保守，是极左思潮。"

也有人忧心忡忡："千句万句，县官不如现管。就算你理由千万条，领导不入眼还是白搭。"

第二天一早，江金坤来到店里，与姚九华一起，进了二楼那个挂着"经理室"牌子的小房间。

江金坤等姚九华关上身后的房门，就道："吃着记闷棍。"

姚九华边倒茶边诉苦："可不是哩。满怀信心，废寝忘食，忙乎了半年，竟得到如此反映，想不通哩。不如回南湖饭店当我的餐饮部经理去。"

江金坤道："你就别倒苦水了，当缩头乌龟可不像姚九华。"

姚九华道："不当缩头乌龟怎么办，总不能伸头挨刀吧。我斗不过，走总可以吧。"

江金坤道："你那个粽子梦呢，总不能壮志未酬一走了之吧。好了，好了。领导也没有否定你的工作么，还是想听听你的解释。"

姚九华道："关于落地长窗，图纸一开始就是这么设计的，多美啊。为什么要改成洋不洋乡不乡，我至今不明白。我只不过把它恢复原样。"

江金坤解释道："当时审核图纸时主要是担心太豪华资金不够，才改的么。"

姚九华道："那我也没大错，实践证明这样改建也没超预算。至于雕龙画凤也是基于内外风格统一么。"

江金坤道："有点复古，与现今社会不协调。"

姚九华道："'洋为中用，古为今用'这可是毛主席说的。其实《红楼梦》《梁山伯与祝英台》这样的电影不是也开禁了吗，再说这种风格也能充分体现我们'五芳斋'的文化内涵。"

江金坤又道："你那个'鸳鸯酒楼'换个名字好不好？"

姚九华道："我在南湖饭店时就知道酒宴是一个巨大的市场。尤其是婚宴，他们已预定到一年后。我取名'鸳鸯酒楼'就是要分婚宴一杯羹，这可是我三年还贷的杀手锏。公司这也干涉，那也限制，我的信心都给你们磨光了。"

江金坤及时将姚九华的态度反馈给领导班子。经反复权衡，还是认可了姚九华。

九

虽几经曲折，嘉兴五芳斋粽子店还是顺利开张。

被那震耳欲聋的鞭炮声吸引过来的市民，很快被眼前古色古香的建筑折服。

"喔，久违了。'五芳斋'终于恢复了啊。"

"这店面太美了。有味道。"

"看，看。这店招这么大啊。'五芳斋'三个字太漂亮了，名家手笔吧。"

"有点金字招牌的气派。"

"就是金字招牌么。"

"那倒要看粽子的质量是否变了。"

"还是以前那个姚九华当经理，不会变的。"

"那倒要买几个尝尝哩。"

马上，店北侧的粽子专售窗口前排起了长队。有几个性急的，让柜台服务员剥了箬叶，放在盘子里迫不及待地在店堂里有滋有味地吃将起来："老味道，老味道。赞咯！就是太大，吃一只饱一天。再小点就好了。"

这句评论被在店堂招待客人的姚九华听了进去。

开门大吉，第一天精心准备的粽子就销售一空。这极大鼓舞了职工的士气。晚上八点，门店打烊，辛苦了一天的职工还不愿离去，兴奋地议论着当天的感受。

"想勿着，想勿着。准备了介多粽子一天头卖光。"

"啥人讲勿是啊。我是忙得头着地脚朝天哩。"

"今朝工场里粽子不晓得多包点哦，明朝可不能脱销了啊。"

姚九华听了笑嘻嘻道："勿会，勿会。现在工场扩大了，销量再增加一倍也满足得了。"

"姚经理，你可别狮子大开口。天天这样做，我这条老命可要交待给你了。"

"是哩。常言道：'饭菜在老板厨房里，生活在工人手里厢。'就这点工资，突击几天是没问题的，长期这样可吃不消哟。"说着夸张地用拳头敲敲腰，"喔哟，我的老腰哟。"

引得大家一阵轰笑。

姚九华正色道："大家别笑，我看有道理哩。"

听姚九华这么一说，大家顿时静了下来。那个用拳头敲腰的，也停止了手上的动作。

姚九华继续道："第一天打了个措手不及，主要是我没估计到，在人手上没有合理安排好，明天我会给大堂多安排几个人。至于工资问题，虽然说社会主义原则是'多劳多得，少劳少得，不劳者不得食'。但八级工资制已沿用了几十年，现在看来有不合理之处，我是无权改变的。"

人无千日好，花无百日红。三天一过，门店的销量开始有所回落。

姚九华一大早来到会计室，会计许紫英见经理上门知道有事找她，忙停下拨得噼里啪啦的算盘道："经理有事啊？"

姚九华道："你给我算一下，按目前的情况，一年十八万的贷款能还得了么。"

许紫英道："生意有好有差，这个不准哩。"

姚九华道："是不准哩，这我知道。我只不过想毛估估，看看每年十八万的贷款是否能还。"看许紫英一副难以适从的样子，又道："日产量按昨日的，费用按去年的再加百分之二十。"

许紫英有所悟道："这样好算，等会儿我拿你办公室去。"

不一会，许紫英喜滋滋地去了姚九华办公室："不得了，不得了。姚经理，全年有七八万利润哩。"见姚九华无动于衷，又补充道："利润上升一倍哩。"

姚九华道："距一年还十八万贷款还差远哩。"

许紫英道："喔，我怎么把这事给忘了。"

此时，饮服公司总部也有人在关心五芳斋粽子店的一举一动。这人就是公司经理秦培启，这天他也让公司财务科长将开张三天的销售报表送到他的办公桌上。当财务科长要转身离开时，秦培启叫住了他："财务分析呢？"

"这个……只有三天的报表材料，要做全年的分析是不太可能的。"那财务科长是个老饮服人，对公司各门店业务非常熟悉，可以说是了然于胸："不过毛估估倒是可以的。"

秦培启道："谁让你精算，就毛估估。"

财务科长伸出手来，在秦培启眼前一晃道："八个字。成绩喜人，忧患不小。"

秦培启有点不耐烦，将已经拿在手中的报表往桌上重重一放，道："别阴不阴阳不阳的，我要具体数字。"

见秦培启动了真怒，财务科长忙一本正经解释道："成绩，一年有七八万利润哩。忧患么，不足以还贷。"

秦培启一听不足以还贷，心就急了，呼地一下从椅子上站起来，招呼也没打就跑了出去。弄得财务科长丈二和尚摸不着头脑。

秦培启是急着赶到姚九华办公室那里去的。现在五芳斋的当务之急是还贷，按现在这样可不行。毕竟还贷可是他拍了胸脯的。

在姚九华办公室，他听到了许紫英与财务科长差不多的测算结果。他征询姚九华的意见，不能按时还贷可不是开玩笑的。可姚九华似乎并不十分着急，这让他很是不满："看来得开个会商量商量了。"

姚九华道："你那个承诺该兑现了吧。"

"什么承诺？"秦培启一时没反应过来。心想，好你个姚九华，该不是找托词想滑脚。

姚九华道："秦经理。你可是答应过的，可不能耍赖啊。"

"我答应了什么？"秦培启一时想不起。

姚九华提醒道："胡永泉可调过来了。我这鸳鸯酒楼等他来掌勺呢。"

经姚九华一提，秦培启才想起。马上拿起姚九华办公桌上的电话，指示人事科长调人。

因与南湖饭店的潘总有言在先，加上胡永泉事先知道要去五芳斋粽子店，已经与南湖饭店餐饮的后厨新厨师长进行了交接。可以说胡永泉的调动没有一点障碍。

一直以来，烹饪界有一个不成文的规矩：一个好的厨师，为了烹饪顺手，都会有自己的烹饪班底。厨师到哪，这个班底也会一起跟过去。

可喜的是，因新厨师长有自己的一套烹饪班子，原来的人当然不会再用。胡永泉也将他班底一起带到了五芳斋粽子店。

十

胡永泉一班人一到，"鸳鸯酒楼"也就要正式开张了。

在胡永泉报到那天，姚九华对他道："永泉师傅，你这一走，南湖饭店算是与禾菜无缘了。"

胡永泉道："可不是哩，现在南湖饭店请的师傅是广东来的。擅长粤菜，看来南湖饭店的客人要换换口味了。"

姚九华道："他们换，我们不换。'鸳鸯酒楼'就是要坚持禾菜，嘉兴老祖宗传下来的手艺不能丢在我们手上。"

胡永泉道："这话我爱听。现在大一点的菜馆都在慢慢消失，而那些小菜馆只会烧家常菜。我真担心禾菜在我们手上消失哩。"

姚九华道："只要有你在，况且你还有许多徒弟，不会消失的。"

胡永泉道："但愿吧。"

姚九华又道："一方水土养一方人。我想，嘉兴人总是喜欢吃家乡菜的。我们要商量一下，怎么把喜欢吃禾菜的人吸引到'鸳鸯酒楼'来。不瞒你说，我还贷压力太大，还指望你给我挑一半分量哩。"

胡永泉道："吃得满意不满意找我。这揽客还得你哟。"

姚九华道："磨刀不误砍柴工。我想还是照南湖饭店时的老办法，你给我准备十桌酒菜，凡是禾菜里的经典菜品尽量配进去。我呢利用以前在南湖饭店当餐饮部经理时的人脉关系，将嘉兴所有有点规模的企业领导人请来，让他们好好尝尝我们'鸳鸯酒楼'的味道。"

胡永泉道："这个我行，保证让他们忘不了。"

姚九华道："好，我就是要这个效果哩。"

"鸳鸯酒楼"开张那天真是高朋满座、贵宾云集。尽管都是叱咤商场，见过世面的人，但也都被古色古香、富丽堂皇的厅堂惊艳了一把。而当那一道道菜品端上桌来，大家仿佛没有了往日的斯文，把餐桌当成了战场。

不久一封指责姚九华借"鸳鸯酒楼"开张之际，慷国家之慨，大肆招待亲朋好友的举报信送到了商业局朱局长的桌上。信中还罗列了三条错误，一是恢复"五芳斋"店名，为封资修翻案；二是将店堂装潢得像宫殿，为封资修摇旗呐喊；三是将专用资金挪作他用。就这样，一个电话，秦培启被叫到了局里。

局长来电，秦培启当然不敢怠慢。放下电话，马上赶了过去。

在局长办公室，见秦培启满头大汗地进来，朱局长赶紧倒了一大杯凉开水递给他："秦经理，看你满头大汗的。来来，先喝杯凉开水压压汗。"

秦培启二话不说，一扬脖子，一口气，凉开水就下肚子。完了他一抹嘴边的水渍问道："朱局长。什么事，急吼吼把我叫过来？"

朱局长将那封举报信推到秦培启的面前："看看。"

秦培启接过举报信，漫不经心地看了起来："什么乱七八糟的……"可刚看了一半，脸上的肌肉就抽了起来，接着就脸红脖子粗地嚷道："胡说，一派胡言。欲加之罪何患无辞，这是莫须有。"

朱局长笑了，道："别激动，莫须有么我看不见得。"

秦培启道："那局长是信了。"

朱局长道："我是说请客这事总是有的么。我不是也去了么，不过就是借题发挥罢了。"

锣鼓听声，说话听音。秦培启一听朱局长的意思马上道："就算不是莫须有，那他混淆视听总是事实。这个请局里要有个明确的说法。"

朱局长道："我倒想听听你的想法哩。"

秦培启道："我的想法很简单，这次省里贴息贷款是指定扶植有历史渊源的中华名点，这'五芳斋'三个字就是历史渊源的代名词。店堂的装潢向民族化靠拢，也是为了体现历史渊源么。另外，我们把贷款都用在了五芳斋粽子店，怎么就'挪作他用'了呢。"秦培启越说越激动，喝了口水又道："我知道信中的所谓'挪作他用'是指我们上了'鸳鸯酒楼'。众所周知，我们五芳斋粽子店一向就是有粽子部、饭菜部、点心部，总不至于只改造粽子部，其他不改造吧。这也分不开啊。"

朱局长问道："这是你们班子的决定？"

秦培启答道："不，这是姚九华的主意。但事后我们班子也是认可的。"

朱局长点头道："既然你们意见一致那就努力做好它，局领导班子我会解释的。"

秦培启道："我还有个要求。"

朱局长问："我已在为你们挑担子了，还有什么要求？得寸进尺啊。"

秦培启道："这事就不要传下去了，士气可鼓不可泄。尤其不能让姚九华知道，还指望他还这五十三万贷款呢。"

朱局长道："放心，就到此为止。不过到很想知道谁写得哩。不是想打击报复，只想理论理论，把是非辩辩清。"

秦培启道："就是么，这酒楼开张宴请一些商界人士，也是宣传扩大酒楼影响的一种方法。我们在南湖饭店开张时也是这么做的，怎么到了五芳斋粽子店就成了错误了呢。我看这姚九华是得罪了什么人，不行我得提醒一下他了。"

十一

胡永泉的禾菜还真是有水平，经他这么一弄，"鸳鸯酒楼"的名声倒是就此打开。

　　让姚九华欣慰的是，那些在南湖饭店结识的朋友渐渐成了"鸳鸯酒楼"的客人。正是这一变化还带动了粽子的销售。这些光顾"鸳鸯酒楼"的朋友都是企业的领导，往往都是带着客户来的。业务往来，当然是主人最慷慨的时候。都说酒是催化剂，当真一点不假。酒到酣时，人的感情也随着升温，那些订单、合同往往都是在觥筹交错中敲定。酒足饭饱，客人要打道回府，精明的企业领导还不能让客人空手而归，楼下五芳斋粽子理所当然成了最佳礼品。这当然是归于五芳斋粽子的名声及味道，还有一个重要原因是方便。只要客人吩咐，楼下就将粽子丝毫不差地准备妥当。而反过来，由于不用花费心思去刻意准备礼品，也成了吸引企业客人来酒楼设宴待客的重要因素。

　　那天，在市商业局，南湖饭店潘总遇见正好也在办事的姚九华："好你个姚九华。不但挖了我的主厨，还将客户也挖了去。"

　　姚九华笑道："哪里，哪里。你做的是时髦的粤菜，我经营的是本地的禾菜，两不相干哩。再说你们动不动就是五六十桌的大型宴会，我们是望尘莫及，只能揽些散客而已。这也算是优势互补。"

　　而让姚九华更高兴的是，婚庆喜宴也蒸蒸日上，这当然是冲着"鸳鸯"二字而来。结婚么，总得讲点好口彩。这"鸳鸯"因总是出双入对的出现在人们眼前，被看成是爱情的象征，有婚姻吉祥物之称。能在"鸳鸯酒楼"完成人生大事，不但吉祥而且有纪念意义。姚九华似乎也摸准了人们这种心理状态。不但将本已古色古香、富丽堂皇的餐厅布置得喜气洋洋，还在大厅的正前方让人做了一个大大的金色"囍"，四周用红色的玫瑰围成"心"形，更是将喜庆的气氛营造得足足的，赚足了人们的眼球，得到准备结婚办喜宴的年轻人的青睐。每当节假日，结婚高峰时段竟然要提前一年预定喜宴。

　　这婚宴可是厨师们最喜欢制作的。一般婚宴多则几十桌，少则也有个十几桌，除客人有特殊要求，一般菜肴比较固定。像诸如婚宴必备的"四大件"，全鸡、全鸭、全鱼、蹄髈等，对厨师说来驾轻就熟、信手拈来。而那些冷盘、热炒、点心也档次不会太高，基本由店方引导、建议，可以说八九不离十。正因如此，婚宴是饭店毛利率最高的宴席。

经过深思熟虑，姚九华作出了一个决定。凡是十桌以上的婚宴，每桌送特色菜肴一道。决定一出，在店里引起了极大的反对声。第一个提出反对意见的就是胡永泉："老姚，你脑子进水了啊。你口口声声店里还贷压力大，趁婚宴利润高，多赚点有什么不好。怎么还送菜，这不是自搬石头自压脚。"

姚九华面对火气冲天的胡永泉似乎不以为然，笑嘻嘻道："来来来。我们来算笔账。"他让人拿来了一只算盘。送菜这事在店里本已议论纷纷，不理解者甚众。见姚九华要算账，众人纷纷围了过来。

姚九华一边拨算盘珠一边道："目前我们婚宴主要集中在'五一''国庆''春节'前后，毛算算每个节日有十天婚宴集中期。按我们店的接待能力，一天五十桌，三个节假日三五一十五，共一千五百桌。每桌送菜一道成本三元，共计减少利润四千五百元。"

众人一听，更沉不住气了："喔哟，送出介多啊。肉疼煞哩。"

姚九华不动声色，继续道："之前我们婚宴集中在三大节日，我们平时尚有大量接待能力。如果我们通过送菜，吸引众多的婚宴，在平时也能大量接到婚宴。我不多算，一年当中一百天能接到婚宴，每天只要有十桌婚宴，就增加一千桌。每桌利润三十，减去三元送菜成本，实利二十七元，增加利润就是两万七千元。那四千五百元还在话下吗。"

众人惊叹道："我们怎么想不到啊。姚经理，你是啥个脑子。"

胡永泉拍拍自己的头自嘲自解道："自己这里进水哩。"

姚九华道："好处还不只这些喔。"

众人惊讶："还有啥好处，我们怎么看不出啊。"

姚九华道："办宴人总会有一些外地亲戚要来吧。"

众人不解："亲戚来了就来了。与我们店又有何关系呢。"

胡永泉恍然大悟道："外地客人走时总会带点嘉兴土特产，见了五芳斋粽子会买的。"

众人道："买烟搭上洋火子。"

姚九华道："胡师傅脑子灵光哩。哪里有水啊。"

胡永泉道："你这是夸我。"

姚九华笑道："六月债还得快。"

引得众人一片哄笑。

送菜举措在众人的支持下推行起来，效果出奇地好。不但吸引了那些尚在选择婚宴饭店，还举棋不定的客户，又使那些原先只准备办七八桌婚宴的客户，想方设法凑齐十桌。

送菜实行了一月有余，财务的月度核算也出来了。姚九华接过扫了一眼，心里就乐开了花。二话不说，直奔秦培启办公室而去。

当秦培启看到姚九华递过来的财务报表，也是一脸喜色："我说怎么风和日丽的突然平地起了旋风，你是来报喜的吧。"

姚九华道："可不是，我们一个月利润就创下二万五千元。这可是没有节假日的平常月份。照这样下去，年创三十万利润不在话下。还贷指日可待。"

秦培启拿起桌上的另一份报表道："我这里也有一份呢。"

姚九华自嘲道："我怎么忘了，秦经理是最关心粽子店的。我这是二报，无功哩。"

秦培启道："谁说你无功来着，可不能给我掉链子。自南湖饭店分出去后，你们粽子店可就是公司的头号创利单位了。"

姚九华道："我这三分三肯定给你管牢。"

秦培启又道："听说你搞了个送菜活动。"

听秦培启这么一问，姚九华来劲了："是啊，你可不能小瞧这送菜活动，它可给我吸引了许多的客户。我现在婚宴已预订到明年，可就是靠这一招哩。"

秦培启叹了口气道："有句话怎么说来着，不但要抬头拉车，也要低头看路。切记，路上有绊脚石哩。"

姚九华一惊，道："我哪里做错了。"

秦培启道："有举报你慷国家之慨。"

姚九华道："哪来慷国家之慨。"

秦培启道："你一桌酒宴送一道菜。"

姚九华叫道："送一道菜，带来的几十桌、甚至几百桌的新订单。这有什么不对的。"

秦培启笑道："可人家告你的是自说自话，目无组织。"

姚九华道："我问心无愧。"

秦培启道："我可没说你心中有鬼。该干啥还干啥，只是今后有什么动作先给我打个招呼。"

十二

现在，姚九华最爱地方就是开在五芳斋粽子店二楼的"鸳鸯酒楼"，上班时有空没空，忙里偷闲都到这里坐坐。眼看着人进人出，高朋满座，座无虚席，心里别提多舒坦了。

20 世纪 80 年代中期，虽说改革开放已有六七个年头，但民众的收入还没有大幅提高。因此除了婚宴，在酒楼请客吃饭的大都是机关、企事业单位。几年来在饭菜业的浸染，这些机关、企事业单位的头头脑脑几乎都成了姚九华的朋友，见面总会打个招呼。兴致高时，他还会端个酒杯去酒桌前敬上一杯。这些头头脑脑预先订桌时，也喜欢直接打电话给姚九华。姚九华似乎也摸透了他们的规律，可预知他们请客的间隔和时间。有时某人某单位长远不来，他竟然会打电话去问："这一腔怎么没来吃饭啊？"人家也不觉唐突，总会解释一番。末了答应就会来的，好像他们倒欠了姚九华似的。

一天，有事没事姚九华又去了酒楼餐厅。一圈招呼打下来总觉得哪儿不对，可一时又难以捕捉到点什么，这事就窝在了他的心底。第二天，他又去

现在姚九华最爱地方就是坐在五芳斋粽子店二楼的鸳鸯酒楼 上班时有空没空 忙里偷闲都到这里坐坐 眼看着人进人出 高朋满座 座无虚席 心里别提多舒坦

了酒楼餐厅，一圈招呼下来才猛然想起，这几天怎么没见嘉兴工艺美术厂头头脑脑的身影。问了一下收银台，收银员查了一下近几天的酒水单，也证实了姚九华的判断。

这嘉兴工艺美术厂可是个响当当的明星企业，它生产的"皇冠牌"灯具与海鸥电扇、益友冰箱、大雁自行车被誉为嘉兴的"四大名旦"，畅销中国。厂里客商云集。有客商就会有宴请，这"鸳鸯酒楼"就成了他们时常光顾的地方。这几天突然不来了，当然不正常。

姚九华马上回办公室，给嘉兴工艺美术厂厂长打了一个电话："严厂长，好几天不见怪想你的。"

严厂长久经商场，最会观风识气。见姚九华来了电话，就打起了哈哈："姚经理啊，几天不见我也怪想你的。我还欠你三杯酒呢。"

姚九华接翎子道："是啊。这几天你怎么不来，我在等你的三杯酒呢。再不来我的酒虫就要爬出来了。"

严厂长道："我想来，可走不进门啊。"

姚九华惊讶道："怎么就进不了门。难道'五芳斋'大门口蹲了只老虎，还是挂了把枪。"

严厂长道："明枪易躲，暗箭难防啊。"

姚九华正色道："听话听声，锣鼓听音。看来严厂长有怨，是小白菜哩。"

严厂长道："可不是，比小白菜还怨哩。既然你今天来电话，我也一吐为快。"

姚九华道："请讲。"

严厂长道："前几天，我在'鸳鸯酒楼'招待上海来订货的客商，可把我的面子丢光了。"

姚九华问："怎么一回事，你倒说说看。"

严厂长见姚九华主动询问，就说："你们的炒菜师傅，在炒菜时竟然不在菜里放盐，搞得我和客商们索然无味。我怎么敢再来呢。"

炒菜时竟然不放盐，对餐饮业来说，可是非同小可的事。往小里说，它体现了店里员工的素质；往大里说，这是在砸"五芳斋"的招牌。他诚恳地对严厂长说："你的意见我记住了。我肯定一查到底，给你一个满意的答复。"

随即，他查了那天的考勤记录，确定那天炒菜师傅叫王阿根。之后他又询问负责餐厅的主管刘珠宝。刘珠宝证实，那天客人提出菜是淡的。他们几个餐厅服务员尝了下撤下的菜，的确是淡的。

证据确凿，姚九华就把王阿根叫到办公室核实那天的情况。在铁证面前，王阿根很快承认了炒菜不放盐的事。

原来，王阿根有个朋友要结婚，近期正在装修婚房，想买一套皇冠灯具。可皇冠灯具是抢手货，一时买不到。这事给王阿根知道了，拍着胸脯向朋友打包票："这事找我啊。嘉兴工艺美术厂的头头脑脑，三天两头在我们酒楼请客。我熟，我还保证给你个大大的优惠。"

那天严厂长带了几个上海客商来吃饭。正好当厨的王阿根瞅了个空当跑出来，向严厂长提出来要买皇冠灯具。严厂长见是厨师要买灯具，毫不犹豫点头答应，并当场写了一个批条给王阿根："阿根师傅，你就凭此条去供销科开票提货。"

可王阿根接过批条看了一眼，就是不走。

严厂长问："阿根师傅还有事？"

王阿根指着批条道："给打个五折。"

严厂长一下愣住了，这皇冠牌灯具可是紧俏商品，市场上都供不应求。能同意你买一套已是天大的面子了，还要求打折，这怎么可能呢。况且上海客商就在边上，他们成百上千套地订货也只能打八折。这不是要他好看吗。

严厂长当然没有答应。

王阿根心有怨气，回到厨房竟在灶头上做起手脚，故意在炒的菜里不放盐。

姚九华一听，心中升起一股无名之火。这可是一个职业道德的问题，如果大家都随心所欲，为所欲为，那"鸳鸯酒楼"的声誉就会一落千丈。既然事情的真相水落石出，姚九华决定要以这一典型事例来教育店里的广大职工，树立爱店如家的思想，"顾客是上帝"的理念。

他首先让王阿根在职工大会上宣读了自己的检查，宣布了对王阿根扣半年奖金的处理决定。然后又带着他去嘉兴工艺美术厂，当面向严厂长道歉。这一招很让严厂长满意，之后又来"鸳鸯酒楼"招待客商。

十三

五芳斋粽子店的声誉是挽回了，可王阿根的心结并未了结。虽然在工作上是循规蹈矩了，可私下却牢骚不断："都说'四个轮子一把刀，白衣战士红旗飘'，现在汽车驾驶员、卖肉的、医生、军人都好处木佬佬。我厨师从吃客身上寻点好处有啥哩。这该死的地方有啥蹲头，台都塌光哩。"

世上没有不透风的墙。这些牢骚很快传到了姚九华的耳朵里，引起了他的警觉。现在改革开放了，私营饭店已开始出现，今后这些店的厨师肯定要从国营饭店挖。应该未雨绸缪，有个对策。

第二天一早，他把胡永泉从厨房叫到办公室。

胡永泉一边用毛巾擦着湿淋淋的手，一边道："有什么事当场不能说，还要叫到办公室来。"

姚九华道："人手不够，还要你这个厨师长亲自动手。"

胡永泉道："是呀。今天有五十桌婚宴，不搭一手恐来不及哩。"

姚九华一针见血道："还是人手不够么。"

胡永泉道："哪怎么办，脚踏西瓜皮滑到哪里是哪里。"

姚九华道："我倒有个想法。"

胡永泉问："啥想法？"

姚九华推心置腹道："老胡，我们总有老了退休的一天。为了我们的后厨后继有人，多培养点徒子徒孙吧。"

胡永泉道："我可不是死脑筋，这点手艺也是师傅倾囊相授。当年师傅也关照，禾菜是个小菜系，要发扬光大就要靠师徒相传。可现在的小青年都向往去工厂，心思不同了啰。"

姚九华道："所以就更要加快物色培养接班人，否则出现青黄不接就麻烦了。"

胡永泉道："那倒不至于，我那几个徒弟可都能独当一面了。"

姚九华道："多培养几个总不会错吧。你看看还有没有好的苗子。"

胡永泉道："倒有一个我看得中的。"

姚九华问："谁啊？"

胡永泉道："小卢，卢永清。"

姚九华道："我知道，那个二十多岁小个子。头脑灵活，悟性好，什么东西都是一学就会。我记得跟你也有几年了，在几个年纪轻的炒菜师傅里是比较拔尖的。是吧？"

胡永泉道："就是他。"

姚九华道："那我们就在他身上花点功夫。"

胡永泉道："我也同意哩。"

说来也巧，没过多久，姚九华从省饮服公司戴总经理那里听到一个消息。近期中商部在哈尔滨要举办一期烹饪进修培训，老师都是国内顶尖的烹饪大师。省里有几个名额。姚九华一听，在电话里向戴总经理要名额，戴总经理惊讶道："你不是去当五芳斋粽子店经理了吗，怎么关心起烹饪来了。"

姚九华诉苦道："我这也是从侧面扶植粽子行业哩。"

戴总经理毕竟是姚九华的老朋友，很快一个培训名额就分到了五芳斋粽子店。毫无疑问，这个名额给了卢永清。

几个月的培训很快结束。

这次可让姚九华大失所望。满指望卢永清把学来的技术好好发挥发挥，给"鸳鸯酒楼"增加几个新式的菜肴，以便给食客们一个惊喜。可他上班后就是不冷不热，提不起精神，炒菜的手艺不进反退。这引起了饭菜部员工的不满。

姚九华一了解，原来卢永清的老婆正在和他闹离婚。常言道：水有源，债有主。小夫妻俩为什么会闹离婚呢，肯定有原因。姚九华决定了解一番。

那天吃过晚饭，姚九华去了卢永清的家。只有卢永清的老婆在家。姚九华说明了来意，卢永清的老婆话匣子就打开了。

原来，自卢永清从哈尔滨回来后，就喜欢上了打麻将，而且上了瘾。三天两头不着家，家里的那点辛辛苦苦积攒下来的存款，也被他输了个底朝天。老婆苦口婆心地劝他，他不听。岳父母参与规劝，竟也遭拒绝。致使岳父母非常看不起卢永清，家也不让进了。看来也只有离婚一条路好走了。

姚九华决定要让这个濒临破碎的家庭走出阴影。他不希望这么一个年轻有为的青年，就此沉沦。他要尽自己的所能挽救卢永清。

最近家用煤气刚在嘉兴兴起，并很快以使用方便、清洁受到了大家的追捧。由于刚起步，煤气的开户是非常困难的，能够用上煤气是非常有面子的事。这时正好店里分到了几套煤气的户头。姚九华决定给卢永清一套，理由就是挽救卢永清。这一提议，得到了嘉兴五芳斋粽子店领导班子的一致同意。姚九华找卢永清谈话，规劝他戒赌。自家里有了煤气，卢永清的老婆觉得，单位里还是重视卢永清的，离婚之事从此不提。这对卢永清的触动很大，下决心戒了赌。

春节到了，粽子店有领导上门慰问职工的惯例。在慰问卢永清的时候，姚九华动了点小脑筋，独辟蹊径，将卢永清的慰问安排在他的岳父母家。姚九华的用意是十分明确的，那就是促使卢永清翁婿和好。卢永清的岳父母见粽子店以行政、工会的名义来慰问他们，很是感动，觉得很有面子，遂改变了对卢永清的态度。人非草木，孰能无情。卢永清对姚九华的良苦用心，当然是心知肚明。浪子回头金不换的故事，在嘉兴五芳斋粽子店重现。

十四

地球常转，日子常过。姚九华很快又被店里杂七杂八的事务，绕得七荤八素。

这天，他在粽子部与洪长生谈事，猛然想起开张那天，有顾客抱怨粽子太大吃不了一事。他对洪长生讲："长生师傅，最近你可听到过顾客抱怨我们的粽子太大吃不了。"

洪长生笑笑道："你也听人说啊，我听到得还不止这些。"

姚九华一愣，道："有这事，你说来听听。"

洪长生道："其实粽子大只是一方面。还有抱怨豆沙粽太油的，品种太少的。"

听了洪长生的介绍，姚九华有点想不到。自言自语："这粽子从上一辈传下来就是如此，一向好评如潮。否则也不会有如此知名度，怎么会出现这么多意见呢。"

洪长生听了笑道："其实我刚一听见这些抱怨也不服气呢。可听多了倒是悟出点道理来了。"

"喔。"姚九华来了兴致："说说看。"

这时店堂里正好有两个穿着时髦的姑娘吃好粽子起座离开，洪长生拉着姚九华走过去。只见桌上两只盘子都没有吃干净。

姚九华摇摇头："现在的小青年对盘中餐是一点也不珍惜啊。"

洪长生似乎知道姚九华的心思，拿起这两只吃剩的盘子端到他的眼前："请姚经理看仔细，吃剩的是什么。"

姚九华端起盘子，是个吃剩的豆沙粽。用筷子拨了一下，一大块油汪汪的猪油呈现在他的眼前。"哟，介好一块猪油就这么丢弃了。可惜了。"转身对洪长生道："这可是上好的板油，货多少难进。我是求爷爷拜奶奶，通过商业局批条子，冷冻厂才每日供应百十来斤。"

洪长生笑道："不喜食猪油的可大有人在。要知道我们大堂每天要往泔水桶倒掉不少猪油哩。"

"这为什么啊？"姚九华不解。

这时旁边一个正在收拾碗筷的年轻女服务员插嘴道："姚经理，你有点落后了。现在的姑娘小伙都以苗条为美，这么大块猪油吃进去都变脂肪，谁敢吃啊。"

洪长生建议道："把猪油去掉吧。"

姚九华一听，连连摇手道："不行，不行。这豆沙粽没了猪油是不好吃的。为什么我们在裹肉粽时，要放一半精肉一半肉膘。这样在烧煮时那膘油渗入糯米中，粽子才好吃。道理是一样的。"

洪长生道："这倒有点矛盾了。"

姚九华道："好像还有个抱怨，是什么啊？"

洪长生道："嫌品种单调点，挑选余地太少。"

姚九华道："这个问题好解决。实际上以前'五芳斋'就有大肉粽、豆沙粽、火腿粽、鸡肉粽、赤豆粽。现在食材供应充足，我们再开发几个品种出来。"

洪长生追问道："这个问题好解决，还有两个呢？"

姚九华道："三个臭皮匠顶个诸葛亮。你通知一下，粽子部晚上开个讨论会。"

姚九华就是有股雷厉风行的劲。当天晚上，粽子部的人员被召集起来开会。

会议一开始，姚九华卖了个关子："今天为什么要开会，你们知道吗？"

众人七嘴八舌道："是啊，我们还要问你呢。通知开会时又没讲会议内容，我们又不像孙悟空能钻到铁扇公主肚子里。"

洪长生忙起身道："大家静一静，听姚经理讲。"

见众人安静下来，姚九华清了清嗓子道："自'五芳斋'重新开张以来，形势大好。我们新增的'鸳鸯酒楼'一鸣惊人，营业额大幅上升，婚宴已排到了明年。我们粽子部也日日创新，可比起酒楼还差了一大截。我们的店名告诉我们，粽子是我们的主业。现在主业做不过辅业，是否有点塌台？"

众人一听炸了锅。

有的道："原来今天的会是批评会啊。"

有的道："我们也挺努力了啊。不能怪我们啊。"

姚九华道："我可没有怪你们的意思。常言道：'兵熊熊一个，将熊熊一窝。'主业上不去，责任在我。"

众人一听乐了："你是在作检讨啊。"

也有人辨出了滋味："看来姚经理有办法哩。"

姚九华道："原因倒是找到一点。解决办法么，还是要靠大家。有句话叫什么来着。对，群策群力么。"

众人道："我们几十年做下来也没觉什么不妥啊。"

姚九华道："开始我也与你们想法一样哩。"接着他把顾客反映的三个问题提了出来。

不出所料，粽子大的问题、品种少的问题得到了大家的认可，会上大家还纷纷献计献策，提出了不少点子。可关于豆沙粽里的猪油问题可使大家犯了难，特别是老一辈职工意见就非常激烈："这豆沙粽没了猪油还叫猪油豆沙粽吗？"可年轻人不喜欢猪油也是不争的事实，这让大家十分难以抉择。有人提出一个折中的办法，保留猪油豆沙粽，再裹一种没有猪油的豆沙粽，以迎合年轻人的喜好。

有了共同的认识，姚九华一鼓作气，当即调兵遣将，成立了三个小组，分别就粽子的大小、粽子的品种、豆沙粽的猪油问题，进行研制。

十五

不想，众人的积极性高涨，各个小组当夜就开始了活动。

因都在粽子业干了十几年甚至几十年，研制非常顺利，很快出了成果。

没过几天，姚九华在大堂召开了第一次组长碰头会。说是组长碰头会，各小组的成员齐刷刷都在场，还将试制的粽子直接带到了会场。大家都兴冲冲抢着报告自己小组的试制成果，大堂顿时成了一锅烧开的水。姚九华一看，笑意爬满了脸。

洪长生见了，用肩膀碰了碰姚九华道："乱成了一锅粥，你怎么还这么高兴啊。"

姚九华道："积极性这么高，好事。我为什么不高兴啊。我告诉你，好戏还没开场呢。"

"好戏，什么戏？"

见洪长生一脸的不解与问号，姚九华站起来，拍拍手高声道："大家静一静，我一看就知道，都有好消息呢。我看这样吧。一组组讲，依次发言。"大堂顿时静了下来，姚九华又不失时机道，"第一组，第一组组长先讲。"

第一组组长方四四见发言拔了头筹，赶紧站起来，将手头的粽子一一摆到了案桌上，道："我们小组试裹了 160 克、100 克、50 克三种规格的粽子，经试吃，觉得 160 克比较合适。那么为什么还要裹 100 克及 50 克的呢，主要是觉得现在嘉兴人将粽子当早餐越来越盛行，早餐吃 160 克粽子似乎多了一点，还是 100 克比较合适。至于裹 50 克的粽子，可算是推陈出新。早先张家弄三爿'五芳斋'时，大家都会用剩料裹一些小粽子出售，很受食客欢迎。我们也裹一些试试看。"

姚九华听了连声叫"好"，并点评道："主意蛮好，大家再试吃一下，看看这样的重量是否合适。如合适，就请方四四将粽子的配比定下来。至于 50

克粽子我到有一个想法，是否可叫'迷你粽'。在'鸳鸯酒楼'的宴席上当一道点心推出，这也显示我们'五芳斋'的酒楼与众不同么。"

众人一听纷纷叫好："我们都试吃过了，合适的。"

有人提出："为了区分，100克就叫'早餐粽'，50克就叫'宴会粽'"

在一片掌声中粽子的规格就定了下来。

第二组组长唐阿根迫不及待道："该我了。我们从月饼的馅料得到启发，觉得像咸蛋黄、栗子、蜜枣等原料经过高温蒸煮口味与风味基本不变，很适合裹进粽子里。不过月饼的馅料是甜的，除了蜜枣可裹成甜粽，咸蛋黄、栗子就不成。后来我们受火腿粽的启发，将咸蛋黄、栗子与猪肉搭配，效果非常好。请大家尝尝。"

这咸蛋黄、栗子、蜜枣入粽确有新意，也引起了大家的兴趣，纷纷举筷尝新。这些粽子行业的老江湖可真不是吃素的。马上有人评价道："别出心裁，口味有创新。这几个品种要火的。"

可也有人提出："价钿可能会高喔。"

正在为这些新品种的口味由衷赞叹的姚九华表态道："自张锦泉创造了'火腿粽''鸡肉粽'后，几十年我们在品种上一直没有什么重大突破。我认为，这次应该算是一次重大突破。至于价钱么。还是老话，啥货啥价钿。只要货有所值，价钿高一点也会被大家认可和接受的。"

新品种粽子也定了下来。

第三组组长由粽子部经理洪长生兼着。见轮到第三组发言，他也站起来道："想不到一组、二组这么快就出成绩了。先前姚经理对我讲'三个臭皮匠顶个诸葛亮'，我看我们'五芳斋'是藏龙卧虎。我们小组的试制最简单可又最没确定性。"

有人不耐烦道："唠唠叨叨一大堆，讲成果。"

洪长生刹住话头道："我们试过了，不放猪油的豆沙粽吃在口中太干燥，没有滋润感，当场就给我们否决掉了。最后我们小组想出了一个有猪油又不见猪油的办法。"

又有人不耐烦道："怎么个有猪油又不见猪油，好像绕口令哩。"

见状，姚九华赶紧起身道："不要催。长生性子慢，让他慢慢讲。"

洪长生擦了擦脸上的汗道："我们将生猪油熬成熟猪油，去渣后拌进豆沙中，再裹进粽子。这样虽然在豆沙中，整快的猪油不见了，但在口感上与有整块猪油的豆沙粽是一样的。"

这时大家才恍然大悟："这个主意好。"

洪长生道："这样做虽然多了一道熬猪油的工序，但少了分割猪油的过程，工时差不了多少。但好处确不少。首先，对猪油的要求降低了。我们可用猪身上诸如鸡冠油、网油，甚至肉膘油等杂油来熬猪油，原料来源扩大；其次，杂油要比板油价格便宜一半，对控制豆沙粽的成本有好处；再有，因事先已将猪油拌入豆沙，裹豆沙粽时少了一道加猪油的工序，提高了裹豆沙粽的速度。"说着将试好的豆沙粽分给大家品尝。

姚九华专门问那些不同意见的老职工："方师傅、唐师傅你们看这样行么？"

方、唐二位师傅眼睛一瞪道："我们反对的是不加猪油，有猪油保持原口味我们为什么不支持。"

第二天，姚九华叮嘱会计的许紫英："赶紧核价，争取明天挂牌。"

许紫英道："我这里核价是很快的，误不了明天的营业。不过这么大的事，是不是跟公司汇报一下。"

姚九华不以为然道："事情不还没成呢。等成了，再汇报。"

"五芳斋"的这一举措一实施，立竿见影。这些新品粽子一上柜，马上成了消费者追逐的新宠。日销售额，嗖嗖地往上蹿。

"看来三年还贷是不成问题了。"姚九华就像吃了颗定心丸。

由于蛋黄粽、栗子粽、蜜枣粽的异军突起，店里增加了咸蛋黄、栗子、蜜枣的处理工序。

这咸蛋黄的提取、蜜枣的去核处理比较简单，安排几个工人就解决了。可栗子的处理就复杂了。从土特产公司购进的栗子都是带壳的，需要安排工人剥壳。这剥壳不是一般的麻烦，要先剥掉外面的硬壳，再剥里面附在栗肉上的膜。而这层膜因与栗肉贴得很紧，为了栗肉的完整，剥膜时必须小心翼翼，不完整的栗肉是不能裹进粽子的。这大大制约了工人的工作效率，往往剥栗子跟不上销售，时常造成脱销。柜台上的职工多次向姚九华反映，使姚九华也甚是头痛。

为此姚九华找到土特产公司，询问产地是否能供应去壳栗肉。这天姚九华又来找土特产公司经理，土特产公司经理这么被他盯着，心里甚烦，回道："我们已与产地协商此事，他们也在积极张罗，总得假以时日吧。你这样三天两头盯着我，我这里'十几个人七八条枪'总不能放下手头的工作帮你剥栗子吧。"

土特产公司经理的这番话倒提醒了姚九华。他回到店里，找来洪长生，商量将栗子分发给店里的职工。让大家下班后，利用晚上的时间剥栗子，言明剥一斤五毛。当时职工的月薪也就是四五十元，如果一天能剥十斤栗子就有五元钱的进账，比工资都高，大家积极性极高，剥栗子的事总算迎刃而解。

到了年底，五芳斋粽子的日产量由以往的五千只提高到两万只。当年还贷二十万元。

五芳斋粽子店进入了良性发展轨道，经营蒸蒸日上。

第七章

一

1986 年刚过春节，人们还沉浸在节日的欢乐之中。这是五芳斋粽子店全年最空闲的日子。

姚九华上班后，照例去工场、店堂巡视了一圈。工场里职工们虽然都在岗，因还没开工，大都在说着闲话；店堂里空荡荡只有几个从乡下来的农民在吃粽子。姚九华看看没事就回了自己的办公室，拿起杯子给自己沏杯茶，又点上烟，深深地吸了一口，坐下理了理思绪。再过两个月多就是五一劳动节，这是婚宴的高峰期。宴席去年就订满了，得提醒接单员整理一下，事先作好布置。结婚可是人家一辈子的大事，这是来不得半点疏漏的。过了五一劳动节，端午节接踵而来。如果说，餐饮这部分全年有五一、国庆、春节三大经营高峰，那么相对而言，粽子就只有端午一个销售高峰。只不过粽子的受众是餐饮的几十倍，甚至几百倍。老五芳斋人都懂"端午一季全年丰"的道理，故非常重视端午节粽子的销售。今年是还贷的第二年，端午节这根弦还得绷紧了，看来得开个端午节前的动员大会。

突然，一阵敲门声打断了姚九华的思绪。他喊了声："进来。"

推门而入的是手里拿着一张纸的王阿根："姚经理，有事找你哩。"

阿根师傅是胡永泉从南湖饭店带过来的，姚九华当南湖饭店餐饮部经理时也熟识。只是隔着胡永泉这一层，平时接触不是太多。自上次炒菜不放盐的事发生，被扣罚了半年奖金后，在店里总是有意无意地躲避着姚九华。见王阿根找到办公室，姚九华赶紧递上一支烟："阿根师傅，啥事体啊？"

王阿根一手接烟，一手向姚九华递上手中的纸："我有份报告要交给你哩。"

"有啥事体讲一声就可以了，怎么这么一本正经。"姚九华边接过报告边道。

"你先看看。"王阿根道。

"喔，辞职书。"预料中的事终于来了。姚九华顿了一下道："这辞职书我不收。"

王阿根问："为什么啊？"

姚九华道："你交给胡师傅。"

王阿根道："我跟胡师傅说过了。是他让我来交给你的。"

"我要是不同意呢。"姚九华试图说服王阿根："辞职就是敲饭碗，你跟家里人商量过吗？"

"我一人吃饱全家不饿。来去一个人，找谁商量。"王阿根道。

"不要冲动，冷静一下再说。"姚九华将辞职书扣在桌上。

见状，王阿根道："你不批，我也走。"说着风也似地跑出了办公室。

姚九华见到胡永泉时，他正坐在灶台边生闷气。见姚九华走过来，指了指边上的凳子，示意他坐下："辞职书见到了。这小子王八吃秤砣——铁了心，劝也没用。"

姚九华一屁股坐在胡永泉身旁的凳子上问道："什么原因啊，总不会是因扣了他六个月的奖金？"

胡永泉递了根香烟给姚九华，道："那倒不至于。"

姚九华道："那是什么原因啊？"

胡永泉道："这几天，勤俭路禾兴路口新开了家饭店，老板将王阿根挖去掌勺。"

姚九华道："这王阿根真是掀脱帽子没有脑子。怎么一点也不为今后考虑啊，这私营饭店有什么好。"

胡永泉道："老板给的报酬是他现在的两倍。"

姚九华道："真是鼠目寸光。老板会分房吗？生病有医药费吗？胡师傅，你是王阿根的师傅。要么你出面，我们再与他谈一次。"

胡永泉道："也好吧。"

第二天，胡永泉与王阿根来到姚九华的办公室。三人一落座，姚九华就开门见山："阿根师傅，辞职的事情是否再考虑考虑。这一脚踏出去，下一步是深是浅可是无法预知的。"

王阿根道："这有什么可考虑的。走了就走了，常言道：一把厨刀走天下。饭总有得吃。"

姚九华道："可生老病死的依靠呢，这可只有单位能给的。你看，现在一些大的单位都在造职工宿舍。我们五芳斋粽子店去年还贷后还结余了十几万，我们下一步也将考虑造职工宿舍。走了多可惜啊。"

王阿根道："生老病死有依靠是社会主义优越性，这我知道。可这私营企业也是在社会主义之下，我想也会有依靠的。我年轻，等得起。"

这是什么歪论，与姚九华平时学习的知识对不上号。可王阿根讲得头头是道，也不知道怎么应对，一时语塞。

胡永泉见状赶紧插进来道："王阿根，你跟了我这么多年，我可是看着你长大的。总算是我徒弟吧，师傅希望你留下。"

王阿根面对胡永泉沉默了，憋了半天，撂下一句话："要我不走也行，给我双倍工资。"

"你……"胡永泉瞬间脸红脖子粗了。

姚九华却陷入了沉思。目前私营饭店越开越多，厨师很快就会成为抢手货，为了觅到合格的厨师，他们最便捷的办法就是高薪招聘。可以预见，今后从国营饭店流出去的厨师会更多。怎么抗衡，一个是提高福利待遇，一个是提高收入。双倍工资，按五芳斋粽子店现在的经营状况，这个是完全承担得了的。可提高工资的权力并不在店里。

眼睁睁看着王阿根离去，他对胡永泉道："强扭的瓜不甜。我们仁至义尽了，让他走吧。"

胡永泉道："看来光靠感情已很难留人了。这是制度问题，我们是作不了主的。"

姚九华道："是的。不过听说五金公司的水电安装部试行'保本拆账分成工资'，中百公司集体商业实行'全额利润提成工资'。职工收入大幅提高，工作积极性也上来了。"

胡永泉道："你也真是的。这又由不得你作主，少想想。"

二

姚九华也真有点"憨"，第二天一早去了秦培启的办公室。

此时嘉兴酒家的陈经理正在秦培启办公室告状，而告状的内容恰恰与"鸳鸯酒楼"有关："秦经理，如果'鸳鸯酒楼'再这样搞下去，嘉兴酒家没办法开了。"

秦培启口气不太友好："怎么管，要么要他们让几桌宴席给你。告诉你，'鸳鸯酒楼'真的肯让，人家订宴席的也不一定高兴来。"

陈经理也感受到了秦培启的话中有点抢枪使棍，忙笑道："秦经理说笑了，这个怎能让呢。但他们的做法不地道，手段下作。"

秦培启一听真来气了："常言道：虾有虾路，蟹有蟹道。商场是战场，该使枪时就使枪。现在嘉兴城变得越来越大，人口也在快速增长。餐饮市场这块蛋糕越来越大，平地里冒出这么多私营饭店就是最好的证明。窝里斗有意思吗，你要与这些私营饭店过招才是正道。再说你没有本事，就是'鸳鸯酒楼'让你几桌，到最后说不定也会流到别处去。告诉你，姚九华可一直在抱怨场地不够用，你们两家只隔一堵墙，打个门洞就是一家人。"

说到此处，见姚九华敲门进来，两人停止了交谈。陈经理也就此告退。

姚九华开门见山："现在我真遇到难题了。"

秦培启还没从刚才的情绪中平复下来。听姚九华这么一说，没好气道："什么难题？是否要我去挡子弹。"

姚九华忙道："哪里，哪里。子弹么总归我去挡。但是防弹衣你总要给我穿一件吧。"

秦培启这时才有了笑脸："我哪来的防弹衣，要么我挡你前面。"

姚九华笑道："这是你自己说的啊。"

秦培启道："有屁快放，有话快讲。"

姚九华将店里有厨师辞职的事讲了。

在姚九华看来，这是有原因的。1986年已经进入了中国改革开放的第八年，与计划经济年代有了天翻地覆的变化。卖方市场已变成买方市场，尤以饮食业的冲击最大。不要说私营的大型饭店争夺消费者，就是那些私营的小点心店、小饭店也遍地开花，与国营饮食业争夺地盘。这些对姚九华来说，并不可怕。毕竟"五芳斋"的名气太大，还没有哪家私营饭店能与之相提并论。可让姚九华头痛的是，店里的那些点心师傅、大厨师傅，手艺都在自家身上，凭一根擀面杖、一把切菜刀就可自由闯世界、打天下。在社会大潮的助推下，他们往往上班出勤不出力，下班铆足精神赶场子，赚外快。虽然店里也制定了一些规章制度，实行了超定额计件分成的工资分配形式。所谓超定额计件分成的工资分配形式，就以事先经测算而确定的定额，作为每人每天必须完成的工作量，计发基本工资；而超过这个工作量的部分按比例再计提工资。在改革初期，这种分配形式对提高职工的劳动积极性起到了非常明显的作用。尤其在工业化程度高的企业，至今还是行之有效的。而在以个人技术能力来体现劳动价值的手工业、饮食服务业，因人员之间的技术能力的差异，它的缺陷日益显现。这种制度的制约作用与金钱的诱惑相比显得苍白无力。甚至有个别人员矛盾一激化，就把工作服一脱，说不干就不干了。

姚九华光说哪里哪里子弹么总归我去挡但是防弹衣你总要给我穿一件吧

姚九华心知肚明，完了分析道："如果没有好的措施，照这趋势，还会有厨师辞职。"

"你这是老革命碰上新问题。"秦培启突然醒悟过来："你这是要我堵枪眼啊。"

姚九华道："我就是来要防弹衣的么。"

秦培启道："防弹衣没有，要么我身上这件中山装你拿去。"

姚九华正色道："我不要你的中山装，我是来要政策的。"

秦培启道："既然称之为政策，那是上面定的。"

姚九华道："那像五金公司水电安装部试行的'保本拆账分成工资'，或中百公司集体商业实行的'全额利润提成工资'。是不是上面定的政策？"

秦培启道："那都是针对集体所有制单位的，国营不适用。不过前几天局里开会说是市经委提出了一个'工资全额分成'的方案。要找个单位试行，朱局长倒是点了饮服公司的名，要在我们这里搞。我没接这个茬，弄得朱局长老不高兴。要么你们店接下来。"没等姚九华反应过来，又道，"嗯。合适，合适。太合适了。"

"什么是'工资全额分成'？"姚九华一时不明白。

"所谓'工资全额分成'，就是将职工的工作能力、技术水平、工龄长短、服务态度量化成分值，企业再根据业绩计提工资的一种分配形式。"秦培启道。他怕姚九华还不明白，又解释道："它的优点是突出了职工对企业的贡献率，分配向关键岗位、关键工种倾斜。大大提高那些有技术、有能力的职工的工作积极性。"

姚九华将信将疑道："听听倒是配胃口的。是不是弄，我倒要回去与大家商量商量。"

秦培启取笑道："还狠霸霸向我要防弹衣。防弹衣就放这儿了，就看你敢穿不敢穿。不要做'叶公好龙'故事中的'叶公'。"

三

姚九华很想一试。可是它牵涉店里的所有职工，他必须得到大多数人的支持。

回到店里，他照例将几个核心人员召集起来。他心里清楚，这几个人是店里的主心骨，也就是所谓的"群众领袖"。这"群众领袖"是姚九华在商业局企业管理培训时学到的新名词，也就是群众中有主见、敢说话的人。他们深得群众的信任，极有号召力。只有得到他们的理解和支持，要办的事就基本成了。

见人到得差不多了，姚九华先是分了圈香烟，马上遭了几个女职工的白眼："要死，咳煞哩。"

有人笑道："你老公不吃烟啊，装秀气哩。"

姚九华赶紧道："今天召集大家来商量一桩事体。"

有人道："商量啥。老大多撑翻船，你决定我们做就是了。"

姚九华没理会，继续道："最近我们店里发生了一件大事。"他卖了个关子，没有接着往下说。

而正是这句话吊起了大家的兴趣，会场一下静了下来。可耳朵支起来了，却不见下文，有人好奇心重："什么事啊？怎么不说了。话说半句憋煞人。"

姚九华道："王阿根辞职了。"

一众人笑道："这算什么大事，走了就走了。留了不多，走了不少。"

姚九华道："事体是这样讲的，可要是引起连锁反应就不好玩了。尤其是辞职的原因值得我们重视。"

"什么原因？"众口一词。

"嫌我们这里收入低。"姚九华道。

涉及收入，这是大家都关心的问题，会场一下安静了。

有人证实："他出去收入翻了一番哩。"

"所以，"姚九华总结道，"我们的收入不上去，还会有人走。如果我们的骨干都走了，'五芳斋'还怎么开下去。"

"那怎么办？"众人开始思索。

姚九华道："只有一个办法，我们的收入也上去。"

会场一下又热闹起来："姚经理要给我们加工资啊。"

"看来还不是一点点。"

姚九华道："想哩。不过工作也要再提高提高。"

有人道："怎么提高？按那个超定额计件分成，要收入翻番我们每天起码工作 16 小时。"

姚九华道："有一种新政策，'工资全额分成'。"

有人道："还不是半斤八两，要靠起早贪黑做出来。"

姚九华道："你说对了一小半，但真正的要点还没有讲出来。"

有人又道："我们又不知道这'工资全额分成'是甜是咸，怎么能知道要点呢。还是你讲给我们听听。"

"大家听好了。"姚九华清了清嗓子，提高声音道："以往的'超定额计件分成的工资分配形式'是以工作量来计算超额工资。而'工资全额分成'在分配形式上不但看工作量，而且看职工的工作能力、技术水平、工龄长短、服务态度，最重要的是工资与效益挂勾。比如说以往以产量计提工资，现在以利润计提工资。如果产量不变，利润上升了，工资也增加。"

众人都是餐饮业、点心业的行家里手，对业务了如指掌。心里一盘算结论就出来了，新的工资分配形式工资提高得快。就拿粽子生产来说，为了快，原辅材料的浪费就很大。在自己家包粽子就要小心多了，只要上心一点都是利润。

共识马上产生，同意实行"工资全额分成"。

见姚九华将职工的工作做通了，秦培启马上向朱局长作了汇报。

市里也够雷厉风行的。由市经委、市经贸委、市发改委、市财税局组成的一干人员，马上来到嘉兴五芳斋粽子店，就嘉兴五芳斋粽子店实行"工资全额分成"进行了调研，召开了现场会。

现场会最后确定，一是嘉兴五芳斋粽子店的利润 58% 上缴，42% 留在店里，扣除福利提留后，按分成发给职工；二是分成实行上不封顶，下不保底；三是经理的分成按职工最高分成的 130% 计发。

这一决定实际上是一把双刃剑。它意味着，如果效益不好，职工就可能少拿工资，甚至没有收入，粽子店就将进入恶性循环的怪圈。如果效益好，职工的收入大幅提高，粽子店也将进入生气勃勃的发展快车道。有的人认为风险太大，不确定因素太多，搞不好将无法向职工交待。

可姚九华不是这么想，他对店里的部门负责人分析说："如果全额分成不搞，职工的积极性发挥不出来，技术骨干的流失还将加剧，企业最终还是走向消亡，这是一种慢性自杀。此时不如闯一下，说不定就能闯出一片天地呢。"姚九华在店里有着很高的威望，众人见他并没有退缩之意，当然都一致表示了同意。反正天塌下来有长人顶着，这个长人当然是姚九华。于是就由姚九华与市商业局签下了这份《工资全额分成合同》。

事实证明，姚九华的这步棋走对了。

职工的工作积极性被充分调动起来。

粽子部的职工对粽子技艺的提高都倾注了热情，在工作中更加注意节约。在淘米时手下留情，不让糯米白白被水冲走。能用的粽箬决不废弃，他们知道，这里面都包含着他们的收入。饭菜部的职工积极创新菜式，改进服务，努力提高顾客的回头率。他们也深知，每位顾客都是他们的衣食父母。还有点心部、综合部的职工都千方百计想方设法开源节流……职工之间自觉展开了竞争，相互监督、相互促进。

嘉兴五芳斋粽子店一片兴旺，营业额直线上升，利润成倍增长。职工们笑逐颜开，职工可以根据店里的利润，算出自己的所得。

很快效益显现。一个月下来，饭菜部的厨师胡永泉拔得头筹，拿了五百多元的工资，就是最少的人也拿了三百多元。社会上一般只有七十多元工资，绝对是高工资。而最可贵的是，姚九华没有过多地为自己打算。按规定他的工资可以是最高职工工资的130%，姚九华把它改为职工平均工资的130%。这样算下来，他的工资在店里只排在第三四位。

姚九华的威信大增，管理工作也好做了，可以说是一呼百应。有时个别职工犯错误，需要处罚，职工们也是心悦诚服。

"工资全额分成"是一个创新，是一件轰动全省的大事。不但嘉兴相关的政府部门，在嘉兴五芳斋粽子店开了现场总结会。省里也派员来嘉兴五芳斋粽子店，开现场总结会，总结、推广粽子店在工资分配上的全新探索。

四

店里的年利润从以前的五万元，一下子提升到三十多万元，而且照势头还在逐年大幅提升。职工收入多了，福利提留更是水涨船高。见账面上提留了这么多的福利款，姚九华想到了在劝王阿根留下来时"我们下一步也将考虑造职工宿舍"的承诺，就与店里几个部门负责人商量建造职工宿舍之事。大家一听，情绪顿时高涨起来。

这段时间，嘉兴一些有实力的企事业单位都纷纷建造职工宿舍。五芳斋粽子店那些住房紧张的职工眼看着朋友、邻居分到了新房，心里不是滋味，不免自怨自艾。听说店里也要改善职工的住房条件，哪会有不同意的。

会计许紫英心细，提醒姚九华："这事你可要向公司汇报，总得上边点个头吧。"

去公司就几步路的事，没几分钟姚九华就坐在了秦培启的办公室。

"防弹衣怎么样，不错吧。"秦培启给姚九华沏了一杯茶。

姚九华连忙道："好，好。不过我今天想再加一把柴。"

秦培启道："又是啥事体？"

姚九华道："我想动用店里的福利提留。"

秦培启道："你这是连环套啊。一个接一个没完没了。这福利提留只能用于职工福利，可不能自说自话。"

姚九华道："我想造职工宿舍。"又解释道："也是防弹衣哩。"

这几天秦培启心情特别好，原因是"工资全额分成"在五芳斋粽子店的试行大获成功，引起了省里的重视。秦培启也成了红人，省里的每次总结、推广会总会请秦培启介绍经验。听姚九华说要用福利提留造职工宿舍觉得很正常，尤其他把这比作"防弹衣"也很有道理。造职工宿舍么，也是提高职工积极性的有效方法。秦培启道："现在各个企事业单位都在造职工宿舍，你们用福利提留建造职工宿舍是没问题的，不过手续还是要办的。这样，你造个预算上来，要市财政局批的。"

"造职工宿舍还要市财政局批。"姚九华庆幸地拍了下额头，"亏得许紫英提醒。如果自己自说自话贸然行事，可真要吃辣货酱哩。"

"这预算怎么写啊？"姚九华问。

"造宿舍的目的、计划造几套、共多少面积、用多少资金、资金来源等写进去，应该差不多了。"秦培启说完又加了句："还是搞过基建的，这还要教。"

姚九华道："以前报告这种事都是你们领导在做，我是跑龙套的。这也是大姑娘上轿——头一遭。"

秦培启思索了一下道："这样吧。我把公司基建科长叫来，让他们帮你搞。"

当公司基建科长一问，才知道，这不是光有钱就能解决的简单事情。"它牵涉到不光是资金和审批。"基建科长道："它还牵涉到土地、图纸设计、挑选施工单位、采购建筑材料等一系列的工作。如果征用农田，还要解决农田所有者的就业问题；还有建筑材料的采购问题，不算五金构件，光河沙、石子就有七八种，还有钢筋、水泥、木材、石灰、玻璃、油漆哪样都要自己解决。现在嘉兴许多单位都在建职工宿舍，像钢筋、水泥、木材都是紧张物资哩。有钱还不一定搞到。"

姚九华道:"我被你这么一讲头也发昏哩。以前建南湖饭店没这么复杂么。"

秦培启笑道:"没有比头的。南湖饭店是市里的重点工程,由市里协调,各关联部门一路绿灯。要风得风要雨得雨,当然一路顺畅。"

姚九华缩着头道:"好了,好了。我打退堂鼓。"

秦培启道:"是啊,你现在压倒一切的重点就是搞好经营。赶快把五十三万贷款,给我按时还上。"

五芳斋粽子店造职工宿舍一事就此搁下。可姚九华"也是防弹衣哩"这句话,却深深记在秦培启的心里。不久,在一次领导班子会议上,秦培启正式提出建造职工宿舍,他说:"关于造职工宿舍这件事,倒是姚九华提醒了我。我们解决的不仅是职工的住房困难问题,实际上也是稳定职工队伍的问题。"

会议决定,职工宿舍由公司统一建造,统一分配;各门店可将福利提留交上来,参与建房,这部分新增宿舍由上交福利提留的门店自行分配。

这一决定得到了公司职工的支持,姚九华最有发言权:"这样好。解除了我们的后顾之忧,有利于我们集中精力搞好经营。"

基建科长也评论道:"集中资金建造职工宿舍太好了,因为规模越大越省工省料哩。"

就这样,造职工宿舍的事就落实好了。

很快,那些住房困难的职工就兴高采烈地入住新房。这无疑更加激励职工努力工作。

五

正当姚九华意气风发、踌躇满志时,一封举报信到了省商业厅厅长的案头。读着这封举报信,厅长的眉头紧紧地皱了起来,嫉恶如仇的他不由自主地大吼一声："混蛋！"

因声音太响，连在隔壁办公的秘书也惊到了。秘书科长赶忙跑了过去。

见秘书科长过来，厅长道："通知在家党委委员来开会。马上。"

不到半小时，人员就到齐了。

厅长将举报信拍在桌上道："这里有一封举报信，大家先传阅一下。"

原来，这是发自嘉兴的一封信。写信人自称是嘉兴饮服公司的职工，内容是举报嘉兴五芳斋粽子店经理姚九华，在五芳斋粽子店改建时中饱私囊，用商业部的扶持金为自己购置了一套宿舍并挪用两万元资金。

等大家传阅得差不多了，厅长道："大家看完了吧，有什么看法？"

有人道："这简直是明目张胆，无法无天了。"

有人却提出疑问："这么大的事，嘉兴的同志没有察觉。"

前面的反驳："这举报信就是察觉么。"

那人解释道："我说的是组织上。"

厅长敲敲桌子道："无风不起浪。有时间有事实，我看不会是空穴来风。"

见厅长表态定调，众人也就不再争论。很快一个由省商业厅会同省审计局组成的调查组就组成了。

当调查组在市商业局与市饮服公司经理交底时，秦培启惊得连下巴也要掉下来："这怎么可能呢。去掉这么多钱，还剩五十多万元，这粽子店建得起来吗？"

调查组的同志都是经验丰富的"老审查"。一问建筑面积，也都一时无语："按五十三万元计算也很紧啊。"

秦培启道："是啊，全靠姚九华精打细算，将拆下来的废旧建筑材料充分利用才没有超预算。"

调查组来时可是带着"有情况"的想法来的，经秦培启这一说，想法开始瓦解。可来了还是查一查吧。

市商业局朱局长道："查查也好。不管怎样，总得给被查同志一个结论。"

　　本来是要背靠背调查的，因看情况贪污的可能性不是太大，决定直接找姚九华谈话及查账。

　　当姚九华被请到调查组驻地时，还一头雾水不知道发生了什么。但看这架势好像要询问些什么，因调查组都是省里来的，还以为市商业系统哪个领导出事了。心想，我一个基层门店的经理能知道些什么呢。

　　姚九华一进门，就被很客气地安排在面对调查组成员的座位上。在1964年徐启光出事时，姚九华见过类似情景，这让他心里很不舒服。

　　有一个自称是组长的中年人单刀直入地问道："你就是姚九华同志？"

　　姚九华在恍惚中，老老实实答道："是。"

　　"担任嘉兴五芳斋粽子店经理？"

　　"是。"这时姚九华才发现，坐在最里头一位在做记录，心里一下忐忑起来。

　　那位组长似乎有所察觉，安慰道："姚师傅不用紧张，我们就为嘉兴五芳斋粽子店的改建作一些核实。因为有商业部贷款么。"

　　姚九华一听。这事啊，心里松弛下来。

　　那位组长似乎在拉家常："姚师傅住哪里啊？住得宽敞吗？"

　　姚九华道："家在精严寺街，两间房间，一间客堂间，30多平方。小儿子没成家，与我们老夫妻住在一起。"

　　"喔，还有子女住哪？"

　　"大儿子在电力公司上班，已成家，住公司宿舍。女儿也已出嫁，老公有婚房。"姚九华倒豆子似的回答引来一阵笑声，气氛顿时缓和。

　　那位组长试探式地问道："你没有其他房子？"

　　姚九华道："有倒好了，我那个小儿子早就想搬出去单住。房子紧张，不好弄。"

　　调查组看也问不出什么名堂，提出要看一下嘉兴五芳斋粽子店的改建账本。

在粽子店的会计室，姚九华让许紫英接待调查组。

调查组可都是审计的高手，很快就沉浸在这些整理得整整齐齐的账册中。

这些账目字迹清晰、条目分明，这给查账的同志节省了不少时间。从预算与决算比较，在建筑材料一项决算时金额上减少了很多。再仔细分析，主要是砖瓦、木料购进减少，看来确实有秦培启所说的情况。

正当大家准备鸣金收兵之时，审计的同志终于有了"重大发现"。一笔购房款加二万元的支出赫然在列。这似乎在证实举报信的真实性，调查组当然不会放过。

许紫英被叫来核实。

说是核实，其实已有点询问的味道："许紫英同志，今天你要如实回答我们的每一个提问。不得隐瞒、不得编造，任何不实回答都将负法律责任。"

没经过这种阵势的许紫英吓了一大跳，还以为自己的账记得不对。可一回想，这几册账先是公司、后又是商业局几拨人都审过了，也没说有什么问题。反而表扬，账账相符、一目了然。哪里出了问题呢？

调查组的人翻开账本，指着一张购房发票和一张付款凭证问："这是怎么回事？"

已被吓得头脑发晕的许紫英道："什么怎么回事？"

这下调查组来了精神："谁办的？"

许紫英道："当然是姚经理。"

"为什么付这二笔款项？"调查组有点咄咄逼人。

调查组的追问倒让许紫英镇静下来。购房和支付二万元她是经办的，原因大家都知道，不能这么回答，这不是越说越不清楚了么。她定了定神，将购房和支付二万元置换夹在粽子店中的民房一事，源源本本讲了一遍，末了她说："这一置换可使五芳斋粽子店面积扩大了三分之一。"

调查组问："能带我们去这两家核实一下吗？"

这时的许紫英已回过神来。原来查这啊。这不是诬告吗，没好气地道：

"我不熟，还是找姚经理吧。"

真相大白，还查出个勤俭节约的行家里手。听了调查组的汇报，省商业厅长感慨道："直觉害死人。我们可不能搞'一张邮票查半年的蠢事'。"

六

在随后的省商业厅干部大会上，商业厅长在谈到"经验主义"时，向与会者讲了姚九华的故事。最后总结道："同志们。想当然的经验主义要不得，这要害人的。所以调查研究这种我们党的优良传统还是要提倡，不能丢。这里我还要表扬省调查组的同志，他们不唯上，没有按我事先定下的调子办案。而是实事求是，以事实为依据，给我们商业系统挖出了一个老先进。"

这一番讲话使姚九华在全省商业系统出了名。姚九华的先进事迹得到了省商业厅的肯定。

省饮食服务公司闻风而动，他们当然比省商业厅更了解他们的下级公司。他们不但要总结姚九华的先进事迹，还要总结嘉兴五芳斋粽子店的成功经验。因为全省各地的饮服公司都遇到了发展的瓶颈，急需有成功经验作样板。而嘉兴五芳斋粽子店的成功经验，就像雪中送炭，有大张旗鼓在全省饮服系统进行推广的必要。

很快，由戴总经理带队的工作组到了嘉兴。

在与嘉兴市饮服公司秦培启见面时，戴总道："姚九华可是我的老朋友了。记得前几年在南湖饭店，他就将一个大饭店的餐厅搞得有声有色，尤其是你们那个'禾菜'更加使我耳目一新。现在搞点心，又是那么生气勃勃。"

秦培启附和道："就是。姚九华不但积极肯干，而且善于动脑子，有许多事情都走在领导的前面。不过有时候胆子太大，有点自说自话，易得罪人哩。其实，这次的举报信就可能与他得罪人有关。"

戴总问道："什么人干的，有线索了吗？"

316

秦培启道："线索，这种事怎么查。我也思来想去考虑过这个问题，难啊。"

戴总同感道："那倒也是，我们也遇到过同类情况。上不了刑法，又不能让公安局搞笔迹鉴定。可想想被诬陷的同志不是吃亏了吗。还有就是会助长这种歪风邪气。后来我们采取了一个办法，就是对这些受了不白之冤的好同志多表扬、多支持，以多种形式旗帜鲜明地表明我们的态度。"

秦培启道："道高一尺，魔高一丈。这个办法好。"

戴总道："所以，你们也可以通过这次总结，大张旗鼓的宣传一下姚九华。表明我们的态度，我想那个在阴暗角落放冷箭的家伙，就会偃旗息鼓的。这叫邪不压正。"

秦培启道："这个主意好。到底是省领导，水平就是高。"

戴总道："你别给我灌迷魂汤，想升官啊。跟我热乎没用。"

秦培启道："我这是马屁拍在马脚上。"

戴总道："言归正传。这次我们来，主要还是将嘉兴五芳斋粽子店那个'工资全额分成'的经验，切切实实在我们省饮服系统推广实行。老实说，我们再没有一个好的政策出台，饮服公司很可能被改革的大潮淹没，这可真不是危言耸听。当然，姚九华的事迹也要总结。这个总结，也要围绕如何让百年老店重焕新生这个主题。"

秦培启道："我觉得，总结'工资全额分成'的经验还是绕不开姚九华的。当初如果他不接这个分配方案，这个经验的出台还没有这么顺。说实在的，他还是顶着一定的压力的。"

锣鼓听声，说话听音。戴总当然听得懂秦培启的话意，声明道："还是那个意思，在全省饮服系统推广实行这个经验，我有这个能力。给点姚九华什么嘉奖，我是鞭长莫及，还得靠你来实施。"

工作组进店后，很快与店里的职工打成一片。他们将实行这个经验前和实行这个经验后的经济效率进行了对比，发现职工收入的增长，远远高于劳动效率的增长。这是什么原因，难道店里私自提高分成比例？如果是这样问题就大了。经过仔细分析，才弄清。原来利润的大幅提高，才是收入增长的原因。而利润的增长，很大的一个原因，竟然是原材料损耗的降低。

还有一个发现。五芳斋粽子店的成功，人的因素也起了很大的作用。工作组在请姚九华谈成功经验时，他总是强调遇上了几个好搭档。

首先是胡永泉，在他的操持下，"鸳鸯酒楼"帮他卸去了半把还贷重担。还有就是唐阿根、方四四等一批老哥们，为粽子业的振兴立下汗马功劳。

他特别还提到一个叫赵义成的年轻人。自徐有为 1984 年退休后，就接上去做了粽子店的仓库保管员。他办事认真，不谋私利，是粽子店最让人放心的人。举两个例子。他的舅舅刘连新是公司西点社的经理，因特殊需求，粽子店时不时会让西点社加工一些食材。每当刘连新来交货，为了避嫌，他总是让别人验收，自己躲得远远的。"鸳鸯酒楼"大堂领班刘珠宝是他的母亲。有一次家里来客人，为了招待客人，刘珠宝通过姚九华同意，想找赵义成从店里买点食材，赵义成就是不肯。理由是：这个口子一开，其他职工也来买，怎么办？

姚九华说："正是有了这样一批职工，像定海神针一样。我才有了搞好经营的底气。"

这倒是给工作组一个极大的提示。对于嘉兴五芳斋粽子店来说，不光是争取了一笔宝贵货款，用足了一个好政策，选对了一个好经理，有一批同心同德的好职工也是它迈向成功的重要因素。

1986 年，姚九华毫无悬念被评为"浙江省商业系统先进个人"。

七

1986 年端午一过，一直阴沉沉的天露出了久违的太阳。因端午粽子销售高潮刚过，嘉兴五芳斋粽子店那根绷紧的弦松了下来，难得空闲在家的姚九华却被妻子王金娥抓了差。原来王金娥见有了太阳，就想把一直叠在箱子里的衣物拿出来晒晒。家里的住房是典型的江南砖木结构，防潮能力差，一个梅雨季，砖铺的地面踩得出水，那些家具摸上去也是潮潮的。箱子里的衣物虽不是什么值钱的东西，但总是有用之物，再不翻晒翻晒就要发霉了。

因忙于工作很少顾及家事的姚九华，一直以来对妻子有着一种发自内心的愧疚，见能帮妻子做点家务，所以表现得积极而主动。

当几只箱子的衣物都串上了竹竿，王金娥索性将翻空的箱子也拿到太阳底下来晾晒。就在搬箱子时，一本手写的小册子从箱子里倒了出来。

"这是什么？"王金娥不经意地用脚拨了一下。

"别踩。"正在搬箱子的姚九华见状赶紧放下手中的箱子，上前将小册子捡了起来。

"什么破书，宝贝似的，踩一下又怎样。"王金娥不以为然。

这本小册子很破旧，纸质已泛黄，页边也已发毛，有的地方已微卷，只见封面有《粽技要秘》四个用毛笔书写的楷书。姚九华将小册子放在桌上，试图用手将卷起的边角抚平。

这本书使姚九华回忆起当年，"五芳斋"的创始人张锦泉郑重其事交到他手里时的情景。现在看来，书中所述的技艺都已经规范在工艺流程中，这是值得告慰的。

可想着想着，姚九华的眉头又皱了起来。在五芳斋粽子祖传的技艺中，要生产一只好的肉粽，拌肉是非常关键的一环。它要求切块完毕的猪肉拌上盐、烧酒后，必须用手工将肉进行反复地揉，以将肉搓揉到起泡为最佳。因为只有经过这样处理的肉，裹进粽子里吃时，肉才酥烂鲜香。一直以来，五芳斋粽子店都是按祖传要求，用人工来搓揉，这是一件非常吃力的工作。工作质量往往因人而异。力气大的，工作又认真的，搓揉的肉达到要求，烧出来粽子好吃。而那些力气小的或偷懒的人，就可能达不到技艺要求，影响肉粽的品质。正是由于人为因素的存在和不确定性，这一技艺的控制用什么办法来监控和解决呢，是姚九华一直头痛的事情。

再有就是粽子的夹生问题，一直也是姚九华的一块心病。这粽子虽然要经过四小时的烧煮，可出锅后，总会有个别粽子存在少量的夹生米，就是这几粒该死的夹生米往往成了消费者投诉的重点。店里也采取了许多措施，可都因没有击中要点，都不奏效。这粽子都由箬叶包裹，事先是检测不出的，这很让姚九华无奈又没面子。

可能是小册子的提示，也许是先辈的激励，姚九华决心攻克这两个难题。

建筑工地上普遍使用的水泥搅拌机，给了姚九华很大的启发。搞过多年基建的姚九华想，那圆圆的滚筒式搅拌机能将水泥、黄沙、石子搅拌成均匀的混凝土。同样的原理，是否能搅拌肉呢？

说干就干，他让人做了一个 0.5 米直径的不锈钢桶，里面装上搅拌器，外轴连接了一个马达。一通电，这个小型的搅拌机就动了起来，可是把肉放进去一试，不成。原因是搅拌器速度太快，将肉打烂了。

店里几个懂机械的人一琢磨，要把搅拌器的速度减下来。他马上派人买来减速机，安装在马达与搅拌器之间的外轴上。一试，成功了。在搅拌机里，肉和调味料有机结合，不一会肉上就泛起了细细的泡沫。

从此，嘉兴五芳斋粽子在拌肉这道工序上再也不用工人，也不用担心搅拌不到位而影响粽子质量了。自有了拌肉机，不但减轻了工人的劳动强度，而且提高了劳动效率。最重要的是在传统的五芳斋粽子技艺中第一次植入了机械化的元素，使粽子的质量有了刚性的定位。由此举一反三，拌米机也应运而生。

而粽子烧煮锅的改进，则得益于高压锅的推广和应用。

在 20 世纪 80 年代的中后期，高压锅的出现绝对是家庭厨房的一次革命。它不但节约了燃料、提高了蒸煮物的熟化程度，还减少了蒸煮物的熟化时间，而且不用担心把蒸煮物烧糊，因为高压锅的气阀会自动告诉人们什么时候蒸煮物熟了。

受此启发，姚九华又在粽子的烧煮锅上动开了脑筋。这次他的想法是放大高压锅。他按照高压锅的工作原理，设计了一口直径一米多的不锈钢大锅。里面可放一千多只粽子，厚厚的宽边锅沿上装着十几只直径两厘米粗的不锈钢螺栓，这些螺栓是可上下翻动的。当不锈钢锅盖盖上后，不锈钢螺栓可翻上来固定锅盖，旋紧螺帽，锅子与锅盖相结合就成了一个密封体。锅盖上装了一只安全阀，锅里的蒸气压力通过安全阀来调节。草图出来后，他和机修人员找到嘉兴一家不锈钢压力容器厂，商量高压烧煮锅的制造事宜。经过压力容器厂专业工程师的测算和改进，粽子高压烧煮锅就这样诞生了。经过试验，效果还真是不错。

这可是全国第一只粽子高压烧煮锅。这只粽子高压烧煮锅还比较原始，还要用煤作燃料。可是却是了不起的进步。最主要的是，大家惊奇地发现烧出来的粽子再也没有夹生的了。

嘉兴五芳斋粽子店粽子工场的现代化初见雏形，车间的卫生条件进一步改观。那一只只不锈钢的拌肉机、高压锅一字排开，锃光瓦亮、一尘不染。特别是粽子烧煮前入锅和烧煮后的起锅都采用吊笼和电动葫芦来完成，大大加快了入锅和起锅的时间，减轻了劳动的强度。粽子的熟化程度也大大提高，能耗也随之而降。更让人惊喜的是，由于采用密封烧煮，粽子的香气不外溢，使烧煮的粽子香气大增。

尝到了机械化的甜头，姚九华在粽子技艺现代化改革的步伐更快了，他先后进行了裹粽台的不锈钢化、操作工具的不锈钢化改造。五芳斋粽子技艺吹响了向现代化进军的号角。

自此，一个新兴的产业——粽子产业诞生。

姚九华的这些创造和改革，不但为粽子产量的倍增打开了一条成功之路，也为自己迎来了无数的鲜花和掌声。

姚九华五芳斋粽子技艺传人的地位更加被确认。

八

1986 年，在新的嘉兴五芳斋粽子店开张的那天，前来祝贺的市食品工业协会会长沈桂鸿向姚九华透露，有一个日本商人欲订购粽子，并问姚九华是否有兴趣。

有这样的好事，姚九华怎么肯放过呢。作为愿为五芳斋粽子贡献自己毕生精力的人，能在自己的有生之年，将五芳斋粽子送出国门，不但能在自己的粽子生涯中书写上辉煌的一笔，也可以使五芳斋粽子的身价进一步提升。他认为，粽子是中国最古老的食品之一，有着鲜明的特色，是中国的国粹，应该走出国门，走向世界。

姚九华那股"咬定青山不放松"的劲头就这么爆发了。

为了粽子出口一事，姚九华专门去市食品工业协会，找到了沈桂鸿。一心想为嘉兴的食品工业作点贡献的沈桂鸿，自然满口应承。商量下来，日本商人由沈桂鸿联系引荐，谈判由姚九华与日本商人自行进行。如果成功，后期工作由姚九华自己解决。

对姚九华来说，这可是自出娘胎头一回，他将面临的问题实在是太多了。真一深入，就觉得没那么想当然。

首先，嘉兴五芳斋粽子没有出口权。想出口必须找一家进出口公司，只有通过这样的渠道，才有可能使粽子走出国门。

其次是粽子的保鲜。要使粽子适合长途运输并在日本有一定的货架期，只有将粽子进行真空包装。这真空包装，在 20 世纪 80 年代还是刚刚兴起的新技术，国内还不大多见，对姚九华来说更是"大姑娘上轿——头一遭"。他一打听，这真空包装机的价格是比较昂贵的，对于一家小小的粽子店来说，将是一笔不小的投资。

再有就是食品的检验检疫。国际通行的准则，食品出口必须出具出口检验检疫部门核发的检验检疫合格证。

开弓没有回头箭，砻糠搓绳起头难。姚九华决不是那种遇难而退的人。他认为没有翻不过的山，没有趟不过的河。有人好心地劝他，五芳斋粽子能有今天已经不错，干吗要趟这浑水呢。可他不信这个邪，他要闯一闯雷区，在荆棘丛中杀出一条血路。

姚九华想到了同是兰溪老乡的嘉兴肉食厂厂长的张志生。他觉得，嘉兴肉联厂出口任务多，应该有出口渠道。

张志生也的确是个古道热肠的人。见老乡姚九华要求帮助联系进出口公司，出口五芳斋粽子，二话没说，满口应承。

嘉兴肉食厂是嘉兴地区最大的一家商业工厂。它不但承担嘉兴地区肉类的屠宰和供应，也是中国内地供港猪肉的主要屠宰和供应商，与进出口公司有着非常密切的联系。在张志生的热情穿针引线下，进出口公司很快就定了下来。

在与张志生的联系接触中，姚九华还有了一个意外的收获。嘉兴肉食厂有现成真空包装机，这真是让姚九华喜出望外。张志生也非常爽快，答应将包装设备无偿提供给嘉兴五芳斋粽子厂使用，当场叫来了车间主任，落实了使用安排，并嘱咐车间主任给予必要的技术支持。

三件大事就这样解决了两件。

食品检验检疫的事。姚九华思来想去，只认识经常来店里检查食品卫生的市卫生防疫站马医生。他又亲自跑了趟市卫生防疫站，找到了马医生。把事情一讲，想不到又撞到了"枪口"上。马医生讲，这事正归他管。不过他又说："以他对嘉兴粽子店的了解，在硬件上是达不到要求的，是不够出口条件的"。

时已至此，已经迈出几大步的姚九华当然不死心。姚九华向马医生请教："要怎么样的硬件才能达标呢？"

马医生见姚九华如此认真，自不敢怠慢，回答道："你们主要是生产工场不过关。首先，设备设施要求全部用不锈钢的；其次，出口食品的生产是要在全封闭的环境中完成。"

这下姚九华有底了，他对马医生说："我店在这次新建粽子店的时候，从拌料缸、操作台到烧煮锅已经全部改用不锈钢的了，这点请马医生放心。关于全封闭环境，全面改造有点难，是否可以在工场中先划出一个区域进行局部封闭，等订单多了再全面改造。"

说实在的，粽子出口在嘉兴还是首次，作为负责检验检疫的马医生还是持积极支持的态度的。见姚九华态度坚决，马医生同意了他的意见，要求姚九华尽快改造，改造好后，到店里验收。

姚九华回到店里，马上对设备设施按出口的要求进行了重新安排和配置，并用屏风将出口"车间"进行了隔离。马医生对此也表示了认可。

三个难题就这样解决了。可是，新的难题又马上摆在了姚九华的面前——真空包装必须要有专门的真空包装袋。这来不得半点的马虎，它是粽子能否出口的质量防线，要求非常高，除了塑料厚度的要求，还不得出现哪怕一点点细小的气孔。有能力生产这种真空包装袋的厂家是有的，可是因设备关系，要求有一定批量才能上机生产。因为第一次生产真空粽子，出口量不大，姚九华当然不敢大批的订真空包装袋，只得放弃这些有实力的厂家。后来总算在无锡找到了一家真空包装袋生产厂，答应小批量的生产。样品拿来一试，不行。原来粽子的粽箬是一种有棱角的植物，在真空过程中它时常将真空袋戳破。必须将真空包装袋加厚。就这样，姚九华前前后后去了无锡那家厂三趟才算搞定。

合格的样品总算出来了。可以说，万事俱备只欠东风。

九

姚九华找到沈桂鸿："沈会长，我这里可都准备好了，你可不要拆我烂污喔。"

沈桂鸿道："你以为我不急啊。你这一举一动我都知道，你解决一个问题就是往我身上抽一鞭哩。"

姚九华一听愣住了，道："怎么就是往你身上抽鞭子呢。不过现在你请不来日本客人，可就是往我身上压石头。"

沈桂鸿笑道："你我也别打嘴仗图痛快，这鞭子、石头谁也伤不了。告诉你一个好消息，刚收到电报，日本客人已经启程，估计明天可到嘉兴。你可要当好东道主喔。"

"怎么这么快。真是说曹操曹操就到，那我可得回去准备准备。"姚九华站起身来立马走人。

姚九华先去了公司秦培启那里，请他出席明天的见面会。秦培启听了很是高兴，道："知道你近来一直在张罗粽子出口的事，想不到竟然有了眉目。可喜可贺。"

第二天下午，沈桂鸿陪着一位中年男子来到嘉兴五芳斋粽子店。

秦培启、姚九华等早就恭候在二楼餐厅。

沈桂鸿将日本客人介绍给秦培启、姚九华等："大河俊雄，日本大河食品株式会社社长。"之后又通过翻译将秦培启、姚九华等一一介绍给日本客人。

日本客人很注重效率，几句客套后就进入了实质性话题："上次访问嘉兴，曾尝过五芳斋粽子，味道太好了，就有了将你们的粽子引到日本的想法。当时只不过与沈会长随意提了一下，想不到在这么短的时间竟有了实质性进展，深感敬佩。这次我是带着十二分诚意来的。长话短说，请贵方将品种、价格一一告知。"

姚九华也不啰嗦，让服务员将各个品种的粽子剥开，盛在白瓷盘子中依次在桌上排开。大河俊雄逐个品尝，最终他选择了大肉粽。

当确定价格时，姚九华提出两美金一只。这让在场的秦培启大吃一惊。1986 年美金与人民币的牌价是 1 比 3.45，这两毛钱一只的粽子卖近七元，这不是狮子大开口吗？！

　　不想大河俊雄竟满口应承下来。第一批三万只五芳斋粽子就这样首次东渡日本，实现了五芳斋粽子出口零的突破。很快六万美金的粽子款就汇到了嘉兴五芳斋粽子店账户上。

　　事后，秦培启问姚九华："这两美金一只粽子你是怎么定的，我毛估估是我们零售价的三十五倍哩。"

　　姚九华老实地道："其实，怎么定这粽子出口的价格我也是门外汉，还是肉食厂的张志生提醒我'日本的物价比中国高得多，可别做洋盘阿曲死'。他讲进出口公司了解国际行情，建议我向他们请教，就有了这个价钱。"

　　信息马上反馈来。五芳斋粽子在日本大受欢迎，运过去的三万只一售而空。

　　可在要订第二批出口粽时，出现新的情况。大河俊雄反馈说："在销售中发现每只粽子的重量有时有一克左右的误差，这在日本是不允许的。"并问："能否做到一克不差？"

　　姚九华的反应很快："这是不可能的，因为粽子是生米包裹后再在水里煮熟。由于米质、粽箬的关系，熟粽子吃水的情况会有一些误差，每只粽子一克左右的误差应在正常范围之中。"

　　大河俊雄说："台湾的粽子出口日本，它们就没有这种误差。"

　　姚九华不信，说："那请你带几只来，我们研究研究。"

　　大河俊雄很快就将二十只台湾粽送到了姚九华手上。

　　姚九华将台湾粽子一称，果然分毫不差。他把店里的师傅们叫拢来，一起品尝台湾粽子，问大家感觉怎么样，有什么发现。大家在品尝后就你一言我一语的议论开了。总的来说，台湾粽子的味道与五芳斋粽子差异较大，但也蛮好吃的，其他也看不出有什么特别的地方。姚九华也把盘子里的台湾粽子用筷子夹了开来，仔仔细细地研究了起来，终于被他看出了名堂。他发现，台湾粽子米粒之间的黏连度差，而五芳斋粽子米粒之间的黏连度高。这说明，台湾粽子是将事先蒸好的糯米用粽箬包起来，而五芳斋粽子是将生糯米用粽箬包好后再烧煮。这样台湾粽子在重量的控制上当然要比五芳斋粽子容易得多。一语中的。其实日本商人提供的粽子叫"台南粽"，在台湾也是有名的小吃。此事可证明姚九华对粽子技艺的领会已达炉火纯青的程度。

姚九华的分析使大家茅塞顿开。有人提出来，为了适应出口的需要，我们也学一学台湾的做法。出口粽的利润这么高，丢了实在太可惜了。

可姚九华却不是这么看。他认为，将糯米蒸熟后再包，这与我们经常吃的糯米饭有什么区别呢，它完全脱离了五芳斋粽子的风味。我们五芳斋粽子的技艺是老祖宗经过千锤百炼总结出来的，它是五芳斋粽子的根。如果根都不要了，五芳斋粽子的技艺怎么传承下去呢。由此他决定，我们宁愿不要这笔出口生意，五芳斋粽子的传统粽子技艺一定要保住。

第二笔出口粽的定单就这么黄了。在改革开放不久的年代，对初尝出口甜头的嘉兴五芳斋粽子店来说，有这样的勇气确实有点不可思议。正是由于姚九华的努力和坚持，五芳斋粽子的技艺才得以传承。从这一点上看姚九华的粽子技艺传人是当之无愧的。

关于食品计量的误差问题，在国外至今采用的是零误差标准。但是，中国的允许微量误差标准在中国技术质监部门的坚持和努力下，因它在实践中的可操作性，逐渐被世界各国的技术质监部门认可和接受，并被誉为中国技术质监局"有独创性的专利"。后来五芳斋粽子的出口就再也没有这方面的门槛。由此可见姚九华坚持的可贵。

十

由于机械化程度的不断提高，嘉兴五芳斋粽子店的粽子产量也大幅提高。这时一个现实问题又摆在了姚九华的面前，销售跟不上去了。

这不，粽子部的工场职工和大堂职工闹起矛盾来了。

工场自机械化革新以来，劳动生产率大幅提高，加上实行"工资全额分成"，职工的工作积极性空前高涨。职工都是聪明人，这人均产量高了，收入也就水涨船高，日均产量也大幅提升。

可门店售卖是一种等客上门的销售方法。虽然靠产品的口碑能招揽一批忠实的顾客，但销售量上升有限。

粽子销量的上升与产量的上升不能同步，生产再多也没用，工场当然就不能开足马力，这可关系到工场职工的收入。眼睁睁看着钱就在眼前飘，可就是够不着。

纸是包不住火的，矛盾终于爆发。生产组组长与销售组长闹得不可开交。粽子部经理洪长生竭力调解，根本解决不了矛盾，一时束手无策。于是闹到了姚九华那里。

其实，姚九华也正为这事发愁呢。这使他想起当年张锦泉也遇到过产大于销的事，听张锦泉讲，他是用派人去火车站直接销售给旅客的办法化解了矛盾。可现今这条路是走不通了。现今的火车站已是封闭式的站台，站台上有火车站自己的销售货车，外人是不能染指的。他曾与火车站接洽过粽子上站台销售，给火车站的领导一口回绝。现今，车站为了解决返城的车站职工知青子女的就业问题，也办起了一个粽子工场，将粽子放在站台销售。因有嘉兴粽子的名声，销路出奇的好。看来这条路是被堵得死死的。

不过有一个信息，倒一直像猫爪一样挠得他心里直痒痒。

最近去过上海的人回来总会讲起一个见闻。在近西藏中路的福州东路口开有一家食品店，门面不大，专售粽子，打的招牌是"嘉兴粽子"，销售火爆，每天门前总是排着长长的队伍。去上海回来的人，认识姚九华的，总是问："上海那个'嘉兴粽子'是你们供应的，还是你们帮助生产的？"

福州路姚九华熟，当年在浙江中路开"荣记五芳斋分店"时，他去上海帮忙，就常去那里。既然那家食品店打着"嘉兴粽子"的招牌就这么受欢迎，那么如果是如假包换的五芳斋粽子呢。

今天店里的产销矛盾，促使他心里那走出去开分店的念头，又悄然抬头。

既然矛盾已到了不可调和的地步，那就闯一把吧。

到上海开分店的计划被提到议事日程上来。可开分店最重要的是选址，在上海找一处合适的店面谈何容易，去了几批人都铩羽而归。这时姚九华想起一个人，他就是原荣记五芳斋老板郭士荣的小舅子夏阿根。当年荣记五芳斋在上海浙江中路开分店，郭士荣就是派夏阿根去管理。郭士荣死后，上海分店就脱离了嘉兴的总店独自经营。1956年公私合营时并入了杨浦区饮服公司，夏阿根也就此定居上海。之后，姚九华与夏阿根一直有往来，尤其是外甥郭锦铭，在年幼时一直由姚九华带大并安排在粽子店上班，对姚九华很是敬重。

当即，姚九华带着郭锦铭去了上海夏阿根家里。此时的夏阿根已退休在家，了解了姚九华的意图，很是热心，带着姚九华与郭锦铭四处打听，虽找了几处，都不理想。要么是杨浦区、卢湾区这种边远地方，要么房租高得吓人，一时定不下来，只得回嘉兴再作计议。

无心插柳柳成荫。正在一筹莫展时，店里来了一位客人，一口吴侬软语，声称要找经理，有要事要谈。众人不敢怠慢，忙将他引到经理办公室。

客人四平八稳坐下，才自报家门，自己是苏州缝纫机厂劳动服务公司的经理，并道："多次来嘉兴，知道'五芳斋'的粽子有名气，而且好吃。很想把五芳斋粽子引入苏州。"

姚九华还以为来人想让"五芳斋"教他们生产粽子，忙道："我们不输出。"

来人很惊讶："我们苏州可是个旅游资源十分丰富的城市，对食品的需求量大。你们的产品在苏州与广大游客见面，不但增加你们的销量，还能起到宣传推广作用。为什么不去？"

听来人这么一说，姚九华知道自己理解错了，忙道："你是请我们去开店？"

来人道："也可以这么说。"

因有了去上海找店的经历，姚九华问道："地址在哪里？"

来人道："地点尽管放心。玄妙观，苏州最闹猛的地方。"

姚九华道："地段的确好，但租金怎么算？"

来人道："不租。"

满怀希望的姚九华一听，不免埋怨道："不租你来干什么？"

来人笑道："我是来寻求合作的。"

"怎么合作？"

"简单。我提供营业房，你负责经营，利润五五开。怎么样？"

姚九华脑子飞快地盘算了一下，觉得合适，简直太合适了，就当场答应下来。

紧接着，姚九华与店里几个部门经理去了一趟苏州。只见那店面在玄妙观前面的观前街上，有二十五个平方米左右，置放热粽锅及客人用的桌椅绰绰有余。更令人满意的是，后面还有个十多平方米的小屋，可作储物仓库。当即双方将合作协议签了下来。

苏州分店一开张就取得了非常好的效果。这也引起了《嘉兴日报》的注意，专门派记者作了实地采访，消息一在《嘉兴日报》上报道，便引起了不小的轰动。

十一

苏州的观前街并不长，可这条街上鳞次栉比的食品店却让姚九华眼花缭乱。如陆稿荐、稻香村、采芝斋、黄松源等等，不胜枚举，竟然还是清一色的百年老店。在观前街太监弄口，姚九华还看到了一家也取名"五芳斋"的饮食店。走进店堂，只见顾客盈门、热闹非凡，这是一家菜肴、小吃兼营的店铺。其经营的品种除了响油鳝糊、蒸炝鱼片、咸鱼茄子煲、高汤浸鳜鱼、松鼠鳜鱼、苏式东坡肉、老油条银鱼炒鸡蛋、咸蛋黄南瓜等颇具江南特色的菜肴，还有蟹粉鲜肉小笼、蛋黄肉粽、酒酿圆子、桂花南塘鸡头米、糯米烧卖、五香大排面、葱油拌面、桂花糖藕、臭豆腐、春卷等精细味美的点心。

陪姚九华一同逛街的苏州缝纫机厂劳动服务公司的经理见他一脸惊愕，便道："苏州五芳斋也是百年老店呢。据说，因老板有五个女儿故取名'五芳'。"

姚九华道："以前我在上海也看见有'五芳斋'哩。听人说北京也有'五芳斋'，经营的都是江南小吃。"

那劳动服务公司经理道："经营粽子可就你们最好。"

姚九华若有所思道："如果开到一起了该怎么分辨啊。你看，现在观前街就有两家'五芳斋'存在，终有一天会因经营而闹纠纷的。"

那劳动服务公司经理道："不会的，大家都有自己的商标，商标就是商品的身份证明么。"他顿了一下又道，"你们为什么注册了一个'鸡牌'的商标，而不是注册'五芳斋'为商标呢？商标与店招统一不是更有号召力吗？"

姚九华解释道："听我先生讲，当时嘉兴张家弄里有三爿五芳斋粽子店，不管哪家注册'五芳斋'为商标对另两家都不好交待，故我所在的那家在1947年注册了'金鸡'商标。新中国成立后，去掉了'金'，就成了'鸡牌'。大家觉得我们有'五芳斋'这块金字招牌，商标并不重要。"

那劳动服务公司经理道："差耶，差耶。你们的观点太落后了。你看，现在进入中国的洋品牌，如肯德基、麦当劳，哪个不是店招与商标同称的。店招与商标同称识别度高，有利于宣传推广。据说他们的商标值几百个亿哩。"

"喔，还有这样的说法？我还是第一次听说哩。"姚九华由衷道。

那劳动服务公司经理道："你不是说嘉兴也有陆稿荐吗。再讲一个苏州陆稿荐的故事给你听。"

姚九华迫不及待道："快讲啊。"

那劳动服务公司经理道："你不是说中国现有好几家'五芳斋'吗，其实陆稿荐也是这个情况。其中无锡的陆稿荐规模是最大的，为了与苏州陆稿荐抗衡，他们在'陆稿荐'前特意加了'真正老'三个字，可是他们就是忽视了对'陆稿荐'商标注册。等他们醒悟过来，这个商标已被苏州陆稿荐拿下。现在他们再与苏州陆稿荐争论谁早、谁老都是徒劳的，因为商标注册有个'注册在先'原则。就是说，谁先注就是谁的。所以，你们要趁那几家'五芳斋'还没有意识到这个问题，赶快下手。"

经那劳动服务公司经理一番说道，姚九华似有感悟。在重新当了嘉兴五芳斋粽子店经理后，他总觉得商号和商标分别命名有点别扭。以他与消费者的接触来看，人们往往只记"五芳斋"，而对"鸡牌"似乎不太了解。

姚九华沉不住气了，当天就急匆匆赶回了嘉兴。

好在苏州与嘉兴只有七十多公里的路程，乘汽车一个半小时就到了。一下车看时间还早，姚九华就直奔公司经理室而去。

秦培启见姚九华匆匆而来，有点诧愕："你不是去苏州分店了吗，怎么这么快回来了？"

姚九华道："事体紧急。"

秦培启惊讶道："遇到困难了？"

姚九华道："那倒不是。"

"那你这么毛焦火辣做啥。"

姚九华道："请公司注册'五芳斋'商标。"

秦培启不解地问道："你们不是有'鸡牌'商标了吗，还注册'五芳斋'商标干什么。真是乱弹琴。"这是秦培启第一次不支持姚九华。

姚九华一听，顿时脸孔涨得血红。这是争分夺秒的事，真是急惊风遇上个慢郎中："为什么啊？"姚九华有点激动。

秦培启道："我们已经有了'鸡牌'商标，干什么再注册'五芳斋'商标。有必要再注册一个吗。再说我们已将'五芳斋'作为招牌，不就可以了吗。"完了他还自言自语地补充了一句："这不是浪费钱吗。"

其实这也怪不了秦培启，在商标的作用还不大的年代，要预见将来商标会发挥的作用，是有些强人所难。

认定了理的姚九华是不会屈服的。他认为如果"五芳斋"三个字被别人注册了，那么自己的粽子将不能再以"五芳斋"冠名，打击将是毁灭性的，后果非常严重。作为"嘉兴五芳斋粽子店"的经理，将永远愧对为五芳斋粽子倾注过心血的几辈五芳斋人，将成为"五芳斋"的罪人。可秦培启不同意，姚九华只能干着急。怎么办？他突然想到一个人，市商业局的朱局长。当初粽子店搞"工资全额分成"试点时，朱局长曾对他说："有困难来找我。"他匆匆去了市商业局。

正准备下班的朱局长见姚九华满头大汗地赶来，忙问："姚师傅有事啊？"

姚九华道："朱局长，你以前说的'有困难来找我'还算数吗？"

"怎么不算数。"

姚九华将要求注册"五芳斋"商标的想法与遇到的阻力，向朱局长和盘托出。朱局长听后马上打电话给秦培启，询问他对注册"五芳斋"商标的看法。显然，朱局长并不同意秦培启的看法，道："姚九华要注册'五芳斋'商标的要求是对的。今后，商标对商品推广和保护的作用会越来越大。你们五芳斋粽子如注册了'五芳斋'商标，不是可以商号和商标一致，这样对提高五芳斋粽子的知名度会起很大的作用的。如果商号和商标都是'五芳斋'就非常顺了，不要说五芳斋粽子的知名度大大提高，就是广告宣传也更明确、简洁。"

看来，秦培启还是不理解，朱局长对秦培启道："要么这样吧。嘉兴五芳斋粽子店也是独立核算的单位，就由他们自己出资、自己注册吧。"

局长的话还是起作用了，看来秦培启在电话里同意了，朱局长关照姚九华："听见了吗，就按这个方案办。要快。"

第二天，姚九华马上与时任公司业务科副科长的卢永强商量，请他代表嘉兴五芳斋粽子店注册"五芳斋"商标。卢永强的确也是一个懂行的，知道注册"五芳斋"商标的重要性。只用了一天的时间，就在嘉兴市工商局商标注册科的帮助下办理好了商标注册事宜。商标的图案就是任政所题写的"五芳斋"三个字。

十二

天遂人愿，先机终究给嘉兴五芳斋粽子店抢得。姚九华的努力没有白费，"五芳斋"商标注册成功。当姚九华拿到这张注册号为第331907号，使用商品为第30类"粽子"的"五芳斋"商标注册证，一直绷紧的心弦终于松弛下来。百感交集，脸上也露出了满足的笑容。可前进的道路决不会是一马平川，一个问题解决了，又有新问题在前面等着，就像运动场上的跨栏比赛。

苏州分店的成功开张使姚九华对上海的铩羽而归耿耿于怀、心有不甘。同时苏州的经营模式，又使他对上海的经营有了一个新的念想。现在有个新词叫"借船出海"，我们在苏州开分店也算是"借船出海"。那么在上海能不能也"借船出海"呢？开不了分店，找商店代销也可以。

推销人员又被派去上海。临出发之前，姚九华专门与他们谈了一次话，他说："以前我们去上海的思路太僵化，灵活性不够，一条道走到黑。现在想来，为什么一定要死抱着开分店这一念头呢。常言道：退一步海阔天空。一招不行换一招么。我想这次我们就换一招吧。"

上次张罗去上海开分店这几个推销人员也是参与者，深知要在上海抢占一席之地的困难。此次让他们再去上海顾虑重重，道："像上次那样肯定是没有苗头的。看来姚经理是有新想法了，说给我们听听。不要再让我们做没头苍蝇四处乱撞，完不成任务我们也怪不好意思的。"

姚九华道："我不是说换一招么。"

那几个推销人员道："换什么招？姚经理，我们笨，你也别打哑谜，直说吧。你指挥，我们冲就是了。"

姚九华道："我看你们是懒，不肯动脑子。"

天遂人愿 先机终究给嘉兴五芳斋棕子店发得 姚九华的努力没有白费 五芳斋萧标注

册成功

那几个推销人员笑道:"你一个人的脑子够了,我们呢省省哩。"

看大家也说不出个子丑寅卯,姚九华只得将自己"借船出海"想法和盘托出:"这次你们去上海专找大的食品商场推销,我想应该行的。"

那几个推销人员道:"你呢的确是又使了一招,可无形中我们的压力山大啊。"

姚九华道:"我这么说可是有依据的。上海人对五芳斋粽子有着良好的印象,1949年前,五芳斋粽子就已经销往上海。现今在近西藏中路的福州东路口,有一家食品店卖'嘉兴粽子',每天门口排着老长的队,就是很好的说明。"

那几个推销人员总算给姚九华赶了出去。

这一招还真灵。很快那几个推销人员就有了消息,在电话里他们报告道:"上海的几家大型食品店都表示愿意经销五芳斋粽子。"

姚九华接到电话很是兴奋,在电话里道:"那就赶快与他们签合同啊。"

那几个推销人员道:"还有问题哩。"

姚九华问道:"不是都表示愿意经销吗,还有什么问题?"

那几个推销人员道:"上海有规定,凡是在上海销售的外地食品必须要有'准销证'。否则不得销售。"

姚九华问:"这'准销证'在哪里办,有什么要求?"

那几个推销人员道:"这个倒打听清楚了。要带上粽子样品、营业执照、卫生许可证,到上海市标准计量局办。"

姚九华道:"那快去办啊。"

"材料我们倒是都带齐了的。可粽子带出来已有几天了,那是要送去化验的,怕是不行。要么你带点样品上来。"

第二天,带了粽子样品的姚九华出现在了上海市标准计量局质检所。

质检所的工作人员和蔼可亲,并不像传说中那样高高在上、趾高气昂。当知道嘉兴五芳斋粽子要进上海,道:"阿拉上海人顶喜欢吃嘉兴五芳斋粽子，早该进来了。"

姚九华一听，问道："那是不是同意办准销证了？"

质检所的工作人员笑道："那倒不是，该做的检验还是要做。不合格可是办不出准销证的，这个你们可要有思想准备。"接着又安慰道："不过熟制食品一般应可通过的。"

姚九华一听心落下了许多："呵呵。我们也是国营单位，各方面把关很严的。我们的设备全是不锈钢的。"

在审核了姚九华带来的材料，质检所的工作人员问："你们的产品标准呢？"

"啥是产品标准？"姚九华还是第一次听到这个词。

"产品标准就对产品结构、规格、质量和检验方法所做的技术规定。产品标准按其适用范围，分别由国家、部门和企业制定等几种，它在一定时期和一定范围内对产品具有约束力。通俗地讲，产品标准就像一把尺，企业可以根据它生产合格产品，市场可以根据它来判定企业推向市场的产品是否合格。我查了一下，目前粽子尚无国家标准和部门标准。那么只能依据你们自己制订的标准。"那位质检所的工作人员解释道。

姚九华道："在嘉兴，我们都是向嘉兴标准计量局送检，企业可以自己制订标准我还是第一次听说哩。"

那位质检所的工作人员道："那倒也是，由于湿式点心的工业化程度不高，国家尚没有制定湿式点心的产品标准，属于湿式点心类的粽子没有产品标准情有可原。我们就依据卫生部对食品的卫生要求来检测，不过像五芳斋粽子这样的名牌产品建议你们尽快制订产品标准。以后市场准入会越来越规范，到时你们的粽子没有产品标准，向外销售时会发生很大的困难的。"

准销证总算有惊无险地办好，上海各大食品商店开始有了五芳斋粽子的一席之地，可这产品标准却成了姚九华的一块心病。他向嘉兴嘉兴标准计量局一咨询，才知道。当时在食品行业，已经有了糖果、冷饮、饮料、酒类等国家产品标准，确实湿式点心还是空白。

姚九华试探地问："听说企业可制订产品标准？"

嘉兴标准计量局的同志一听来了精神："当然可以，如果你们愿意，我们会全力帮助。"

1988年嘉兴市饮食服务公司在嘉兴市技术监督局的支持和指导下，制定了全国第一个粽子产品标准。这个产品标准由嘉兴市饮食服务公司业务科副科长卢永强执笔，而第一手的数据都出自姚九华之手。

十三

1988年端午节一过，会计许紫英面露喜色到经理室，将半年度财务报表往姚九华桌上一放道："好消息，全年的利润已超额完成。"

穿着工作服，刚想去工场的姚九华拿起桌上的财务报表，一边翻看一边问道："利润是多少啊？"

许紫英伸出双手比划了一下道："三十八万元。"

"啊。比1987年全年的三十七万元还多了一万哩。"姚九华喜不自禁。

"是啊。今年你可以笃定泰山，二郎腿跷跷了。"许紫英顺着姚九华的话往上爬。

许紫英话让姚九华很是受用。是啊，自1985年重回"五芳斋"以来，可真算得上励精图治、鞠躬尽瘁。屈指数下来，在四年时间里，在家休息还不到一个月，总算对寄予自己厚望的领导有一个满意的交待。

稳了稳激动的心情，姚九华问许紫英："那个贴息贷款还剩多少没还？"

许紫英道："不多了。"

姚九华道："不多了代表多少？口风这么紧啊。"

许紫英忙笑道："再紧也不能瞒你这个当家人啊。不多了代表十万。"

姚九华道："我看把这十万还了吧。"

许紫英道："你傻啊，这可是贴息贷款，还款时间还未到。人家又不催，放银行存着，利息不少哩。"

姚九华斩钉截铁道："还了！无债一身轻。"

嘉兴五芳斋粽子店还清了中商部的全部五十三万元贴息贷款，时间比规定提早了半年。

喜讯很快传到秦培启耳朵里，他足足高兴了一个上午，一直悬着的心终于可放下了。是啊，从申报这笔贷款后的这些日日夜夜里，他心里真是没底。现在总算是海晏河清，高枕无忧了。还真没看错姚九华，这几年他可真不容易。

正想着，姚九华敲门进来了："秦经理，向你报喜。"

"报什么喜？"

"我们把贷款还清了。"

"这是什么时候的事？"秦培启故意问。

姚九华道："昨天啊。"

"头报有赏，二报吃巴掌。好你个姚九华，这么大的喜讯竟然对我瞒了一天，你眼里还有我吗？！"

"天地良心，我就是瞒爹瞒娘也不能瞒你啊。我头一个可就是找得你。"姚九华听得出，秦培启话语中透着喜悦。

秦培启突然用手拍了拍额头道："要死，我也得去局里。向朱局长弄个'头报'。"

朱局长倒还真不知道，听了秦培启的汇报很是高兴。虽然在他的眼里，五十三万并不是太大的数目，但这是来自中商部的贴息贷款，而且是扶植那些"老、小、差"的中华老字号的，那就另当别论了。既然贷款提前还掉，这说明这笔贷款发挥了它预期的作用。

当听说嘉兴五芳斋粽子店今年上半年的利润已超过去年全年，朱局长更是由衷的高兴。这使他不由想起省商业厅工作组对嘉兴五芳斋粽子店的评价：

争取了一笔宝贵贷款、用足了一个好政策，选对了一个好经理。

朱局长感慨地对秦培启道："毛主席有一段著名的论断：'政治路线确定之后，干部就是决定的因素。'你们公司领导班子选姚九华担任嘉兴五芳斋粽子店的经理是一个明智的选择，反过来姚九华的确也不辱大家对他的期望。"

秦培启道："是啊，是啊。为此，我们还准备了一份先进事迹的材料，原想提名他为嘉兴市优秀共产党员。"

朱局长问道："听你的口气好像提名没成功，这样的同志还会有什么问题吗？"

秦培启叹口气道："我们是已经报到局党委了。但举报信也紧跟着也到了局党委，这不卡在那儿了。"

朱局长问道："举报什么问题？"

秦培启道："老生常谈，以前你不是也收到过么。"

这一提醒，朱局长也想了起来："是有这回事，不是证明举报内容不实么。"

秦培启道："可有人就是喜欢在阴暗角落放冷箭。朱局长，你可得为姚九华作主啊。"

朱局长马上让秘书到党委办公室，将姚九华的先进事迹的材料取了过来。仔细看了一遍，对秦培启道："这材料总结太好了。你看，事实数据都活生生摆在我们的面前。姚九华这几年的成绩也是有目共睹的，这是谁也抹杀不了的。"又道："当时我们把南湖饭店从饮服公司单列出去，就有人担心饮服公司的生存。现在有了'五芳斋'这块招牌，照样风生水起。这真是一只粽子救活了一个公司。"

秦培启试探道："那姚九华的嘉兴市优秀共产党员称号……"

朱局长道："我会与党委一班人商量的。"接着扬了扬手中材料："像这样的事迹，在市里也是出类拔萃的。"

这一年姚九华被授予嘉兴市优秀共产党员称号。

没多久，朱局长就打电话给秦培启："秦经理，这次姚九华被评为嘉兴市优秀共产党员反映怎样？"

秦培启道："反映不错啊，大家都祝贺他呢。"

朱局长道："我不是问这些反映，而是那些举报信消停了吗？"

秦培启这才反应过来："举报信啊。没了，没了。"

朱局长道："我这里也销声匿迹了。"

秦培启道："大概他们也知道这种下三滥的手段不管用了。"

朱局长道："只要我们旗帜鲜明，邪就压不了正。"

秦培启道："局长英明。"

朱局长道："去去去。别给我灌迷魂汤，我有自知之明。"

秦培启问道："朱局长打电话来总不会就问这点事吧？"

朱局长道："当然，我想再给姚九华抬抬轿子。"

秦培启问道："又有什么评比了？"

朱局长道："年度评选嘉兴市劳动模范的通知下来了。"

秦培启同意道："那就趁热打铁吧。"

朱局长道："还是从基层往上选，姚九华群众基础行吧。"

秦培启保正道："放心，他威望高着呢。"

评选嘉兴市劳动模范的活动在饮服公司轰轰烈烈展开。不负众望，姚九华脱颖而出。他以自己的事迹，毫无悬念地被评为嘉兴市劳动模范。

十四

1989 年下半年，嘉兴五芳斋粽子店工会任满，举行了换届选举。按规定职工代表大会的换届选举同步进行。

职工代表大会是企业实行民主管理的基本形式，是职工行使民主管理权力的机构。工会依照法律规定通过职工代表大会或者其他形式，组织职工参与本单位的民主决策、民主管理和民主监督。职工代表大会是国有企业民主管理的基本形式，是职工行使民主管理权力的机构。国有企业都把职工代表大会当作企业的最高权力机构，嘉兴五芳斋粽子店亦是如此。因此店里的上上下下都非常重视，尤其是职工们更是喜气洋洋，像过节一样。在这个大会上，领导班子将向职工述职，总结汇报在任期内的工作业绩及今后的打算。而领导班子也不敢懈怠，这是向全体职工交"答卷"，于是早早就开始准备"工作报告"。报告是否得到职工的认可，那是要通过职工表决的。

尽管成绩斐然，作为当家人的姚九华，还是在起草报告时动了很多脑筋，花费了很多心思。

在报告中，姚九华并没将成绩归功于个人。他说："嘉兴五芳斋粽子店通过几年的改革，已有了一定的发展。从原来的传统小本经营为主的小企业发展到今天，产品远销国内外，分店、代销店跨地区，成为声誉传全国的国营中型企业，这是我店广大职工几年来不断实践、不断摸索、不断努力的结果。改革实践是我店发展之路，开拓搞活是我店的工作原则。"他还特别指出："我店在提成工资的试行、内部分配的完善以及质量管理的推行等方面都取得突破性进展，不仅为发展我店打下基础，还为同行业作了榜样。"

对"工作成果"，姚九华如数家珍："在1986年获嘉兴市'优良产品奖'；1987年获省商办工业名、特、优新产品'玉兔奖'，大肉粽获'优秀产品奖'；1988年获'首届中国食品博览会金奖'；1989年获省'优质点心奖'，同年又获商业部优质产品'金鼎奖'。"

然而最让人信服的还是那一组组可喜的数字："营业额1985年55.58万元，1986年191.56万元，1987年315.58万元，1988年408万元，年平均递增率达94.49%；利润额1985年7.5万元，1986年21.29万元，1987年36.37万元，1988年52.26万元，年平均递增率达91.39%。现在再告诉大家一个好消息，经初步核算，今年我店已完成营业额585.22万元，与去年同比增长43.34%；利润70.72万元，与去年同比增长35.32%。"

这些成绩的取得姚九华把它归纳成五个方面的因素:"一是注重扩大生产、提高营业能力、满足社会要求;二是坚持改革,以改革为动力,提高生产效率,发展企业经营;三是加强培训提高技术素质;四是加强质量管理,树立企业声誉;五是开拓服务领域,搞活企业经营。"

最后在"市场展望与我店打算"中,姚九华清楚地意识到:"随着治理、整顿的各项政策措施的实施,高档的集团消费将会发生较大幅度的下降。党政机关、企事业单位实行廉政,吃喝之风收敛,正常的交流活动开支标准也将从严控制。整治腐败、反对官倒、清理整顿公司、整顿批发等措施的实行和发扬艰苦奋斗创业精神的教育的普遍深入,都将使不正常的过高消费抑制下来。这些宏观控制对我们饮食业经营的影响将是长期的。"

在这同时,姚九华也看到:"相反,粽子部的经营将呈好的趋势。原因有三,一是当前形势,一些饭店在调整经营结构时开始代销我店的粽子;二是粽子具有经济实惠、省时方便的特点,较适合当前人民的消费水平;三是五芳斋粽子历史悠久,有一定的管理经验,技术力量雄厚,尤其近几年我店发展较快,在市场上占有主导地位。"

基于此,姚九华并不悲观,而是积极提出了应对措施:"一是开展企业升级活动,通过'抓管理、上等级,全面提高企业素质';二是搞活企业经营,向外拓展;三是做好职工的培训。"

"为了解决职工的后顾之忧,进一步调动职工的生产经营积极性,我们计划明年将对职工的福利设施有一定的改善。"姚九华提出了"改进职工的福利"的打算,他把这称为"快马要加鞭,但糖也要给",提出:"一是建造职工浴室,解决职工洗澡难问题;二是给每个职工买人身保险;三是尽可能搞好职工的煤气供应;四是采取自己建造与购买相结合的办法,逐步改善职工的住房问题。"

最后,姚九华道:"我的报告到此为止,请各位职工评议,指出不足。假如我继续在任,将作为改进、鞭策我做好工作的动力。"

姚九华的报告赢得了如潮般的掌声。嘉兴五芳斋粽子店近几年的发展，职工们都是心知肚明的。不说经济效益的连年翻番，不说从手工操作向机械化的迈进，不说生产经营的面积不断地扩大，不说职工的收入大幅提高，就是在社会上只要说是"五芳斋"的职工，也会引来旁人羡慕的眼光。

由于平时大家都像平起平坐的兄弟，时常打成一片，相互间一只锅里盛饭，一只盆里舀汤。姚九华与职工并没有隔阂，有人高喊："老九不能走！"引来大家更热烈的掌声和笑声。

第八章

一

1989年7月，端午节已过，嘉兴五芳斋粽子店的职工拎起的精神总算暂时地松弛了下来。这时公司业务科长顾俭带来的一个消息，又将大家的精神调到兴奋点。英国国家电视台在近期会来店里拍电视片，请店里作好准备。

20世纪80年代末，电视已在中国普及，而且完成由黑白向彩色的转变。电视成为人们日常生活中不可或缺的家用电器，看电视是中国人每天习以为常的休闲活动。

至于自己上电视，那可是既新鲜又刺激的事。店里的职工议论纷纷，尤其年轻的职工更是相互打趣。

“小陈，你如果上电视，就凭头上这一蓬乱发，像是《巴黎圣母院》里的卡西莫多。不不，《追捕》中的横路敬二。”

那姓陈的男青年也不是省灯的油，马上反击那女青年道：“哟，像你这模样也成不了刘晓庆啊。”

见他们两个互相打趣，有人起哄道：“那像谁啊？”

“阿崎婆。”

在众人的哄笑声中，那女青年将手中抹布扔向男青年。不想正中走过来的姚九华头上，引起了更大的笑声。

那女青年赶紧红着脸给姚九华道歉：“对不起啊，姚经理。”

“没事，没事。”姚九华一边从头上拿下抹布一边道：“这么凶，当心找不到婆家。”

女青年指着男青年道："他说我像阿崎婆。"

跟在姚九华身边的顾俭道："阿崎婆？不像，不像。我们粽子店的女人都是粽子西施哩。"店堂里一片欢笑。

这么富有感染力的笑声，当然与英国国家电视台的即将到来有关。

最近几年记者来店里拍照倒是常有的事，可拍电视对大家来说还是有一定神秘感的。今天电视竟然拍到自己身边，还是一群外国人，这怎么能不让人激动呢。

玩笑归玩笑，如何配合好英国国家电视台拍好电视却是正事。因为大家都没拍过电视，而且这头一回就遇上了外国人，姚九华心里忐忑。

"那我们要做些什么？"姚九华问顾俭。在他看来，人是你领来的，你就得指点迷津。其实，顾俭也没接触过拍电视。但他知道，在这种时候他是绝对不能表现出怯意，因为这会乱了阵脚。

顾俭想了想道："拍电视么，我想与拍照差不多吧。只不过照片是定格的，表现的是瞬间的画面。而电视是连续的，表现的是动态的画面。你们呢还是像往常一样，只不过工作服穿统一一点，总要体现一点中国人的精神吧。"

"就这些啊。知道了。"听顾俭这么一说。姚九华心里也就有了底。

近几年在姚九华的努力下，五芳斋粽子的名声越来越大。国内，甚至境外的一些报刊的记者蜂拥而至，对"五芳斋"进行了连篇累牍全方位的报道。如 1985 年 2 月 12 日《浙江日报》的一篇《五芳斋粽子香飘四方》的文章中就有断言："去过嘉兴的人，不尝一尝五芳斋粽子，也是一件憾事！"；1986 年 5 月 16 日《浙江工人报》的一篇《五芳斋粽子的传人》的文章就介绍了五芳斋粽子传人姚九华精湛技艺，这是报刊上首次称姚九华为五芳斋粽子的传人；1986 年 6 月 11 日《扬子晚报》一篇《访粽子王牌店》的文章，向江苏的读者详细介绍了五芳斋粽子的高品质；1987 年 1 月 10 日出版的《东南行情》更是以《你知道五芳斋粽子吗？》为题，详细介绍五芳斋粽子，起到了推广五芳斋粽子的作用；1987 年 5 月 26 日《解放日报》向广大的上海市民介绍五芳斋粽子；1987 年 12 月台湾的刊物以《五芳斋粽子》为题介绍五芳斋粽子；1988 年 1 月 7 日《人民日报》海外版又以《"粽子大王"五芳斋》为名向广大海外人士介绍五芳斋粽子。短短的二三年内，据不完全统计，在各种报刊杂志上刊发关于嘉兴五芳斋粽子的文章不下五十篇，这大大提高了五芳斋粽子在公众中的知晓度。

姚九华当然知道宣传的重要性，自不敢轻视，为此他专门开了个职工大会。在会上他要求大家认真对待，因为这不仅是五芳斋粽子店的荣誉，也是中国的荣誉。谁也不能给我拆烂污。

紧接着，姚九华以身作则，对整个粽子店上上下下进行了一次彻底的大扫除。这次英国国家电视台的报道的确也激励着大家，那些平时有点吊儿郎当的职工此时此刻竟也一丝不苟、认认真真起来了。

通过这次大扫除，那些不锈钢的设备器具又像新的一样，泛着金属的光泽。就连灶台上一向油腻腻的白瓷砖，也整天雪白雪白的。

看了这焕然一新的景象，姚九华对正在对店堂的装潢进行修饰的顾俭道："谁说饭店的后厨永远是油腻的。只要用心去做，也能窗明几净。"

顾俭一面审视着经他修补好的装潢，一边应道："是啊。看来我们不但要重视对职工操作技艺的培训，也要重视职工素质的培养。"

姚九华道："要么你帮助制定一个《卫生公约》。"

顾俭道："好啊。只是定了可得执行，不能只是挂在墙上给外人看看。"

姚九华拍胸脯道："我不会把它当挂在墙上的画，而是一面对照执行的镜子。"

《卫生公约》一上墙，有人提意见了："姚经理，后厨又不是给人参观的，干嘛要这么大动干戈？"

姚九华道："这卫生可不是给人看的，只有卫生的环境才能生产高质量的产品。我想这对我们饮食行业尤其重要。其实我们现在搞干净了，每天的维持就不困难。"

二

没几天，英国客人真来了。一行三人，加上一个翻译及市政府外事办的陪同人员，也就五人。

在会议室，他们似乎对粽子店为他们精心准备的水果、点心不感兴趣。在陪同人员简短的开场白后，就迫不及待通过翻译了解五芳斋粽子的历史。

姚九华侃侃而谈。他从孩儿桥一个粽子摊讲起，到1939年的五芳斋粽子店，后来的三家"五芳斋"同时经营，再后来的公私合营，到"五芳斋"进入发展的快车道。

因故事曲折离奇，听得这几个英国电视人睁着大大的蓝眼睛直呼："太有传奇色彩了！"

那个自称导演的英国人还竖起了大拇指道："你们的创业史不亚于英国任何一家百年老牌企业。"

接着，姚九华又向客人介绍了粽子的特点。听得大家连连点头。

那个英国导演道："在英国，还没有用植物叶子包裹而成的食物。神奇的是，你们不但将植物叶子的芬芳渗入食物，还用植物叶子将食物包成一种几何形状。真是中国人的伟大创造。"

英国人很讲效率。座谈一结束，马上进入拍摄阶段。

那个摄影师人高马大，一架笨重的摄像机在他的手里就像儿童玩具，看得在场的粽子店职工目瞪口呆。

摄影师很友好，见有几个闲在一旁的职工对摄像机上的显示器很感兴趣，干脆在拍摄时让那几个人到他的身后，看他拍摄。事后，那几个职工无不得意地对人说："这摄像机神奇得很哩。那个显示器就像一台迷你电视机，彩色的。"

那个自称导演的英国人还竖起了大拇指道：你们的创业史不亚于英国任何一家百年老牌企业。

摄像机的镜头在姚九华的带领下，一道工序一道工序的拍下去。

尽管他们来前已对中国的粽子有所了解。但到了现场，看到实际的工作场景，还是充满了好奇。通过翻译一下子抛出了十几个问题，这些问题对在粽子业干了四十多年的姚九华当然不在话下，这使英国客人非常满足。

当拍到拌肉机的时候，英国客人对这发出轻微振动的不锈钢圆桶发生了浓厚的兴趣。姚九华介绍道："这台机器可以使猪肉与各种调料充分混合。以前是要人工搓揉的，这台机器是我们自己发明的，大大减轻了工人的劳动强度。"

那导演一听又竖起了拇指，让摄像师将拌肉机里里外外仔仔细细拍了个够。完了他通过翻译询问能否再现手工操作场景？姚九华二话不说，让人拿来一只不锈钢盆，将分切好的猪肉倒进盆里，添上所需调料，对着摄像机亲自揉了起来，直至猪肉与调料充分混合。

导演不解地问："姚先生，你是怎么判断猪肉与调料充分混合的？"

姚九华随手从盆里拿起一块猪肉，递到导演眼前："肉上布满细细的泡沫就好了。"

导演一边喊着"OK"，一边让摄像师拍那块带泡沫的猪肉。

拍裹粽这个工序，姚九华专门组织了四位裹粽能手，一字排开，这几位裹粽能手可都是店里裹粽比赛中脱颖而出的"状元"，时常代表"五芳斋"在大众场合作裹粽表演。因此她们都是身经百战，不会在镜头下怯场。英国客人似乎特别用心，摄像机的镜头上下左右、远近俯仰拍了足有半个小时。在一旁指挥的导演还通过翻译对姚九华道："就像魔术一样，太神奇了。"

在一排锃光瓦亮的不锈钢高压锅前，姚九华自豪地对英国客人说："高压锅，煮粽子用的。也是我们自己发明的。"

那导演一听，夸张地用手拍拍前额道："我的天啊！你们把多少智慧倾注在了这古老的食品上。"

就这样，他们在粽子店架着摄像机东拍拍西拍拍足足忙了一整天。

午饭是在店内解决，店里倒是准备了丰盛的饮食。可英国客人并不领情，他们要求吃粽子。这可是真正意义的"主随客便"，一盘盘剥去粽叶的粽子端了上来。怕英国客人不会使筷子，店里特别准备了许多刀叉，可他们非要学着用筷子，尽管样子笨拙，倒也过得去。

临走时，英国客人对粽子的味道还念念不忘，竖起拇指大加赞赏，并道："谢谢你们支持，今天的拍摄我们终生难忘。回去后，我们一定会将这古老而神奇的中国美食，通过电视展现在全体英国人民眼前。我相信，不久的将来全体英国都会被你们的粽子倾倒。"

随后，法国国家电视台第二频道接踵而来，也要将五芳斋粽子介绍给了法国人民。有了接待英国客人的经验，此次的接待就得心应手多了。

三

远道而来的外国客人是走了，可这引起了姚九华的深思。英国、法国与中国相隔千山万水，但通过电视我们就能相互了解，看来这电视的宣传作用是巨大的。要使五芳斋粽子的名气更上一层楼，成为中国的名牌、世界的名牌，虽然还有一段长长的路要走，宣传的力度还必须大大地加强、做足。我们为何不自己拍个电视宣传片呢。

姚九华突然被自己的想法吓了一跳。他摇摇头，自言自语道："不可能，不可能。"

"异想天开。"当秦培启知道姚九华的想法时，斩钉截铁道："姚九华你又要搞什么新花样。拍电视要多少钱，你知道吗？"

多少钱？姚九华可真不知道："我也是瞎想想哩。"

可顾俭支持。他对秦培启和姚九华道："拍电视，好事啊。它可以把我们五芳斋粽子直观地展现在全国人民面前，它的宣传效应可比报刊宣传大得多。"

"哪来的钱？"秦培启要实际得多。

"我的意思，我们慢点否决。做做方案，打听打听费用，再作计议。"顾俭提出了自己的建议。

鉴于顾俭的威信，秦培启倒也不能驳了他的面子，一时无语。这可把已经打退堂鼓的姚九华的兴致又吊了起来："要么谋划谋划。"

"还是原来的原则，钱你们粽子店自己支出，我没意见。不过可不能悬空八只脚，年初定的利润一分也不能少。"秦培启算是同意了："姚九华啊姚九华。我这是天天给你扛水浸木梢。"

谋划当然是顾俭与姚九华的事。

"你们店里能用多少钱？"顾俭问姚九华。

姚九华得意地对顾俭道："不瞒你说，我们全年的利润指标已完成。"

顾俭一拍大腿道："我看这事能成。"

可遇到具体问题，就让人挠头了。请谁来拍？怎么联系？顾俭没有头绪，姚九华更是毫无头绪。

"请嘉兴电视台拍。"姚九华提议。

顾俭摇了摇头。他觉得，刚成立没几年的嘉兴电视台连像样的广告片都拍不出，怎么能担当此重任呢，不免自言自语道："拍这样的片子起码要浙江、上海这样的电视台吧。"这倒提醒了姚九华，这时一个人的身影出现他的脑海。庞雨清。对，就是庞雨清！此人是庞家的大儿子，现在嘉兴市博物馆工作，擅长摄影。他的一次壮举就是在1983年中山路拆迁前夕，竟弄了辆大卡车，站在车头顶上从东到西、从头到尾，在卡车的行驶中将旧日的中山路整个拍了一遍，为旧城改造前的嘉兴留下了珍贵的影像。

庞雨清的家以前就在五芳斋粽子店旁，从小就在粽子店玩耍，与姚九华熟。这是一个有一副热心肠的人，特别是在粽子店改建时，毫无怨言地将家搬至百花新村，至今姚九华心存感激。此人在文化界应该有认识的人吧，姚九华找到了他。

不想还真找对了。庞雨清对姚九华说:"嘉兴市桥梁队也要拍电视,他们也找过我,我已联系了上海电影制片厂。你们正赶上,一起拍吧。同时拍两部片子,费用还可节约点呢。还告诉你们,嘉兴市政府对凡是拍宣传嘉兴的电视片是很重视的。"

能由上海电影制片厂来拍,这让顾俭与姚九华喜出望外。

庞雨清很快与上海电影制片厂取得了联系,对方回复要求嘉兴五芳斋粽子店拟一个拍摄要求。

这个顾俭在行。由顾俭执笔的拍摄要求,送到了上海电影制片厂。很快上海电影制片厂方面一个叫赵洪林的导演来了嘉兴。他是根据拍摄要求来嘉兴实地考察,以便撰写拍摄脚本。

经过实地考察,开了几个座谈会后,赵洪林显得十分兴奋。他对顾俭与姚九华说:"你们可真是一家有丰富文化内涵的老字号企业,可上镜的内容太多了。我得好好选择一下。"

"文化?"姚九华可是第一次听见这样的提法。按他的思维,一爿店、一家企业,就是向人民提供合格的产品,这与文化有什么关系,牛头不对马嘴。"企业也有文化?"姚九华一脸茫然地问赵洪林导演。

赵洪林导演笑着解释:"企业文化是企业为解决生存和发展的问题而树立形成的,被组织成员认为有效而共享,并共同遵循的基本信念和认知。"姚九华虽然听得认真,可从他迷茫的眼神一看就知并不理解。赵洪林进一步解释道:"企业文化就是企业在发展过程中所积累形成的价值观、信念、仪式、符号、处事方式等等。就你们'五芳斋'而言,通俗讲,围绕'五芳斋'这个品牌所发生的故事,生产经营上的秘诀,经大家认可并共同遵守的规则等都属于企业文化的范畴。"

姚九华似乎有点懂了:"噢。就是说能反映我们'五芳斋'形象的,能促使'五芳斋'发展的就是我们'五芳斋'的企业文化。"

赵洪林导演点头道:"有那么点意思。我们拍这个片子一方面是挖掘'五芳斋'的企业文化，同时也是宣传'五芳斋'的企业文化。"

思路捋顺了，拍摄大纲也很快出来了。经估算需一万元的拍摄费。

"一万元。"秦培启听了倒吸一口冷气。可开弓没有回头箭，因为市政府对此事不但热心支持而且非常积极主动，专门指定市政府办公室分管建筑、贸易的周湘林作为联系人，来协调拍摄事宜。

四

拍摄马上进入进行时，以赵洪林导演为首的摄制组进驻了嘉兴南湖饭店。

拍摄还算顺利，可当要拍旧时张家弄三家五芳斋粽子店场景时犯难了。张家弄已不复存在。还是庞雨清脑子活，建议去中基路看看。

中基路保存着旧时的模样。窄小的街巷，两边鳞次栉比的店铺。姚九华说与旧时张家弄相像，导演看了也非常满意。

要再现民国时三家五芳斋粽子店的模样，按电影界的术语叫"搭布景"。电影里的布景是与舞台上的布景有着本质的区别，那就是必须是实景实物。这就是说要找三个店铺，把它们布置成粽子店。很快，店铺就确定下来。一家烧卖店，一家馄饨店，一家杂货铺。

烧卖店的老板是原饮服公司的退休职工，姚九华与其熟悉。一听姚九华讲是公司拍片，要借用一下店铺，二话不说爽快答应了下来。

杂货铺是市供销社的门店，店的负责人说自己作不了主。这时市政府办公室的周湘林发挥了作用。因他分管贸易，与供销社的领导熟，一个电话，借用就搞定了。

那家馄饨店麻烦不小，店主死活不借。原来这馄饨店是一对乡下老夫妻开的，生意不错。因店铺是租来的，生怕一借用就回不来了。任凭大家怎么解释就是不松口。因店铺的位置刚好，便于拍摄，大有非它莫属的味道。对这对油盐不进的老夫妻真有点束手无策。

眼看借用受阻，导演提出，要么修改脚本，绕开这一环节。可认死理的姚九华不同意，这么好的情节去掉太可惜，容我再想想办法。

姚九华是委托方，导演当然要听从，只是不轻不重说了句："也好，只是要快。"

当然不敢怠惰。从哪里突破，姚九华颇费思量。

姚九华急得茶不思饭不进。

作为牵头人的庞雨清也很关心拍摄的进展。那天一下班，他就来到姚九华的家里，打听进度。姚九华将因为一对老夫妻死活不借店铺的事讲了，道："老革命碰上新问题。要放从前公家有事谁敢不同意，况且他们也不吃亏，每天的损失我们照付的哟。想当初你家拆迁多爽气。"

庞雨清道："人与人是不同的，这对老夫妻的馄饨店是他们的谋生手段，情有可原。"

姚九华道："只不过借用几天，好了就还，有什么顾虑啊。"

庞雨清问道："一对乡下夫妻，不可能在城里有房子，租的吧？"

姚九华道："谁说不是租的哩。"

庞雨清道："那你何不找找房东做做工作，有房东出面顾虑不就消了吗。"

姚九华一听，连连拍着庞雨清的肩膀道："有理，有理。"

可谁是房东呢。这时他想起，新中国成立后，除了自用，房产是都收归国有的。那么这店面会不会是国家的呢。这时他想起一个人，城北房管所所长老赵。同为市劳动模范的老赵是他在劳模会上认识的，彼此很熟。对，找他问问。

姚九华就是这脾气，想到马上行动。他对庞雨清道："我得马上去找房管所的老赵，就不陪你了，下回请你吃饭。"说完就出了门。

老伴王金娥追出来："吃了饭再走。"可哪里还看得见他的踪影。

刚进家门的老赵还没放下公文包就见姚九华闯了进来，打趣道："这是踩着饭点来啊。"

姚九华道："哪里吃得下饭哩。"

老赵诧异道："什么事啊，弄得姚大经理饭都吃不下？"

姚九华将事情的原委讲了。

老赵道："你借不了店铺我也帮不了你啊。"

姚九华眼睛一瞪道："谁说的，查查是不是你们房管所的房子。"

老赵道："是了，如果是房管所的房子，我还真得帮你一把。说吧，中基路几号？"

姚九华报了门牌号，老赵从公文包中拿出一个笔记本，翻了一下，道："还真是房管所的房子哩。不过租户可不是什么乡下老夫妻。"顿了一下又道，"这事我明天给你解决好。"

第二天，那个租客被叫到房管所。赵所长道："按规定，租户是不能转租房管所的房子的。现在你违反了这规定，我们有权收回房屋。"

租客一听，连连讨饶。

赵所长道："这样吧，这店面'五芳斋'要借用几天，你去将工作做通。记住，时间就是今天。"

下午，那对老夫妻终于答应。

在周湘林的协调下，在上海电影制片厂美工人员的努力下，旧时张家弄三家五芳斋粽子店竟然在这里再现。

因为准备充分，拍摄很是顺利，很快片子就出来了。

录像带一到，姚九华专门在粽子店组织了一场看片会。不但公司的领导，全店的职工也几乎全部到场。

当看到自己的身影出现在银屏上，大家都兴奋不已。

这部片子得到上下一致好评，为宣传五芳斋粽子起到了不可替代的作用，也为我们保存下了 1989 年嘉兴五芳斋粽子店的风貌。

五

1989 年 11 月 14 日，姚九华已满六十一周岁。其实他已于前一年办理了退休手续，本应在家颐养天年。因工作需要，尚留在工作岗位。按一般人的逻辑，肯定守守摊子了。可姚九华却像头没有带龙头的烈马，仍然冲劲十足。这不，一个宣传方案在他的脑中形成。搞一次轰轰烈烈的店庆。他想，既然企业文化的内涵那么深厚，作用那么大。我们是否可利用店庆，好好宣传宣传"五芳斋"的企业文化呢。

姚九华先找顾俭商量。因为他知道，搞这样的活动是离不开顾俭的。

顾俭当然举双手支持。的确，近几年来他为"五芳斋"的宣传可谓尽心尽职。在他的手头有一本《五芳斋报刊资料汇编》就是他心血的见证。在这本汇编中，他收集了几乎全国报刊关于"五芳斋"的报道文章，并满怀深情地写了"前言"。

两人一合计，店庆的方案就有了。

这年年底，姚九华把经过反复推敲的店庆方案向秦培启作了汇报。

秦培启一听，道："姚九华啊姚九华。就是你的脑子像通了电的马达——转得快，这是一波未平一波又起，脑子实在是灵光。可我跟不上了，总得让我喘口气吧。"

姚九华递上由顾俭起草的《五芳斋店庆策划书》，笑嘻嘻道："这是顾俭起草的，你先看看再说，看报告不妨碍你喘气吧。"

秦培启不情愿地接过报告，一边翻阅一边道："又是拍电视又是搞店庆，我是怕你们精力上顾不过来。要知道生产经营才是你们的本职工作。"

姚九华道："现在有一句时髦的话，'企业文化也是生产力'，我这也是推销'五芳斋'哩。"

此时的秦培启已被策划书吸引，问道："这么大的阵势你们把握得了吗？"

姚九华道："其实大部分工作也不是我们做。"

秦培启从策划书上抬起头来看着姚九华："那谁在做啊?"

姚九华答道："业务科啊,有顾俭带着啥事解决不了。再说,开幕时你总得出来撑场面吧。"

"我?"秦培启道："你这是硬装斧头柄,赶鸭子上架哩。"

姚九华道："我这是背靠大树好乘凉。"

秦培启笑骂道："好你个姚九华,把我当胡传奎啊。"

笑声中,姚九华知道事已成了八九。

秦培启道："我知道,开店庆意义重大。不过还是老套路,店庆的费用由你们店里自己承担。"又关心地问："你们又是拍电视又是搞店庆,费用承担有问题吗?"

姚九华道："拍电视是今年的事,搞店庆是明年的事。两本账,没压力的。"

在饮服公司,开店庆还是头一遭。秦培启不敢怠慢,在公司层面开了个布置协调会,对店庆事宜作了详细分工。

这样,一个由五芳斋粽子店出钱,公司业务科具体操作的嘉兴五芳斋粽子店七十周年店庆就这样拉开了大幕。

对这样一件宣传五芳斋粽子的大事,顾俭当然全身心投入。在整个筹办过程中,他忙前忙后,从创意策划到资料整理、人员联络都亲力亲为。业务科的一班人员也在他的指挥下忙得不亦乐乎。

万事俱备,只等开幕。

这时顾俭提出了一个新问题。这样一个云集了全国二十几家媒体记者,到时还有十几位著名书画家助兴的店庆活动,谁来剪彩呢?

经讨论,大家一致认为,请市领导剪彩是最恰当的。

谁去请? 非姚九华莫属。因为市长杜云昌多次来"鸳鸯酒楼"吃饭,与姚九华熟识。

可姚九华这样一个小小门店的经理与市领导的接触是非常有限的。就像市长杜云昌也只是在来店就餐时，经人介绍见过几面，没有深交。贸然去请，杜市长能否同意，不要连面也不让见呢。

姚九华虽接了任务，可心里却像十五只水桶——七上八下。心里没底，当然不敢前去相邀。这时他想起了曾任嘉兴地区商业局长的葛德。因同是商业系统，联系比较多，姚九华就向他求助。葛德为姚九华支招说："杜市长来店里吃饭也有好几次了，你们应该相互熟悉的。杜市长这人没有什么架子，这种对嘉兴经济发展有好处的事，你去请他肯定没问题的。"

姚九华只得硬着头皮去市政府求见杜市长。想不到非常顺利，很快就由秘书带进了市长办公室。

杜市长当然认识姚九华。他从椅子上站起来，绕过宽大的办公桌，一边吩咐秘书上茶，一边握着姚九华的手，开玩笑似的对姚九华说："姚经理一来，我的办公室里满是粽香啊。"看姚九华有点拘谨，就把他拉到沙发前坐下："无事不登三宝殿。姚经理大驾光临肯定有事，说吧。"

姚九华就把开店庆，请市长去剪彩的事向杜市长说了。完了生怕杜市长推托，又补了一句："这是嘉兴五芳斋粽子店第一次搞店庆，务请杜市长百忙之中抽空参加。"

杜市长想了一下，说："不对呀。你们五芳斋粽子店成立于1921年，今年才是1990年，还不到七十周年么，怎么开起七十周年店庆呢？"

这时的姚九华已经放开，马上回答市长："中国人做寿向来做小不做大，过前不过后的习惯。我们这次店庆，一方面是应了这一习俗，另一方面，也是为了尽快地把'五芳斋'的牌子推向全国。"顿了顿，见杜市长没有反驳，马上又说："这次我们请了全国各地的记者、名家，没有杜市长参加怕是压不住哩。杜市长的参加也是对五芳斋粽子店的最大支持。"

杜市长想了想，回到自己的办公桌前，问姚九华："什么时候开？"

姚九华作了回答。

杜市长一边在台历上记下了时间，一边把秘书叫进来，吩咐道："五芳斋粽子店的店庆日不要再作其他的安排。"就这样，请市长的事总算搞定。

六

店庆日那天，杜市长也没有食言，与市商业局朱局长一起来到嘉兴五芳斋粽子店。一听杜市长参加"五芳斋"的店庆，市里各个与"五芳斋"有点关系的委办局头头脑脑都来凑热闹。

来宾一增加，本来就忙上忙下的姚九华更加紧张。要不是邀请来的全国十几家媒体记者和书画家由顾俭在接待，姚九华就手忙脚乱了。

负责来宾登记的师傅一统计，比预计多了十几个来宾，有点沉不住气。慌慌张张地找到姚九华："姚经理，比预计多了十几个人哩。"

姚九华道："人多好啊。场面大么。"

那师傅道："可是，可是，中午聚餐席位不够哩。"

"喔，这提醒得好。你赶快去通知后厨，就说是我说的，再增加两桌。如食材不够，马上进货，来得及的。"姚九华大手一挥，让那位师傅快去。

上午九时，"五芳斋"七十周年店庆准时开幕。

因为以前搞过嘉兴南湖饭店的开业活动，姚九华对这次活动心中还是胸有成竹。只不过南湖饭店那次是在饭店前的广场上举行，事先安排好了桌椅，来宾秩序井然。而这次因粽子店没有广场，只能在店门前举行，来宾与路过看热闹的行人一起站在店门前的马路上。

还是按套路，几个店里的女青年跳了一段迎宾舞。舞罢，秦培启代表嘉兴市饮食服务公司宣读了贺词。接着就请杜市长剪彩并宣布嘉兴五芳斋粽子店七十周年店庆开始。

尽管场面有点混乱，久经场面的杜市长并不慌乱，神清气定地走到已经拉开的彩带前，从一个女迎宾的托盘中拿起剪刀将彩带一剪为二。

此时鞭炮声大作，杜市长不失时机地回到麦克风前宣布："嘉兴五芳斋粽子店七十周年店庆庆祝活动开始。"

一时间欢声笑语，鼓乐齐鸣，喜庆的爆竹响了起来。

这时场面有点失控起来。原来由于场地窄小、人员拥挤，那爆竹一燃就开始乱窜，吓得路人也跟着东躲西藏，引得旁观者笑声一片。

秦培启一看不好，马上宣布开幕式结束。

姚九华赶紧将来宾引到粽子店的二楼宴会厅。

此时，在宴会厅几张大桌子一字排开，桌上摆着文房四宝，候在那儿的书画家见来宾上楼来了，就开始挥毫泼墨起来。

有个来宾见状幽默道："我还真以为结束了，不想这里别有洞天啊。"

引得来宾们一阵欢笑。

在楼上陪这些书画家的顾俭，站到了这些书画家身边，开始介绍他们的头衔和成就。书画大都以祝贺五芳斋七十周年为题材。因画画费功夫，现场献墨大都以题字为主。

那或笔走游龙或端庄凝重的墨宝一呈现在大家的眼前时，马上引起阵阵的掌声和赞叹。

也有几位画画的。那个穿着中山装的老画家站在宣纸前，略作思索、气定神凝，将饱蘸墨汁的画笔在纸上挥就，一只仙桃跃然纸上。吸引了来宾的眼球。

"嘿嘿。仙桃祝寿，好画好意境。"

"稀罕稀罕。我只知用焦墨画枯树、芭蕉，想不到焦墨也能画如此活灵活现的仙桃，大饱眼福了。"

看来来宾中不乏懂画的。

有几个画家是有备而来。

有一位画家展示的画作是四尺幅的长卷。江水浩渺，远山如黛，江中一艘帆船迎风破浪，画首题字"前程似锦"。又引起了来宾的一致好评。

“有深意。”

“这是祝‘五芳斋’越办越好啊。”

这些字画简直让来宾们流连忘返、爱不释手。

然而最占先的却是那些媒体记者。因为他们的手中有照相机，这些场景和字画都拍进入了他们的镜头中。

看到如此场面，杜市长将姚九华拉到一旁说：“想不到你们‘五芳斋’将店庆搞得这么隆重，有两下子。”

“我没那么大的本事。”姚九华忙把秦培启和顾俭拉到杜市长跟前：“全靠秦经理的全力支持和顾科长的鼎力相助。”

“那倒也是。”杜市长转身对秦培启和顾俭道：“一个好汉三个帮。没有你们的支持，姚九华就是浑身是铁，又能打几颗钉。是吧。”

市长的话说得秦培启等三人连连点头称是。

杜市长话意未尽：“企业与文化联姻，你们带了个好头。目前我市文化教育是穷部门，以后市里有文化方面的活动也请你们赞助参与。有句话叫‘文化搭台企业唱戏’，最后好处还是你们得实惠。名声传出去了么。”顿了顿又幽默道：“今天我参加你们活动是要收劳务费的，不过你们现在不用付，存在你们这儿。以后市里搞活动，你们的赞助权当还债吧。”

这是“五芳斋”的首次大型宣传活动，首次真正意义上的把“五芳斋”推向了全国，同时为今后“五芳斋”的发展奠定了良好的基础。

七

1990 年的年底，寒潮似乎比往年来得早。为了御寒，人们早早将身体裹在厚厚的棉衣棉裤中，怕冷的还头上戴着棉帽、脖子上围着围巾，像蚕宝宝似的，将自己编织在一只巨大的蚕茧中。

此时的嘉兴五芳斋粽子店里却温暖如春。那一张张裹粽台前，裹粽工干得是热火朝天，一只只粽子像上下翻飞的蝴蝶似的在手中呈现。上面坐着一只只锃光瓦亮的不锈钢高压锅的煤灶，炽热的炉火舔着锅底，同时也向周边辐射着热量。

七十周年店庆使嘉兴五芳斋粽子店大大火了一把。通过各种新闻媒体传向全国的不只是品牌的声誉，而且是直线上升的粽子销量。此时，粽子店的营业额已从 1985 年的 55.58 万元上升到 1989 年的 585.20 万元；利润已从 1985 年的 7.5 万元上升到 1989 年的 70.72 万元；固定资产已从 1985 年的 0.65 万元上升到 1989 年的 99 万元。营业额、利润的经济指标在姚九华担任经理的短短四年时间，足足增长了十倍。让姚九华更为欣慰的是，1990 年的营业额、利润预计更是将比 1989 年翻一番，达到创纪录的新高。

而姚九华的日子却开始不好过。刚上班就被秦培启派人叫去。

秦培启的办公室里坐着两个穿制服的人，见姚九华推门进来，就站起来道："姚师傅吧？"其中一个还与他握了握手："介绍一下，我们是市检察院的，向您来核实一件事情。"另一个示意秦培启回避一下。

秦培启知道事情的原委，因为市检察院的同志一来就向他作了通报，有人举报姚九华收受贿赂，而且有时间、地点、行贿人。

秦培启心里咯噔一下，那个对姚九华恨之入骨的人又使出阴招。一二不过三，该来的总归要来。看来，得赶紧让姚九华退休，这样应该躲得过吧。

办公室里，谈话也在紧张进行："姚九华，你收过蒋晓平一根钓鱼竿？"

一听是这事，姚九华悬着的心放了下来："喔，这事啊。是有的。"

市检察院的同志相互对望了一眼，赶紧将姚九华的话记下来："说说经过。"

姚九华回忆道："那是在苏州开分店时，当时有好几个人竞争分店经理的岗位。因蒋晓平头脑活络，后经店领导班子一致同意选定了他。他知道我喜欢钓鱼，临去时，他送了我一根钓鱼竿，说是感谢我的提拔。我当时就对他说：'这不是我对你的提拔，是你自己有这个能力，获得了店领导班子对你的信任。'"

市检察院的同志截断了姚九华的话头，问："你收下了？"

姚九华道："收下了。不过我也回赠了他一条牡丹香烟，我算算看价钿也差不多。"

市检察院的同志又问："你还收过其他人的财物吗？"

从市检察院的同志的口气，姚九华感到怎么凉飕飕的，这不是把我当贪污犯了吗。他一下子反应过来，激动道："我自进粽子店后，从未拿公家一针一线。我小儿子在店里想吃个粽子，我都是花钱买的。有一次我买了二十个粽子，发货的给了我三十个，我当场就退回了十个。这可是有目共睹的。"

市检察院的同志道："我们不谈案子以外的事。"

调查的事情就这么过去了，可姚九华怒气难消。"有这么调查的吗。总该了解一下前因后果吧。"他愤愤不平地对秦培启道。

秦培启一边安抚姚九华，一边问："这举报到底是怎么一个情况？"

经秦培启一问，姚九华倒是冷静下来，道："肯定是蒋晓平搞的鬼。"

秦培启道："这可得有实据啊。"

姚九华道："自蒋晓平当了苏州分店经理，上来三板斧是不错的，一个分店给他管得井井有条。"

秦培启道："后来怎么了，听说他辞职了。"

"辞职是有原因的。"姚九华回忆道。

有一次，粽子仓库发货员在与原料仓库保管员赵义成谈天时抱怨道："最近一段时间发往苏州的粽子总会有几十个的短缺，我开始以为送货人有问题，可换了人这种情况照样发生。"

这引起了工作认真的赵义成的注意，查了一下往日苏州分店的发货回执。

不查不知道，一查吓一跳。在上一个月的发货回执中就记录着三百来只的短缺。这样的话，总店一年就帮苏州分店冲销三千多只粽子。这么高的误差率是不可能的。问题是多了那么多营业款，到哪里去了。

赵义成赶紧向姚九华汇报。

于是以财务检查的名义，对苏州分店进行了查账。查账的人员是公司的会计，并不知个中内情，一通查账，作出了条目清晰，账账相符的评价。

"那多出来的六百多元到哪里去了？"赵义成第一个质疑。

姚九华并不懂财务，请店里的许紫英会计来当"医生"。

许紫英已知内情，一翻账本，马上就看出了问题的所在："不知内情，这账本永远查不出问题的。"

姚九华不解地问："为什么？"

许紫英解释道："账本上的进货项是按冲销后的数额登记，而营业额也是与冲销后的数额对应，怎么能反映出那多出的六百多元呢。"

"就是说，如果有这笔钱，极有可能落入了蒋晓平的腰包。"姚九华分析道。

许紫英点头道："有可能。"

蒋晓平被调了回来。对他的调查也同时在苏州分店展开。

蒋晓平是个聪明人，一下子就有所察觉。回来不到一星期就辞职走人，查账的事就不了了之。

这次举报可能就是蒋晓平对姚九华的报复。

不多时日，市检察院对姚九华的调查结论也出来了。姚九华收受钓鱼竿确有其事，但金额不大，不足以立案。

听了这样的结论，姚九华很是生气："怎么就是我收受，那蒋晓平收我一条牡丹香烟怎么就不提了呢。"

因这一事件，姚九华黯然离开了自己心爱的工作岗位。

在嘉兴五芳斋粽子店的欢送会上，姚九华对自己作如下的评价："自从入了粽子这一行，我为什么要一心一意地做好做大五芳斋粽子这个产业呢？实际上就是为了有了份稳定的工作，过上'老婆、孩子、热炕头'的安定生活。因此，我始终记着一句老古话'大河有水小河满'。五芳斋粽子店就是我的依靠，我的衣食父母。我必须全力以赴地把五芳斋粽子店的生意做上去，企业好了我自己的日子才能过得幸福舒坦。"

从一个无知的放牛娃到知名粽子的经理，过程是漫长的。结局虽然有瑕疵，但是是美好的。

八

就在姚九华离开粽子店的第二年年初，一个噩耗使他伤心欲绝，老朋友顾俭意外去世。嘉兴五芳斋粽子店高速发展的这几年，每一步都留有顾俭的足印。

纵观顾俭的人生轨迹，他始终给人一种健康上进的印象。尽管他出身资本家家庭，却没有一点公子哥的作派。他从初中起就积极上进，满怀激情参加组织上布置的一切活动。比如参加了 1949 年的减租减息宣传队、下乡治螟工作队。1950 年参加县学生代表大会，在苏州中学上学时，担任青年团的支委及班级的班长。在抗美援朝时，把自己第一次获得的奖学金，捐献出来给国家买飞机大炮等等。正因为表现突出，在顾俭参军时，苏州中学给出了"工作积极，服务热情，参军动机正确，决心也强"的高度评价。在部队，顾俭维持了他一贯的作风，1956 年二十军五九师司令部对其所作的干部鉴定中也这么写道："顾俭同志入伍以来，思想平稳、工作热情积极。"

顾俭到了地方后，保持了在部队养成的良好作风。正是由于这种多年形成的良好作风，使他在嘉兴饮食服务公司业务科科长的岗位上成绩斐然，得到了上至领导下至群众的一致认可、好评。

顾俭工作作风严谨，加上喜欢美术，因此在他的工作中往往体现出一种追求完美的一面。更注重以企业文化促经营发展。

顾俭对五芳斋的贡献，是多方面的。

在任上，他多次组织各家宣传机构对五芳粽子进行全方位的宣传。为了这些宣传更精彩、更到位，他认真挖掘"五芳斋"的历史，编写材料，提供给来访的记者。可以说为了这些报导，顾俭是殚精竭虑，全力以赴。在他的遗物中就有一手本汇集了全国各种报刊杂志报道五芳斋及介绍五芳斋粽子的《五芳斋报刊资料汇编》。这些各个时间段的文章，完整反映了五芳斋这个品牌从嘉兴走向全国，从默默无闻到家户喻晓的全过程。

顾俭还十分注重品牌美誉度的积累。五芳斋粽子的第一个国家级奖项"玉兔奖"就是在他的精心组织下拿到手的。此后，在他的任上，各种奖项数不胜数。其中主要的有，"首届中国食品博览会金奖""商业部优质产品金鼎奖"（1989年）、"浙江省新优产品骏马奖"（1990年）。这些奖项的获得都倾注了顾俭全力塑造五芳斋品牌的一片心血。

1985年，为了嘉兴五芳斋粽子店落成，为了给嘉兴市民一个舒适的餐饮环境，为了使粽子店成为嘉兴一道风景线，顾俭带领业务科一班人夜以继日地进行店堂的布置。他整日泡在店堂里，装修的方案就是这样在他废寝忘食的摸索中逐步完善。最终一个古色古香，蕴含丰富历史文化、江南水乡韵味的嘉兴五芳斋粽子店，以令人惊艳的身姿展现在人们的眼前。

嘉兴五芳斋粽子店七十周年店庆，是五芳斋粽子走向全国一个具有里程碑意义的活动，是一项以店庆为平台的成功企业宣传。这一店庆活动虽是粽子店经理姚九华提出，但整个策划和组织却是顾俭的手笔。从方案的提出到庆典活动人员的邀请，每个细节的敲定都有顾俭的心血。为了办好这次活动，业务科的每位工作人员在顾俭的指挥下，放弃了休息，精心布置，认真联络。作为活动的策划者，顾俭更是以身作则，尽力而为。最让人感动的是，为了五芳斋店招的醒目，他五十六岁时爬上高高的梯子为"五芳斋"三个字描金。在店庆开幕的那天，受邀的国内知名书画家纷纷为五芳斋题字献画，全国各大报刊的记者采访活动也有声有色地进行，这些都倾注了顾俭的心血。从此五芳斋粽子确立了全国粽子行业老大的地位。每每回忆这些情景，姚九华总是竖起大拇指连声称赞顾俭。

顾俭在饮食服务公司还有一个响当当的头衔，技术开发部经理。这一头衔来源于他关注公司在生产经营各个环节技术的提高和新技术的应用。在他的任内，职工的技能比赛年年举行。通过这些比赛，嘉兴饮食服务公司形成了职工苦练技术，各个争当能手的氛围。这些活动使职工的素质有了质的提高，同时也保证了五芳斋粽子的品质领先于全国同行业市场地位。

1991年2月3日，顾俭像往常一样，到嘉兴五芳斋粽子店现场办公，他想把粽子店的布置进一步优化。就在他与店内职工交流时，突发脑溢血，倒在了工作岗位上。就这样，他离开了大家，离开了心爱的工作。

看着比自己足足小了六岁的顾俭竟然走在了自己的前面，姚九华离开粽子店时的心情有些低落。

九

姚九华离开了嘉兴五芳斋粽子店。可让他欣慰的是，他所确立的"五芳斋"精神，却已经坚如磐石。

姚九华离去后，嘉兴五芳斋粽子店的经理由马永新出任。这马永新是姚九华的外甥，马家的后代，也算是粽子世家。

对马永新来说，当嘉兴五芳斋粽子店的经理不但是压力而且是鞭策。因为他前任的成绩像丰碑一样矗立在大家的眼前，如果没有超越和提高，那就是失败。这让雄心勃勃的他有点挠头。

年初，顾俭的死不但让他少了一个坚强的依靠，还让他花费了不少精力。顾俭的后事处理完毕已是3月初，端午已在眼前。今年端午怎么搞，七十周年已给姚九华抢先一步搞过了，今年当然不能再搞一次。上任前，秦培启曾对他说："不会种田看上垄。"这"上垄"呢？这时他被商业部长胡平的一篇关于"商业文化"的文章吸引。在文章中，胡平部长大声疾呼"经济和文化相结合"，提出"商业文化是为了提高商业的地位"。这让他的思路豁然开朗。

对啊，为什么不把粽子和文化结合起来呢。办一个粽子文化节的计划，在他的脑中渐渐清晰。

这个计划经马永新提出，马上得到饮服公司领导班子的一致同意并决定于五月份举办，名称定为"首届五芳斋粽子文化节"。这可是中国首个以"粽子"为题材的文化节，大有"第一个吃螃蟹"的味道。消息一经发布，引起了国内媒体，尤其是饮食界的注意。市里也下了指示，这不但是提升五芳斋粽子的形象，也是在为嘉兴争光。只能办好，不能搞砸。公司由秦培启挂帅，上上下下都围着这个文化节运作起来。

为什么以前嘉兴五芳斋粽子店有活动都是姚九华冲锋陷阵，而今却是公司经理挂帅了呢？这里有一个必须说明的原因，20世纪90年代初的中国已经是个民营经济大发展的时期，由于民营企业也有一个从小到大、从弱到强的成长过程。因为像饮服业的饭店、理发店、照相馆，百货业的布店、杂货店等准入门槛低，成了民营成长的土壤。饮服公司首当其冲，旗下的企业，除了嘉兴五芳斋粽子店，其余日子都不好过起来。大有嘉兴五芳斋粽子店一枝独秀的味道。公司上下也都清楚，只要嘉兴五芳斋粽子店搞好了，饮服公司就好了。在经营活动中都自觉往嘉兴五芳斋粽子店靠，大家开始把嘉兴五芳斋粽子店的事当成自己的分内事。

"首届五芳斋粽子文化节"在紧锣密鼓中有条不紊地进行着。诸如会议议程、邀请领导、邀请嘉宾、邀请新闻媒体等，因有去年七十周年店庆的成功经验，都顺利落实。这时一个棘手的问题摆到了领导们的面前。既然叫"粽子文化节"，总得有关于粽子文化的内容吧。建议召开一次关于粽子文化的讲座，而且要列为文化节的一个重要环节。当然这样一个讲座必须是高水平、权威性的。也就是说，需要一个中国知名的饮食文化学者，做一个关于粽子文化的学术报告。

嘉兴肯定没有这样的扛鼎之人。那么目标只能瞄向杭州，那里是浙江省的文化政治中心，应该人才辈出吧。

这时秦培启想起了老上级鲍力军，他可是浙江省食品协会常任理事、省餐饮服务公司总经理。

鲍力军的回音很快就反馈过来。他认为："我们浙江省虽然这方面的专家大有人在，但要说'扛鼎'尚有差距。既然你们开了'粽子文化'的先河，那么你们不如把目光再放远一点。"

秦培启道："我省内的专家都不认识一个，要我怎么目光再放远。"

鲍力军道："我推荐一个吧。"

心急如焚的秦培启赶紧表态："听你的。"

鲍力军道："此人叫聂凤乔。在当代中国的餐饮界，聂凤乔的学识是无人能与其比肩的。"生怕秦培启不了解，接着道："聂凤乔可是位被誉为'中国烹饪原料第一人'的学者，江苏兴化人。他出生于厨师世家，少年学厨，从事烹饪研究四十余年，扬州大学商学院中国烹饪系主任，中国烹饪协会理事，受聘为《中国烹饪信息》主编，兼任南京经济学院兼职教授，内蒙古财经学院客座教授，《中华饮食文库》编委会副主任委员。著有《烹饪原料学》《中国烹饪原料大典》《中国烹饪辞典》《中国烹饪百科全书》《蔬食斋随笔》《老凤谈吃》《食养拾慧录》等书。学富五车，著作等身啊。"

秦培启问道："这样的大学者请得动吗？"

鲍力军笑道："这要看你们的造化了。不过聂老还是比较平易近人的。"

秦培启道："那你得引见，是吧。"

鲍力军表态道："责无旁贷。"

4月，公司经理秦培启在鲍力军的陪同下，去了聂老任教的扬州大学。可不巧，聂老正好出差在外。秦培启很急，因为鲍力军的工作是很忙的，能抽出时间同来已是不易。况且饮服公司没有自备车，此次去扬州的小车，还是通过南湖饭店副总经理杨学杰向外单位借的。

看着秦培启等人着急的神情，扬州大学接待人员经查询，告知聂老明天回扬州。这又使秦培启等人喜出望外，决定住下来等聂老。秦培启幽默地说：

"刘备曾三顾茅庐才请到诸葛亮，我们才一请么。"事情还是顺利的，第二天秦培启他们就如愿与聂老见了面。当说明来意，没想聂老对弘扬粽子文化非常赞赏，称"五芳斋"开了弘扬中国饮食文化的先河，满口应承将认真准备，作粽子文化的学术报告。同时，聂老谢绝了粽子节开幕前专车接送的提议，表示会自己乘车前来。

十

"首届五芳斋粽子文化节"的前一天，聂老如约到达嘉兴。在讲座上他作了《中国的粽子与粽子文化》的报告。

这是一篇学术价值很高的报告，共分三个部分。

第一部分，题为"中国历史上的粽子"。他认为："粽子和一切历史事物一样，有它的诞生与发展过程。"

"从粽子被创造起至今，至少已在万年以上。在炊具没有发明之前，已经有了粽子。它是早于粥、饭，而出现的古老食品。因为，粥与饭的制作必须要炊具——罐或是锅之类。而陶器的发明，不过是一万一千年左右的事。"

"自从'北京人'在五十万年前发明用火熟食即烹饪，这一人类历史上的伟大技能以来，直到陶器的发明，在这漫长的历史过程中，烹制食物只能在没有炊具的情况下进行。原料直接放在火上烧、火灰中煨，被烧焦或沾满灰，吃起来不适，逐渐发明了用植物叶子将原料包裹起来再烧、煨，以后又发明包后在外面涂泥再烧、煨。这种包法现在仍有，如'叫花鸡''纸包鸡'等等。这在先秦文献中有记载，如《礼记》'八珍'中的'炮豚'，便是用'编萑'将小猪包起，外面涂泥再烹制的。当时又称'苞苴法'，即包烹法。约在距今一至十万年之间，出现了石烹。地上挖坑，装入水与烹饪原料，然后将石块烧得滚烫投入水中，使水沸腾，如此数次，直至食物成熟。细粒状的植物种子，便取包法放在水坑中，用同样方法使之成熟。这便是最初的粽子。"

首届五芳斋粽子文化节的前一天 聂老如约到达嘉兴 在讲座上作了 中国的粽子与

粽子文化 的报告

第二部分，题为"现在中国的粽子"。他介绍："现在，中国从南到北，从东到西，很多地方都有粽子。人们往往在端午节、春节时集中地吃它，而一些专营粽子的店铺，则一年四季都有粽子供应。"

"而粽子的花色品种越来越丰富。如按全国来归纳，按风味分，有南味粽，花色多，分甜咸味；北味粽，纯米或加小枣、红豆，甜口或蘸糖吃；西北粽，纯米，浇蜂蜜凉吃。按用料分，有纯米粽，包馅粽，夹果粽，荤料粽。按形状分，有三角粽、枕头粽、秤砣粽、宝塔粽、箱粽、扁盒粽、菱粽、锥粽、筒粽、笔粽等等。"

"还有一点必须指出，世界上其他国家也有粽子，大都是华工、华侨以及华人传过去的，并结合各自国家的物产、风味、习俗等因素而构成各有特点的粽子。"

第三部分，题为"粽子的联想"。他认为："粽子，是中华民族的一种极富有民族色彩的食品。可以作主食、作早点、作小吃、作方便食品，米中包料，饭菜合一，包裹严密，便于携带，加热方便。加之花色品种多，远较西方快餐丰富多彩。它是节日食品，也是祭祀食品，历来又是一种馈赠的礼仪食品。还是一种文化心理的寄托。如端午节纪念屈原，结婚送粽子象征'种子'，旧时赶考送以包成笔形的粽子预祝'必中'等等。而且，粽子不仅只是充饥，还起到饮食养生作用。"

最后他总结："综括这一切，连同粽子从工艺到产品，从生产到饮食消费，既是物质享受，又是精神享受。粽子，是中华民族在烹饪与饮食的实践中，积累下来的一种物质财富与精神财富的总和，无疑的是一种文化。"

在报告中，聂老以详实的史料精辟地论述了粽子的形成及演变过程，以专家的眼光预言了粽子的未来和发展，具有很高的学术价值。

一个小小的粽子，竟然有如此深入的研究。聂老是中国饮食领域的第一人，这耳目一新的报告引起了与会者的振奋，报告厅掌声雷动，成了这次粽子文化节的亮点。

聂老意犹未尽，回扬州后又写了篇《"益智粽"畅想》的文章，在文中他写道："5月下旬，应浙江嘉兴市烹饪协会之邀，为'首届五芳斋粽子文化节'作了一次关于粽子文化的讲座。这倒逼得我把粽子的资料整理一番，想不到非常丰富，还有意外发现。"又写道："联想'五芳斋'的粽子品种中，有加莲子、桂圆、栗子等的，都会对身体产不同的养生补益功效；再联想，不同加料粽子都在说明书上注明其性味与养生功效，同时也加上现代检测的营养成分数据，让食客一目了然；最主要的联想在于，能否发现新的加料粽。如加枸杞或加黄米、陈皮、姜末、花生米、杏仁之类太平药料；从厦门好清香酒楼煮粽时汤中加肉骨，又联想煮纯米粽子可否加艾叶（宋代是有'艾香粽'的）或其他香料，等等。总而言之，使粽子明确地具有诸般不同的养生功效，更利于人择而食之，不只是一种方便食品而已。这原本是中国食品有别于世界许多食品的一大民族特色。""当然，就是纯糯米粽也有养生功效。糯米之功不说了。包粽之箬叶，又称辽叶，箬竹之叶，海外报道其具有抗癌作用，中医认为它味甘、性寒，可清热止血、解毒消肿。为什么用箬叶包，我们的祖辈绝非如有些学者所污蔑的是'瞎做瞎吃'，而是有心的优选。"此文收录在他的饮馔笔记《食养拾慧录》书中。

十一

"首届五芳斋粽子文化节"的顺利召开，着实使"五芳斋"这块牌子又涂抹了一层亮色，可作为传承人的姚九华却有着大大地失落感。一停下来的他还真有点不习惯，再也看不到工场里同事们忙碌的身影，再也闻不到从煮粽锅中散发出来的阵阵粽香，再也感触不到店堂里顾客们食粽时那种满足的神情。然而最大的失落是，再也感受不到那种在制粽过程中产生的成就感与乐趣。

而最让人受不了的是，老朋友顾俭去世开追悼会，公司没人通知他。还是从在公司上班的小儿子口里得知，才自端凳揸上门，老伙计走了总得送送。一般来说，像他这样对"五芳斋"有贡献的人，"首届五芳斋粽子文化节"总该露露脸吧，可人家压根就没想到他。

人一走茶就凉。这句京戏《沙家浜》中家喻户晓的阿庆嫂台词，竟在姚九华的身上再现。

自觉还有使不完劲的姚九华也汇入了早上公园一壶茶、傍晚学校接孙子的行列。

老伴见他一副心神不定的样子，递过他心爱的钓鱼竿："没事体约几个人钓钓鱼去。退休了么，还想啥。"

姚九华叹口气道："心有不甘啊。"

一天，正在家无所事事的姚九华见门外走进一个人来。壮硕的身板，丰润的脸庞，这不是嘉兴市粮管所的徐沈荣吗。姚九华一下来了精神："沈荣兄，怎么有空来看我这个退休工人啊。"

对姚九华来说，这可是他工作上的大恩人。一路走来，工作上的成绩，真离不开徐沈荣的支持。

自 1953 年 10 月 16 日，中共中央发出了《关于实行粮食的计划收购与计划供应的决议》后，姚九华就与粮食部门结下了不解之缘。因为做粽子的糯米、赤豆等都是计划供应的范围，糯米、赤豆供应的多寡，直接影响粽子店的效益。一直从事粮食供应的徐沈荣就成了粽子店的"恩人"，姚九华的好朋友。在姚九华的记忆中，徐沈荣一直很重视对粽子店的粮食供应，最让姚九华感动的是，有一年冬天，赤豆断供，徐沈荣只身赴北方产区催调，回来时脸上生满了冻疮。

因相熟，徐沈荣开门见山道："我是无事不登三宝殿。怕你这把老骨头锈了，请你出山哩。"

姚九华道："人老珠黄不值钱，出不了山啰。"

徐沈荣道："谁说的，机会就在眼前。"

姚九华道："沈荣兄玩笑开到我头上来了。"

徐沈荣正色道："不开玩笑。"

原来，近年因国家实行"包产到户"，农民种粮积极高，加上嘉兴地处江南水乡，更是连年丰收。市粮食部门的粮库内粮食堆积如山，可国家统购统销政策尚未取消。粮食收得多销得少，粮库大有胀库的趋势，这可急坏了粮食部门的头头脑脑。怎么办？有人建议，嘉兴粽子出名，这粽子可是用粮大户，何不也办个粽子厂。想不到这个建议得到了粮食部门上下的一致认可，于是粮食部门决定发挥优势，筹建一家粽子厂。

隔行如隔山，开办一家粽子厂谈何容易。有人提出，五芳斋粽子店的经理姚九华已退休在家，如能请他出山，那就是水到渠成、马到成功的事。而且最主要的是姚九华是五芳斋粽子的传人，生产出来的粽子品质有保障。

请姚九华的任务就落在了与姚九华打交道最多的粮管所干部徐沈荣身上。

徐沈荣动员姚九华道："现今靠技术吃饭的大有人在，你看那些'星期天工程师'，都在业余时间外出帮助外单位搞开发。你一个退休工人应该没后顾之忧吧。"

徐沈荣上门做工作，姚九华是推不开的，这个面子一定得给。姚九华暗忖："也好，这样我的粽子技艺又可发挥了。"于是道："这我倒没什么顾虑。公司不用我，我在外面发挥点余热也挺好。不过话得说回来，一旦公司需要我，我还得回去。"

徐沈荣道："长江后浪推前浪。你们公司人才济济，还会用得着你。"

很快，一家名叫"粮午斋"的粽子厂在姚九华的指导下诞生了。

为什么起名"粮午斋"？"粮"，这是表明这家粽子厂是嘉兴粮食系统开办的。况且这粽子本就是粮食制品，一个"粮"字点明粽子的属性；"午"，粽子是中国传统节日端午节的节庆食品。因用箬叶包裹，发出一种特有的香味，是中国的国粹，一个"午"字暗含中华饮食文化的底蕴；"斋"，中国江南一带食品字号的代表性称谓。古朴不失典雅，高贵不失亲和。

在粽子技术权威姚九华的指导下，依托粮食系统得天独厚的原料优势，"粮午斋"制作的粽子具有"糯而不粘、油而不腻，色香味俱佳，品种多样"的特点。《嘉兴日报》1991 年 6 月 14 日题为《本市粽子家族又添新成员》的文章中写道："端午节将临，本市粽子家族又添新成员——'粮午斋'粽子。这是由嘉兴市区粮管所组织生产的，经过近两个月的批量试产，近日每天销量已逾两万只。据了解，'粮午斋'粽子选用优质糯米，肉粽取新鲜猪肉配制，味美质佳，除供应本市外，还大批运销苏州、上海。端午节前，'粮午斋'粽子的供应量可达 20 万只。"投产第一年，就取得了销售粽子 162 万只、产值 113 万元、创利 18 万元的佳绩。投产第二年，产量、利润翻番，在嘉兴地区一跃成为仅次于"五芳斋"的粽子生产大户。

"粮午斋"很快稳坐嘉兴粽子生产的第二把交椅。《嘉兴日报》又在一篇题为《让名品更诱人》的报道中写道："'粮午斋'的崛起，使嘉兴粽子形成了'五芳斋''粮午斋'两足鼎立的格局。"

十二

"首届五芳斋粽子文化节"的顺利召开也算是秦培启工作上的最后一个亮点，因为这次粽子文化节后，他也到任期了。

接任秦培启的人并未从饮服公司的几个副经理中挑选，而是将嘉兴市百货公司的经理郭培平调了过来。原因是，近几年整个饮服公司除了一个嘉兴五芳斋粽子店一枝独秀，其他门店在市场经济的冲击下，大都露萎靡不振之势。再看省内其他县市的饮服公司多半因同样原因，经营困难重重。原来姚九华倒是一个可用之才，无奈年龄太大，业已退休，在公司范围一时还找不出能扛鼎之人。而百货公司经理郭培将公司管理得井井有条，成绩斐然，此次市商业局调他过来就是想给饮服公司寻找一条杀出困境的血路。

　　郭培在嘉兴商业系统也算是一个有文化的少壮派。虽然对岗位的调动心有不满，但作为一个局管干部，平级调动也无话可说。因此，对扭转饮服公司的逆境，还是充满憧憬与信心。

　　其实，郭培来嘉兴饮服公司只是市商业局在尚未合适人选之前的过渡性人选，所以在嘉兴饮服公司前前后后他只待了一年时间。可就在这一年时间里，他并未当一个"维持会长"，而是扎扎实实作了两件大事，为嘉兴饮服公司的转型打下了坚实的基础。

　　第一件，将公司下属尚存的十家门店，从独立经营的法人单位统一变更为公司的分支机构。他对领导班子说："饮服公司早已不是一个管理公司而是经营性公司了。现在各门店都是独立的法人，就像战国时的诸侯国，怎么实行和贯彻公司的经营方针和手段。"

　　这一观点马上得到了领导班子一致认可。1992年5月10日饮服公司向市商局发出了《关于要求变更有关企业名称的请示》，1992年5月18日经商业局批准并实施。这一变更，使饮服公司结束了长期各自为政的局面。从此饮服公司成了只有一把舵的战船，公司的政令更加畅通，经营目标更加明确。

　　第二件，在来饮服公司之前，郭培就知道五芳斋粽子的名气。他想在五芳斋粽子上再做做文章呢。进入饮服公司后，前后左右一调查，就更加坚定了自己的想法。

　　"既然我们的五芳斋粽子这么受欢迎，为什么不抓大放小呢？"在一次领导班子的例会上，郭培不解地问众人。

　　有人解释道："嘉兴市饮服公司么，就是嘉兴市饮食服务行业的主管部门，这是领导权的问题，也是社会责任。"

　　"这个领导权还存在吗。你们看，现在市里那么多饭店、旅店，甚至照相馆、理发店、浴室有几个归我们饮服公司管。我看市商业局也管不到哩。"郭培道："我看不如就叫嘉兴五芳斋粽子公司吧。这样我们抓大放小就名正言順了。”

还是有人不同意：“如按你的想法商业局的公司都不用存在了。”

郭培道：“这还是有所不同的。拿百货公司来讲，由于资金雄厚，起到了批发站的作用，这些小百货店还是要从百货公司进货的么。食品公司还有个集中屠宰，盐业公司、烟草公司还有个专卖的规定。”

又有人反问：“那么我们这么多门店的职工怎么安置？”

这倒是个问题。毕竟粽子店还没强大到足以消化这么多职工的能力，郭培无语。

最终，郭培作了一个妥协：保留嘉兴市饮服公司名称，将嘉兴五芳斋粽子公司作为第二名称。“一套班子两块牌子，先运作起来再说。”他对班子里成员说。

对这样一个折中的方案，大家还是接受得了的。毕竟这几年饮服公司的困境大家还是心知肚明的，只不过在计划经济中时间待久了，思维的惯性一时难以刹车。

1992 年 6 月 30 日，一份《关于申请“嘉兴市五芳斋粽子公司”为我公司第二名称的请示》就到了商业局长的案头。

在请示中，申请第二名称的理由是这样的：“根据中共中央、国务院《关于加快发展第三产业的决定》精神，以及市委、市府领导‘关于加快五芳斋粽子走出嘉兴、面向全国的步伐’的要求，拟在北京、天津、上海、西安、武汉、重庆等地及南方特区开拓生产基地和销售网络。逐步创造条件，组建‘五芳斋’集团，为有利于向外拓展，经研究申请‘嘉兴市五芳斋粽子公司’为我公司第二名称。”

商业局也雷厉风行。1992 年 7 月 1 日，《关于同意“嘉兴市五芳斋粽子公司”为嘉兴市饮服公司第二名称的批复》的嘉商计业【1992】56 号文件就到了郭培的办公桌。

文件中说：“你公司嘉饮服字【1992】第 77 文悉。根据中共中央、国务院《关于加快发展第三产业的决定》之精神，为加快五芳斋粽子走出嘉兴、面向全国的步伐，经研究，同意'嘉兴市五芳斋粽子公司'为你公司第二名称。"

　　这为嘉兴五芳斋粽子的起航作好了准备。并拢五指，形成合力，抓大放小，确保主业。

第九章

一

1992 年 11 月 6 日，嘉兴市饮服公司又迎来了新的掌门人邹亦刚。

如果说，郭培那一届还是新老交替的班子组合，那么邹亦刚这一届就是一个充满朝气的年轻组合。

邹亦刚，他原是嘉兴市肉食厂供销科长，在工作岗位上兢兢业业，成绩斐然，一直是市商业局作为梯队的考察对象，此次安排到嘉兴市饮服公司领导岗位也算是破格提拔了。

在上任前，按例商业局局长要进行一次任前谈话，谈话内容无非是进行鼓励、提出要求。

当邹亦刚谈到对饮服业不熟悉时，局长笑着道："局党委考虑到了这个问题，给你配了个搭档。"

"我认识吗？"邹亦刚满脸期待地问，因为他知道，搭档好不好将会影响工作的。

局长道："都是商业系统的，肯定认识。"

"谁啊，"邹亦刚又问道。

"曹剑兵。老饮服公司人，任主持工作的党委副书记，兼副总经理。"

"他啊，认识，认识。"邹亦刚先松了口气道。

"认识就好。"局长道，"曹剑兵一出校门就在饮服公司工作，算是饮服公司土生土长的，对公司方方面面都熟悉，做你的搭档有利你开展工作。再有你们年龄相仿，有共同语言。"

邹亦刚先还是认可曹剑兵的。

曹剑兵，在饮服公司算是一个先进人物，先是在公司的制面工场当负责人，在他的带领下，硬是将一个脏乱差的工场，整治成全公司的先进门店，后调公司人事科，任科长。一路走来，兢兢业业。

还有两个副总，都是新提拔。他们平均年龄三十七岁，正是意气风发之时。

邹亦刚来后的第一件事，就是决定对外一律使用嘉兴市饮服公司的第二名称"嘉兴市五芳斋粽子公司"。此时那些惯性思维者走的走、退的退仅剩的少数人，也没有了市场。"嘉兴市五芳斋粽子公司"名正言顺，顺理成章反仆为主，成了第一名称。

此后，领导班子推出了"并拢五指，形成合力，抓大放小，确保主业"的企业定位。

"粽子就是我公司的主业"在公司的职工大会上，邹亦刚面向全体职工明确指出。

此时，嘉兴五芳斋粽子公司的销售网络也在江浙沪一带迅速扩张。在上海成立了嘉兴五芳斋粽子公司上海分公司；在南京成立了嘉兴五芳斋粽子公司南京销售中心；在苏州成立了嘉兴五芳斋粽子苏州分店；在杭州成立了嘉兴五芳斋粽子公司杭州销售中心。

对于"五芳斋"这样的品牌，缺的不是名气，只要有销售渠道，货总是抢手的。有了这么多分公司、销售中心、分店，供不应求的趋势逐渐显现。全公司上下都沉浸在一种满足自豪的氛围中。尤其是"五芳斋"字号，被国内贸易部认定为"中华老字号"，更使五芳斋公司上下欢欣鼓舞、踌躇满志。

新领导班子上任伊始，就马上迎来了年中的大考——端午节。

3月，按惯例，开端午动员大会。与以往不同的是，此次大会不再是以嘉兴五芳斋粽子店为主体，而是实行了全公司总动员。

在大会会场，悬挂在主席台前的横幅就充分体现了这一主题。"不分行业、不分工种，齐心协力打好端午这一仗"。

这次动员会的确也开出了气势，开出了效果。

洗浴业的率先表态，正值洗浴淡季来临，他们除留守少数人员外，全体员工听公司统一调动；饮食业跟着表态，我们全力以赴；照相业也不甘落后，抽调员工赴端午一线；公司行政也表态，服务好端午这一仗。

会场气氛热烈、群情激昂，足实让在主席台上的领导大为感动。

最后，邹亦刚在总结发言时激动地道："今天的动员大会使我看到了一种精神力量，这种精神力量就是五芳斋立于不败之地的支柱。"

是夜，公司领导班子开会，布置落实端午会战的具体事宜。这时有人提出，姚九华1989年搞七十周年店庆，两年后的1991年秦培启搞了"首届五芳斋粽子文化节"。今年正好又是两年后，还搞不搞？

邹亦刚问："时间还来得及吗？"

"来得及，都搞过两届了。驾轻就熟。"

邹亦刚决定道："那就搞。这么好的宣传机会不能放弃。"

5月份"五芳斋粽子文化节"又一次隆重开幕，这使"五芳斋"这一品牌得到了进一步的提升。

然而让邹亦刚感受最深的还是活跃在一线的员工，尤其是裹粽工人。这些大都由女性组成的裹粽手是粽子生产最艰苦的环节，成千上万只粽子就是要靠她们用双手一只一只包出来的。在端午前的两个月里，为了满足市场的需求，她们往往每日工作十几小时。手指被裹粽线勒得满是血痕，为了完成任务，她们还会动员家人来工场做辅助工作。

这让一直在工厂工作的邹亦刚很是不理解。这生产重地是闲人免入的，怎么七大姑八大姨全体上阵，成何体统。

有人告诉邹亦刚："这还是姚九华在时所形成的老规矩。因为粽子销售淡旺季明显，尤其在端午前这段时间，生产根本跟不上销售的节奏。而这裹粽环节，更是成了产量上不去的关键。"

邹亦刚问："不可多安排裹粽工人吗？"

那人答道："场地有限，再说短期的熟练裹粽工人也难招。自采用了这一方法后，一方面工人的裹粽速度大幅提高，另一方面工人的收入也大幅增加。可以说是两全其美哩。"邹亦刚评论道："长期这样不是办法吧。"

"呵呵，这也是没有办法的办法。权宜之计，权宜之计。"

端午一结束，邹亦刚就将建粽子厂的想法摆到了桌面。他说："现在我们前店后坊式的粽子工场已经制约了我们的生产经营，必须要有一个突破。这个突破就是扩大生产场地，而现在我们五芳斋粽子店就这么一个弹丸之地，很难再有拓展的条件。只有另起炉灶，才有大的作为，这个另起炉灶就是建粽子厂。"

有人问："扩大生产场地是应该的，建一个粽子厂可是新鲜事，这个可能全中国都没有哩。行吗？"

邹亦刚现身说法道："早先杀猪也是一家一户的，现在不是照样有了肉食厂。而且屠宰都用上了机械化，实行流水化操作。"

大家受了启发，纷纷道："可不是，对照下来，我们五芳斋基础也不差哩。"

"姚九华在的时候，就对粽子工艺进行过梳理。我们在拌米、拌肉、煮粽也都实行了机械化。"

"我看行哩。"

邹亦刚趁热打铁道："路总是人走出来的。让我们也做一回'第一个吃螃蟹的人'。"

二

"粮午斋"的崛起搅动了一向风平浪静的嘉兴粽子行业，随着国家对粮食统购统销政策的取消，嘉兴一下子冒出了诸如"老K""建青斋"等十几家粽子企业。就连姚九华的连襟马常盛，也不顾高龄，在人民路重操旧业，摆起了粽子摊，而且因裹的粽子味道好，得到了大家的认可。它们虽然规模都不大，但都生机勃勃，创出了名声，大有群雄逐鹿的势头。这是一向一枝独秀的五芳斋人没有预料到的。

而让他们更想不到的是，来势汹汹、名声渐隆的嘉兴粮午斋食品有限公司，竟是被大家尊称为"五芳斋粽子传人"的姚九华所创。这在嘉兴五芳斋粽子公司内部不啻于一声惊雷，大家一时真是想不通。有些人直接找到邹亦刚办公室，要求对姚九华进行处置。

这事还惊动了几个早已离退休的老书记、老经理，他们也来到公司要求对姚九华进行惩处。有人甚至将姚九华所写的"粮午斋是我所创"的字条影印件，拍在邹亦刚的办公桌上道："你看看，他自己也直言不讳，这算不算证据确凿。"

有人建议，停止姚九华的医药费报销。更有人提议，停发姚九华的退休工资。

关于姚九华创办粮午斋一事，邹亦刚与班子里的几位成员也早有耳闻，但如何有效阻止却一筹莫展。对一个退休工人动用行政措施是行不通的，国家对公民的基本生活权利是保护的，特别是退休工人的工资、福利是不得侵犯的。让邹亦刚记忆犹新的是，公司的一个退休工人因欠钱，法院曾来公司查封该工人的退休工资，就被公司的法律顾问以这条理由顶了回去。现在回想起来，如果公司同意法院的查封，该退休工人生活没了来源，不还得公司解决。就姚九华之事，邹亦刚也请教过公司的法律顾问："能用什么办法阻止姚九华侵犯公司的行为。"

法律顾问的回答很直截了当："没有办法。"

邹亦刚大感不解："这不是侵犯了公司的利益了吗？"

"他侵犯了公司的什么利益？他既没挖走公司的客户，也没使用公司的保密技术。而且公司的效益也没受影响，只不过用了他的一技之长而已。现在社会上退休工人发挥余热多得是，这是谁也阻止不了的。"法律顾问解释。

　　这时，也在一旁的曹剑兵道："从姚九华那张字条来分析，这只不过是他退休后失落感的体现，他似乎要证明的就是他的能力。"

　　曹剑兵看似漫不经心的一句话却启发了邹亦刚。他思索道："既然堵的手段行不通，何不用疏的方式呢？"

　　在一次公司总经理办公会议上，邹亦刚将自己的观点摆上了议事桌面。

　　马上有人反对："这怎么行呢？！如果我们对姚九华这种行为网开一面，那么还会有王九华、张九华效仿。今后嘉兴的粽子企业就不是现在的十几家，而可能是上百家。"

　　邹亦刚道："我倒有不同的看法，有句老古话叫'店多成市'。大家都是经营行家，这句话的意思大家都明白，我就不多解释了。我觉得嘉兴本就有食粽的习俗，裹粽也是本地的一项传统技艺。现在改革开放，政策好，嘉兴粽子企业多起来，我们的粽子技艺流向社会，谁也不可能堵住。我想，这也许是好事。"

　　有人跟不上邹亦刚的思路："怎么是好事了呢？"

　　邹亦刚道："因为嘉兴粽子企业多了，它的外溢量就大，嘉兴粽子的知名度就高。而我们五芳斋是知名企业，占嘉兴粽子总产量的百分之九十以上，也就是说，每销售百万只粽子，我们就占九十万。如果每年增长百分之二十，那么其他企业增加两万只，而我们将增长十八万只。"

　　"邹总这么解释倒是有点道理。可我们今天讨论的是姚九华的问题，不搭界吧。"那人还是不解。

　　邹亦刚道："现在企业退休职工发挥余热，势不可挡，恐成常态。堵是堵不了的。"

　　那人问："那就束手无策了？"

　　邹亦刚道："我的想法是，一般职工退休后要发挥余热也就随他去吧。"

　　"可姚九华是五芳斋粽子的传人。"

　　邹亦刚道："对，你说到点子上了。如果我们认定姚九华是五芳斋粽子的传人，那么我们就要让他的余热还是发挥在五芳斋。"

"像他那样，心还收得回来吗？"

邹亦刚道："曹书记对姚九华有这么一个评价，姚九华去粮午斋'只不过是他退休后失落感的体现，他似乎要证明的就是他的能力'，我同意这个评价。现在我们就要给他一个平台，让他证明自己的能力。"

那人悻悻道："但愿能做到。"

三

会议结束，邹亦刚回了自己的办公室，前后脚曹剑兵就跟了进来。邹亦刚放下手中的茶杯张罗着要给他沏茶，并道："来了正好，本来也准备去找你。"

曹剑兵扬了扬手中的杯子道："就隔一堵墙，还沏茶，带着呢。"

邹亦刚道："倒也是，客来上茶，我是习惯成自然。那请坐。"

曹剑兵一边坐下一边问道："找我有什么事啊？"

邹亦刚道："你先说。"

曹剑兵道："也好，我这事是挺急的。目前我们建粽子厂的三百万贷款已经到位，十五亩土地的征用手续也已办好，已开始打围墙和土地平整。"

邹亦刚迫不及待道："这么快啊，那就是说可以动工了。"

原来，邹亦刚建粽子厂的提议得到了公司班子一致的同意，马上一份建粽子厂的可行性报告就送到了商业局长的案头，而没几天同意建厂的批复也下来了。嘉兴五芳斋粽子公司成立了以邹亦刚为组长，曹剑兵为副组长的建厂领导小组，指定由曹剑兵负责基建。工作有条不紊迅速展开。

曹剑兵道："哪有这么快。下一步就要进入建筑设计，已与工程设计院接触过了，他们表示粽子厂是全国首创，没有现成的图纸可参考。要我们提供粽子生产的工艺流程，这样才能出图纸，我们马上要将粽子的工艺流程定下来。"

邹亦刚问道："我们不是有粽子的技术标准吗？"

曹剑兵道："工艺流程和技术标准还真不是一码事，我们现在要提供的是粽子生产的生产步骤和设备情况。"

邹亦刚道："这倒也难到我了。要不我们请一些老职工开个座谈会，来个集思广议。"

曹剑兵道："也好，我去安排。"

邹亦刚道："现在谈我的事。刚才会上关于姚九华之事，我也算是'舌战群雄'了。工作算是勉强做通，但无形也给自己增加了压力。"

曹剑兵道："你也把我拉下水哩。"

邹亦刚道："一人做事一人当。我哪有啊？"

曹剑兵道："'姚九华去粮午斋只不过是他退休后失落感的体现，他似乎要证明的就是他的能力。'这可是我说的。"

邹亦刚哈哈一笑道："我这是证明'英雄所见略同'，这个压力我们就共同承担吧。"

曹剑兵道："同吃一锅饭，同担一桶水。不过姚九华的行为，我们还是要想法纠正过来。"

邹亦刚同意道："是啊，姚九华可是五芳斋粽子史上不可或缺的一环。处理不好我们将愧对五芳斋的先辈。的确，我们在姚九华退休后的处理上是值得探讨的。完全可以给他个荣誉职位，公司重大活动请他参加，今天就不会这么被动。"

曹剑兵点头道："谁说不是呢？"

邹亦刚又道："老实说，当我刚听到姚九华创办粮午斋时，心里也怒气冲天，真想把他的退休工资、医药报销给停了。可冷静下来一想，如果实施了就真可能将姚九华推出去，这样就没有回旋余地了。"

曹剑兵道："总的来说，姚九华对五芳斋的发展还是有贡献的。就是前一阵子我们在街上碰到，他还在反映五芳斋粽子的问题。我还是这样认为，他心里还是有五芳斋的。"

邹亦刚道："那我们更有回旋的余地了。这个工作我们共同来做。"

要急着将粽子工艺流程定下来，第二天老职工座谈会在曹剑兵的主持下准时召开。当大家知道了会议的议题，就议论纷纷。

有的说："我们只知道切肉、拌料、裹粽子。什么工艺啊、流程啊真的不懂啊。"

有的说："这事可不敢乱说，讲豁边要影响工程的，这可是几百万几千万的事。"

最后有人建议道："其实，我们有现成的人哩。"

"谁?"这句话曹剑兵听进去了，他忙挥手让大家安静："你说。"

那人道："姚九华呀。"

又是一阵热议。

有的说："是啊，我们现在的粽子工场就是他手里弄的。"

有的说："那个拌肉机、高压蒸煮锅也是他搞的。"

"对了，对了。只要请到姚九华，他准定能说出个子丑寅卯来。"

会后，曹剑兵将会议情况向邹亦刚先作了汇报。

邹亦刚高兴道："三个臭皮匠顶个诸葛亮，办法总比困难多。"

四

晚饭后，闲来无事，姚九华又坐在椅子上，戴着老花眼睛翻看一本厚厚的剪报簿。这是他多年来养成的习惯。不管是什么报刊，凡是有关"五芳斋"的文章或报道，他总会仔仔细细剪下来，认认真真地贴到这本厚厚的硬面抄上。

"姚师傅看什么呢?"邹亦刚的突然来到是姚九华想不到的。因为在以往的工作中，他们并无太多的交集。虽然裹粽用的猪肉、猪油都是从肉食厂进货，但主要联系对象是肉食厂的肉批部。

邹亦刚调嘉兴五芳斋粽子公司任总经理姚九华是知道的，也耳闻因创办

"粮午斋"引起公司群愤，准备惩处他。今天总经理亲自上门，难道要兴师问罪？正在手足无措之时，还是老伴王金娥解了围："老头子对五芳斋感情深哩。没事就爱翻翻以前的照片、文章，邹总请喝茶。"

"喔，让我也看看。"说着邹亦刚接过姚九华手中的剪报簿翻看起来："这么丰富的五芳斋资料啊。姚师傅不愧是五芳斋发展的见证人，要好好保存啊。以后如果办'五芳斋粽子博物馆'，这可是不可多得的珍贵资料呢。"

邹亦刚这么有一句没一句地闲聊，倒使姚九华丈二和尚摸不着头，不知邹亦刚葫芦里卖的是什么药。最后忍不住道："邹总今天来不会光陪我老头子闲聊吧？"

邹亦刚这才收住话头道："公司想请你出山哩。"

姚九华吃惊道："我离开公司快三年了。公司目前发展势头强劲，还用得着我？"

邹亦刚将由于粽子供应常常脱销，原来前店后坊的经营模式，已经不能满足市场的需求。规划在城北二环北路与东方路的交叉口征地十五亩，再建一个粽子工厂的事，向姚九华交底。

"喔，我们一家小小的粽子店竟然要建粽子厂了。"这让姚九华不由对邹亦刚刮目相看，"想不到，想不到。这对全国的点心行业来说可是开天辟地的大事。"

"可不是，所以我们只能成功不能失败！"邹亦刚顺着姚九华的感叹道。

"那么规模多大啊？"姚九华因搞了个"粮午斋"，虽称公司但尚未达嘉兴五芳斋粽子店规模，故对规模很感兴趣。

邹亦刚道："厂房 3000 平方米，日产规模定为 10 万只。"

"10 万只？那一年可就要 3600 万，产量比现在要增长 10 倍啊。"姚九华连连摇头道："用不了那么多哟。"

邹亦刚满怀信心道："我还觉保守了呢。你想，我国现在有 12 亿人，如果每人每年吃一只粽子就要 12 亿只，那区区 3600 万只是个零头哩。但公司财力有限，只能先这样了。"

邹亦刚将由于粽子供应常常脱销 原来前房后坊的经营模式已经不能满足市场的需求 规划在城北二环北路与东方路的交叉口征地十五亩 异地建一个粽子工厂的事 向姚九华交底

"这么算啊，倒是不多哩。"姚九华被邹亦刚的魄力折服。

邹亦刚顺着话题道："因为是首次建厂，大家对生产设备的选型、工艺流程的设计都没有经验和把握。你是老前辈，对粽子工艺最熟。而且筹建过'南湖饭店'这样的高楼大厦，公司建厂想请你把关。"

姚九华一听要建粽子工厂，心里已非常激动。听邹亦刚请他参与建厂，二话没说，就答应了。

邹亦刚见姚九华满口应承，就趁热打铁问："此次回来，有什么要求？"

姚九华想都没想就回答说："为自己的公司建工厂，我没有什么要求。"

"那粮午斋那边……"

没等邹亦刚话说完，姚九华道："不去就是了。"

邹亦刚问："他们给你多少报酬？"

姚九华连连摇手道："为公司出力理所当然，不要报酬。"

邹亦刚道："虽是为公司作贡献，但报酬还是要给的。"

最后公司还是给了姚九华每月 300 元补贴。

就这样姚九华在建工厂的一年多时间里，将自己对粽子技艺的理解和对粽子行业的热爱，都倾注在了筹建的粽子工厂里。

粽子工厂的建成和投产成了五芳斋发展史上的一个里程碑。

这个粽子工厂后来曾有过一天生产 30 万只粽子的记录，大大超过设计能力，这也是姚九华所不曾想到的。

五

1993 年 5 月 31 日上午，粽子厂工地筹建还在起步阶段，工作还不是十分繁忙。姚九华处理完手头的工作，回到工地办公室，随手拿起已放在案头的报纸，看报是他多年养成的习惯。这报纸还是他来工地时要求订的，也就是嘉兴的《南湖晚报》与上海的《新民晚报》。他认为，从《南湖晚报》上可知道嘉兴的新闻，而从《新民晚报》上则可了解最新的经济动态。

上海发行的报纸当天是送达不到嘉兴的，姚九华看到的《新民晚报》是1993年5月30日。这并不会减弱姚九华读报的兴致，比起《南湖晚报》的四个版面，三十二个版面的《新民晚报》信息量实在是太大了，值得好好咀嚼一番。

当他打开《新民晚报》，上面有一篇题目为《粽子是快餐先驱——代嘉兴粽子拟的广告》的文章深深吸引了他的眼球。这篇文章是中国著名画家程十发写的，文章短小精干、言简意赅：

粽子是祖国食文化的先驱！

它是祖国人民的创举，它为纪念吾国伟大诗人屈原而诞生。

当您打开粽子的时候闻到的是中国文化的清芬。

悠悠几千年历史证明它是古代人民诗一般的创造！您尝到的不仅是粽子，您首先感到几千年中国食文化，并为之骄傲！

世界上快餐的始祖，中国的粽子。

还告诉您，嘉兴的粽子与她的城市一样有名！

在这篇诗一样的小文后面，程十发先生还注道：客赐我嘉兴粽子，一时兴发胡诌几句。如蒙嘉兴五芳斋采用，当不收报酬，特此附记。

因经常看报，姚九华对程十发还是比较了解的。

程十发，中国海派书画大师，上海枫泾人。长期任上海画院院长，他多才多艺又勤奋多产，很早就形成自己独特的画风。他的作品，笔墨洒脱精湛，气韵生动，抒情而浪漫。在人物、花鸟、山水画三大门类中，他善于通贯其中，融为一体，多有建树。即使在书法艺术上，也显示了纵横挥洒，既浑厚古朴，又奇突清丽的艺术特色。

这样的艺术大师，在中国发行量名列前茅的报纸上赞美五芳斋粽子，为五芳斋粽子代拟广告还自谦只是"胡诌几句"，这哪是"胡诌几句"那么简单！这分明是程先生对中国特有的美食——粽子及粽子文化的推崇。

你看，从粽子特有的香气，程先生闻到是"中国文化"的清芬；从粽子独特的包装，程先生看到是中国古代人民诗一般的创造；从粽子香糯可口的滋味，程先生尝到了中国食文化的骄傲；从粽子便于储存、便于携带的功能，程先生把粽子定义为"世界上快餐的始祖"。一篇短小的文章，反映出程先生对中国粽子文化的深刻理解。几多精湛的文字，折射出程先生对嘉兴五芳斋的拳拳之心。

5月30日，此时距端午节已没有多少时日，此时这篇"代拟广告"所起的作用可不比"广告"小，这可是千金难买的喔。

作为嘉兴五芳斋的一员，姚九华自豪之感油然而生，我们有什么理由不把由几代五芳斋人呕心沥血培育起来的五芳斋粽子做强做大。

姚九华坐不住了，拿起报纸向公司总部奔去。

当姚九华推开邹亦刚的办公室，看见曹剑兵及另两个副总都在。他们正围在邹亦刚的办公桌周围，看着一张与姚九华手中一样的《新民晚报》，姚九华顿时僵在了那里，只得自嘲道："你们也知道了啊。头报有赏，二报吃巴掌。"

听了姚九华的话，大家禁不住哈哈大笑起来。

此时又陆续进来几个公司的干部，大家显然也是为这件事而来，总经理办公室一下子热闹起来。这时姚九华一扫刚才的窘态，起哄道："头报有赏，二报吃巴掌，你们统统吃屁股。"

邹亦刚笑道："巴掌不用吃，屁股也不用吃。大家倒是出出主意，怎么将这个话题为我所用。"话音一落，大家顿时静了下来。确实，还沉浸在兴奋中，谁也没往这方面想呢。

还是姚九华打破沉默，道："还是邹总有远见。现在我们这座日产10万只粽子的工厂正在紧张建设中，如何消化这些粽子的确该考虑起来了。"

邹亦刚道："程十发不是说'粽子是祖国食文化的快餐先驱''世界上快餐的始祖'吗？我看也是。首先，我们的粽子是一种古老的食品，从有记载来看，至少有四千年历史。而现在传到中国的洋快餐，如：肯德基、麦当劳等，满打满算也只有一二百年光景；其次，我们的粽子有箬叶包裹，携带方便，而洋快餐是需要打包才能携带。"

有人打趣道："东风压倒西风。"

有人附和道："是哩，在古时东方的发明是领先于西方的。"

这倒提醒了邹亦刚："这粽子是东方的美食，我们是不是可以称它为'东方快餐'呢？"

这一提议马上引起了大家的共鸣："'东方快餐'这个名称太合适了。"

邹亦刚道："看来我们的广告语得调整一下了。"

一个以"五芳斋粽子——东方快餐"为主题的广告策划很快实施。

最值得一提的是，正是由于"东方快餐"的广告理念，是年，杭州风景区的游客在中午时分，人手一只五芳斋粽子一时竟成了一种时髦。因杭州的游客大都来自祖国各地，无疑对提高五芳斋粽子的知名度起到了推波助澜的作用。

六

1994 年对嘉兴五芳斋粽子公司来说是一个转折点。由于粽子厂的建成，产能一下子爆发。可也奇怪，尽管产量成倍上升，竟然还是供不应求。

"看来日产十万只还真不是狮子大开口哩。"姚九华承认自己判断有误。

邹亦刚踌躇满志道："我已在担心超过日产十万只怎么办。"

五芳斋粽子开始淡季不淡。

春节一过，特别是端午前的一两个月，五芳斋粽子产销严重脱节。几乎每天的粽子一出车间，就被来采购的车辆一抢而空。

近端午节时，像上海、杭州、南京、宁波、苏州等分公司、销售中心干脆自己雇了货车派人守在车间门口抢粽子。

看着这一景象，粽子厂的厂领导也很是着急，生产的潜力挖了再挖。

邹亦刚等公司领导也来到一线调研。

厂领导苦着脸道："该想的办法都想了。我是黔驴技穷。"

邹亦刚问："现在制约生产的瓶颈是哪个环节？"

厂领导答道："煮粽。如果煮粽能上去，产量可大幅提高。"

邹亦刚道："去煮粽车间看看。"

煮粽车间因是明火煮粽，故它有独立的厂房，进门一股热浪扑面而来，就见一排不锈钢的高压煮粽锅架在烈火熊熊的炉灶上。高压煮粽锅的上方是一排起重葫芦，这是起吊高压锅盖和装卸粽子用的。

车间里工人正在有条不紊地工作着。

邹亦刚问："车间几班制？"

厂领导道："一班到底。"

邹亦刚问："这一班到底是几班啊？"

厂领导道："就是淡季时上班八小时，旺季时延长到十二小时。多做时间算加班。"

邹亦刚道："为什么不三班制。二十四小时煮粽，这样产量不是可以翻番吗？"

厂领导道："煮粽历来都是这么安排的。"

邹亦刚道："我们现在是工厂，就要按工厂的规矩办。人休机不休，效率不是提高了吗。"

煮粽车间一改进，产量立马上去了。可新的问题又产生了，而且还挺严重。管基建的曹剑兵被请到了煮粽车间的现场。

原来，由于炉灶二十四小时连续燃烧，竟将炉灶后面的墙壁烤得通红。这使曹剑兵暗暗吃惊。他忙问："炉灶有问题吗？"

厂领导道："炉灶是用耐火砖砌的问题不大。"

曹剑兵忙把基建科的人叫到现场商量，也没什么有效解决方法。只得在车间的上方开了一排孔，装上排气扇，调节室温。在近后墙处装了栏杆，防止工人靠近。可改造下来收效甚微，后墙壁仍然烧得通红。大家束手无策。

担心的事终于发生，在天常日久的焚烤下，煮粽车间后墙终于垮塌。

邹亦刚知道后，大为光火。因为事再大点，万一有了人命，就可能要追究领导责任了。一向随和的他不淡定起来，责成曹剑兵一定要解决好，嘱咐道："要人有人，要钱有钱，全力以赴。"

似乎有点强人所难。但作为公司主管基建的副总，也确是责无旁贷的事。

这煮粽车间的后墙一倒，前后通透，倒是不用担心后墙被炉灶焚烤的顾虑。有人开玩笑道："就这样不是挺好吗，不砌后墙了。"

这当然是不行的。首先前后通透，大风天，在风力的作用下，这炉灶里的火焰是要四处乱窜的，不安全；再者食品生产是要求在封闭环境中进行，卫生这一关也是通不过的。不过根据这一启发，基建科搞了个方案：扩大煮粽车间面积，将炉灶安排在车间中间，使他四不着墙，就没有了墙壁焚烤之虞。但这个方案很快被公司否决，理由是如果扩建车间，煮粽车间就要停产，粽子烧不出来，等于粽子厂停产；另外粽子厂弹丸之地，场地面积本就捉襟见肘，哪有扩建余地？

这也不行那也不行，曹剑兵顿感肩上压力。那天他又与基建科的同事商议此事。这时有人开玩笑道："煮粽不用火烧就没事了。"

这不经意的一句玩笑引起了曹剑兵的思索："对啊，既然火是事情的导火索，我们就以火作为突破口。那用什么呢？"他脑子像风车一样飞速转起来：燃气？电力？他摇着头。蒸汽。对，蒸汽！煮粽高压锅在工作时，锅子的夹层中本来就充满蒸汽，如果把蒸汽直接注入锅中行不行？

最近，与粽子厂一路之隔的嘉兴热电厂建成投产。它们发电后产生的蒸汽有大量剩余，前几天热电厂的推广人员还来公司推广蒸汽利用，告知：因是余汽利用，经济价值比自己添置使用锅炉要合算多了，并在经过粽子厂的蒸汽管道上预留了一个接口，表示随时可开通。曹剑兵决定搞个蒸汽烧煮的试验。他让机修人员在一只备用的煮粽高压锅上开了个口，焊上了一个蒸汽接口。试验是在粽子厂生产车间前的空地上进行。为了预防蒸汽进入高压锅后因压力过大引起锅体爆炸，事先将人员远离高压锅。当蒸汽注入装满粽子的高压锅后，一干试验人员紧张地注视着高压锅的动静。还好，整个试验过程相当顺利。

当香喷喷的粽子从高压锅中取出，大家为试验成功鼓起了掌。当然最高兴的还是试验的发起者曹剑兵，他的第一感觉就是身上的压力一下子消失了。

公司决定马上更换所有煮粽高压锅。

当接到订单的嘉兴不锈钢压力容器厂在设计蒸汽高压煮锅时，听了曹剑兵的试验介绍，胆战心惊道："这压力容器多少厚的钢板承受多少压力是有国家规定的。在啥都不了解的情况下，这样搞试验是在玩命！"

从此，煮粽车间不再烟熏火燎。不但改善了车间的环境，也提高了产量。

这是自姚九华发明拌肉机、高压蒸煮锅以来又一技术革新，它使粽子生产又上了一个台阶。

七

1993年，嘉兴五芳斋公司的"五芳斋"品牌被国内贸易部认定为"中华老字号"；1994年，嘉兴五芳斋公司被省统计局认定为"浙江省商业行业最大企业"；1995年，嘉兴五芳斋公司被省消费者协会授予"浙江省消费者信得过单位"。

1996年春节刚过，又一个好消息传来。经嘉兴国有资产评估事务所评估，"五芳斋"品牌价值达1.239亿元。

这是一个什么概念？就以嘉兴五芳斋粽子公司自身来说，刚过去的1995年公司完成了产值七千万元，利润达五百万元。就是说，"五芳斋"的品牌价值超过了公司一年的产值。这个品牌价值对于五芳斋的职工来说还是个新的玩意，在大家的心中根本就没有这样的概念。

而对于邹亦刚、曹剑兵等公司领导也都是领会不久的新名词。就拿这次评估来说，要不是嘉兴国有资产评估事务所的专家建议，谁也不会想到要给品牌作个评估。

这个评估结果是出乎意料的。

"这是指'五芳斋'这个品牌在某一个时间点，用类似有形资产评估方法计算出来的市场价格。"邹亦刚用刚掌握的知识向众人解释。

"喔，懂了。就是说，我们要出卖'五芳斋'这个品牌的话，可卖1.239亿元。"有个职工自作聪明道。

"不得了。按我们每年五百万元利润来算，可养全公司二十年哩。"

"想得美。我们是国营单位，这可都是国家的，轮不到你。"

"可这是我们五芳斋几代人呕心沥血创造出来的。"

"好了，好了。你们空争啥，这是争不明白的。"有人和稀泥。

这时一个电话终止了这场论。邹亦刚被叫到市商业局局长办公室。

局长道："评估了1.239亿元，心里美滋滋的。"

邹亦刚道："局长连我心里想啥都知道了啊。"

局长道："这不，脸上都摆着呢。"

邹亦刚不好意思道："太开心了。毕竟对嘉兴五芳斋粽子公司的发展是有好处的。"

局长笑道："那我今天再给嘉兴五芳斋粽子公司的发展加块砖。"

邹亦刚一喜，忙问："这是局长给我们添砖加瓦啊。"

局长道："可不是。"

邹亦刚道："那快讲啊。"

局长道："我们想把嘉兴糖果厂并给你们。"

"我说局长，你这是给我们添砖加瓦？是给我们压石板吧。我们五芳斋可是刚过上好日子，总得让我们美几天吧。"

局长有点不高兴，板脸道："怎么就给你们压石板了呢？我们还认为让给你们捡了个便宜呢。"

邹亦刚急了，声音有点大："自把经营重心移到粽子上来后，我们自己还有几百个从事服务业的职工面临下岗。"

局长道："你们粽子厂都建起来，这些人还消化不了？"

邹亦刚不解道："嘉兴糖果厂资不抵债。据我所知，人家工业局、二轻局下面企业资不抵债都是实行破产。我们为什么要搞兼并？"

局长道："我们这些企业职工都是为国家贡献了自己的青春。尤其像嘉兴糖果厂这种流水线程度高的职工，不像饮服业的职工大多有一技之长，一下子把他们推向社会，适应性差，于心不忍啊。再说，我们商业系统也就此一家，我想还是不要推向社会，系统内消化吧。"

邹亦刚道："那总得让我们了解一下具体情况吧。"

"那是必须的。"见邹亦刚松口，局长又道，"目前糖果厂欠银行贷款是五百万，经营性债权约二百万、债务约二百万。你们找一个有能力的人处理债权债务，这债权债务是可以冲抵的。因此你们实际要承担的款项就是五百万银行贷款。"

邹亦刚道："五百万可不是小数目哟。"

局长道："以你们现在的实力，还是能承担的。再说，这嘉兴糖果厂一并过来，你们不但增加了五十亩土地，还白得了一个两千吨的大冷库，及一万平方米的厂房。这可远远不止五百万哟。要知道，华能集团就曾上门要求收购嘉兴糖果厂，被我顶回去了。怎么也得把好肉烂在自家的锅里吧。"

"有多少职工？"曹刚又问。

"二百七十二人。"局长道："这点人你也担心。一部分退休，再将临近退休的人员离岗退养，剩下的可都是壮劳力啊。上次开会你不是说生产场地还是不够吗？这糖果厂完全可以改造成第二粽子厂么。再说这两千吨冷库可是嘉兴第二大的，你们不但可以借此调节粽子的淡旺季生产，还可对外做仓储业务。"

邹亦刚被说服了："那我总得回去与班子商量一下。"

"给你两天时间，会同意的。除非脑子有问题。"局长道。

接了这个任务，邹亦刚一刻也不愿耽搁。他心里明白，局长发话，基本上就是铁板钉钉。不过这块肉是够肥的，有点诱惑力，回去看看大家的想法。做企业这么多年，他深谙一个道理，剃头挑子一头热是不行的。只有大家都有热情，才事半功倍。

不想，兼并嘉兴糖果厂的事一宣布，就引起了领导班子的极大兴趣，大家竟一边倒支持接纳嘉兴糖果厂。

大家都是搞企业出身，是赚是亏一权衡就清楚。为此还提出了许多建设性的意见。

最后决定，因地制宜，利用厂房多、场地大，有锅炉、有冷库等有利条件，成立粽子厂二车间。因生产环境好，在条件成熟时改造成粽子出口基地；成立蛋制品厂，一方面满足自身生产蛋黄粽时对咸蛋黄的需要，另一方面将多余产品推向市场，为延伸产业链迈出坚实一步。同时继续经营好冷库的出租业务。

由于嘉兴糖果厂是商办工业企业，员工整体素质比较好，嘉兴五芳斋粽子公司兼并过来后，很快就步入了正轨。当年兼并当年见效，而更让嘉兴五芳斋粽子公司惊喜的是，嘉兴糖果厂有着一支强大的机修力量，这对开始工业化生产的企业是一支宝贵的技术力量。

最显著的一件事就是，长期困扰煮粽车间高压蒸煮锅安全阀噪音的问题，在原嘉兴糖果厂机修工的参与下，彻底根除。

八

由于兼并糖果厂所取得了意想不到的效果，嘉兴五芳斋粽子公司的效益以两位数的百分比增长。而欠银行的五百万，在商业局的帮助下，已转成嘉兴五芳斋粽子公司的贷款。银行方面见还款有了保证，也不着急回收。这些使公司上下信心倍增，尤其公司领导班子更是踌躇满志，意气风发。

1996 年底，以邹亦刚为首的领导班子制定了一个令人豪情满怀的经营目标：1997 年力争实现产值一亿元，利润一千万元。

这又是一个两位数的增长。但也是个经过周密计算才敲定的经营目标。

这个经营目标惊动了市政府，市经委的领导班子专程来嘉兴五芳斋粽子公司调研。因为在 1997 年嘉兴似乎进入了企业破产的高发期，在嘉兴原来的几家老牌大企业都纷纷进入了破产行列，就是还在运行的也有几家亮起了红灯。而嘉兴五芳斋粽子公司倒像逆势中的一股清流，让人刮目相看。

这次调研阵势不小。不但经委主任亲自到场，主管经贸的副主任来了，主管工业的副主任也来了。他们要好好解剖一下这只"麻雀"，寻找那些有指导意义的亮点。

知道了来者的意图，邹亦刚道："我们只能将公司的发展轨迹如实叙述。至于亮点么，你们专家总结。"

这次调研非常认真，从上午一直到下午下班时才结束。末了经委主任道："这次调研是有收获的，至少我们了解了企业发展的关键点，有一定的指导意义。但我还是觉得在企业发展的关键点中，起决定作用的还是要有一个明智的领导。这些，就让我们的秀才整理成文吧。"

1997 年春节一过，一年一度的端午誓师大会如期举行。

今年会议的主题就是："奋战端午，为实现产值一亿元、利润一千万元而努力！"

就这样，公司的意图通过誓师大会迅速传递给了全体职工。

端午一过，市里一纸调令，邹亦刚上调市商业局任副局长。曹剑兵担任嘉兴五芳斋粽子公司主持工作的常务副总经理，兼党委书记。

上任伊始，按惯例会有一次领导谈话，曹剑兵也没有例外。局长的谈话无外乎以勉励为主，可这次谈话似乎有点深，将曹剑兵是怎么从几个候选人中脱颖而出的情况也全盘托出。末了局长意味深长道："其实那几个候选人的条件也是不错的，最终因为你是嘉兴五芳斋粽子公司培养起来的干部，对企业熟悉。当然最主要的还是你人正派，与邹亦刚搭班时配合默契，局党委相信你是能挑起这副重担的。"

曹剑兵表态道："决定让我挑这副重担，是局党委对我的信任。作为我只有兢兢业业、殚精竭虑做好工作，接受组织的考验。"

局长道："有这样的态度就好。不过邹亦刚任总经理时我们为他添了点砖加了点瓦，这里也要为你添砖加瓦。"

曹剑兵反应很快："喔，好肉烂在自己的锅里。不过目前也没有像糖果厂那样的好肉啊。"

"想得美，你这是得了便宜还卖乖。"局长笑道，"大肉要吃，骨头也要啃。"

曹剑兵问："哪块骨头啊？"

"嘉兴大酒店。"局长道："准五星级的，全新的。怎么样？"

"嘉兴大酒店啊。"这个曹剑兵是知道的。

嘉兴大酒店地处中山路东首南侧。这里原来是嘉兴饮服公司日升池浴室，中山路拓宽时拆掉。这块地一直空着，后搭了许多临时摊点，成了一个小商品市场。两年前，市长在视察查时对陪同的商业局长道："这里可是嘉兴的门户，旅客从火车站一出站，这里首映眼中，一个破破烂烂的小商品市场有损嘉兴的形象。我们是否在这里建一座现代化的宾馆，不但提升城市的形象，也使来嘉兴的旅客有一个舒适的去处？"

商业局长与班子成员一合计，觉得有道理。又一询价：造这样一座十八层的宾馆预算为三千万。决定向银行贷款。可上马后问题来了，因土地面积太小，没有停车场的位置。而对一个宾馆来说，有没有停车场直接关系揽客的能力，就向下挖了一层作停车场。又有人提出，一个宾馆有百十来号人，他们上班时自行车停哪？又向下挖了一层作员工停车场。十八层变成了二十层。这种七七八八的原因再加上物价上涨的因素，三千万很快告罄。办法总比困难多。先是采取拖延付款的办法总算让土建与装潢工程完工，后又采取向商业系统企业集资的办法总算各类设备设施到位，达到了开业标准。可算下来，欠款高达三千六百多万。于是有了让嘉兴五芳斋粽子公司接手的安排。

曹剑兵问："嘉兴大酒店不是马上准备开业了吗？"

局长故伎重演："一接手就赚钱，多好。我这是好肉烂在自家锅里。"

曹剑兵问："欠了很多钱吧？"

局长道："不多，也就三千六百多万。"

曹剑兵倒抽一口冷气道："乖乖，我把公司卖了也还不清这笔钱啊！"

局长道："谁说的！这大酒店一营业，凭它自身就有能力还。你们不是有个能人，将糖果厂的债权债务处里得漂漂亮亮。调过来，让他处理么。好了，事情就这么定下来了，快回去组织人员接收吧。顺便说一句，嘉兴大酒店的领导班子已配齐，明天开个见面会。"

这嘉兴大酒店的确是块难啃的骨头，花了曹剑兵许多的精力。这些债务嘉兴五芳斋粽子公司足足用了六年时间才消化掉。

九

兼并嘉兴大酒店只是嘉兴五芳斋粽子公司前进路上的一个小小的坎。虽然它在一段时间内拉低了公司的利润，但并没有阻碍前进的步伐。

为了让过境汽车绕开嘉兴市区，嘉兴市投资兴建了绕城二环公路，简称"二环线"。没想这二环北路正好经过五芳斋粽子厂，这给粽子厂带来了极大的方便，厂里的运输车辆再也不用在坑坑洼洼的乡村小道上颠簸，工作效力大大增加。

但毕竟地处市郊，周边还没有开发建设，没有饭店、没有商店。因生产蒸蒸日上，业务往来也频繁。来粽子厂办事的人很多，不要说就近吃个饭，就是连买包烟、买瓶水都没地方。

在五芳斋粽子厂厂长的建议下，将粽子厂朝北，沿二环北路的一排仓库腾空，敲掉围墙开了一家既卖粽子、香烟、饮料又供应酒菜面饭的综合性门市部，

这门市部一开，大受欢迎。不但有厂里的职工会在这里聚餐小酌、买烟买饮料，还吸引了附近农民。此时二环北路已在陆续开发，有些建筑工人也会来此消费。

粽子厂曾发生职工因中午小酌，影响工作的事。为此，粽子厂出了一个规定，禁止职工中午在厂门市部饮酒。

无心插柳柳成荫，这个门市部的开张给大家带来了一个意外惊喜。

粽子厂所在的二环北路是沪杭公路的必经之路，每天在此过境的各类汽车不下万辆。因嘉兴过境段的二环线建成不久，沿线大多尚未开发，故少饭店、商店这类服务设施，就是司乘人员内急，连个厕所都找不到。而五芳斋门市部不但有吃有喝，厂区紧靠门市部还有现成的厕所，当然就成了过境车辆司乘人员解决饥饿和内急的最佳地点。

许多车辆在经过粽子厂的时候会停下来，去设在厂门口的厂门市部吃饭、解决内急。因五芳斋粽子是名牌产品，这些人走时还会买些粽子带走。

很快，旅行社也发现了商机，旅游大巴，更是将去五芳斋粽子厂买粽子作为旅游过程中的一项活动。粽子厂门市部每天都重复着汽车排队、人头攒动的场景。

这引起了粽子厂领导的重视，决定因势利导，做好旅游大巴的接待工作，调派精兵强将，加强与旅行社的沟通联系，安排好旅游大巴司乘人员及随车导游在停车期间的休息。对靠近厂门市部的厕所进行改建，创造舒适环境，使其适合游客的需要。

再有就是增加了收款员、发货员与运输工。为了适应各个时间段的旅游大巴，将一班制改为两班制。

在端午节前这段时间，由于旅游大巴的蜂拥而至，门市部店堂里往往会

排起长长的队伍。更夸张的是，有些游客会整箱整箱的买，弄得运输都跟不上。为了维持好秩序，公司还专门增加了安全人员。

这也算是"东方不亮西方亮"。

从此，粽子厂门市部粽子的销量占着公司总销售额的很大比例，对调节淡旺季发挥了很大的作用，成了五芳斋公司销售额的新增点。

十

1997 年 9 月，作为嘉兴城市的一张名片、嘉湖细点的象征、嘉兴五芳斋粽子公司的形象——五芳斋粽子总店的移地重建工程终于交付。

这个移地重建得从嘉兴建国路的扩建说起。

1996 年，嘉兴市政府在扩建中山路之后决定展开建国路的扩建，这又是一个大手笔的动作，建成后将大大改善嘉兴的形象，嘉兴市民无不拍手叫好。可沿街的店家可淡定不下来了，因为建国路两边基本都是老旧危房，是要全部拆除的。最后大部分店家以政府支付拆迁款或异地另配商业用房的方式解决。对于嘉兴五芳斋粽子公司来说，不管何种解决方式，都不合适。因为此次面临拆迁的可是公司的粽子店，这粽子店自开设以来就没离开过这块风水宝地，这可是嘉兴商业的中心区域。如果将粽子店搬迁出建国路这一传统的嘉兴商业核心区域，对五芳斋的形象展示肯定损失巨大。

嘉兴五芳斋粽子公司向拆迁办表达了自己的意见。拆迁办也很快意识到事情的重要性，这五芳斋粽子店不但在嘉兴市民中家喻户晓，而且也是外地来禾人士品尝江南美食的首选之地。如果在他们手中砸了，这个责任是谁也担不起的。有关部门很快决定将坐落瓶山脚下、近中山路的建国路先期在建的商业用房给了嘉兴五芳斋粽子公司。并决定原粽子店暂时不拆，继续营业，等搬新店后拆。

这新商业用房，三层楼，八百多平方米。公司还是满意的。

公司办公会议上，曹剑兵道："现在有一个时髦的说法叫'旗舰店'。什么叫'旗舰店'？开始我也不知道。我查了一些资料才明白，旗舰即舰队指挥舰。多指海军舰队司令所在的军舰。因通常挂有司令旗，才有此称。而旗舰店一词来自欧美大城市的品牌中心店的名称，其实就是城市中心店或地区中心店。一般是某商家或某品牌在某地区繁华地段、规模最大、同类产品最全、装修最豪华的商店，通常只经营一类比较成系列的产品或某一品牌的产品。这符合我们这个五芳斋粽子总店的特征。我们的装潢就要按这个要求来设计。今后这个店不但是我们五芳斋的形象，也应是嘉兴的形象。"

曹剑兵的一席话把大家说得兴奋无比，自豪感油然而生。一致认为，因是五芳斋公司的旗舰店，一定要装潢成嘉兴最美，最有特色的。

可具体到门店的装潢设计上，装潢公司的设计人员提出："装潢的风格有许多。如中式的、欧式的、古典的、现代的，你们总要提出个要求来。再有就是产品结构也要规划好，这牵涉到店堂的整体布局。"

公司又开会研究，认为以前我们的经营格局太小，视野也不开阔。现在店堂扩大了几倍，无论在产品的品种上还是在门店的布置上必须与时俱进，跟上时代的步伐。

最后决定，先看看人家是怎么搞的，再取长补短作规划。

公司一方面委派有摄影经验的总经办主任，去全国大城市走一圈，将这些城市中大型饮食店的形象风格拍回来。

另一方面派主管业务的副总带队，去无锡穆桂英美食广场有限责任公司。因为这个美食广场规模宏大，所经营的品种几乎包罗了江南大部分美食。公司要从中汲取经验，以确定五芳斋将要销售点心的品种。

两支队伍不负众望，收获满满。

很快，装潢的风格、产品的结构都有了明确的定位。

这家被命名为"五芳斋粽子总店"的新店开张时，人们惊喜地发现，尽管钢筋水泥已替代了之前的砖木结构，可并没有放弃其一贯的民俗风格。

十一

旧的问题刚解决，新的问题又来了。

由于点心品种的增加，虽然粽子已由工厂生产，无忧。但各种点心采用前店后坊的模式也明显行不通了。再说，由于门店的增加，每个门店的点心都自产自销的话，非常不经济。点心生产的工厂化也势在必行。

这时，传出市政府将开始北京路地块改造工程的消息，原嘉兴糖果厂也牵涉在内。现在的嘉兴糖果厂已是五芳斋粽子厂的第二厂区，还包括了一个蛋制品加工厂。

这个蛋制品加工厂不但是粽子厂生产蛋黄粽的咸蛋黄供应基地，还向市场供应真空包装咸鸭蛋。由于采用高压烧蛋新技术，生产的咸鸭蛋咸淡适中，沙绵多油，一经推出就成了市场的抢手货，供不应求。但受场地限制，很难大展拳脚。

如果这里拆迁，对五芳斋的生产经营有很大的影响。

曹剑兵在公司的经营会议上提出："要重视此次拆迁动向。未雨绸缪，把寻找新厂址作为头等大事来抓。"

提议得到大家的一致赞同，寻找新厂区的工作立即展开。

事有凑巧，嘉兴市第二轻工业局传来消息，他们下属的皮鞋皮件厂地块要转让。

皮鞋皮件厂坐落在通往塘汇镇的沿河塘路边，因已过秋泾桥，近太平桥，交通不便，以前该厂货物运输主要靠船。该厂经营不善，已经破产。正因交通不便，二轻局出让该地块，却无人问津。

消息传到五芳斋公司，引起了曹剑兵的注意。

因建粽子厂的关系，曹剑兵在征用土地时，见过嘉兴北郊的城市规划图，知道粽子厂的北侧是二环北路，这条路已经建成通车；而西侧则规划为东方路，这将是一条贯通南北的大马路，目前还未见建设动静，但一条弯弯曲曲的小路已经形成。

曹剑兵决定实地考察一番。他知道，作为一家工厂，交通便利应是第一要考虑的。他带着班子里的人，踏上了今后将成为东方路的小路。一个来回下来，大家惊喜发现，皮鞋皮件厂就在规划东方路的东侧，而且与粽子厂在东方路的同一侧，相距一公里左右。

回来在班子会议上，曹剑兵提议收购皮鞋皮件厂，得到大部分人的支持。可也有人忧心忡忡："嘉兴已经有了禾兴路这条南北通衢，有再建东方路的必要吗？如果东方路不建了，这块地的利用价值可就不大了。为什么没人要这块地就很说明问题。"

曹剑兵道："从大嘉兴的观念来看问题，光有一条南北通道衢是不够的，东方路已在规划当中，这是不争的事实。虽然何时动工不得而知，但按现在城市的发展速度，我想为期不会太远。就拿我们粽子厂边的二环路来说，我们建厂时也只知有规划，可三年一过就成事实。"

大家还是支持曹剑兵的说法："是啊。瞻前顾后是做不成买卖的，四平八稳创不出市面，过了这个村就没这个店。"

事不宜迟，与二轻局的接触马上展开。

因皮鞋皮件厂地块出让无人问津，一心想出让的二轻局领导愁肠百结。他们指望用这些出让金，安置企业下岗职工。时间拖得太长，恐引起群体事件，那就不好交待了。见嘉兴五芳斋公司找上门来，就像雪中送炭，求之不得。

一个急想要，一个急出手，事情就好办多了。几个回合下来，就敲定，以一百万成交。

签约后，见手里这只烫手山芋终于甩了出去，二轻局长握着曹剑兵的手笑道："这个协议可是有法律效力的，你们可不能赖账哟。"

曹剑兵也笑道："你们当包袱甩，我们可当绣球接呢。怎么会赖账呢！"

　　就在要交接时，嘉兴市宣布启动东方路建设。红线规划一出，红线两侧的土地大幅升值，这皮鞋皮件厂正好紧邻红线的东侧，顿时成了优质地块。

　　这天，曹剑兵刚上班，公司的财务科长就找上门来："肖总，我们打给二轻局的一百万退回来了。"

　　曹剑兵微微一怔道："不会吧。前几天在市里开会遇到二轻局长还在催我付款，是不是搞错了。"

　　财务科长道："不会的，我已与二轻财务科沟通，他们已确认。还说，有问题让你与局长联系。"

　　这什么情况？曹剑兵赶紧去了二轻局，见了局长道："钱怎么退回来了，这皮鞋皮件厂是要白送我啊。"

　　二轻局长苦着脸道："东方路一通，我的皮鞋皮件厂土地价值翻了一番，这出让协议不作数。"

　　曹剑兵一听，不干了："你当协议是儿戏啊。'这个协议可是有法律效力的，你们可不能赖账哟'，可是你说的。"

　　二轻局长强辩道："差价太大，这个协议显失公平，协议无效。"

　　曹剑兵道："如果我们有欺诈行为，协议显失公平我认。这个土地升值是在签约后的事，怎么也联系不到'显失公平'。"

　　二轻局长有点怒意，道："要么你付二百万，否则免谈。我代表政府，我怕谁。"事情僵在那里。

　　这时五芳斋粽子厂第二厂区的拆迁也提到了日程上，搬迁迫在眉睫，曹剑兵一下子急了起来。

　　有人建议打官司："我们有理，肯定胜诉。"

　　二轻局也是一级政府，与政府打官司曹剑兵吃不准。最后决定将事情报告市政府，让政府裁决。

　　市政府很是重视这件事，由常务副市长召集双方协调。在听了双方的意见后，表态："双方既然有协议，就应遵守，不过五芳斋是否能让一步呢？"

大家听得出来，所谓的"让一步"是给二轻局一个台阶下。

最后，嘉兴五芳斋以支付一百零六万元取得皮鞋皮件厂地块。

十二

皮鞋皮件厂的厂房还是比较宽敞的。公司决定，除了将蛋制品厂搬过来以外，再组建五芳斋速冻食品厂。

速冻食品厂的组建可以说是水到渠成。

在嘉兴饮服公司时，公司旗下在点心这块，除了粽子店还有汤团店、馄饨店、西点社、冷饮店等。虽然改革开放以来，个体点心店如雨后春笋般出现，但由于质量过硬，公司旗下的店仍是市民喜欢光顾的地方。

像复兴汤团店，开业于抗战胜利的1945年，它的"鲜肉汤团"已成嘉兴人心头放不下的"老滋味"，不要说平日人满为患，每到元宵节更是店内店外人气爆棚。

西点社，是嘉兴第一家供应奶油标花蛋糕的门店，其在中秋节生产的月饼也是嘉兴市场的抢手货。

由于城市改造的原因，加快了这些门店消亡的速度。而更为要命的是，这些门店员工的安置问题。

原嘉兴糖果厂的兼并给这些门店员工的安置带来了曙光。公司利用原嘉兴糖果厂巨大的冷藏能力，组织这些员工生产速冻点心，员工安置问题得以妥善解决。而嘉兴糖果厂地块的拆迁又将使这些努力归零。

"目前，我们公司以粽子生产为主导的产品结构已基本定型，日子越来越好过。但我们还有许多其他产品的职工没有着落，这些职工也为五芳斋作过贡献，是我们的兄弟姐妹，我们有责任让他们跟上公司发展的步伐。这是我们建五芳斋速冻食品厂的初衷。我们不但要办好它，还要使它蓬勃兴旺。"在决定创办五芳斋速冻食品厂的公司经营会议上，曹剑兵如是说。

五芳斋速冻食品厂的建立，不但消化了一百多个差点下岗的职工，还为公司产品链的扩张打下了基础。更可贵的是改变了点心业前店后坊的模式，走上了工厂化生产的康庄大道，为企业连锁经营创造了条件。

速冻食品厂厂长聂师傅，点心师出身，是个业务能力很强的人。在他的领导下，厂里从最初只生产包子、馒头、面包、蛋糕等点心，慢慢建起了冷库、购进螺旋式速冻机，开始生产速冻点心。

因速冻食品厂一个主要功能是为公司十几家门店服务，而这些门店还供应一些诸如酱鸭、酱牛肉、爆鱼等卤菜，面条、简餐也需要配菜，速冻食品厂又开始了卤菜、配菜的生产。

"既然我们有能力生产卤菜，为什么不生产真空包装卤制品呢？"速冻食品厂厂长向公司建议。

"这个提议好。问题是真空包装卤制品技术能掌握吗？"曹剑兵既支持又担心。

聂师傅信心满满："这有什么可担心的。事情请都是人做出来的，我们现在有三个有利条件。一是在我们厂里有几个曾从事过厨师的职工，烧制卤制品不成问题；二是据我了解，过去嘉兴糖果厂就生产过真空包装卤制品，可以发挥他们的作用；三是粽子厂生产真空包装粽子，有真空包装机，可借一台过来试试。总之又没多少投入。"

说干就干，可试下来并不理想。原因有两点，首先核算下来，同样重量比市场销售价贵，还有产品略显干硬不适口。

这是为什么？很快几个生产过真空卤制品的嘉兴糖果厂职工，被请来开技术分析会。

原来，烧制好的卤制品是不能马上起锅的，要在卤汤中浸十小时。这样的卤制品因卤汤的渗入，肉质才鲜嫩美味。而成本高的问题也迎刃而解。

就此，真空包装的酱鸭、酱牛肉、爆鱼开始陆续投入市场。之后速冻食品厂，又开发了真空包装的东坡肉、五香牛肚、卤蛋、红烧蹄髈等产品，使真空包装卤制品的产品更加丰富。

速冻食品厂的创立及发展，不但解决了因城市改造给五芳斋粽子公司带来的压力，还丰富了公司的产品，成了公司新的利润增长点。这为公司连锁店的扩张，起到了强劲的推动作用，也侧面保护了公司主业粽子的发展。

十三

五芳斋粽子总店的确也是众望所归。它那古色古香的店堂，似乎在向世人叙述着五芳斋悠久历史，那熠熠生辉悬挂于大门上的"五芳斋"三个大字，更是向世人展示着五芳斋的百年辉煌。而在这块闻名遐迩的招牌上方还悬挂着一块黑底金字匾额，上书"粽子第一品"三个大字，则进一步诠释了"五芳斋"这块金字招牌的真正涵义及含金量。由于悬挂的位置特佳，路过五芳斋总店的人很远即可望见。

实际上，"粽子第一品"五个字确实含金量非常高的。因为它是第七、八届全国人民代表大会常务委员会副委员长费孝通的手笔，在题写这五个大字的时候，他还在任上。

费孝通，江苏吴江人，生于1910年，著名社会学家、人类学家、民族学家、社会活动家，中国社会学和人类学的奠基人之一。著作等身，且大多是通过社会调查后的鸿篇巨制。他练就一手漂亮隽秀的好书法，国内各界向他求字的人络绎不绝，但他对题字的内容非常讲究，从不人云亦云、敷衍了事。

五芳斋公司向费老求字也是颇费周折的。

五芳斋的崛起，真正成了嘉兴市的一张名片。

1997年，嘉兴市委准备在5月30日端午前举办"'97迎回归南湖民俗文化节暨首届中国五芳斋粽子文化节"。本次文化节由嘉兴市委主办，市委宣传部具体组织，很是隆重。市里面为此将举行嘉兴市农民画展、踏白船表演、华东六省一市摄影比赛等活动，而作为协办单位的嘉兴五芳斋粽子公司为配

五芳斋粽子总店的确也是众望所归 它那古色古香的店堂 似乎在向世人叙述着五芳斋悠久历史 那熠熠生辉悬挂于大门上的 五芳斋三个大字 更是向世人展示着五芳斋的百年辉煌

合这次活动，举办了全市粽子状元赛并开办了五芳斋粽子博物馆。因为以粽子为载体的博物馆全国还是首例，嘉兴五芳斋粽子公司特别邀请了省市的一些绘画和著名书画家为博物馆题字作画。在这个过程中，大家总觉得缺少更高层次领导的题字，公司领导曹剑兵就有了向国家领导人求字的想法。这一想法马上得到了市委宣传部领导的响应和支持。市委宣传部工作的翁培荣因工作关系，与中央的一些高层有点联系。当时宣传部的领导邬力可指定翁培荣帮助嘉兴五芳斋粽子公司操办此事。翁培荣不负众望，很快与时任全国人大常委会副委员长费孝通的秘书联系上。

翁培荣在嘉兴五芳斋粽子公司的王惠陪同下去了北京。

在与费孝通秘书碰头时，嘉兴五芳斋粽子公司拟了三条题字稿：一为"粽子甲天下"；二为"天下第一粽"；三为"粽子大王"，交给了该秘书。费孝通的秘书表示，会在近期请费老题写。并说，费老过一段时间将去杭州，费老的题字在杭州会面时交接。

不想过了十天费孝通秘书就通知，费老到杭州了，题字已写好，请到杭州西子宾馆取。翁培荣与王惠又去了杭州西子宾馆面见费孝通秘书，当打开费孝通的题字一看，并不是事前拟的题字内容，展现在他们眼前的是"粽子第一品"五个大字。

费孝通秘书见翁培荣、王惠疑惑的神情，解释说："费老对你们提供的字稿不满意，特别是'粽子大王'，费老说：'是不是粽子大王，我没有调查过，而且我从来不题大王之类的字。'所以费老题了'粽子第一品'五个字。"由此可见费孝通先生行事为人认真负责的态度。现在看来，"粽子第一品"比"粽子大王"更雅，更具有文化品味，人文色彩意境更深邃。

"粽子第一品"，成了对五芳斋人含辛茹苦创建金字招牌的最高褒奖，足以传世。

后 记

长篇小说《凝香》即将付梓，这是《五芳斋三部曲》的第二部。小说主要描述了 1949 年新中国成立后到 1998 年这一历史时期，五芳斋从一家小小的粽子店，经历重重障碍，逐渐发展壮大成为现代化企业的故事。

这一时期，五芳斋经过了生产自救、公私合营、大跃进、"三年困难时期""文化大革命"、改革开放的各个历史阶段的洗礼。展现了五芳斋从小到大、从弱到强的奋斗过程。

本书是在我先前写的中篇传记《传人姚九华》的基础上创作的。姚九华是浙江省非物质文化遗产项目"五芳斋粽子制作技艺"的代表性传承人。在写《传人姚九华》时，他人尚在，故获得了许多关于五芳斋历史的第一手资料，为《凝香》提供了生动的创作素材。

但《凝香》毕竟是小说体的文学作品，书里的许多故事都是文学创作的结果，纯属虚构，如有雷同，请勿对号入座。

小说是围绕"粽子"展开的。其实粽子作为中华民族的特有美食，其蕴含的是中华民族的凝聚力。可以说：小粽子述说了企业的奋斗故事，五芳斋体现了中华崛起过程中的一瞥。

我要在此介绍一下为本书创作精美插图的两位年轻画家：

童嘉年，男，浙江嘉兴人，生于 1983 年，就读于温州师范学院美术系，主修油画，现在嘉兴一中实验学校高中部任教；

李鑫，女，浙江嘉兴人，生于 1995 年，2014 年考入浙江科技学院服装与服饰设计专业。大学期间，曾到意大利米兰新美术学院学习。毕业后工作于嘉兴艺术岛画廊画室，从事美术教育、设计、绘画工作。

他们富有想象力的画作为本书增色不少，在此表示感谢。

掩卷而思，我还要特别感谢五芳斋集团的领导们，在创作过程中，他们在精神和物质上都给予了我倾力的帮助；感谢一直关心支持我创作的朋友们，是他们给了我创作的动力。

作　者

2019 年 4 月 25 日

图书在版编目(CIP)数据

凝香:五芳斋三部曲/杨颖立著. —上海:上海
书店出版社,2019.7(2019.11 重印)
ISBN 978-7-5458-1814-7

Ⅰ.①凝… Ⅱ.①杨… Ⅲ.①长篇小说-中国-当代
Ⅳ.①I247.5

中国版本图书馆 CIP 数据核字(2019)第 131490 号

责任编辑 盛 魁 刁雅琳 解永健
特约编辑 叶 加
装帧设计 汪 昊

凝香:五芳斋三部曲
杨颖立 著

出　　版　上海书店出版社
　　　　　　(200001　上海福建中路 193 号)
发　　行　上海人民出版社发行中心
印　　刷　江阴金马印刷有限公司
开　　本　710×1000　1/16
印　　张　26.25
版　　次　2019 年 7 月第 1 版
印　　次　2019 年 11 月第 2 次印刷
ISBN 978-7-5458-1814-7/I·482
定　　价　60.00 元